Ullstein

Das Buch

Eigentlich müßte Alice glücklich sein. Sie führt ein Leben, von dem andere Frauen nur träumen können. Sie liebt ihren Mann Martin, ihre drei Kinder und ihr schönes altes Haus. Aber Alice ist deprimiert. Das Gefühl, aus der emotionalen Monotonie des Alltags ausbrechen zu müssen, wird übermächtig. Erst die leidenschaftliche Beziehung zu einer Frau macht ihr bewußt, was sie bisher vermißt hat. Doch die Affäre bleibt nicht verborgen – und versetzt das kleine Dorf in einen Ausnahmezustand ...
»Joanna Trollopes Romane sind mal temperamentvoll, mal anrührend, mal bitter, mal amüsant; sie sind stets kraftvolle, überzeugende Gemälde des Leidens und der Dramen, die sich innerhalb von Familien abspielen.« *The Sunday Express*

Die Autorin

Joanna Trollope wurde im englischen Gloucestershire geboren, wo sie mit ihrem Mann heute wieder lebt. Nach Jahren im auswärtigen Dienst und als Lehrerin veröffentlichte sie 1987 ihren ersten zeitgenössischen Roman und schaffte sofort den Sprung auf die Bestsellerlisten. Heute ist Joanna Trollope eine der erfolgreichsten englischen Autorinnen.

Von Joanna Trollope sind in unserem Hause bereits erschienen:

Eine ganz normale Affäre
Unter Freunden / Die nächsten Verwandten (Zwei Romane in einem Band)
Zwei Paare
Die Zwillingsschwestern

Joanna Trollope

Affäre im Sommer

Roman

Aus dem Englischen
von Alexandra v. Reinhardt

Ullstein

Besuchen Sie uns im Internet:
www.ullstein-taschenbuch.de

Umwelthinweis:
Dieses Buch wurde auf chlor- und säurefreiem Papier gedruckt.

Ullstein Verlag
Ullstein ist ein Verlag des Verlagshauses Ullstein Heyne List GmbH & Co. KG
1. Auflage Februar 2003

Titel der englischen Originalausgabe: *A Village Affair*
Übersetzung: Alexandra v. Reinhardt
Umschlaggestaltung: Thomas Jarzina, Köln
Titelabbildung: Mauritius, Mittenwald
Druck und Bindearbeiten: Elsnerdruck, Berlin
Printed in Germany
ISBN 3-548-25536-1

Für Louise

1. Kapitel

An dem Tag, als der Kaufvertrag für das Haus abgeschlossen wurde, setzte Alice Jordan alle drei Kinder ins Auto und fuhr hin, um es zu besichtigen. Die siebenjährige Natasha machte wie immer viel Aufhebens um ihren Sicherheitsgurt, und James heulte, weil er den Fahrer seines Spielzeugmotorrads verloren hatte, aber das Baby lag friedlich in seinem Tragekorb und genoß das sanfte Schaukeln des fahrenden Wagens, während ein faszinierendes Muster kahler Äste durch das schräge Heckfenster über sein rundes Gesichtchen huschte. Natasha sang »Ten Green Bottles«, um James zu übertönen, und James steigerte seine Lautstärke zu durchdringendem Gebrüll. Alice schaltete das Autoradio ein, und eine selbstbewußte weibliche Stimme im Frauenfunk erklärte ihr ruhig, wie man sich selbst auf verdächtige Knoten abtasten könne. Schmutz wirbelte von den winterlichen Straßen hoch und bildete einen körnigen Schleier auf der Windschutzscheibe. James hörte plötzlich auf zu brüllen und steckte einen Daumen in den Mund.

»Du bist ein richtiges Baby«, sagte seine Schwester verächtlich. Er begann wieder zu weinen, mit dem Daumen im Mund, aus dem Speichel floß.

Alice konnte sein nasses, verschmiertes, rotes Gesicht im Rückspiegel sehen. Die Stimme im Radio sagte, wenn man sich nicht gern selbst berühre, solle man jemand anderen bitten, die Brüste abzutasten. Die Moderatorin fragte – und Alice hielt diesen Einwand für überaus vernünftig –, ob ein anderer Mensch überhaupt das nötige Gespür für kaum merkliche Veränderungen haben könne.

»Wenn du so plärrst«, erklärte Natasha ihrem Bruder, »halten alle Leute dich für eine richtige Heulsuse.«
James stieß einen wilden Schrei aus und schlug mit dem Motorrad, das er in der Faust umklammert hielt, nach seiner Schwester, traf aber nur ihre Wange. Natasha wandte sich mit vor Schreck weit aufgerissenen Augen ihrer Mutter zu und brach in Tränen aus. Ganz hinten im Wagen nahm Charlie die spannungsgeladene Atmosphäre wahr, und sein weiches rundes Gesicht verzog sich verstört. Er öffnete den Mund und kniff seine Augen zusammen. Alice hielt an.
»Die *Lymphknoten...*«, sagte die Frau im Frauenfunk mitten in den Lärm hinein.
Alice schaltete das Radio aus, löste ihren Sicherheitsgurt und drehte sich nach hinten.
»Ruhe!« schrie sie. »Ihr garstigen, garstigen Kinder! Ich *dulde* so etwas nicht. Ihr sollt im Auto nicht streiten. Wie soll ich dabei fahren? Wollt ihr, daß ich gegen eine Mauer brause? Genau das wird nämlich passieren.«
Natasha hörte auf zu weinen und schaute aus dem Fenster. Weit und breit war keine Mauer zu sehen, nur eine Hecke und ein hügeliges Feld und einige schwarzweiße Kühe.
»Hier gibt es keine Mauern«, sagte sie.
Alice ignorierte sie.
»Was habe ich euch gesagt, wohin wir fahren?«
»Mit dem Auto«, murmelte James mit unsicherer Stimme.
Seine Schwester warf ihm einen vernichtenden Blick zu.
»Zu unserem neuen Haus.«
»So ist es. Wollt ihr es denn nicht sehen?«
»Doch«, sagte Natasha.
James schwieg. Er wollte im Augenblick nur an seinem Daumen lutschen, traute sich aber nicht.
»Dann will ich ab jetzt kein einziges Wort mehr von euch hören, bis wir dort sind. Andernfalls müßt ihr im Auto bleiben, während ich aussteige und mir alles anschaue. Ist das klar?«

Sie schnallte sich wieder an und fuhr weiter. Natasha beobachtete sie. Sie war die einzige Mutter mit einem Zopf, die Natasha kannte. Er war sehr lang und dick, begann hoch oben auf ihrem Kopf und reichte bis zur Mitte des Rückens. Normalerweise trug sie ihn über eine Schulter gelegt. Natasha wollte genau so einen Zopf haben, und ihre Freundin Sophie ebenfalls. Sophies Mutter hatte ganz normales Haar, an das man sich nicht so recht erinnern konnte, wie die allermeisten Mütter. Während sie stolz den Zopf ihrer Mutter betrachtete, stieg plötzlich Zärtlichkeit in ihr auf.

»Es tut mir leid«, sagte sie sehr leise, wegen des Sprechverbots.

Alice lächelte ihr über die Schulter hinweg rasch zu.

»Wir sind gleich da.«

Alice hatte sich immer gewünscht, in Pitcombe leben zu können. Jeder im weiten Umkreis wünschte sich das, und wenn dort ein Haus zum Verkauf stand und in *Country Life* mit Foto angepriesen wurde, hieß es im Text stets: »In einem sehr beliebten Dorf.« Es war eines jener Dörfer, von denen Auswanderer in der Ferne noch nach Jahrzehnten träumten, ein Steindorf, das sich einen sanften Hügel hinaufzog, mit der Kirche ganz oben und dem Wirtshaus ganz unten, an einem kleinen Fluß gelegen; und das barocke Herrenhaus blickte mit feudalem Wohlwollen darauf hinab. Sir Ralph Unwin, dem das Herrenhaus, 120 Hektar Land und noch immer zwei Dutzend Cottages gehörten, war groß und grauhaarig und ein trefflicher Schütze. Er fuhr mit einem Range Rover durch das Dorf und winkte huldvoll von seinem erhöhten Fahrersitz aus. Bereitwillig stellte er Pitcombe Park für Wohltätigkeitsveranstaltungen jeder Art zur Verfügung, ob der Erlös nun für Hospize, für die Arthritisforschung oder das Kirchendach bestimmt war; die Ortsgruppe der Konservativen konnte allerdings nicht mit seiner Unterstützung rechnen. »Ich bin von Natur aus unparteiisch«, pflegte er

zu sagen, wohl wissend, daß man ihn bewundernd zitieren würde. Alice war ihm nur einmal begegnet: John Murray-French, von dem sie das Haus kaufen wollten, hatte sie vorgestellt, und Sir Ralph hatte gesagt: »Sie sind in Pitcombe mehr als willkommen, Mrs. Jordan, besonders wenn Sie Kinder haben.«
Sie hatte sich gefragt, ob er sich seines Charmes bewußt war. Auch Lady Unwin war charmant, auf jene tüchtige, energische Art, die Frauen mit langjähriger Erfahrung in allen möglichen Versammlungen und Ausschüssen an sich haben. Sie war Vorsitzende des lokalen Hospizkomitees und betrachtete es als ihre Pflicht, an PCC-Tagungen, NADFAS-Ausflügen und Wanderungen der über sechzigjährigen Dorfbewohner teilzunehmen. Ihre große, geschmeidige Hand mit den rosa lackierten Fingernägeln und den unvergleichlichen georgianischen Ringen hatte Alice' Hand fest gedrückt, während sie sagte: »Oh, meine Liebe, hurra! Genau das, was wir brauchen – neues junges Blut, das uns alle beleben wird.«
Und Sir Ralph hatte sich bei seiner Frau eingehängt – eine demonstrative Zurschaustellung stolzer Zuneigung, die ihn genauso beliebt machte wie seine politische Unabhängigkeit – und mit warmem Lächeln gewarnt: »Trauen Sie ihr nicht über den Weg, Mrs. Jordan. Sie wird Sie in Minutenschnelle für jeden Zirkel und jedes Komitee weit und breit eingespannt haben.«
Alle um sie herum hatten gelacht, und Alice hatte mitgelacht. Sie hatte sich willkommen und zugehörig gefühlt, fast so, als nähme sie schon an dem Leben teil, das sie ihrer festen Überzeugung nach in Pitcombe führen wollte, das sie heiß ersehnte. Als Martin und sie bei einer Dinnerparty gehört hatten, daß John Murray-French sein Haus verkaufen wollte, konnten sie vor Aufregung kaum schlafen. Es war nicht irgendein Haus in Pitcombe, sondern eines *der* Häuser, auf halber Höhe des Hügels, mit den Buchen des herrschaftlichen Parks oberhalb und dem Fluß nur drei Felder unterhalb, am Ende einer

kleinen Sackgasse, die von der Hauptstraße abzweigte und an hübschen niedrigen, wie hingewürfelten Cottages entlangführte. Hinter dem Haus gab es einen Obstgarten und eine Koppel, so daß die Kinder ein Pony haben könnten, und über der Garage war ein herrlicher hoher Raum mit Deckenbalken und Nordlicht, wo John Murray-French die dekorativen Köderenten schnitzte, die ihm eine gewisse Berühmtheit eingebracht hatten, und wo Alice ihr Atelier einrichten wollte. Sie hatte seit James' Geburt nicht mehr gemalt, seit über vier Jahren. Aber jetzt würde sie dazu wieder in der Lage sein, das wußte sie.

Sie bog von der Hauptstraße ab und fuhr vorsichtig zwischen den Cottages hügelabwärts. Es war früher Nachmittag, und die Gasse war ganz leer, bis auf ein runzeliges altes Gesicht an einem Erdgeschoßfenster, zwischen einem Topf Spinnenkraut und einem bettelnden Porzellanhund mit großem grünem Hut. Alice winkte lächelnd. Das Gesicht reagierte nicht. Eine schwarze Katze auf einer Gartenmauer würdigte das vorbeifahrende Auto keines Blickes, vollauf damit beschäftigt, sich zu putzen. Am Ende des Weges kündigten zwei schlanke verwitterte Steinpfeiler den Eingang zum Grauen Haus an. Die Steintroddeln an ihren Spitzen waren mit ockerfarbenen und grünlich-grauen Flechten überzogen. Dahinter führten zwei dunkelgrüne Reihen gestutzter Weißbuchen auf das Haus zu. Alice hielt an, plötzlich von stillem Jubel erfüllt. Alles würde gut werden, bestimmt, ganz bestimmt.

»Schaut euch ruhig um«, hatte John Murray-French morgens am Telefon gesagt. »Ich werde nicht da sein, aber Gwen will angeblich Bücher einpacken; wahrscheinlicher ist allerdings, daß sie sich an meinem Gin im Besenschrank gütlich tun wird. Sie weiß, daß ihr kommt.« Er hielt inne. Er hatte Alice sehr gern. Auch sein Sohn hatte sie sehr gern gehabt, aber viel zu spät, als sie bereits ver-

heiratet war. »Ich bin so froh, daß du es bist«, fuhr er fort.
»Oh, John...«
»Ich habe 35 Jahre hier gelebt. Nicht zu glauben. Es hätte mir das Herz gebrochen, wenn ein Fremder das Haus bekommen hätte.«
»Ich *verspreche* dir, daß wir es lieben werden. Ich meine... wir lieben es schon jetzt. Ich glaube wirklich, es ist die Antwort...«
»Die Antwort? Worauf?«
Sie hatte eine Sekunde lang gezögert.
»Oh«, hatte sie sodann nüchterner erklärt, »drei Kinder, mehr Platz, ein Atelier für mich. Du weißt schon.«
Sie fuhr im Schneckentempo durch die Weißbuchenallee. Die Kinder spürten die Dramatik des Augenblicks und quietschten leise vor Aufregung. Natasha hatte schon in all ihre Bücher geschrieben, teils aus Stolz, teils um zu verhindern, daß James sie jemals für sich beanspruchen könnte:

Dieses Buch gehört
Natasha Jordan
im Grauen Haus
Pitcombe
Wiltshire

Und da war es nun. Langgestreckt, niedrig, grau, mit hübschen Schiebefenstern aus dem 18. Jahrhundert, die fast bis zum Boden reichten, mit einer schweren getäfelten Tür, einem Türgiebel und einem Löwenkopf als Türklopfer, mit drei Backsteinschornsteinen und der Terrasse über dem Tal, reizvoll umgeben von goldfarbenem Kies und grünem Gras. Gewundene graue Glyzinenäste rankten sich am Giebel empor und entlang der Fassade, und zu beiden Seiten der Veranda wuchsen glänzende Lorbeerbäume in großen Versailles-Kübeln. Es war einfach perfekt.

Alice stieg aus und befreite die Kinder. Sie rannten sofort den Rasen hinab, immer noch quiekend, und kletterten auf den Eisenzaun, der den Rasen von der Koppel trennte. Alice öffnete das Heck und holte Charlie aus seinem Korb heraus. Hell begeistert, fuchtelte er mit den Händen in der Luft herum und krähte. Sie ging zur Tür und klingelte. John hatte gesagt, das sei nicht notwendig, aber sie wollte Gwen in keiner Weise verärgern, denn sie hoffte, daß die Frau das Haus auch für sie putzen würde, wie sie es in den letzten zehn Jahren für John getan hatte.
Gwen öffnete die Tür erst nach sehr langer Zeit, zweifellos in der Absicht, Alice einen kühlen Empfang zu bereiten; doch als sie Charlie in seinem blauen wattierten Schneeanzug sah, war sie sofort entwaffnet.
»Herrjemine! Ist er nicht süß? Kommen Sie rein, Mrs. Jordan. Der Major hat mir schon gesagt, daß Sie kommen.«
Alice drehte sich um und wollte nach den Kindern rufen. Sie turnten noch immer am Zaun herum.
»Lassen Sie sie doch, wo sie sind«, riet Gwen. »Ihnen kann nichts passieren. Na, und wer ist ein süßer Junge?«
Charlie betrachtete sie gleichmütig.
»Er ist sehr brav«, sagte Alice, eifrig bemüht, freundlich zu sein. »Der artigste von den dreien, ehrlich gesagt. Aber er wiegt eine Tonne.«
»Möchte er dann vielleicht zu Gwen kommen?«
Sie streckte ihre Arme aus. Charlie ließ sich von ihr übernehmen, ohne zu protestieren. Er betrachtete aufmerksam Gwens Gesicht, ihre pinkfarbene Bluse und die kastanienbraune Strickweste. Nach langer Musterung legte er schließlich einen einzelnen gekrümmten Finger auf ihre Glasperlenkette.
»Bist du nicht ein Wonneproppen?« Gwens Herz schmolz endgültig dahin. »Du und Gwen, wir zwei werden uns prächtig verstehen, stimmt's?«
Alice war Charlie plötzlich sehr dankbar.
»Ich wollte Sie tatsächlich fragen...«
Gwen wandte ihr ein strahlendes Gesicht zu.

»Das hab' ich mir fast gedacht. Natürlich helfe ich Ihnen.« Sie wandte sich wieder Charlie zu. »Gwen wird doch einem alten Herzensbrecher wie dir keinen Korb geben, stimmt's? Ich nehme ihn mit ins Arbeitszimmer, Mrs. Jordan, und Sie können sich in aller Ruhe überall umsehen. Das hat der Major gesagt. Ich werde auch die Kinder draußen ein bißchen im Auge behalten. Ich frage mich«, fügte sie an Charlie gewandt hinzu, »ob wir irgendwo einen Keks finden könnten, hmmm, was meinst du?«

Alice murmelte schwach: »Er hat erst zwei Zähne. Er ist erst acht Monate alt. Vielleicht...«

»Wer ist ein großer Junge?« Gwen entfernte sich rasch. »Wer hätte das gedacht? Acht Monate...«

Der rechts von der Haustür gelegene Salon auf der Vorderseite des Hauses war über siebeneinhalb Meter lang; links war das etwas kleinere Eßzimmer. Dahinter gab es ein Arbeitszimmer für Martin, einen Raum, der sich als Spielzimmer eignete, und eine Küche, deren Hintertür auf einen breiten Backsteinweg und dann ins Gras hinausführte, mit Ausblick nach Osten. Die ehemalige Stalltür hatte Alice' Phantasie angeregt, als sie sie zum erstenmal gesehen hatte. Sie hatte sich vorgestellt, wie an einem Sommermorgen die Sonne durch die geöffnete obere Hälfte einfallen und wie sie selbst singend auf einer Leiter stehen würde, während sie mit Hilfe von Schablonen eigene Muster, die sie in Hülle und Fülle im Kopf hatte, als Wandfriese entlang der Decke vorzeichnete. Sie konnte *fühlen*, wie glücklich sie sein würde. Jetzt war die Küche noch ziemlich düster, weil sie für John nur ein Raum war, wo er Dosen öffnete, aber Alice hatte auf den ersten Blick gewußt, wie zauberhaft sie sein könnte. Doch als sie nun die nachgedunkelten, ursprünglich cremefarbenen Wände, das schäbige Linoleum auf dem Boden und den verkratzten Tisch mit seinem Durcheinander von halb leeren Marmeladengläsern, Korkenziehern, Zeitungen und aufgerissenen braunen Umschlägen betrachtete, regte sich in ihr ein leichtes Unbehagen. Es war kaum merklich, aber doch vorhanden. Es glich einer plötzlichen boshaften Brise kalter Luft an einem strahlenden Sommertag oder einer falschen Note in einer Melodie, an und für sich etwas sehr Flüchtiges, das aber einen bitteren Nachgeschmack hinterließ. Alice schüttelte sich, suchte Halt an ihrem Zopf und musterte die Küche mit strengem Blick. Hellgelbe Wände, dafür hatte sie sich entschieden, weiße Möbel, Linoleum entfernen, den Holzboden abschleifen und polieren, duftende Geranien auf den Fenstersimsen, getrockneter Hopfen an den Deckenbalken, Gläser mit Hülsenfrüchten und Gewürzen auf dem Geschirrschrank, ein Schaukelstuhl, Patchwork-Kissen, eine Katze... Sie begann ganz plötzlich zu weinen. Es war erschreckend. Warum weinte sie? Heftiges Schluchzen brach wie ein Brechreiz aus ihr hervor und trieb ihr dicke Tränen in die Augen, so daß sie alles nur noch verschwommen sah. Sie suchte hektisch nach einem Taschentuch, in ihren Mantel- und Rocktaschen und in den Ärmeln, durchwühlte ihre Handtasche. Schließlich fand sie ein zerknittertes Tempo und putzte sich kräftig die Nase. Sie weinte doch *nie.* Die starke Alice, die seit der Zeit unmittelbar nach Charlies Geburt nicht mehr geweint hatte – und das waren offenbar postnatale Probleme gewesen. Sie setzte sich auf einen von Johns abgenutzten Küchenstühlen und ließ den Kopf hängen. Ihr eigenes Verhalten ängstigte sie.

Wahrscheinlich war sie einfach übermüdet. Sie hatten eine anstrengende Zeit hinter sich, in der es darum gegangen war, ob sie das Graue Haus wirklich bekommen würden. Martin war in solchen Dingen nicht sehr tüchtig und machte ungeheuer viel Aufhebens um Geld und Gutachten und dergleichen. Sie hatte ihn zu ermutigen versucht: »Aber die *richtigen* Dinge sind nun mal richtig, oder etwa nicht? Ich meine, wir fühlen doch, daß dieses Haus das richtige ist, und dort werde ich wieder malen und endlich etwas dazuverdienen können, und vielleicht könnten wir ein Pony haben. Auf lange Sicht haben wir doch nie Geld-

sorgen. Wir schaffen es immer. Und so wird es auch jetzt sein.«
Er sagte daraufhin mürrisch: »*Ich* schaffe es immer, meinst du wohl.«
Sie versuchte, nicht in Wut zu geraten. Sie versuchte, nicht daran zu denken, daß Martin ein privates Vermögen besaß, auch wenn es nicht sehr groß war, so daß Geld für sie nie ein echtes Problem war, wie für so viele andere Leute. Sie waren nicht reich, aber sie hatten wirklich keinen Grund zur Klage. Martin haßte es, wenn sie sein Privatvermögen erwähnte; in dieser Hinsicht tat er sehr geheimnisvoll. Sie glaubte, daß er unter verletztem Stolz litt, weil er als Provinzanwalt nicht allzu viel verdiente und genau wußte, daß sich daran auch in Zukunft höchstwahrscheinlich nichts ändern würde. Sie sagte sich, um seiner Selbstachtung willen müsse er so tun, als verdiente er ihr gesamtes Einkommen. Deshalb schluckte sie ihren Ärger hinunter, betrachtete eine Weile seinen über die Zeitung gebeugten kantigen blonden Kopf und sagte schließlich: »Weißt du, ich glaube, daß wir im Grauen Haus sehr glücklich sein werden. Und das ist der Punkt, den ich für so wichtig halte.«
Sie hatten viele derartige Gespräche geführt. Manchmal erwiderte Martin: »Du bist hier also nicht glücklich?« Und manchmal sagte er: »Oh, ich weiß, ich weiß, ich bin ein Arschloch, du weißt ja, wie ich es hasse, mir über Geld den Kopf zu zerbrechen.« Einmal knurrte er nur: »Vielen herzlichen Dank«, und stampfte hinaus. Sie wollte ihm folgen, ließ es aber nach wenigen Schritten bleiben, und an jenem Abend redeten sie beim Zubettgehen kaum miteinander. Solche Vorfälle waren natürlich schrecklich ermüdend, viel anstrengender als ein ganzes Kohlbeet umzugraben oder eine Decke zu streichen oder einen Tag lang bei Regen in London Weihnachtseinkäufe zu erledigen. Alice schneuzte sich noch einmal und stand auf. Sie würde in den Salon gehen. Im Salon konnte bestimmt niemandem zum Weinen zumute sein.

Aber ihr *war* danach zumute. Sie stand am Kamin, in dem wunderschönen langen, niedrigen Raum mit den Bücherregalen und den Fenstern zur Terrasse und stellte sich vor, wie sie in jener Ecke den Weihnachtsbaum schmücken und in jener anderen einen großen Strauß Trockenblumen arrangieren würde, wie sie an allen Fenstern die prächtigen elfenbeinfarbenen Moiré-Vorhänge aufhängen würde, die Martins Mutter ihr geschenkt hatte, und sie fühlte sich noch schlimmer als in der Küche. Sie fühlte sich verzweifelt. Zumindest glaubte sie, daß es Verzweiflung sein mußte, aber sie hatte keine Vergleichsmöglichkeit, denn sie konnte sich nicht daran erinnern, jemals zuvor im Leben ein derartiges Gefühl gehabt zu haben. Sie floh aus dem Salon ins Eßzimmer, sah sich als strahlend lächelnde Gastgeberin am reich gedeckten und mit Kerzen geschmückten Tisch voll köstlicher Speisen sitzen und flüchtete wieder, die Treppe hinauf, ins erstbeste Schlafzimmer.

Es war Johns Schlafzimmer; bald würde es ihres und Martins sein. Von diesem Raum hatte sie am meisten geträumt: wie sie im Bett liegen und durch die fast bis zum Boden reichenden Fenster den Blick ins Tal genießen würde. Sie wußte, wohin sie ihre Frisierkommode und das kleine Sofa – ein Geschenk ihrer Schwiegermutter – stellen und wo sie die Zeichnungen von sitzenden Frauen aufhängen würde, die sie seit ihrem vierzehnten Lebensjahr sammelte. Jetzt geriet sie beim Anblick dieses Zimmers in Panik. Es hatte nichts Bedrohliches an sich, strahlte wie immer Anmut und ruhigen Charme aus. Die Panik kam aus ihrem Innern. Sie legte ihre Hände an die Wangen. Sie glühten.

Im Bad lag Johns alter Mops zusammengerollt in einem Korb auf dem Boden des Kleiderschranks, dessen Tür weit offenstand, damit der Hund nicht unter Klaustrophobie litt. Er gab einen Laut von sich, als Alice eintrat, rührte sich aber nicht von der Stelle. Es war ein riesiges Bad, mit Lehnstuhl und Bücherregal, einer alten Waage, unordentlichen Zeitschriftenstapeln, einem schönen Ausblick und mehreren behaglichen alten Morgenröcken, die auf der Innenseite der Tür übereinanderhingen. Alice schloß sich ein, ließ kaltes Wasser in ein Waschbecken laufen, wusch sich das Gesicht und trocknete es mit Johns Handtuch ab, das angenehm männlich roch. Sie setzte sich in den Lehnstuhl und atmete mit geschlossenen Augen mehrmals tief durch. Idiotische Alice, verrückte Alice, *glückliche* Alice. Sie hielt noch immer Johns Handtuch fest, vergrub ihr Gesicht darin. Wie reizvoll die männliche Ausstrahlung doch war, solange alles unpersönlich blieb: die selbstbewußten Schritte eines Fremden auf dem Parkett, ein Mann, der am Zeitungskiosk hinter dir steht und mit dem Kleingeld in seiner Tasche klimpert, der Kontrast von Haut, Hemdmanschette und Sakkoärmel bei deinem Nachbarn während einer Dinnerparty, Johns altes abgenutztes Badehandtuch. Sie fühlte sich besser und stand auf.

»Kein Wort von alldem zu irgend jemandem«, sagte sie zu dem Mops und ging nach unten.

In Martins zukünftigem Arbeitszimmer, das vorläufig noch eine stickige und gemütliche Höhle war, in der John die Winterabende verbrachte, fand Alice nicht nur Charlie, der auf Gwens Schoß saß und ihre Perlenkette um den Hals hatte, sondern auch Henry Dunne. Henry war Sir Ralphs Verwalter, und obwohl John Murray-French das Graue Haus schon lange vor Henrys Zeit der Gutsherrschaft abgekauft hatte, wurde es nach wie vor quasi als Besitz der Unwins betrachtet. Henry und Johns Sohn waren zusammen in Eton gewesen, und Henry kam bei seinen Inspektionsfahrten über Land oft vorbei, um John dieses und jenes zu erzählen und die Jagdausflüge zu beschreiben, die seine große Leidenschaft waren. John hörte zu, während er gemächlich seine Enten polierte, und es schien ihm nichts auszumachen, immer wieder alle Einzelheiten geschildert zu bekommen. Seine Geduld hatte zur Folge, daß Henry beim Nachhausekommen nicht das Bedürfnis verspürte, seiner Frau Juliet haarklein alles von der Jagd zu berichten, und das war auch gut so, denn sie langweilte sich dabei fast zu Tode und bekam Schreikrämpfe.

Henry hielt Alice für eine wunderbare Frau, und er fand sie sehr schön, mit ihren dunkelblauen Augen und ihrem erstaunlichen Zopf, aber er befürchtete, daß sie ziemlich clever sein könnte. Bei der letzten Silvesterparty hatte er gehofft, daß auch sie ihn wunderbar fände, denn er hatte sie kühn geküßt, und das nicht etwa nur bei der blödsinnigen Mitternachtsküsserei, die immer so chaotisch verlief, daß man schon von Glück sprechen mußte, wenn man nicht zuletzt die Möbel küßte. Und es schien ihr gefallen zu haben. Als die Party schließlich zu Ende war, hatte er ihr zugeflüstert: »Gute Nacht, meine Schöne«, und sie hatte ihm einen langen Blick geschenkt. Doch als er sie dann zufällig in Salisbury wiedersah, schob sie ihr Baby in einem kleinen Kinderwagen vor sich her, und obwohl sie ihm zulächelte, war sie doch ganz gelassen und sagte sogar: »War das nicht eine herrliche Neujahrsparty?«

»Für mich war sie herrlich, weil *du* da warst.«

Und sie lächelte ihm zu und schüttelte den Kopf.

»Meinst du damit, Alice, daß du nicht...«

»Ich meine, daß...«

Sie verstummte. Er rief: »Was? Was? Sag es mir.«

Sie blickte ihn wieder an, und sogar ein Trottel wie er, von dem Juliet immer behauptete, er hätte die Sensibilität eines kurzsichtigen Büffels, konnte ihrem Gesicht ansehen, daß sie Angst hatte.

»Bitte nicht«, murmelte sie, und dann küßte sie ihn flüchtig auf die Wange und schob ihr Baby ins »Marks and Spencer«.

Jetzt aber schien sie sich sehr zu freuen, ihn zu sehen. Sie küßte ihn, fragte: »Wie geht's Juliet?«, fügte an Charlie gewandt hinzu: »Oh, du altes Schlitzohr« und setzte sich neben Gwen.

»Das Haus sieht so gepflegt aus«, sagte sie, nicht ganz wahrheitsgemäß, denn in Wirklichkeit hatte sie kaum darauf geachtet.
»Ich tue mein Bestes. Keine leichte Aufgabe, bei all den Pfeifen des Majors und seinen Hunden und der Schnitzerei. Aber wir geben den Kampf nicht auf, nicht wahr, mein Süßer?«
Charlie gab miauende Laute in Richtung Alice von sich. Sie nahm ihn von Gwens Knien und gab ihr die Perlenkette zurück.
»Gwen sagt, daß sie bleibt«, sagte Henry.
»Ich weiß. Ist das nicht fabelhaft von ihr?«
»Vier Vormittage werde ich hier arbeiten. Und an einem Tag werde ich beim Major ausmisten, wenn er erst einmal in seinem Cottage wohnt. Sie müßten es jetzt sehen – von den Wänden tropft die Feuchtigkeit.«
Alice stand auf, Charlie auf dem Arm.
»Herzlichen Dank für Ihre Freundlichkeit, Gwen. Mit ist ein Stein vom Herzen gefallen, seit ich weiß, daß Sie mir helfen werden. Ich rufe jetzt die Kinder und mache mich auf den Heimweg.«
»Ich gehe gleich mit«, sagte Henry. »Ich bin nur vorbeigekommen, um John das Gutachten über sein Cottage zu bringen.«
Gwen öffnete ihnen die Haustür. Alice berührte das Holz. *Ihre* Haustür. Sie zog ihre Hand hastig zurück und schob sie wieder unter Charlies dick gepolsterten Po.
»Wiedersehn«, sagte Gwen. »Fahren Sie vorsichtig. Winkewinke, mein süßes Bübchen.«
Nachdem Gwen die Tür geschlossen hatte, fragte Alice: »Wird sie mich verrückt machen?«
Henry machte ein verdutztes Gesicht.
»Ich glaube kaum, daß du so leicht jemand anderen finden wirst. Alle jammern, daß sie Hilfe brauchen, und ich weiß mit Sicherheit, daß Elizabeth Pitt ein Auge auf Gwen geworfen hat, und Sarah Alleyne ebenfalls, nur daß niemand sie länger als einen Monat aushält.«

Er öffnete den Fond des Wagens, damit Alice Charlie in seinem Tragekorb verstauen konnte.
»Weißt du, wir sind alle hell begeistert, daß ihr dieses Haus bekommen habt. Es wird für das Dorf ein echter Gewinn sein.«
Alice richtete sich auf.
»Wir haben großes Glück gehabt.«
»Das kann man wohl sagen. John konnte sich der Horden von Interessenten kaum erwehren. Er sagt, ein Kerl sei aus heiterem Himmel in einem schwarzen BMW hier aufgetaucht und habe ihm 400.000 geboten.«
»Was hat denn ein BMW damit zu tun?«
Henry erwiderte leicht gereizt: »Er muß aus der City gekommen sein. Geld wie Heu, verstehst du?«
Alice schwieg. Sie stand ganz still und betrachtete das Haus. Es begann zu dämmern, und Gwen hatte hier und dort Licht gemacht, korallenfarbene Rechtecke in der hellgrauen Fassade. Es sah idyllisch aus.
»Ich bin gelb vor Neid«, sagte Henry, der sie beobachtet hatte. »Und nicht nur ich – halb Wiltshire.«
Alice wandte sich langsam ihm zu und berührte kurz seine Hand.
»Das Merkwürdige ist«, stellte sie ganz ruhig fest, »daß ich es jetzt, nachdem es mir gehört, überhaupt nicht mehr haben will.«
Und dann brach sie in Tränen aus.

»Ich weiß nicht, was los ist«, sagte Martin am Telefon, mit gedämpfter Stimme, obwohl Alice oben im Bad war. »Sie scheint es mir nicht erklären zu können. Sie findet das Graue Haus wunderschön, sie will nicht hierbleiben, aber sie sagt, daß sie Angst hat umzuziehen.«
Fünfzig Meilen entfernt, in Dorset, fragte seine Mutter: »Ist es der Umzug als solcher?«
»Das kann nicht sein«, meinte Martin. »Solche Dinge haben ihr doch noch nie etwas ausgemacht. Ich habe sie noch nie so erlebt.«

»Sie war nach Charlies Geburt eine Zeitlang sehr verstört.«
»Das ist vorbei«, sagte Martin. »Der Befund vor vier Monaten war völlig in Ordnung!«
»Hattet ihr vielleicht Streit?« fragte Martins Mutter.
Martin antwortete viel zu laut: »Nein!« Dann fuhr er ruhiger fort: »Na ja, wir hatten Meinungsverschiedenheiten darüber, wieviel wir für das Graue Haus bieten sollten. Aber richtig *gestritten* haben wir nicht.«
»Kann ich mit ihr sprechen?«
»Sie ist im Bad. Sie weiß nicht, daß ich dich angerufen habe.«
Martins Mutter, die ihre Schwiegertochter von Herzen liebte, sagte leicht indigniert: »Hinter ihrem Rücken, so als dürfte sie es nicht hören? Kein Wunder, daß sie weint.«
Martin ließ den Kopf hängen. Es war wie immer. Sein Leben lang bemühte er sich nach Kräften, seiner Mutter zu gefallen, ihr nahe zu sein und sie ins Vertrauen zu ziehen, und immer wieder mußte er feststellen, daß es ihm nicht gelang. Er wußte, daß sie ihn liebte – aber er war sich nie sicher, ob sie ihn mochte. Bei seinem älteren Bruder Anthony war es ganz ähnlich, nur daß Anthony robuster und frecher war, so daß sie oft aneinandergerieten. Er erinnerte sich mit der üblichen Bestürzung daran, daß seine Mutter vor zehn Jahren zu Alice gesagt hatte: »Ich bin sehr froh, daß du Martin und nicht Anthony heiratest. Ich liebe Anthony, aber ich weiß, daß er wirklich ein schrecklicher Junge ist.«
Und das war ihre ehrliche Meinung und nicht etwa nur die scherzhafte Bemerkung einer in ihre Söhne vernarrten Mutter. Martin fragte sich voller Unbehagen, was sie Alice wohl über ihn erzählt haben mochte; es gab so vieles, worüber sie mit Alice gesprochen hatte, von dem er nie etwas wissen würde.
»Natürlich kannst du mit ihr reden«, sagte er steif, »wenn du glaubst, daß es etwas nützen wird.«

»Bring sie dazu, mich anzurufen«, sagte Cecily Jordan, »wenn sie aus dem Bad kommt.«
Er legte seufzend den Hörer auf, schrecklich müde. Als er nach einem langen Arbeitstag nach Hause gekommen war, schien alles wie immer zu sein: Die Kinder waren im Bett, das Abendessen war fertig, und Alice saß im kleinen Wohnzimmer am Kamin und stickte an einem Wandteppich. Doch als sie aufschaute, damit er ihr den üblichen Begrüßungskuß geben konnte, sah er, daß sie geweint hatte. Und auch während des Abendessens brach sie immer wieder in Tränen aus. Schluchzend stammelte sie, sie hätte die schreckliche Vorahnung, daß es einfach nicht gutgehen würde.
»Meinst du das Graue Haus?« hatte er gefragt.
»Nein... nein... nicht das Haus als solches, aber das Leben dort, *unser* Leben dort...«
»Aber genau das hast du doch immer gewollt!«
Sie schob ihren halb vollen Teller weg. »Ich weiß. Das ist es ja, was mir solche Angst macht.«
Er versuchte sie aufzuheitern.
»Du hast doch vor nichts Angst! Nie. Beim Skifahren stehe *ich* immer Todesängste um dich aus.«
»Oh«, wehrte Alice ab, »physische Dinge. Das ist leicht. Dies hier ist viel beängstigender, ein Gefühl totaler Verlorenheit, so als hätte ich alles auf etwas gesetzt, das es überhaupt nicht gibt.«
Martin widmete sich der Lasagne, die sie übriggelassen hatte.
»Ich verstehe dich nicht«, hatte er gesagt.
Und er verstand sie auch jetzt noch nicht. Vielleicht hatte seine Mutter recht, und es waren Relikte der Depressionen nach Charlies Geburt.
Sie tat ihm leid, aber gleichzeitig war er leicht verärgert, daß sie sich nicht normal benehmen konnte. Schließlich hatte sie das Haus unbedingt haben wollen, und er hatte sich wirklich sehr anstrengen müssen, um es zu bekommen. Er hatte für das Graue Haus eine Menge Aktien ver-

kaufen müssen, eine ganze *Menge.* Er betrachtete das Zimmer, das klein, aber mit allen möglichen faszinierenden Sachen und kühnen Stoffen und ausgefallenen Gemälden ausgestattet war, die er selbst nie, auch nicht in einer Million Jahre, ausgesucht hätte, die ihm nun, als er sie sah, aber wirklich gut gefielen. Sie waren ganz Alice. Er starrte ins Feuer und fühlte sich von ihr im Stich gelassen.

Als sie in einem gelben Morgenrock herunterkam, ihren Zopf mit einem Kamm hochgesteckt, versuchte er, sich nicht mürrisch anzuhören. »Ma bittet dich, sie anzurufen.«

Alice' Augen leuchteten auf, voller Erleichterung und Hoffnung.

»Natürlich«, sagte sie. »Hat sie angerufen?«

»*Ich* habe sie angerufen.«

»Martin, ich bin nicht absichtlich neurotisch. Ich hasse es, mich so aufzuführen. Wenn ich könnte, würde ich sofort damit aufhören.«

Er erhob sich von seinem Stuhl und kickte ein Holzscheit in den Kamin. Den vorwurfsvollen Ton seiner Mutter noch im Ohr, fragte er: »Liegt es an mir? Hat es etwas mit mir zu tun? Hast du mich satt?«

Alice schnappte nach Luft.

»O nein!«

»Ist mir nur so durch den Kopf gegangen«, brummte er. Da war sie wieder, die falsche Note in der Melodie, leise, aber schrill. Alice durchquerte das Zimmer, schlang von hinten die Arme um Martin und legte ihre Wange an seinen Rücken.

»Du weißt genau, daß das nicht stimmt. Habe ich nicht dauernd gesagt, daß ich das Graue Haus haben möchte, weil ich weiß, daß wir dort glücklich sein werden?«

»Aber das steht doch im Widerspruch zu dieser plötzlichen Panik!«

»So ist es. Wahrscheinlich sind es irgendwelche Hormonschwankungen. Darauf bin ich im Bad gekommen.«

Er drehte sich um und umarmte sie, und unwillkürlich ging ihm durch den Kopf, daß er viel mehr Sex bräuchte, daß er viel öfter mit ihr schlafen wollte als sie mit ihm. Er holte tief Luft.

»Geh und ruf Mutter an«, sagte er.

2. Kapitel

Bevor Cecily Jordan geheiratet hatte, war sie kurze Zeit Sängerin gewesen. Sie war 1937 trotz des Widerstands ihrer Eltern zum Studium nach Wien gegangen und hatte sich mit achtzehn leidenschaftlich in die Musik, in Wien und in einen jungen jüdischen Komponisten und politischen Aktivisten verliebt. Er hatte ihr die reinen und lieblichen Lieder von Schubert erschlossen und sie gelehrt, ihre Darbietung zwischen Lyrismus und äußerster Dramatik zu variieren, wie das Lied es erforderte. Das erreichte er einerseits durch gesangstechnische Unterweisung, andererseits aber auch dadurch, daß er mit ihr ins Bett ging und ihr bewußt machte, welche Kräfte in ihr schlummerten – Kräfte, die sie sodann mühelos beim Singen zum Ausdruck brachte.

Im Winter 1938 mußte sie ihm versprechen, daß sie sofort nach England zurückkehren würde, falls ihm etwas zustoßen sollte. Er drohte, sie auf der Stelle zu verlassen, wenn sie sich nicht fügte. Er ließ sie dieses Versprechen sogar zu Papier bringen und unterschreiben. Im Juni 1939 wurde er verhaftet, als er die Ringstraße überquerte, und einige Zeilen von ihm, denen jenes schriftliche Versprechen beigelegt war, wurden ihr überbracht, als sie gerade in ihrem sonnigen, staubigen, unordentlichen Zimmer draußen am Prater Stimmübungen machte.

»Alles wird für uns beide nur unendlich schlimmer werden, wenn du dein Versprechen brichst, und ich würde dich dafür nicht bewundern, sondern hassen«, schrieb ihr Geliebter. »Das Beste, was du jetzt für uns tun kannst, ist, die wunderschöne Stimme, die wir gemeinsam geformt

haben, nach England zurückzubringen und sie als Licht in einer dunklen Welt zu entzünden.«
Er schrieb nicht, daß er sie liebte. Während sie in verschiedenen gräßlichen Zügen quer durch Europa zuckelte, dachte sie darüber nach, daß er auch nie von Liebe *gesprochen* hatte. Es war ihr früher nicht aufgefallen, weil ihre eigene Liebe für sie beide ausgereicht hatte. Sie kam im August in England an, wo einer niedergedrückte Stimmung herrschte, und fuhr wie betäubt und fast sprachlos nach Suffolk ins Elternhaus, wo ihre Mutter die zu erwartenden Entbehrungen der Kriegszeit genußvoll heraufbeschwor, Alice' Kinderbücher vorsorglich schon als Altpapier verkauft und die Badewanne ringsum mit einem roten Strich versehen hatte, zehn Zentimeter vom Boden entfernt, als besonders entnervende Sparmaßnahme.
Cecily versuchte zu singen, war dazu aber nicht in der richtigen Stimmung. Im September wurde der Krieg erklärt, aber ihr kam es vor, als spielten sich die neuesten Ereignisse in weiter Ferne ab und hätten für sie keine direkte Relevanz. Sie schlief schlecht, lag jede Nacht stundenlang wach und ließ die herrliche Wiener Zeit in Gedanken immer wieder Revue passieren. Tagsüber machte sie anstrengende Spaziergänge und sprach oft davon, sich freiwillig melden zu wollen, was sie dann aber doch nicht tat. Dafür erklärte sie eines Tages aus heiterem Himmel, daß sie nach Kanada reisen würde, um in Toronto an einer großen Mädchenschule Gesang zu unterrichten. Sie blieb dort sechs Jahre. Ihre Eltern dachten, sie würde vielleicht einen Kanadier heiraten, aber sie heiratete nicht. Im schrecklichen Winter 1946 kehrte sie nach England zurück, und im folgenden Jahr heiratete sie Richard Jordan, den sie im Zug kennengelernt hatte, nachdem sie in Southampton von Bord ihres Transatlantikdampfers gegangen war.
Richard Jordan war Ingenieur. Er hatte sich in Southampton ein Trümmergrundstück als möglichen Standort für eine Fabrik angesehen, wo Bohrer produziert werden

sollten. Das Glück war ihm hold. Cecily und er bekamen innerhalb von fünf Jahren zwei Söhne und kauften ein Herrenhaus in einem bewaldeten Tal unweit von Corfe in Dorset, nur eine Meile vom Meer entfernt. Cecily stellte im Laufe der Zeit fest, daß sie an der Gesellschaft der drei Männer in ihrem Leben keine allzu große Freude hatte, aber der Garten des Herrenhauses bot ihr eine Art Ersatzbefriedigung. Sie entwickelte sich zu einer phantasievollen Gärtnerin und machte sich als solche einen Namen. Sie schrieb Gartenbücher und wurde in den 60er Jahren zu Vorträgen überall in England eingeladen. In den 70er Jahren war sie so berühmt, daß sie auch an der Ostküste der USA Vorträge hielt.

Und 1976 brachte dann ihr jüngerer Sohn Martin Alice mit nach Hause. Es war ein herrlicher Septembertag, die Gärten von Dummeridge entfalteten in der Wärme eine späte Pracht, aufgeplatzte Pflaumen lagen klebrig im hohen Gras, und fette Insekten schwirrten summend zwischen den Hecken umher. Cecily war neben dem Gartenhaus aus dem 18. Jahrhundert, das sie in Essex entdeckt und nach Dorset transportiert hatte, damit beschäftigt gewesen, eine schwere doppelte weiße Klematis hochzubinden, die zuvorkommend zweimal im Jahr blühte, als plötzlich hinter ihr jemand ganz ungezwungen sagte: »Sie müssen Martins Mutter sein.«

Sie drehte sich um. Etwa zwei Meter entfernt stand ein großes Mädchen in Jeans und blauem Hemd, mit langen braunen Haaren, die am Hinterkopf mit einem indischen Tuch zusammengebunden waren.

»Ich bin Alice Meadows«, stellte sich das Mädchen vor.

»Martin wollte das Kricketspiel im Fernsehen nicht versäumen, aber ich konnte es einfach nicht erwarten, in diesen herrlichen Garten zu kommen. Hoffentlich störe ich Sie nicht.«

»Bestimmt nicht.« Cecily zog ihren Gartenhandschuh aus und streckte Alice die Hand entgegen. »Sie sind mir mehr als willkommen, Alice Meadows.«

Sie brachte Alice in dem kleinen nach Süden gelegenen Gästezimmer unter, das ihr insgeheim als ihr eigenes Schlafzimmer vorschwebte, wenn Richard einmal tot sein würde. Das Bettgestell war aus Messing, auf dem glänzenden Parkett lagen robuste, cremefarbene griechische Teppiche, die Vorhänge an den Fenstern mit ihren breiten Simsen waren aus blauweißem Cretonne, und in einer Ecke hing eine riesige chinesische Jardiniere, in der Bleiwurz mit sternförmigen hellblauen Blüten prächtig gedieh.

»Gefällt es Ihnen?« fragte Cecily überflüssigerweise.

»Großartig.«

»Das ist mein Lieblingszimmer. Ich finde, es hat eine angenehme Atmosphäre.« Sie sah Alice an. »Meinen Sie und Martin es ernst miteinander?«

Alice erwiderte ihren Blick gänzlich unbefangen. Das Haus und das Zimmer und diese faszinierende, offensichtlich starke Frau in Drillichhemd und -hose, die aber perfekt frisiert war und eine Perlenkette trug, gaben ihr das Gefühl, sie brauche nichts zu befürchten oder zu entscheiden – alles würde ihr hier abgenommen werden.

»Nein«, antwortete sie freimütig. »Wir kennen einander erst seit zwei Wochen. Martin hat meinen Bruder beim Squashspielen kennengelernt, und mein Bruder brachte ihn mit nach Hause. Wir sind zweimal zusammen im Kino gewesen und ein paarmal im Pub. Und dann hat er mich hierher mitgenommen.«

Sie fuhr mit der Hand über den dicken Messingknopf am Fußteil des Bettes.

»Glauben Sie«, fragte sie Cecily, »daß es falsch von mir war herzukommen, wenn ich keine ernsten Absichten habe?«

»Nein. Ob nun ernste Absichten oder nicht – Sie hatten ganz recht herzukommen.«

Sie gingen zusammen in den Garten, und Cecily ließ Alice unter einer Weide am Rand des Rasens allein zurück, während sie selbst Tee zubereitete. Alice lehnte sich in einem alten Rattan-Liegestuhl zurück, dessen Armstützen sich auflösten und stachelig nach allen Seiten abstanden, und blickte durch das hellgrüne Laubwerk in den strahlend blauen Himmel empor. Sie fühlte sich – ja, wie eigentlich? Sie suchte nach dem richtigen Wort. Glücklich? Zu schwach. Zufrieden? Zu nichtssagend. Großartig? Zu egozentrisch. Aber in gewisser Weise trafen sie doch alle zu, und auch Wörter wie »erfüllt« und »entspannt« und »selig« und...

Eine neue Idee riß Alice abrupt aus ihren Gedanken. Sollte sie Martins Mutter etwas über ihre Familie erzählen? Sollte sie sagen, daß es für sie die Erhörung eines Gebets war, in dieses herrliche alte Haus zu kommen und in diesem romantischen und die Sinne betörenden Garten zu dösen, daß dies alles ein Gegengift gegen ihr eigenes Zuhause war, wo die häßlichen Wände tagein, tagaus von den unaufhörlichen Klagen ihrer Mutter widerhallten? Ich bin reif für dies hier, sagte sich Alice, während sie mit den Zehen ihre Schuhe abstreifte und ihre nackten Füße in die Sonne streckte. Ich bin diesem Paradies verfallen, ich war eine leichte Beute, noch bevor Martins Mutter den Mund aufmachte. Sie schloß die Augen und genoß den Schatten der Weide auf ihren Lidern. Zu Hause, in der Lynford Road 4 in Reading, würde ihre Mutter jetzt indischen Tee aus einem häßlichen Becher – dem Werbegeschenk einer Garage – trinken und in Radio 4 *Kaleidoscope* oder den Schluß von *Afternoon Theatre* an sich vorbeirauschen lassen, ohne wirklich zuzuhören, weil sie statt dessen alle Kümmernisse dieses Tages Revue passieren ließ, die sich im Grunde seit Jahren immer gleich blieben und aus dem Groll gegen ihren freundlichen, liebenswerten, aber treulosen Ehemann – Alice' Vater – resultierten, der vermutlich auch zur Stunde in der Universität ein Seminar über »Die metaphysischen Dichter« abhielt und dabei an Sex dachte.

Sie würde ihn nicht verlassen. Immer wieder jammerte sie Alice vor, daß sie ihn nicht verlassen würde, weil sie ihn liebte. Und wie schlecht wurde ihre Treue belohnt, wie gemein wurde sie behandelt! Alice hatte längst erkannt, daß es eher Tyrannei als Treue war, obwohl sie andererseits auch von den Affären ihres Vater angewidert war. Nicht einmal ihre Freundinnen waren vor ihm sicher; sie fanden ihn alle sehr charmant und flirteten mit ihm, wenn sie Alice abholten, um ins Kino oder in eine Disco zu gehen. Alice' Mutter drängte sie, Partei zu ergreifen und sie zu verteidigen, aber Alice weigerte sich. Ihrer Meinung nach waren beide schuld an der Situation, und sie wußte, daß sie gleich nach Abschluß der Kunstschule dem häßlichen, geschmacklos eingerichteten Haus in Reading, den verbitterten Klagen ihrer Mutter und der Genußsucht ihres Vaters den Rücken kehren würde, daß sie wie ihre Brüder fortgehen und nicht zurückkommen würde.

Einer ihrer Brüder war in die Ferne gezogen, nach Los Angeles, und dort ein ungemein erfolgreicher Taxifahrer geworden. Der andere war nur nach London geflüchtet, wo er mit sechs anderen Studenten eine riesige unordentliche Wohnung am Lavender Hill bewohnte und für seine Juraexamen paukte. Dieser Bruder hatte Martin Jordan mit nach Hause gebracht – nein, das war eigentlich nicht der richtige Ausdruck, denn er ertrug bestenfalls eine Stippvisite; sie waren unterwegs nach Oxford, um an einem Squashturnier teilzunehmen, und weil Alice oben in ihrem Zimmer in blinder Wut malte, nachdem eine Studentin – die neueste Eroberung ihres Vaters – ganz unverfroren angerufen hatte und Professor Meadows sprechen wollte, hatten sie sie nach Oxford mitgenommen. Sie hatte keine Lust, ihnen beim Squashspielen zuzuschauen, und ging statt dessen ins Ashmolean-Museum, wo sie sich die Caernavon-Statuen ansah, die eine sehr beruhigende Wirkung auf sie ausübten. Martin Jordan war in den nächsten zwei Wochen viermal aus London nach Reading gekommen, um mit Alice auszugehen – beim letzten Mal hatte er ihrer Mutter Blumen mitgebracht, was Alice'

Wissens nach seit zwanzig Jahren niemand getan hatte – und dann hatte er angerufen und gesagt, er komme auf dem Weg nach Dummeridge durch Reading und könne sie abholen, wenn sie Lust habe mitzukommen.
Alice hatte darauf hingewiesen, daß Reading nicht auf dem direkten Wege von London nach Dorset liege.
»Für mich schon«, hatte Martin erklärt, »wenn du mitkommst.«
Er hatte sie in der Lynford Road abgeholt, und Alice hatte ihrer Mutter nicht einmal mehr aus dem Auto zugewinkt, wußte sie doch genau, daß diese nun einen neuen Grund zur Klage hatte, weil die Tochter es wagte, wegzufahren und sich zu amüsieren, während sie selbst zu Hause sitzen und leiden mußte.
Und nun lag Alice genüßlich an diesem paradiesischen Ort unter einer Weide und rekelte sich wohlig wie eine Katze, während ein wunderbarer Mensch den Tee brachte. Sie wußte im voraus, daß es chinesischer Tee in hübschen Tassen sein würde, mit dünnen Zitronenscheiben, und dazu vielleicht Mandelgebäck.
»Was für ein zufrieden aussehendes Mädchen!« sagte Cecily, während sie das Tablett abstellte. »Ich hoffe, Sie mögen chinesischen Tee. Und Dorothy – das ist meine Haushaltshilfe – hat Mürbeteigplätzchen gemacht.«
Alice lachte. »Ich dachte, es würde Mandelgebäck sein.«
»Und chinesischer Tee?«
»O ja...«
Cecily lächelte strahlend und setzte sich in einen Rattanstuhl.
»Martin guckt immer noch in die Röhre.«
»Das stört mich nicht, solange er nicht von mir erwartet, ebenfalls in die Röhre zu gucken.«
»Er sagt, Sie malen.«
»Ja.«
»Dinge, die Sie sehen, oder Dinge Ihrer Phantasie?«
»Dinge, die ich sehe, aber mit Phantasie verfremdet.«
»Zitrone?«

»O ja, bitte...« Sie richtete sich schwungvoll auf, und ihre nackten Füße versanken im warmen Spätsommergras.
»Sie ahnen ja nicht, wie himmlisch das alles ist«, sagte sie leidenschaftlich.
»O doch«, erwiderte Cecily. »Sie dürfen nicht vergessen, daß es mein ureigenstes Werk ist, und ich heimse nur allzu gern alle Lorbeeren ein.«
Sie reichte Alice eine mit Paradiesvögeln bemalte hauchdünne Tasse.
Alice nahm das zerbrechliche Gefäß vorsichtig entgegen. »Bei mir zu Hause ist alles so häßlich wie nur möglich«, berichtete sie. »Ich nehme an, daß meine Mutter sich auf diese Weise am Leben rächen will, weil es ihr kein Glück beschert hat.«
»Kaum jemand ist wirklich glücklich«, sagte Cecily. »Man muß vielmehr nach Mitteln und Wegen suchen, um wenigstens nicht unglücklich zu sein. Manche Leute lieben es aber leidenschaftlich, unglücklich zu sein.«
»Zu dieser Kategorie gehört meine Mutter. Es verschafft ihr eine grimmige Befriedigung, unglücklich zu sein.« Alice lachte plötzlich. »Oh, oh, ich bin gemein, *gemein...*«
»Ja, das sind Sie.« Cecily betrachtete sie mit unverhohlener Zuneigung. »Erzählen Sie mir mehr über sie und über Ihren klugen Vater. Ich muß zu meiner Schande gestehen, daß Sie hier von Kulturbanausen umgeben sein werden. Ich glaube, mein Mann liest nur Zeitungen und technische Fachzeitschriften, Martin liest nur Farbbeilagen, und sein Bruder Anthony liest überhaupt nichts. Und Sie?«
Alice stellte ihre Tasse vorsichtig ab und streckte sich wieder auf dem Liegestuhl aus.
»Liebesgeschichten. Ich bin versessen auf Liebe. Glauben Sie, daß Liebe die Antwort auf alle Fragen ist?«
»Nun« – Cecily dachte an ihren Sohn Martin – »das ist etwas, das Sie selbst herausfinden müssen.«

Sogar als Baby, als winziges Baby, hatte Martin ein bißchen ängstlich ausgesehen. Er war ein hübsches Baby gewesen, dann ein lieber kleiner Junge, dann ein sympathischer großer Junge, und schließlich hatte er sich zu einem kräftigen, blonden, durchaus attraktiven Mann entwikkelt. Aber er sah noch immer ängstlich aus. Wenn man gute Laune hatte, so dachte Cecily immer, verspürte man das Bedürfnis, ihm diese Angst zu nehmen, wenn man sich aber selbst nicht wohl fühlte, ging dieser Ausdruck einem genauso auf die Nerven wie der stumme Vorwurf in den flehenden Augen eines Hundes, der stundenlang auf seinen Spaziergang warten muß, weil man gerade keine Zeit für ihn hat. Sie liebte Martin sehr, wollte ihn aber nicht dauernd um sich haben. Das war schon immer so gewesen. Er war unbestreitbar ziemlich langweilig, aber das hätte sie nicht weiter gestört. Was sie so deprimierend fand, war sein Mangel an Entschlossenheit, an Neugier und Abenteuerlust. Dieses ungewöhnliche Mädchen mitzubringen war das Wagemutigste, was er in vierundzwanzig Jahren je getan hatte. Und er hatte Alice nicht nur mitgebracht, nein, er ging auch großartig mit ihr um. Cecily hatte erwartet, daß er zu eifrig, zu devot sein würde, aber das war nicht der Fall. Er war sogar ziemlich unterhaltsam, und obwohl Cecily vermutete, daß er wahnsinnig verliebt war, ließ er sich kaum etwas davon anmerken. Und Alice ging mit ihm genauso ungezwungen um; es gab keine verstohlenen Blicke, keine sehnsüchtigen Augenkontakte. Als Anthony an jenem ersten Tag zum Abendessen nach Hause kam, beachtete Alice ihn kaum, obwohl er durch besondere Unverschämtheit ihre Aufmerksamkeit auf sich zu lenken versuchte. Er war so unverschämt, daß sogar sein Vater am Kopf des Tisches aus der Versunkenheit erwachte und plötzlich sagte: »Verlaß das Zimmer!«

»Vater...«

»Verlaß das Zimmer.«

Anthony wandte sich hilfesuchend an seine Mutter.

»Geh«, sagte sie.

»Das ist barbarisch...«

»Verlaß das Zimmer«, wiederholte Richard Jordan, der mit einem Male so bedrohlich wie ein gereizter Stier aussah. Anthony stand auf.
»Was soll Alice...« Er verstummte. Alle beobachteten ihn. Cecily schien völlig ungerührt zu sein.
»Ich glaube, es war eine Französin, die in einem Buch beschrieben hat, wie sie endlich ihre fünf Söhne losgeworden ist. Ich müßte es kaufen.«
Martin versuchte in jener Nacht nicht, in Alice' Zimmer zu kommen. Sie hatte im Grunde damit gerechnet, aber eher gehofft, daß er es nicht tun würde. Sie war bisher zweimal mit Männern ins Bett gegangen, einmal mit siebzehn, um das erste Mal hinter sich zu bringen und zu wissen, worum es bei der Sache überhaupt ging, und das zweite Mal vor sechs Monaten, einfach weil sie das physische Bedürfnis nach Sex verspürt hatte. Beim zweiten Mal war es naturgemäß angenehmer gewesen, aber ihren Hoffnungen und Erwartungen hatten beide Erfahrungen nicht entsprochen, was sie damit erklärte, daß sie in die Männer nicht verliebt gewesen war. Sie wußte genau, daß sie auch in Martin nicht verliebt war, und deshalb wollte sie den Sex mit ihm nicht zu einer Art Lackmuspapiertest machen. Aber während sie so in dem bezaubernden Gästezimmer zwischen Leinenlaken ihren Gedanken nachhing, im Schein eines geradezu lächerlich theatralischen kupferfarbenen Vollmonds, gestand sie sich ein, daß sie große Lust auf wirklich guten Sex hätte. Sie wollte von einer gigantischen physischen Kraft in ihrem eigenen Innern überwältigt werden und jedes Atom ihres Körpers als *Körper* wahrnehmen. Einer der Dozenten an der Kunstschule – ein ziemliches Ekel – hatte einmal behauptet, daß guter Sex zu besseren Bildern führe. Alice hatte lange darüber nachgedacht und die These schließlich als typische Übertreibung der 60er Jahre verworfen. Es gab genügend Gegenbeispiele, angefangen mit Toulouse-Lautrec und van Gogh. Beide Hände auf den Bauch gepreßt, über dem züchtigen Baumwollnachthemd, fragte sie sich wieder

einmal, welche Gefühle man wohl beim Orgasmus haben mochte, was er bewirkte. Wenn sie das endlich aus eigener Erfahrung wüßte, bräuchte sie sich darüber nicht mehr den Kopf zu zerbrechen.
Sie drehte sich auf die Seite und schob ihre Hände zwischen die Schenkel. Dummeridge war der herrlichste Ort, den sie je gesehen hatte. Falls Martin sie morgen fragen sollte, ob sie ihn heiraten wolle – vielleicht draußen im efeubewachsenen Stallhof, während über ihnen weiße Tauben durch die blaue Luft schwirrten –, würde sie ja sagen. Dann könnte sie immer hierherkommen, und – das Allerbeste – Cecily würde ihre Schwiegermutter sein. Sie begann vor Glück und Aufregung hilflos zu kichern, und Martin, der im dunklen Korridor vor ihrer Tür stand, brachte beinahe – aber doch nicht ganz – den Mut auf, einzutreten und sie zu fragen, was so komisch sei.

Er wußte, daß er sie heiraten wollte. Er wußte es vom ersten Augenblick an, als ihr Bruder Josh in jenem düsteren Haus in Reading eine Tür im ersten Stock aufgerissen hatte: Alice stand in enger rotschwarz gestreifter Hose und weitem blauem, über und über mit Farbe beschmiertem Arbeitskittel an einer Staffelei, die langen Haare auf dem Kopf zusammengezwirbelt und mit einem Pinsel befestigt, und malte in rasender Wut. Er verschwendete keinen Blick auf ihr Werk, so fasziniert war er von der Malerin. Ihm war noch nie jemand begegnet, der so – so *vital* aussah. Sie fiel Josh um den Hals, und er schien sich über das Wiedersehen genauso zu freuen. Und dann hatten sie sie nach Oxford mitgenommen, und Martin hatte das Gefühl gehabt, als pulsierte sein kleiner Mini plötzlich vor Leben, obwohl Alice nicht viel redete. Sie saß einfach auf dem Rücksitz und war *vorhanden*, und er betrachtete sie hin und wieder im Rückspiegel und schmolz förmlich dahin. Sie hatte das gewisse Etwas.
Er stellte fest, daß sie ihn mutig machte, daß er plötzlich die Initiative ergreifen konnte. Und es war ein Kinder-

spiel, sich mit ihr zu unterhalten. Als er zehn Tage später in ihrer Begleitung aus einem Pub kam, hatte er ausnahmsweise nicht das Gefühl, langweilig oder konventionell zu sein. Er war in Hochform, aber er befürchtete, daß diese Brillanz verschwinden könnte, wenn Alice nicht für immer bei ihm bliebe. Dann wäre er wieder der gute alte Martin, der viel Aufhebens um Abfahrtszeiten von Zügen und um Straßenverhältnisse machte, was seiner Mutter so manchen Stoßseufzer entlockte, auch wenn sie noch so sehr versuchte, es sich nicht anmerken zu lassen. Alice nach Dummeridge mitzunehmen, war ein Geistesblitz gewesen, eine wirklich blendende Idee: Sie war ganz vernarrt in das Haus, und sie verstand sich auf Anhieb glänzend mit seiner Mutter. Und sogar sein Vater... Anthony hatte einmal wütend geäußert, mit ihrem Vater zusammen zu leben, sei so, als wohnte man in einem Haus, wo das größte und schönste Zimmer immer abgesperrt ist, und obwohl dieser Vergleich Martin verstörte, weil er von Natur aus konventionell und loyal war, mußte er doch zugeben, daß Anthony den Nagel auf den Kopf getroffen hatte. Sein Vater war im Grunde kein Langweiler, sondern nur extrem verschlossen, aber er beobachtete Alice, das konnte Martin sehen, und mehr noch, sie gefiel ihm offensichtlich. Alice war so beschaffen – bei diesem Gedanken schmolz Martins Herz dahin –, daß sie Richards Zurückgezogenheit einfach nicht registrierte. Sie redete ihn unbefangen an, und er ließ sich in ein Gespräch verwickeln und lächelte ihr sogar zu. Der einzige, den sie total ignorierte, war Anthony, und daran war der Dummkopf selber schuld, weil er sich nach Kräften produzierte, um ihre Aufmerksamkeit auf sich zu lenken, und sie zu beeindrucken versuchte, indem er seine Eltern beschimpfte. Es war das erste Mal, das allererste glorreiche Mal in Martins Leben, daß er Anthony ausgestochen hatte, daß er etwas besaß, was Anthony haben wollte, aber nicht bekommen konnte, daß er etwas von wirklich erstaunlicher Qualität gefunden hatte, wofür seine Eltern ihm Beifall spendeten.

Er wuchs um ein großes Stück. Er war ein ganz neuer, anderer Mensch. Wenn es ihm gelang, Alice zu behalten, würde von nun an alles klappen. Er würde ein Ziel und eine Zukunft vor Augen haben, er würde für *Alice* arbeiten.

Ein feiner Instinkt, den er nie zuvor an sich wahrgenommen hatte, dem er aber blind folgte, ließ ihn Zurückhaltung üben, und unter Aufbietung größter Willenskraft schaffte er es, Alice drei Monate lang keinen Heiratsantrag zu machen. Sie sahen einander jede Woche, und an zwei Wochenenden im Monat überreichte er Mrs. Meadows rotbraune oder malvenfarbene Chrysanthemen (»Schenk ihr nur häßliche Blumen«, sagte Alice. »Sie verabscheut schöne.«) und nahm Alice mit nach Dummeridge.

Er war Mitglied im Schützenverein, und manchmal begleitete Alice ihn und gewann sogar; manchmal blieb sie aber auch in Dummeridge, malte und unterhielt sich mit Cecily, die ihre Gemälde sehr bewunderte und sie überredete, Wasserfarben zu verwenden und verschiedene Motive in Haus und Garten zu malen. Alice malte ein mit Spinnweben bedecktes Fenster an einer Biegung der Kellertreppe, eine Hühnerschar auf dem alten Aufsitzstein und eine Ecke des Salons, wo eine beschädigte kleine Alabasterbüste auf einem Tischchen stand, in ein indisches Tuch gehüllt, vor einer verblaßten streifigen Wand voller Miniaturen.

Zur Mittagszeit aßen sie Eier und Salat und hausgemachtes Grahambrot aus dem Backofen, und Cecily schenkte Alice immer Wein ein – zu Hause gab es Bier und Whisky für ihren Vater und Sherry für ihre Mutter, den sie aber aus Angst, sie könnte sich dann besser fühlen, nicht anrührte, aber Wein gab es nie –, und sie unterhielten sich, wobei ihnen der Gesprächsstoff nie ausging. Cecily erzählte sogar – zum erstenmal seit dreißig Jahren – von Wien. Die Geschichte weckte in Alice ein sehnsüchtiges

Verlangen, nicht nur die Liebesgeschichte, sondern auch die fremdartige Kulisse und das romantische Schicksal der Stimme, die voll erblühte und dann für immer verstummte, als die Bedingungen, unter denen sie geweckt worden war, unwiderbringlich zerstört wurden. Alice' einzige Reise war eine Klassenfahrt nach Paris gewesen, und sie hatte davon hauptsächlich die unzähligen Stunden im Bus in Erinnerung behalten, weil ihr so übel gewesen war. Für alle Jordans war Reisen hingegen etwas ganz Selbstverständliches. Richard war ständig geschäftlich auf Reisen; die Jungen fuhren zum Skilaufen, und beide waren in Kenia auf Safari gewesen; Cecily ging nicht nur auf Vortragsreisen, sondern fuhr auch auf eigene Faust nach Frankreich und Italien, wo sie alles mögliche besichtigte und – wie sie es ausdrückte – ihren Hunger und Durst stillte, sowohl im buchstäblichen als auch im metaphorischen Sinn.

»Du müßtest hinfahren«, sagte sie zu Alice. »Es ist eine Schande, daß du noch nie in Italien gewesen bist.«

Und Alice war bald ganz ihrer Meinung. Im Laufe des Herbstes ärgerte sie sich insgeheim immer mehr, wenn es Sonntagabend wurde und sie Dummeridge, dieses anheimelnde Haus mit den gemütlichen Kaminen und all den alten Möbeln und Büchern, verlassen mußte. Ihr eigenes Zuhause in der Lynford Road kam ihr bei der Rückkehr von Mal zu Mal schlimmer vor: die abgewetzten Teppichfliesen im Flur, die grellen Deckenlampen mit den geschmacklosen Schirmen, die schwarzen und grünen Badkacheln, die falschen Proportionen – zu hoch, zu schmal – im ganzen Haus. Sie begann sehnsüchtig auf Martins regelmäßige Montagsanrufe zu warten, weil sie dabei erfuhr, wann er sie abholen würde, um mit ihr auszugehen. Und wenn er dann kam, stets auf die Minute pünktlich, war sie freudig erregt. Sie öffnete die Tür, und da stand er auf der gefliesten Schwelle und trug ein Tweedjackett, das sie zuletzt im Salon von Dummeridge an ihm gesehen hatte, und die derben Schuhe, die auf den Steinfliesen im

dortigen Küchenflur so quietschten, und sie hatte von Mal zu Mal stärker das herrliche Gefühl, von ihm gerettet zu werden.
In der ersten Dezemberwoche führte er sie zum Abendessen in Marlow aus. Er trug einen Anzug, und in der festen Überzeugung, daß er endlich mit der Sprache herausrücken würde, zog sie das schwarze Kleid an, das sie aus einem Stück Jersey vom Markt selbst geschneidert hatte, machte sich eine Hochfrisur und legte riesige Kupferohrringe an, die ein Studienfreund für eine ägyptische Ausstellung angefertigt hatte. Das Restaurant in Marlow hatte rosa Servietten und rote Lampenschirme. Martin schnitt eine Grimasse.
»Tut mir leid«, sagte er.
Sie wußte nicht so recht, warum er sich entschuldigte; alles entsprach durchaus ihren Vorstellungen von einem Restaurant. Außerdem war sie viel zu erwartungsvoll, um sich an Kleinigkeiten wie einer unechten Holztäfelung oder leisen Mantovani-Klängen aus den Lautsprechern zu stoßen. Martin bestellte alles souverän und fachkundig, erzählte ihr, was sich bei ihm in der letzten Woche getan hatte – sie hörte kaum zu – und sagte dann, er habe ihr etwas zu berichten und wolle sie außerdem etwas fragen.
Sie zwang sich, ihn ganz, ganz offen anzusehen.
»Berichte zuerst«, forderte sie ihn auf.
»Meine Mutter hat zwei Aufträge für dich. Zwei ihrer Freundinnen haben deine Bilder von Dummeridge gesehen und wollen, daß du in ihren Häusern malst. Mutter sagte, sie hätte in deinem Namen hundertfünfzig verlangt. Für jedes.«
»Hundertfünfzig Pfund für ein Bild?!« Alice bekam einen roten Kopf.
»Nun?« Er lächelte breit.
Alice verschränkte die Arme vor der Brust.
»Es ist... es ist wundervoll. Deine Mutter ist wundervoll. Himmel, *richtiges* Geld!«
Sie hatte plötzlich einen Kloß im Halse, vor Erstaunen und Freude, vermutete sie.

»Ich habe sie gestern abend angerufen. Sie wollte es dir eigentlich selbst zu Weihnachten sagen, aber ich konnte sie überreden, es mir zu überlassen. Und damit wäre ich schon bei dem zweiten Punkt – bei meiner Frage.«
Diesmal konnte Alice ihm nicht in die Augen schauen; sie wußte überhaupt nicht, wohin sie schauen sollte, und starrte schließlich die Melone mit Parmaschinken auf ihrem Teller an, so daß Martin ihren gesenkten Kopf fragen mußte: »Würdest du zu Weihnachten kommen? Nach Dummeridge?«
Sie antwortete nicht sofort. Oh, dachte Martin, du kühles, kühles Geschöpf, spann mich nicht so auf die Folter. Sag ja, sag ja, sag...
»Sehr gern«, sagte Alice. Ihre Stimme klang herzlich, aber keineswegs übertrieben begeistert, und verriet nichts von ihren wahren Gefühlen, nichts von ihrer plötzlichen Wut, einer Wut auf Martin. Frag mich doch, ob ich dich heiraten will, hatte sie ihm insgeheim zugerufen, frag mich, *frag* mich. Und statt dessen hatte er gefragt, ob sie zu Weihnachten kommen wolle.
»Das ist großartig«, sagte er. »Alle werden hell begeistert sein, das weiß ich. Was ist mit...«
»Mit meinen Eltern?«
»Ja.«
»Ich habe zwanzigmal mit ihnen Weihnachten gefeiert«, erwiderte Alice mit einer Heftigkeit, die nichts mit der Lynford Road zu tun hatte, »und ich finde, ich habe ein Weihnachtsfest in anderer Umgebung verdient. Außerdem kommt Oma.«

Als sie am Heiligen Abend nach Dummeridge kamen, war das Haus mit grünen Girlanden, mit Pyramiden polierter Äpfel und mit Kerzen geschmückt, und es duftete nach brennendem Holz.
»Wie schön, daß du kommen konntest«, sagte Cecily. »Festvorbereitungen für eine Frau machen richtig Spaß.«
Vom Moment ihrer Ankunft an war Alice der Star dieses

Weihnachtsfestes. Sie spürte, daß die Stimmung sich hob, sobald sie ein Zimmer betrat, und sie wußte, daß alles im Hinblick auf sie ausgerichtet wurde. In ihrem Zimmer brannte ein Kaminfeuer, und es gab einen Weihnachtsstrumpf aus scharlachrotem Filz, und wohin sie auch ging, ruhten die Augen aller auf ihr, und alle Herzen flogen ihr zu. Ihr fiel auf, daß sogar Anthony einen guten Eindruck zu machen versuchte. Ob sie nun durch die herrlichen Räume schritt oder mit den Hunden hoch über dem grauen winterlichen Meer im Wind spazierenging – sie hatte das Gefühl, ihre wahre Bestimmung gefunden zu haben, nach Hause gekommen zu sein.

Sie war sich ihrer selbst so sicher, daß sie keinen Stolz verspürte, keinen jähen Freudentaumel und auch keine Erleichterung, als Martin sie endlich um ihre Hand bat. Sie nahm das Unvermeidliche zufrieden zur Kenntnis, weiter nichts. Es passierte am zweiten Weihnachtstag, und sie rannten über das Seacombe Cliff und mußten gegen den Wind anschreien, als er sie plötzlich, atemlos und lachend, am Arm packte und rief: »Du wirst mich heiraten, nicht wahr?«

Und sie lachte zurück: »Bestimmt nicht!« und rannte vor ihm davon, und er wußte, daß das nicht ihr Ernst war, und verfolgte sie und riß sie zu Boden und preßte sie unter den dahinrasenden Wolken auf den kalten Rasen und hielt sie fest, bis sie es ihm versprach. Dann trug er sie nach Hause, und sein Vater öffnete eine Flasche Champagner, und jedesmal, wenn sie Cecily ansah, wußte Alice, daß sie keine andere Entscheidung hätte treffen können. Hier wurde sie geliebt.

In jener Nacht erlebte sie – entspannt, warm, zuversichtlich und selbstsicher – in Martins Armen einen Orgasmus, sogar einige Zeit vor ihm. Sie fragte sich ein bißchen verwirrt – vielleicht lag das am Champagner –, warum sie einen Orgasmus gehabt hatte und welchen Anteil Martin daran gehabt haben mochte, obwohl er im Grunde nicht viel gemacht hatte; aber sie verspürte ein überwältigendes

Triumphgefühl, weil ihr Körper sie mitgerissen hatte, wie sie es sich so heiß ersehnt hatte. Flüchtig kam ihr zwar der Gedanke, daß die Befriedigung, die ihrem Körper widerfahren war, ihren Geist nicht im gleichen Maße überwältigt hatte, aber sie verdrängte diesen Gedanken rasch wieder, denn für sie stand fest, daß sie Martin mehr lieben mußte, als sie glaubte, wenn sie mit ihm einen Orgasmus erlebt hatte; und das wiederum bedeutete, daß ihre Gefühle weiter wachsen würden. Sie schlief dankbar in Martins Armen, bis er sich um fünf Uhr morgens sanft von ihr löste und diskret in sein eigenes Zimmer zurückkehrte. Beim Frühstück trugen beide ihr Glück so triumphierend zur Schau, daß Cecily unbeschreiblich erleichtert war und das Gefühl hatte, als nähme ihr eigenes Leben nach dreißig Jahren endlich eine positive Wendung.

3. Kapitel

Die Hochzeit wurde mit allgemeiner Zustimmung in Dummeridge gefeiert. Alice' Mutter war von Cecily so beeindruckt, daß sie sich alle Entscheidungen abnehmen ließ und sogar einer gemeinsamen Fahrt nach Bournemouth zustimmte, um dort ihre Festgarderobe zu kaufen. Nach der Rückkehr sagte sie verdrießlich, sie hätte sich noch nie etwas aus Grün gemacht, aber sie war sichtlich aufgeregt und weigerte sich, Näheres von dem Ausflug zu erzählen, um ihrem Mann und ihrer Tochter zu demonstrieren, daß auch sie ihre köstlichen Geheimnisse haben konnte. Alice war das alles egal. Sie verbrachte ausnahmslos jedes Wochenende in Dummeridge und schmiedete Pläne – wo Martin nach einem Arbeitsplatz Ausschau halten sollte, was für ein Haus sie suchen und wo sie die Flitterwochen verbringen sollten, aus welchem Material ihr Hochzeitskleid sein und welche Sachen sie auf die Geschenkliste setzen sollte.

»Meinst du wirklich, daß ich unumwunden um sechs cremefarbene Badetücher und eine italienische Soufflé-schüssel aus verziertem Porzellan und um ein Dutzend Weingläser und einen Dosenöffner bitten kann?«

»Selbstverständlich. Die Leute erwarten das.«

»Wow!« rief Alice. »Also dann, überlegen wir mal, was sonst noch...«

Martin wurde eine Stellung in Salisbury angeboten, die er bereitwillig annahm, und kurze Zeit später fanden Alice und Cecily ein Cottage am Rand von Wilton, mit drei Schlafzimmern, einem reizvollen erhöhten Kamin, der früher einmal ein Holzofen gewesen war, und mit einem

Apfelbaum im Garten. Es war Mai, und der Baum blühte prächtig. Im Juni schloß Alice die Kunstschule ab, packte ihr Hab und Gut in Reading zusammen und zog nach Dorset. Ihre Mutter war jetzt wirklich verletzt, versuchte aber nicht einmal, sie zurückzuhalten, weil ihre Gründe auf der Hand lagen. Ihr Vater versuchte es aber trotzdem.

»Bist du sicher«, sagte er, seine attraktive Gestalt an die Küchenschränke gelehnt und ein Glas Whisky an die Brust gedrückt, »daß man dir nicht den Kopf verdreht hat?«

Alice erwiderte gereizt: »Nun, das ist jedenfalls etwas, worin du dich nur allzu gut auskennst.«

Er lachte. Es hatte sie schon immer genervt, daß es einfach unmöglich war, ihn zu verärgern.

»Hör mal, Al, du brauchst ja ohnehin nur noch zwei Monate hier auszuhalten. Es ist ein bißchen hart für uns, zugunsten des blendenden Reichtums der Jordans so offenkundig ad acta gelegt zu werden, noch *bevor* du verheiratet bist. Es macht den Eindruck, als wärst du ein verdorbenes Ding, und wir sehen dabei auch nicht besonders gut aus.«

»Es ist mir egal, welchen Eindruck ich mache«, erwiderte Alice, »und ich kann nichts daran ändern, wie ihr ausseht. Die beiden Jungs sind längst aus dem Haus gegangen, und ich habe hier drei Jahre allein ausgeharrt. In Dummeridge herrscht nicht ständig eine gespannte Atmosphäre, und ich kann dort malen.« Nach kurzem Schweigen fügte sie stolz hinzu: »Ich habe drei weitere Aufträge.«

Sam Meadows hatte plötzlich die beklemmende Vision vor Augen, daß er in Zukunft beim Nachhausekommen die Tür öffnen und nur seine Frau vorfinden würde, und er unternahm einen letzten unklugen Versuch, Alice umzustimmen. »Du könntest vielleicht ein bißchen an mich denken.«

Alice schnaubte.

»Ich verstehe. Du möchtest, daß ich hierbleibe, damit es

zwischen dir und Mutter weiterhin eine Art Pufferstaat gibt. Pech für dich. Das ist nämlich einer der Gründe, warum ich meine Koffer packe.«
Sam trank einen Schluck Whisky.
»Offen gesagt, Al, ich glaube nicht, daß ich es allein hier aushalte.«
»Dann müßtest du eigentlich verstehen, wie mir zumute ist. Jammere nicht«, sagte Alice mürrisch. »Und versuch nicht, mir Schuldgefühle einzuimpfen. Ich gehe, und damit basta.«
Ihr Vater stemmte sich vom Schrank ab, ging um den Küchentisch herum, nahm sie in den Arm und gab ihr einen fachmännischen, nach Whisky riechenden Kuß auf die Stirn.
»Ich mache dir keine Vorwürfe«, sagte er. »Aber auch du solltest es mir nicht verübeln, daß ich versucht habe, dich zum Hierbleiben zu überreden.«
»Vorwürfe...« Alice lehnte sich an ihn und registrierte unwillig, wie zärtlich er war, wie perfekt er mit Frauen umgehen konnte. »Sprich nicht von Vorwürfen. In Dummeridge wird dieses Wort nie verwendet, auch nicht Ausdrücke wie Schuld, Treue, Verrat und all die anderen schrecklichen großen Worte, die Mutter und du ständig als emotionale Waffen einsetzt.«
Ihr Vater verließ daraufhin den Raum, und sie ging in ihr Zimmer hinauf, um fertig zu packen, und als sie wieder herunterkam, saß ihre Mutter im Wohnzimmer auf dem braunen Ripssofa mit Schaumstoffüllung, starrte ins Leere und preßte die Hände auf dem Schoß krampfhaft zusammen. Alice kauerte neben ihr nieder.
»Martin holt mich um fünf ab.«
»Ich weiß«, murmelte ihre Mutter.
»Es ist doch kein großer Unterschied«, brachte Alice mühsam hervor, »ob ich schon jetzt oder erst nach der Hochzeit ausziehe. Bestimmt nicht.«
Schweigen.
»Es ist nicht... ist nicht, weil... ich meine, es ist nicht so,

daß ich... daß ich Dad und dich nicht lieben würde, es ist nur die hiesige Atmosphäre.«
»Ich verstehe.«
»Dort werde ich nie aufgefordert, Partei zu ergreifen«, versuchte Alice sich zu rechtfertigen. »Und ich muß auch nicht jedesmal, wenn ich den Mund öffne, überlegen, wen ich jetzt wieder kränken werde.«
Elizabeth Meadows starrte weiterhin ins Leere.
»Ich verstehe«, sagte sie wieder und fügte nach kurzer Pause hinzu: »Und ist die Ehe der Jordans glücklich?«
Alice war verwirrt. Darüber hatte sie sich nie Gedanken gemacht, und als sie es jetzt tat, kam sie zu dem Schluß, daß es vielleicht keine besonders enge Ehegemeinschaft war, aber sie schien ganz in Ordnung zu sein, und jedenfalls führten beide ihr eigenes Leben, das war der große Unterschied.
»Sie wollen im Gegensatz zu dir gar nicht, daß die Ehe ihr einziger Lebensinhalt ist«, sagte Alice und machte damit alles nur noch schlimmer. »Cecily hat ihren eigenen Beruf, Richard ist sehr erfolgreich...«
»Wie perfekt!« Das hörte sich so an, als spuckte ihre Mutter Glassplitter aus.
Alice stand seufzend auf und ging zur Balkontür, die in ein deprimierendes schmales Gärtchen führte, in dem ihre Mutter unnachsichtig für Ordnung sorgte: Die parallelen Beete waren mit schnurgeraden Reihen von Salbei und Ringelblumen gefüllt.
»Sieh mal«, sagte Alice, »ich kann hier nichts richtig machen, so sehr ich mich auch bemühen mag. Immer stoße ich entweder dich oder Dad vor den Kopf. Deshalb warte ich nicht anstandshalber bis zur Hochzeit, sondern verlasse euch schon etwas früher und gehe dorthin, wo ich es allen recht mache, ohne mich anstrengen zu müssen.«
»Du machst zuviel Worte«, sagte Elizabeth. »Ich versuche ja nicht, dich davon abzuhalten.«
Und dann klingelte es zum Glück, und Martin stand vor der Tür.

Alice schlief nie wieder in der Lynford Road. Die beiden Monate in Dummeridge vergingen wie in einem schönen Traum. Richard war fast die ganze Zeit verreist, und Cecily hielt sich drei Wochen in Amerika auf, und da Martin gerade seine Abschlußprüfungen ablegte und nur an Wochenenden heimkommen konnte, hatte Alice das Haus ganz für sich, wurde von Dorothy betreut und war ansonsten frei wie ein Vogel. Sie schlief mittags in einer Hängematte im Garten, streifte nachts in der matten Sommerdunkelheit umher und machte sich üppige Sandwiches mit sahnigem Käse, getrockneten Aprikosen und gehackten Walnüssen, die sie manchmal splitterfasernackt auf dem mondbeschienenen Rasen oder im dunklen Salon aß. Sie ging mit den erstaunten, aber höflich fügsamen Hunden um Mitternacht ans Meer und schwamm im glitzernden schwarzen Wasser, und dann ging sie barfuß nach Hause, hüllte sich in eine Decke und ließ ihr salziges Haar an der Luft trocknen. Sie hatte malen wollen, tat es aber nicht. Sie wußte, daß sie sich nach Cecilys Rückkehr dazu verpflichtet fühlen würde, und deshalb genoß sie den Luxus des Alleinseins und Nichtstuns um so mehr, schweifte durch die heißen Wiesen hinter dem Haus, wo das Heuen in vollem Gange war, lehnte ihre Wange an Mauern und Bäume, lag bäuchlings auf dem Rasen, ließ ihren Arm in den Goldfischteich hängen und beobachtete, wie das Licht ins Wasser fiel und Luftbläschen von den Härchen an ihrem Arm nach oben stiegen.
Wenn Martin Sonntag abends nach London zurückfuhr, fiel ihr der Abschied nicht schwer; ehrlich gesagt, hob sich ihre Stimmung sogar, sobald der Motor des Mini nicht mehr zu hören war, weil sie sich wieder richtig frei fühlte. Sie begab sich dann geradewegs in die Küche, setzte sich an den riesigen blank gescheuerten Tisch und schrieb ihm sehr zärtlich, wie sehr sie sich auf Freitag freue und daß er vorsichtig fahren müsse. Diese Briefe waren völlig aufrichtig. Anschließend ging sie ans Meer und schwamm und schwamm und schwamm. Dorothy,

die frühmorgens oft nasse Handtücher am Herd hängen sah, überlegte, ob sie ein Wort über die Unvernunft, mitten in der Nacht allein im Meer zu schwimmen, verlieren sollte, entschied sich aber dagegen, weil Alice so glücklich aussah. Sobald sie verheiratet war, würde diese Freiheit ohnehin unwiderruflich dahin sein, und deshalb sollte sie die Zeit bis dahin voll auskosten, sogar mit riskanten Unternehmungen. Schließlich war alles Lohnende im Leben mit einem Risiko verbunden, auf diese oder jene Weise.

Abgesehen von Martin, hatte Alice während Cecilys Abwesenheit nur zwei Besucher. Der eine war Anthony, der unangemeldet über Nacht kam, beim Abendessen reichlich trank und sie anschließend zu küssen versuchte, wobei er auf seine große Erfahrung vertraute. Sie blieb in seinen Armen jedoch ganz steif und erklärte kühl: »Aber ich mache mir überhaupt nichts aus dir. Ich finde dich kein bißchen attraktiv.«

»Teste mich doch.« Sein Mund näherte sich dem ihren. Sie wandte den Kopf zur Seite.

»Dir geht es doch nur darum, Martin auszustechen.«

Daraufhin ließ Anthony sie los und ging zu Bett, und als sie morgens aufwachte, war er nicht mehr da.

Der andere Besucher war ihr zukünftiger Schwiegervater, der zwischen seinen Reisen zwei Nächte in Dummeridge verbrachte. Er kündigte ihr sein Eintreffen telefonisch an, und sie erkundigte sich pflichtschuldigst: »Soll ich irgendwas vorbereiten? Ich meine... hast du irgendwelche besonderen Wünsche oder Gewohnheiten?«

Er verneinte. Sie brauche sich um nichts zu kümmern, Dorothy würde schon alles Notwendige veranlassen. Er wollte zum Abendessen da sein, und Alice machte nachmittags einen herrlichen langen Spaziergang ohne festes Ziel, verbrachte viel Zeit damit, in einem Bach einen Damm zu bauen, und kehrte zur Teestunde zurück. Als sie jemanden Klavier spielen hörte, glaubte sie, das könne nur Cecily sein. Freudig erregt stürzte sie in den Salon und

rief: »Oh, ich habe nicht damit gerechnet...« Sie verstummte mitten im Satz, denn es war Richard.
Er hörte auf zu spielen und drehte sich um.
»Aber ich dachte«, stammelte Alice, »ich dachte, du spielst nicht Klavier!«
Er lächelte.
»Doch.«
»Aber Cecily...«
»Ich spiele seit eh und je, technisch nicht mal schlecht, aber mir fehlt jede Inspiration, wie du dir ja denken kannst. Deshalb spiele ich nie, wenn ich weiß, daß jemand im Hause ist.«
Sie durchquerte langsam den Raum und blieb neben ihm stehen. Er hatte Schubert gespielt!
»Jetzt bist du ganz von den Socken, stimmt's?« fragte er.
Sie spürte, daß sie errötete.
»Ja. Ich dachte...«
»Ich weiß«, sagte er. »Du stehst mit deiner Meinung bei weitem nicht allein.« Er stand auf und rieb sich die Hände, so als wollte er die verwirrende Fremdheit abschütteln, und als er auf sie herabblickte, fragte sie sich unwillkürlich, ob er sich über sie amüsierte, aber er stellte nur fest: »Du siehst gut aus. Was hast du gemacht?«
Sie hielt seinem Blick stand. »Rein gar nichts.«
Diese Antwort gefiel ihm, und später wollte er wissen, was sie unter Nichtstun verstand. Sie erzählte ihm einiges, wenn auch nicht alles; schließlich war es kaum angebracht, dem zukünftigen Schwiegervater auf die Nase zu binden, daß sie mitten in der Nacht nackt auf seinem Sofa im Salon gelegen und Sandwiches gegessen hatte. Zu ihrer eigenen Überraschung tat es ihr leid, als er wieder abreiste, nach Heathrow und weiter zum Golf von Mexiko. Sie hatte in seiner Gegenwart weder das Gefühl gehabt, daß er ihr das Haus wegnehmen wollte – und dabei *war* es sein Haus –, noch hatte er ihre Freiheit beeinträchtigt. Ganz im Gegenteil, er schien seine eigene persönliche Freiheit zu haben, was ihre Neugier reizte und in ihr den

Wunsch weckte, mehr über ihn zu erfahren. Als er fort war, stellte sie zu ihrem großen Ärger fest, daß sie sich ein bißchen einsam fühlte, und so wurde Cecily, die drei Tage später zurückkehrte, von ihrer zukünftigen Schwiegertochter genauso begeistert und dankbar begrüßt wie von den Hunden.

»Ich hätte dich nicht so lange allein lassen sollen, aber diese verdammte Tournee wurde vor fast einem Jahr vereinbart. O Gott, ich will nie wieder erklären müssen, daß es unmöglich ist, in Selma, Alabama, einen englischen Frühlingsgarten anzulegen.«

Nach Cecilys Rückkehr ging das Leben wieder seinen gewohnten Gang. Die Tage und Nächte waren wieder mit den dafür vorgesehenen Beschäftigungen ausgefüllt, Listen wurden aufgestellt, Briefe geschrieben, und schließlich fand die letzte Anprobe von Alice' Hochzeitskleid statt – elfenbeinfarbener Chiffon über pfirsichfarbener Seide. Mit jeder Post trafen Geschenke ein, Geschenke von wildfremden Menschen und von Geschäften, zu deren Kundenkreis Alice nie gehört hatte – General Trading Company, Harrods, Peter Jones, Thomas Goode, White House. Das Eßzimmer von Dummeridge füllte sich langsam mit Bettwäsche, Porzellan, Kasserollen und chinesischen Lampen, mit Dingen, die Alice selbst ausgewählt und auf die Geschenkliste gesetzt hatte und nun erhielt. Als die Stapel immer größer wurden, hatte sie plötzlich keine Freude mehr daran, obwohl die Sachen als solche ihr gefielen. Was ihr Unbehagen bereitete, war nicht die Tatsache, daß sie maßlos verwöhnt wurde, sondern das Gefühl, daß sie mit all diesen Handtüchern, Gartenscheren und Brandykartons irgendwie *gekauft* wurde. Sie versuchte, mit Cecily darüber zu sprechen, und Cecily, die die bescheidenen materiellen Verhältnisse in Alice' Elternhaus als Ursache für diese Gefühle betrachtete, sagte, sie solle sich doch einfach zurücklehnen und es genießen.

»Du kannst mir glauben, daß die Leute das tun *wollen*. Sie

fänden es sehr seltsam, wenn du keine Liste hättest, und du warst ja bei Gott nicht habgierig.«

Also schrieb Alice gehorsam Briefe und zerbrach sich den Kopf über Blumen, Spargelrollen und die Farbe des Festzeltes, das sehr groß und mit Fenstern versehen sein sollte, für den Fall, daß der Tag kühl war. Anstatt entspannt in den Federn zu liegen, wälzte sie sich nachts schlaflos von einer Seite auf die andere, machte sich Sorgen um Einzelheiten und Kleinigkeiten und wurde das Gefühl nicht los, daß ein Druck entstanden war, der auf ihrer Brust und Stirn lastete und ihr das Sehen und Atmen erschwerte.

Als ihr Hochzeitstag anbrach, hatte sie keine Lust zu heiraten, aber die ganze Maschinerie war nun einmal unerbittlich angelaufen, und so schritt sie am Arm ihres erfreuten Vaters höchst dekorativ zum Altar, aber sie fühlte sich den ganzen Tag über einsam, und gegen Ende war sie von der Anstrengung, die glückstrahlende Braut zu mimen, völlig erschöpft und den Tränen nahe.

»Sie ist müde«, sagte Cecily leise zu Martin, als sie das Paar zum Wagen brachte, während die Gäste, die nach dem Genuß von Champagner mitten am Nachmittag unnatürlich fröhlich waren, auf dem Kies standen und hurra schrien. »Paß gut auf sie auf.«

Er tat sein Bestes. Am nächsten Tag schlief sie fast während des ganzen Fluges nach Athen; er war sehr besorgt, hüllte sie in Decken und gab den Stewardessen durch Zeichen zu verstehen, daß sie seine Frau nicht mit Mittagessen, Drinks und Duty-free-Uhren belästigen sollten. Einer von Cecilys Freunden hatte ihnen eine Villa auf Patmos zur Verfügung gestellt, wo sie allein waren – bis auf das Hausmeisterehepaar, das in Haus und Garten so emsig arbeitete, daß es schwierig war, nicht ständig auf einen der beiden zu stoßen. Alice und Martin schwammen, schliefen und lagen in der Sonne. Alice zeichnete ein bißchen, und nachts vollzog Martin den Liebesakt, was sie nicht weiter störte, worauf sie sich aber auch nie zu freuen ver-

mochte. Welche Gefühle *er* dabei hatte, wußte sie nicht, weil sie nicht darüber sprachen. Sie waren sehr nett zueinander, und als sie sich Jahre später, jeder für sich, an ihre Flitterwochen zu erinnern versuchten, wollten ihnen beim besten Willen keine Einzelheiten mehr einfallen.
»Ich glaube«, sagte Alice zu ihrem Schwiegervater, sichtlich bemüht, ehrlich und fair zu sein, »ich glaube, ich habe einfach *geschlafen.*«

Sie kamen braungebrannt zurück und trugen die zufriedenen, sieghaften Mienen zur Schau, die von Flitterwöchnern erwartet werden, und kurz darauf konnte Alice die Lynford Road endgültig aus ihrem Gedächtnis streichen. Sie waren kaum zwei Wochen zu Hause, und Alice befand sich in jenem Frühstadium des Nestbaus, wo es noch ungeheuren Spaß macht, den richtigen Platz zum Aufhängen einer Wäscheleine zu finden, als unangemeldet ihr Vater zu Besuch kam. Er wirkte völlig ungezwungen, während Alice ihr Erstaunen nicht verbergen konnte. Sie führte ihn stolz in ihr kleines Wohnzimmer, bot ihm den einzigen anständigen Lehnstuhl an und wies auf die Aussicht hin, die er bewundern konnte, während sie den Kaffee machte. Er sagte, er würde einen Brandy bevorzugen.
»Brandy?«
»Jawohl, Brandy.«
»Wir haben keinen Brandy im Haus.«
Sam Meadows schloß gequält die Augen.
»Was habt ihr denn?«
»Eine Weinkiste.«
»Dann ein Glas Weinkiste, bitte.«
Alice ging in die Küche, holte eines ihrer neuen Gläser aus ihren frisch gestrichenen Schränken und füllte es aus der Weinkiste. Dabei fiel ihr unwillkürlich auf, daß der Wein offenbar von einer Senffirma verkauft wurde. Sie brachte das Glas ins Wohnzimmer, und noch bevor Sam es in der Hand hatte, verkündete er: »Ich bin hergekommen, um dir zu sagen, daß ich deine Mutter verlassen habe.«

Alice, die durch ihr Apple Tree Cottage und Griechenland und Dummeridge Abstand von den alten Problemen ihrer Eltern gewonnen hatte, fragte nur: »Wegen einer anderen Frau?«

»Nein«, erwiderte Sam Meadows. »Wegen meiner geistigen Gesundheit.«

Alice drückte ihm das Weinglas in die Hand. »Hattest du das schon lange vor?«

»O ja, seit Jahren. Ich wußte, daß ich es allein mit ihr nicht aushalten konnte, sobald ihr alle aus dem Haus sein würdet, aber wenn ich schon früher gegangen wäre, hättest *du* es vielleicht nicht geschafft, sie zu verlassen.« Er trank einen Schluck. »Ich bin am Abend deines Hochzeitstages gegangen.«

»Du bist *was...*?«

»Wir sind in eisigem Schweigen von Dummeridge nach Hause gefahren. Ich glaube, es fielen nur zwei Worte – sie sagte ›Paß auf‹, als wir irgendwo in der Nähe von Andover ein Fahrrad überholten. Zu Hause fing sie dann an. Nichts Neues, das Übliche, mit unzähligen Wiederholungen. Also bin ich raufgegangen und habe eine Tasche gepackt – eigentlich albern, wie in einem melodramatischen Fernsehfilm. Dann bin ich zu einer Universitätswohnung gefahren; ich wußte, daß es dort ein freies Zimmer gab, weil ein amerikanischer Doktorand nicht aufgetaucht ist. Ich wohne dort noch immer.«

»Aber ich habe doch oft mit dir *gesprochen*«, meinte Alice, »und auch mit Mutter. Und keiner von euch beiden hat je gesagt...«

»Sie glaubt, daß ich zurückkommen werde. Ihrer Ansicht nach ist das nach dreißig Ehejahren unvermeidlich.«

Alice betrachtete ihren hübschen Kamin, den sie mit Blumen und Blättern gefüllt hatte.

»Du bist ein schrecklicher Ehemann gewesen.«

»Ich bin kein *treuer* Ehemann gewesen.«

»Das ist schrecklich. Ich könnte es nicht ertragen.«

Sam leerte sein Glas.

»Ich war nicht etwa deshalb untreu, weil ich deine Mutter verletzen wollte.«
»Das weiß ich. Es ist nur... sie hat sonst nichts.«
»Genau das hat mich fast umgebracht.«
Alice sah ihn mit einer Mischung aus leichtem Widerwillen und warmer Zuneigung an, hatte im Grunde aber das Gefühl, daß diese Sache sie herzlich wenig anging.
»Was wird aus Mutter?«
»Ich weiß es nicht. Selbstverständlich werde ich ihr von allem die Hälfte überlassen. Aber im Augenblick will sie über nichts reden, weil sie sich einbildet, daß ich zurückkehren *muß*. Und deshalb...« Er warf Alice einen bittenden Blick zu.
»Und deshalb möchtest du, daß ich ihr klarmache, du hättest nicht die Absicht zurückzukommen, und sie müsse sich überlegen, was sie tun will.«
»Ja.
»In Ordnung.«
Ihr Vater stand auf.
»Du hörst dich nicht gerade sehr interessiert an. So oder so.«
Alice wurde plötzlich wütend. »Du willst immer eine so *emotionale* Reaktion. Mit der kann ich dir aber nicht dienen, und selbst wenn ich irgendwelche Emotionen habe, möchte ich sie nicht zeigen. Vielleicht glaube ich, daß du recht hast, Mutter zu verlassen, und vielleicht glaube ich gleichzeitig, daß ihre Zukunft schrecklich düster aussieht, aber ich habe keine Lust, mich darüber mit dir zu unterhalten. Ich schwelge nicht gern in Gefühlen.«
Sam ging zu ihr und legte seine Hände auf ihre Oberarme. »Eines Tages«, sagte er, »eines Tages wirst du erwachen und wahre Gefühle und wirklichen Schmerz kennenlernen, weil du etwas, wonach du dich sehnst, nicht haben kannst, oder weil du zu spät begreifst, daß du etwas, das du wirklich brauchst, verschmäht hast. Dann wirst du verstehen, daß die zwischenmenschlichen Beziehungen das einzig Sinnvolle im Leben sind.«

»Was meinst du damit, daß ich eines Tages wahre Gefühle kennenlernen werde?« fragte Alice indigniert.
Sam ließ sie los.
»Genau das, was ich gesagt habe.«
Nachdem er gegangen war, spülte Alice in der Küche sein Weinglas und weinte ein bißchen aus Verwirrung. Martin würde erst in einer Ewigkeit nach Hause kommen, wie ihr schien, und sie war versucht, ihn anzurufen, tat es dann aber doch nicht, was zur Folge hatte, daß sie einen Nachmittag vergeudete, weil sie nervös im Cottage herumhantierte. Als er dann endlich kam, überfiel sie ihn sofort mit der Neuigkeit, und er nahm sie in die Arme und sagte: »O Allie, es tut mir ja so leid, wie schrecklich für dich, aber im Grunde war es doch unvermeidlich, nicht wahr?« Und sie fühlte sich wie durch ein Wunder plötzlich besser. Natürlich war es unvermeidlich! Was hätte man von diesem hoffnungslos unharmonischen Paar auch anderes erwarten können, diesem Paar, das per Gesetz aneinander gebunden war und dessen Ehe ein Friedhof unmöglicher Erwartungen und gebrochener Versprechen war? Sie lehnte sich an Martin, und er flüsterte ihr ins Haar: »Du hast doch jetzt sowieso ein neues Leben. Ich meine – sie werden selbst irgendwie damit zurechtkommen müssen. Du gehörst jetzt nämlich zu mir, weißt du das?«
Und als sie so beisammen standen, kam es Alice so vor, als wäre Martin die Antwort und die Zuflucht, und sie schmiegte sich an ihn und war von dankbarer Liebe zu ihm erfüllt.

Natürlich besuchte sie ihre Mutter. Sie saßen einander am Küchentisch gegenüber, die Ellbogen auf die abgenutzte Kunststoffplatte gestützt, und Elizabeth sagte sofort: »Ich weiß, daß er nicht zurückkommen wird. Ich muß mich damit abfinden, daß ich einem Mann mein Leben geopfert habe, der ohne weiteres imstande ist, sich einfach aus dem Staub zu machen und mich meinem Schicksal zu überlassen. Sein Leben war auch das meinige. Und jetzt habe ich gar nichts mehr.«

»Vielleicht *wollte* er gar nicht, daß du dich ausschließlich ihm widmest«, wandte Alice ein.

Ihre Mutter tat ihr leid. Die Augen der Frau waren erloschen und glichen leblosen Kieselsteinen, und sie war erschreckend mager.

»Es war unmöglich, ihm zu gefallen. Es gab keine Möglichkeit, ihn zu halten. Das war das einzige, was ich jemals wollte, und es war das einzige, was mir nicht gelungen ist.« Sie begann still vor sich hin zu weinen. »Ich will so nicht mehr weiterleben.«

Alice streckte die Hand aus und packte ihre Mutter am Handgelenk.

»Hör auf!«

»Du hast ja nicht die leiseste Ahnung, wovon ich spreche. Du hast noch nie im Leben jemanden leidenschaftlich geliebt. Du bist so schrecklich unreif.«

Alice zog ihre Hand zurück. Mit großer Anstrengung brachte sie über die Lippen: »Ich möchte dir helfen, wenn du mir sagst, wie ich das tun kann.«

»Du kannst mir nicht helfen«, sagte ihre Mutter. »Es ist nett von dir, ein solches Angebot zu machen, aber helfen könnte mir nur ein einziger Mensch, und der hat es endgültig abgelehnt.«

Alice stand auf, umklammerte mit beiden Händen die Tischplatte und beugte sich so weit vor, daß ihr Gesicht nur wenige Zentimeter von dem ihrer Mutter entfernt war.

»Also gut, wenn du willst, dann ertrink eben in Selbstmitleid. Weigere dich, Hilfe anzunehmen. Spiel dein törichtes Melodram weiter. Aber vergiß bitte nicht, daß du meine Hilfe verschmäht hast.«

Elizabeth wandte ihr Gesicht ab.

»Dir kann das alles doch sowieso ganz egal sein«, murmelte sie mit leiser, verbitterter Stimme. »Du bist noch keine einundzwanzig und schon glücklich verheiratet. Du wirst nach Strich und Faden verwöhnt. Die Jordans haben dich

verführt, aber du wirst es noch bereuen, denn niemand, *niemand* hat ein so leichtes und bequemes Leben.«
Daraufhin verließ Alice das Haus und machte wütend einen langen Spaziergang durch die Straßen, wo ihre Brüder früher Zeitungen ausgetragen hatten, und als sie zurückkam, hatte ihre Mutter schon den Tee zubereitet und verkündete ihr ohne jede Einleitung, daß sie sowieso nach Colchester ziehen und mit ihrer Schwester zusammenleben würde.
»Die ganze Szene von vorhin war also völlig überflüssig?« sagte Alice ungläubig und den Tränen nahe. »Du *wußtest* die ganze Zeit über, daß du bei Tante Anne wohnen wirst?«
»Ich kann sonst nirgendwohin gehen«, erwiderte ihre Mutter. »Wer würde mich denn schon wollen?«
»In der Tat, wer würde sie wollen«, sagte Alice später zu Martin, während sie Sauerrahm in die gebackenen Kartoffeln füllte, die es zum Abendessen gab. »Ich weiß nicht, was ich von ihr halten soll. Eines steht fest – sie ist wirklich eine sensationelle Mutter.«
Martin gab beruhigende Geräusche von sich. Seiner Meinung nach sollten Eltern von objektiver Kritik ausgenommen sein, und man sollte nicht über sie diskutieren. Er kannte seine Schwiegermutter kaum, und vor ihren unerträglichen neurotischen Charakterzügen verschloß er einfach die Augen. Sie hatte die Universität besucht und Jura studiert, das konnte er gut nachvollziehen, aber über alles übrige sollte man sich lieber nicht den Kopf zerbrechen. Und es gefiel ihm nicht, wenn Alice sarkastische Bemerkungen über ihre Mutter machte, auch wenn sie noch so viele Gründe dafür haben mochte. Er zerschnitt energisch seine Kartoffel und den kalten Schinken und erzählte Alice von einem Kollegen, der in Verbier eine Wohnung besaß, die er zu ermäßigten Preisen an Freunde vermietete. Dort könnten sie im Februar Urlaub machen, berichtete Martin.

Zwei Wochen später zog Elizabeth Meadows nach Colchester, in die gepflegte Villa ihrer verwitweten Schwester. Sie nahm außer ihrer Kleidung kaum etwas mit und ließ Verlobungs- und Ehering in einer Untertasse auf dem Küchentisch zurück. Das Haus in der Lynford Road wurde verkauft, und Sam kaufte eine Wohnung unweit der Universität, wo er das Leben führen konnte, das seinem leichtlebigen, liebenswürdigen Charakter entsprach. Er kam mehrmals im Jahr zu Besuch ins Apple Tree Cottage, wo er sich großer Beliebtheit unter Alice' neuen Freunden erfreute; sie bestaunten diesen charmanten Bohemien, wie sie es getan hätten, wenn ein anhänglicher Neufundländer auf seine alten Tage plötzlich sprechen gelernt hätte. Elizabeth ließ sich nie blicken. Einmal im Jahr fuhr Alice widerwillig nach Colchester, übernachtete bei den beiden Schwestern und saß deprimiert in dem übertrieben ordentlichen Wohnzimmer, wo die gemeinsame Trauer um die verlorenen Männer fast greifbar im Raum hing und den vierten Chintzsessel einzunehmen schien.

Die nächsten drei Jahre verliefen – glücklich. Martin genoß das Bewußtsein, nicht nur Alice gewonnen, sondern auch alle anderen wichtigen Entscheidungen seines Lebens richtig getroffen zu haben. Er war nicht besonders ehrgeizig, und seine Stellung, die ihm die Chance bot, irgendwann zum Partner aufzurücken, entsprach völlig seinen Erwartungen. Er hatte ein hübsches Cottage und genug Geld, und er hatte Alice. Sie zu besitzen, war von unschätzbarem Wert, nicht nur, weil sie ihm soviel gab, sondern auch, weil sie erheblich zu seinem Ansehen beitrug. Während der Flitterwochen hatte sie sich angewöhnt, ihre langen Haare hoch auf dem Kopf zusammenzubinden und zum Zopf zu flechten, damit sie beim Schwimmen im Meer nicht wie Tang herumhingen, und diese Frisur, die sie seitdem beibehalten hatte, zog viele bewundernde Blicke auf sich. Sie trug Stiefel und Tücher und Kleider aus Indien und Peru, während die Frauen von Martins Kollegen marineblaue Hosen, gestreifte Hemden und Perlenohrringe bevorzugten. Sie malte Bordüren an ihre Zimmerwände und Bilder auf ihre Schranktüren, und es dauerte gar nicht lange, bis sie von Freunden und Bekannten gebeten wurde, auch deren Wände und Schränke zu bemalen, und alle wollten Aquarelle irgendwelcher Winkel ihrer Häuser haben, die ihre Persönlichkeiten besonders gut widerspiegelten. Diese Bilder schenkten sie einander zu Weihnachten und zu sonstigen Feiertagen. Alice machte auch Vorhänge für das Cottage, wallende Gebilde aus riesigen Stoffmengen, die an Holzstangen befestigt wurden, während die Wohnungen ihrer Freundinnen konventionellen Puppenstuben glichen; wenn diese von einem Abendessen bei Alice und Martin zurückkamen, war sogar ihnen selbst klar, daß sie viel zu wenig experimentierfreudig waren. Alice lernte kochen und gärtnern und hatte für beides sowohl ein sicheres Auge als auch Zuversicht – Eigenschaften, die man nicht erwerben kann, die einem angeboren sein müssen. In Salisbury und der näheren Umgebung war man einhellig der Meinung, daß Alice Jordan *Stil* hatte.

Und wenn es ihr zuviel wurde, Stil zu zeigen, erholte sich Alice natürlich in Dummeridge. In jenen ersten drei Jahren ihrer Ehe fuhr sie zwei- oder dreimal im Monat auf guten Landstraßen in südliche Richtung, über Cranborne, Wimborne und Wareham, und übernachtete bei Cecily. Normalerweise waren sie allein, aber auch wenn Richard einmal zufällig zu Hause war, änderte das wenig an ihrer Zweisamkeit, und Anthony, diese fordernde und schwierige Persönlichkeit, hatte sich nach Japan abgesetzt, wo er bei einer Investmentgesellschaft arbeitete. Cecily schrieb an einem neuen Buch über Küchengärten – ein Versuch, dem guten alten Gemüsegarten zu einem Comeback zu verhelfen. Ein Prototyp wurde in Dummeridge angelegt, sehr vielseitig und ordentlich, und Alice malte den Plan, präzise wie ein Stickmuster: Jeder rotblättrige Salatkopf, jeder Stachelbeerbusch, jeder glänzende Ziegelpfad wurde eingezeichnet. Cecily zeigte ihr das Vorwort zum Buch.

»Dieses Buch verdankt seine Entstehung vielen Menschen. Einige leben nicht mehr, wie jene heldenhaften Pioniere des Gemüseanbaus, Richard Gardiner und William Lawson. Andere sind sehr lebendig, und hier muß ich an erster Stelle meine Schwiegertochter Alice Jordan erwähnen, deren hervorragenden Plan für meinen eigenen Gemüsegarten Sie auf dem Titelbild sehen.«

»Ich würde dich nächstes Mal gern nach Amerika mitnehmen«, sagte Cecily, »aber ich glaube, es wäre nicht ganz fair Martin gegenüber.«

Gegen eine kurze Reise nach Venedig konnte hingegen niemand etwas einwenden. Martin hatte zudem nicht die geringste Lust mitzufahren.

»Um die Wahrheit zu sagen, mache ich mir nichts aus unzähligen Kirchen und Heiligenbildern. Du kennst mich doch.«

Alice war hin und her gerissen. Ohne ihn zu fahren, fiel ihr durchaus nicht schwer, aber es beunruhigte sie ein wenig, daß er nicht mitkommen *wollte.* Die Aussicht, daß seine Frau und seine Mutter zusammen eine Kulturreise unternehmen würden, schien ihm sehr zuzusagen. Er erzählte anderen so oft und selbstzufrieden davon, daß Alice schließlich wütend wurde und beschloß, sich keine Gewissensbisse mehr zu machen. Sie waren seit fast zwei Jahren verheiratet.

Venedig versetzte sie in leidenschaftliche Erregung. Cecily und sie hielten sich nur fünf Tage dort auf, aber noch lange nach der Rückkehr träumte sie davon, in dieser herrlichen Stadt zu leben. Sie stellte sich vor, daß sie von ihrer Dachwohnung aus beobachtete, wie die Sonne hinter Glockentürmen und Kuppeln unterging, einer Wohnung mit Balkon, auf dem Basilikum in Töpfen wuchs und über dessen warmes Geländer man sich lehnen und in das stille olivenölfarbene Wasser eines Kanals hinabschauen konnte. Sie sah sich mit einem Korb einkaufen gehen, Auberginen und lange süße Tomaten vom Gemüseboot an der Brücke San Barnaba, phantastischen fremdartigen Fisch vom Markt,

Pasta und Parmesan aus den kleinen vollgestopften Läden in den Gassen von San Polo. Sie konnte sich selbst nicht verhehlen, daß durch diese Träume auch ein Mann geisterte. Er blieb verschwommen, aber er war ungemein faszinierend, und er war nicht identisch mit Martin.

Dann wurde sie schwanger, und das gefiel ihr. Sie strotzte vor Energie und wurde allgemein bewundert. In ihrem großen Bekanntenkreis gab es viele junge Ehepaare, und einige hatten schon Babys – fast alle hatten Hunde –, und das erste Kind bedeutete sozusagen eine höhere Stufe des Verheiratetseins. Alice machte kein Aufhebens um die Schwangerschaft, und auch Natashas Geburt verlief problemlos. Mutter und Kind schienen instinktiv zu wissen, wie sie miteinander umgehen mußten, und Martin, der nicht aufgefordert wurde, beim Wechseln der Windeln oder bei den nächtlichen Fütterungen zu helfen, wurde von Kollegen glühend beneidet, deren Frauen nachdrücklich betonten, daß Väter sich im gleichen Maße wie Mütter um ihre Kinder zu kümmern hätten.

Natürlich konnte Alice jetzt nicht mehr so oft wie früher nach Dummeridge fahren, aber sie telefonierte alle paar Tage mit ihrer Schwiegermutter, und einmal im Monat kam Cecily nach Wilton, brachte alles mögliche aus ihrem Garten mit und übernachtete im winzigen Gästezimmer. Alles gefiel ihr großartig, und von ihrer Enkelin war sie hell begeistert. Manchmal sang sie Natasha sogar vor, und dann tauschten Alice und Martin verschwörerische Blicke und lächelten einander zufrieden zu. Alice' Freundinnen vergötterten Cecily. Sie schneiten alle zum Kaffee oder Mittagessen herein und saßen mit ihren Babys und Kleinkindern am Küchentisch, wenn sie wußten, daß Cecily da war. Zu Weihnachten schenkten sie ihren Müttern Cecilys Buch und waren stolz darauf, daß die Autorin es eigenhändig signierte.

Zu jener Zeit lernte Alice Alex Murray-French kennen, dessen Vater im Grauen Haus in Pitcombe lebte, einem sehr begehrten Dorf, wo Alice' Freundinnen für ihr Leben gern gewohnt hätten, ohne sich jedoch große Hoffnungen auf die Erfüllung dieses Herzenswunsches machen zu können. Alex' Eltern hatten sich scheiden lassen, als er acht Jahre alt gewesen war, aber das Graue Haus war sein Elternhaus gewesen, und anstatt mit seiner Mutter und seinem Stiefvater nach Australien zu ziehen, kehrte er so oft wie möglich dorthin zurück. Als er wieder einmal seinen Vater besuchte, sah er ein Aquarell von Alice, das sie für einen gemeinsamen Freund gemalt hatte und auf dem eine Steintreppe zu sehen war, die zu einem efeubewachsenen Torbogen emporführte. Er beschloß, seiner Mutter in Australien ein solches Gemälde zu schicken, und deshalb fuhr er eines Nachmittags aufs Geratewohl zum Apple Tree Cottage, wo Alice auf der Stufe vor der Haustür saß und Johannisbeeren abzupfte, während ihr Baby neben ihr in einem Korb unter einer Patchworkdecke schlief.

Alex verliebte sich auf den ersten Blick in sie, genauso wie Martin vier Jahre vorher. Alice erwiderte seine Gefühle nicht, obwohl sie es gern getan hätte. Er war lebhaft, verständnisvoll und kultiviert. Den ganzen Herbst über kam er ständig vorbei – unter dem Vorwand, nach dem Bild für seine Mutter zu sehen –, und Alice sonnte sich genüßlich wie eine Katze in seinem Verlangen und seiner Bewunderung. Sie flirtete nie mit ihm, und er versuchte nicht einmal, sie zu küssen, sprach aber sehr beredt über seine Gefühle. Sie hörte ihm gern zu, aber er vermochte keine entsprechende Saite in ihr zum Erklingen zu bringen. Schließlich wurde Martin mißtrauisch und wütend, und Alex nahm sein Bild und zog sich zurück, und Alice verspürte ein Gefühl der Leere, in viel stärkerem Maße, als dies angemessen gewesen wäre.

Martin beobachtete sie danach lange Zeit.

»Es war nichts, wirklich«, versuchte sie ihn zu beruhigen. »Er war in mich verknallt, aber ich nicht in ihn. Ich habe mich gern mit ihm unterhalten, das ist alles.«

Martin wußte, daß das stimmte, aber er schmollte trotzdem. Er glaubte ihr, spürte jedoch, daß jener Teil von ihr, der ihn einst magisch angezogen hatte, nämlich ihre Andersartigkeit, ihm nun zusehens entglitt und nicht mehr einzufangen war. Bisher war ihm das Leben mit ihr wie eine reizvolle Jagd vorgekommen, doch nun bildete er sich ein, daß sie ihm etwas verheimlichte. Weil er über seine Gefühle aber nicht sprechen konnte, beobachtete er sie ständig, und das wiederum ärgerte und reizte sie.

Ihre zweite Schwangerschaft verlief ganz anders als die erste. Sie litt unter Übelkeit, sie fühlte sich hundeelend, und oft war sie so müde, daß sie morgens nur mit größter Mühe aus dem Bett kam und den ganzen Tag davon träumte, sich wieder hinlegen zu können. James schien sich nach einer schwierigen Geburt mit dem Leben außerhalb des Mutterleibs nicht so recht anfreunden zu können. Cecily besorgte bei einer Londoner Agentur eine Haushaltshilfe für Alice, ein Mädchen aus Neuseeland, dessen energisches extravertiertes Wesen das Cottage in allen Fugen krachen ließ. Jenny war unbestreitbar sehr tüchtig, und Alice konnte nachmittags ausruhen und Natasha jeden Morgen in sauberen Kleidchen, die sie nicht selbst zu waschen brauchte, in den Kindergarten schicken. Dafür hatten sie aber überhaupt kein Privatleben mehr. Jenny blieb nur vier Monate bei ihnen, aber auch als dieser gutwillige Wirbelwind zu einer Familie in Pelham Crescent überwechselte, blieb zwischen Martin und Alice die Zurückhaltung und Gezwungenheit bestehen, die sie sich in Gegenwart der Fremden im Haus auferlegt hatten. Sie waren höflich und freundlich zueinander, während sie die üblichen Rituale von Martins Arbeit, Natashas Kindergarten und James' Bedürfnissen absolvierten, Freunde zum Abendessen einluden und Kinderpartys veranstalteten, aber sie kamen einander bei alldem nicht näher und lebten mehr oder weniger nebeneinander her.

Alice wollte sich selbst nicht eingestehen, daß sie keine Lust zum Malen hatte. Ihre Freundin Juliet Donne, deren Mann Henry Verwalter von Pitcombe Park war und die mit einer scharfen Zunge und einem ebenso scharfen Wahrnehmungsvermögen gesegnet war, wies sie jedoch schonungslos darauf hin.

»Diese Vogel-Strauß-Politik bringt nichts, Allie. Die schreckliche Plackerei mit den Kindern dauert nicht lange, und wenn du nicht aufpaßt, könnte es dir wie meiner Mutter ergehen, die immer jammert, daß jeder Tag scheinbar eine Woche dauert. Es kommt nicht darauf an, ob du malen *willst* oder nicht. Du mußt dich einfach dazu zwingen.«

»Ich will ja...«

»Nein, das stimmt nicht. Du wünschst dir bestenfalls, wieder malen zu wollen, aber wenn du dich nicht mächtig zusammenreißt, wird nichts daraus. Schau dir doch nur mal unsere unnützen Männer an. Sie werden es nie zu etwas Richtigem bringen, und weißt du, warum? Weil sie phlegmatisch sind und man sie nicht für Geld und gute Worte bewegen könnte, an sich zu arbeiten.«

»Warum hast du Henry geheiratet?«

»Oh«, sagte Juliet, während sie Aprikosenpudding vom Kinn ihres Jüngsten wischte, »er schien so passend, und er war so scharf auf mich, und alle anderen in meiner Wohngemeinschaft hatten ihre Zukünftigen schon gefunden. Ich habe ihn aber wirklich gern.«

»Du willst wohl sagen, du liebst ihn.«

»Mag sein«, sagte Juliet.

Nach dieser Unterhaltung gab Alice sich einen Ruck und versuchte zu malen, aber es langweilte sie in geradezu erschreckender Weise. Sie holte einige Bilder hervor, die vor James' Geburt entstanden waren, und hatte das Gefühl, beachtliche Werke einer Wildfremden zu betrachten. Hastig legte sie sie wieder weg, um nicht total entmutigt zu werden. Sie redete sich ein, daß sie ohnehin sehr viel zu tun hatte und alles ohne jede Hilfe bewältigte, worauf sie stolz war. Keine ihrer Freundinnen kam ganz ohne Hilfe mit Haushalt und Familie zurecht. Cecily wollte ihr immer jemanden besorgen, aber sie lehnte mit dem Argu-

ment ab, das Cottage sei dafür viel zu klein, und außerdem fühle sie sich durch Fremde im Haus gestört.
Es ereignete sich so allerhand, wenn auch nichts Weltbewegendes. Martin wurde zum Juniorpartner befördert. Natasha besuchte eine kleine Privatschule in Salisbury – die Kinder trugen karierte Kleidchen und mußten ihrem Lehrer jeden Morgen *lächelnd* die Hand geben –, sie bauten ein Spielzimmer und ein weiteres Schlafzimmer am Cottage an. Im Spätwinter machten Alice und Martin Skiurlaub (Alice entdeckte mit einiger Befriedigung, daß Mutproben ihr Spaß machten), und im Sommer mietete Cecily für sie ein Cottage an der Nordküste von Cornwall, wo die Kinder am friedlichen Strand der Camel-Bucht spielen konnten. Alice begann mit wahrem Heißhunger Romane zu lesen, einen nach dem anderen, und trug Bücherlisten in der Handtasche mit sich herum, zusammen mit der Geldbörse, mit Scheckheften, Kreditkarten, Papiertaschentüchern, Smarties-Rollen, sauberen Schlüpfern und Heftpflastern – den unentbehrlichen Utensilien ihres Alltags. Titel wie *Der stille Don* gingen ihr nicht aus dem Kopf, und sie sagte sie sich wie eine Beschwörungsformel im Auto vor, während auf dem Rücksitz die Kinder, die sie abwechselnd mit anderen Müttern vom Kindergarten abholte, an den Daumen lutschten, quengelten, gegenseitig Püffe austeilten, bis das empfindlichste heulte, oder verbotenerweise ihre Hosen auszogen, um den anderen zu imponieren.

Als sie feststellte, daß sie wieder schwanger war, verspürte sie zunächst eine große Erleichterung und war diesem unerwarteten Baby sehr dankbar, weil ihr Leben nun für eine Weile wieder vorprogrammiert und von Notwendigkeiten diktiert sein würde. Martin schien sich riesig zu freuen, schloß aber sofort eine Schulgeldversicherung ab, so ostentativ, als täte er *Alice* einen großen persönlichen Gefallen.
»Ignorier ihn einfach«, riet ihr Juliet, »schieb ihn in den

Hintergrund. Das ist die einzige Möglichkeit, das Zusammenleben mit einem Mann zu ertragen.«
»Aber es ist doch nicht nur *mein* Baby!«
»Versuch das mal, irgendeinem Vater klarzumachen. Henry wird William und Simon zur Kenntnis nehmen, wenn sie Mannschaftskapitäne sind, keinen Tag früher. Wenn du etwas anderes wolltest, hättest du keinen Engländer heiraten dürfen.«
»Es gab keine anderen Bewerber.«
»Allie«, sagte Juliet, »freu dich einfach auf das Baby und laß dir keine grauen Haare wachsen. Du schaffst das alles jedenfalls viel besser als Martin. Weißt du, ich scheine ein hoffnungsloser Fall zu sein, denn ich beneide dich.«
Charlie kam einen Monat zu früh zur Welt, und danach stürzte Alice in einen tiefen, tiefen Abgrund. Von den Nebelschwaden einer schweren Depression niedergedrückt, wurde sie mit dem Baby nach Dummeridge gebracht, wo sie einen Monat benötigte, um wieder einigermaßen festen Boden unter die Füße zu bekommen und sich zentimeterweise aus der Tiefe hochzuarbeiten. Pillen, häufige kleine Mahlzeiten, viel Schlaf, vertrauliche Gespräche und leichte körperliche Betätigung wurden ihr ärztlich verordnet. Martin war dankbar, dieses schreckliche Rätsel seiner Mutter überlassen zu können; er rief jeden Abend an, um sich nach Alice' Zustand zu erkundigen, und ließ sich ansonsten von ihren Freundinnen verwöhnen, denen der in der Küche völlig hilflose Mann leid tat.
Alice kam blaß, abgemagert und etwas niedergeschlagen nach Hause, aber es ging ihr besser. Martin war sehr liebevoll zu ihr, ließ aber zugleich durchblicken, daß auch er gelitten hatte: Schließlich war es keine Kleinigkeit, die beiden älteren Kinder abends allein zu betreuen und morgens den Wirbelsturm aus verschmähten Eiern und verlorenen Gummistiefeln zu bewältigen. Gleich nach Alice' Heimkehr schrieb Cecily ihrem Sohn heimlich an die Kanzleiadresse in Salisbury, ihrer Ansicht nach brauche

Alice dringend eine Veränderung und mehr Unterstützung. Sie schlug einen Umzug vor und erbot sich, eine Haushaltshilfe und einen Urlaub zu bezahlen, einen Urlaub ohne die Kinder, sobald Charlie entwöhnt sein würde.

Und dann schienen es die Götter gut mit den Jordans zu meinen, indem sie ihnen das Graue Haus sozusagen auf dem Präsentierteller anboten, und nicht nur das Haus, sondern das Dorfleben, die Möglichkeit und Notwendigkeit, Teil einer richtigen Gemeinschaft zu werden, wo man – so dachte Alice aufgeregt – nicht einmal Briefmarken kaufen gehen konnte, ohne Bekannte zu treffen. In Pitcombe würde es ein Kirchenfest und einen Blumenkreis geben, eine Liste für den Transport alter Leute nach Salisbury oder ins Krankenhaus, und Arbeiter vom Herrenhaus würden im Winter Brennholz und einen Weihnachtsbaum bringen; im Sommer würde sie mitleidig die eleganten Touristen betrachten, die aus ihren Toyotas ausstiegen und auf der hübschen abschüssigen Straße hoffnungsvoll – aber vergeblich – nach einer Teestube Ausschau hielten. In Pitcombe würde sie das gleiche Gefühl haben wie vor zehn Jahren, mit einundzwanzig, in Dummeridge – das Gefühl, endlich nach Hause gekommen zu sein.

4. Kapitel

»Nun, und die Grafschaftsbücherei auf Rädern«, sagte Miss Pimm mit der silbentrennenden Artikulation von Marghanita Laski, »ist wirklich ein *großer* Segen.«
»Dienstags, haben Sie gesagt?« Alice schrieb es pflichtbewußt auf ihre Liste.
»Dienstag*nachmittag*. Von drei bis halb vier. Der Bibliothekar ist ein ausgezeichneter Gemüsegärtner, und speziell bei *Brassica* kann man sich hundertprozentig auf ihn verlassen.«
»Brassica«, notierte Alice.
An seine Mutter geschmiegt, dachte James entzückt, daß die Erwachsenen sich über Unterwäsche* unterhielten. Er zog seinen Finger aus der Nase und offerierte ihn Miss Pimm.
»Rotze«, sagte er.
Sie wandte den Blick ab.
»Mrs. Leigh-Brent leitet die Kirchen*putz*arbeiten. Und Miss Payne ist für die *Blumen* verantwortlich. Ich weiß, daß Mrs. Macaulay sehr *dankbar* wäre, wenn ihr montags jemand beim rollenden Laden helfen würde, und natürlich werden Mr. und Mrs. Fanshawe Sie mit Freuden in die Ortsgruppe der *Konservativen* eintragen.«
Alice wischte James' Nase mit einem Papiertaschentuch so energisch ab, daß er wimmerte.
»Sei kein abscheulicher kleiner Junge. Ich glaube eigentlich nicht, daß ich eine Konservative bin, aber mein Mann...«

* englisches Wortspiel: Brassica = Kohl; brassière (bra) = BH

»Nein?« Miss Pimm starrte sie entgeistert an.
»Nein«, sagte Alice resolut. Ihr war Sir Ralphs politische Einstellung eingefallen. »Ich glaube, das Herrenhaus...«

»Das ist etwas *ganz* anderes«, fiel Miss Pimm ihr ins Wort. Die alte Jungfer sah sich mißbilligend in der Küche um. Für ihre Begriffe war alles viel zu *auffallend*, obwohl wesentlich sauberer als früher bei Major Murray-French. Aber sie schätzte es nicht, in Küchen empfangen zu werden, nicht einmal in den Küchen neu zugezogener Personen, bei denen so etwas im Grunde verzeihlich sein mochte, weil noch nirgends Ordnung herrschte. Als Miss Pimm vor fünfzehn Jahren ihre Mutter ins Sycamore Cottage gebracht hatte, hatte sie als *allererstes* das Wohnzimmer eingerichtet, um Besucher anständig empfangen zu können. Sie erinnerte sich daran, auf einem Stuhl stehend Nägel in die Wand über dem Kamin eingeschlagen zu haben, damit das Gemälde »Cries of London« an der gleichen Stelle hängen konnte wie in allen anderen Häusern, die sie bis dahin bewohnt hatte.
Natasha kam durch die Tür zum Flur herein, eine Teenagerpuppe in Feenkostüm in der Hand. Ihr Gesicht hatte einen leicht angewiderten Ausdruck.
»Charlie schreit, und er stinkt«, berichtete sie.
Alice stand auf.
»Würden Sie mich bitte entschuldigen, Miss Pimm?« sagte sie. »Ich muß mich kurz um das Baby kümmern.«
Miss Pimm blieb sitzen. Sie hatte noch eine Menge wertvoller Informationen auf Lager und nickte deshalb huldvoll. »Ich habe es nicht eilig.«
Alice verließ den Raum. Natasha trat an den Küchentisch, legte ihre überschlanke Puppe hin und betrachtete Miss Pimm, die indessen nichts an sich hatte, was Natasha bewundern konnte. Die Farbe ihrer Strümpfe erinnerte an Kakaopulver.
»Eine hübsche Puppe«, sagte Miss Pimm besonders artikuliert, so als hätte sie eine Halbidiotin vor sich.

»Sie heißt Princess Power«, erklärte Natasha stolz. »Und sie hat Petticoats aus rosa Tüll.«
Sie stellte die Puppe auf den Kopf, um die schönen Petticoats vorzuführen, und Miss Pimm schaute hastig weg.
»Aber«, sagte James langsam und ernst von der anderen Tischseite her, »sie hat keinen Pimmel.«
Vor Panik bekam Miss Pimm purpurrote Flecken auf dem Hals.
»Haben Sie einen?« erkundigte sich James interessiert.
Natasha zischte ihn an. »Sei still!«
»Charlies Pimmel ist sehr klein«, erzählte James voll echten Mitgefühls, »aber er wird wahrscheinlich noch wachsen.«
»Ich befürchte«, sagte Natasha zu Miss Pimm, »daß in James' Schulklasse *ständig* über Pimmel geredet wird. Sie müssen ihn einfach ignorieren. So wie Mummy.«
»Schule!« rief Miss Pimm mit vor Erleichterung schriller Stimme. »Und gefällt dir deine Schule denn?«
»Nein«, antwortete James. »Ich hasse alles – außer zu Hause sein.«
»Er heult jeden Morgen«, berichtete Natasha. »Das ist so peinlich. Meine beste Freundin heißt Sophie, und sie hat auch eine Princess Power, aber *ihre* Petticoats sind gelb. Mir gefällt Rosa am besten.«
»O ja!« rief Miss Pimm. »Ja! Rosa!«
Alice kam mit einem großen Baby zurück. Miss Pimm hatte Angst vor Babys. Alice setzte sich, zwängte Charlie zwischen sich und die Tischkante und nahm den Bleistift wieder zur Hand.
»Entschuldigen Sie die Unterbrechung«, sagte sie. »Nun, was gibt's sonst noch?«
Miss Pimm hätte am liebsten darauf hingewiesen, daß eine Tasse Tee angebracht wäre. Es war fünf nach vier. Eine Tasse Tee und etwas Gebäck wäre jetzt genau das Richtige. Sie räusperte sich demonstrativ mit trockener Kehle. »Da wäre noch unsere kleine *Sonntags*gruppe.«
Charlie griff nach Alice' Bleistift und machte einen dikken Strich durch die Liste. Miss Pimm wollte ihm in-

stinktiv in den Arm fallen, um diesen Verstoß gegen die Ordnung zu verhindern, aber Alice nahm davon überhaupt keine Notiz.
»Was ist das für eine Gruppe?«
»Nun, *Kinder.*« Sie sah Natasha an und verzog ihr Gesicht zu einem zögernden Lächeln. »Wir treffen uns im Pfarrsaal, singen Lieder und hören Geschichten über *Jesus.*«
»Über den weiß ich Bescheid«, sagte Natasha. »Er hat für die Leute ein schreckliches Picknick veranstaltet, mit Brot und Fischen, die nicht *gekocht* waren. Und dann ist er über einen See gelaufen und hat ein Mädchen, das tot war, wieder lebendig gemacht. Wenn Sie *mich* fragen«, fügte sie altklug hinzu, »ich glaube das Zeug nicht.«
»Tashie...«
»Wir haben elf kleine *Teilnehmer*«, erklärte Miss Pimm hastig. »Und ich« – sie legte eine kurze Pause ein, bevor sie stolz verkündete – »ich spiele die Ukulele.«
Alle starrten sie an. Alice stellte bestürzt fest, daß ihr nicht einmal zum Lachen zumute war. Miss Pimm hielt das Schweigen für einen ehrfürchtigen Tribut an ihre Fähigkeiten und schlug geschäftsmäßig ihr schwarzes Notizbuch auf, um zu zeigen, daß sie an solche Bewunderung gewöhnt war.
»Nun, darf ich Miss Payne sagen, daß Sie sich sehr gern der *Blumen*gruppe anschließen werden? Ich glaube, Mrs. *Kendall* bräuchte eine Partnerin. Und was ist mit Montag? Der rollende Laden ist solch ein *Segen* für unsere *alten* Menschen...«
Geh, dachte Alice in plötzlicher rasender Wut. Geh, geh, geh! Hau ab, du verdammte alte Schreckschraube, ich will dich nicht hier in meiner Küche haben. *Hau ab!*
»Leider müssen wir unseren Pfarrer mit King's Harcourt und Barleston teilen, so daß nur einmal im Monat Frühgottesdienst abgehalten wird, aber er ist ein *wunderbarer* Mann, und wir müssen *dankbar* sein, daß...«

»Kann ich Crisps haben?« fragte James.
»Nein. Stör uns nicht. Es tut mir leid, Miss Pimm, aber normalerweise gebe ich ihnen um diese Zeit...«
Miss Pimm klappte ihr Notizbuch zu und stand auf.
»Selbstverständlich. Es tut mir leid, die Familien*routine* gestört zu haben.«
»Aber nein«, entschuldigte sich Alice verlegen, während sie ihrerseits aufstand, was mit Charlie im Arm nicht ganz einfach war, »so war das überhaupt nicht gemeint. Ich wollte nur...«
»Ich bin *hergekommen*« – Miss Pimms Tonfall machte unmißverständlich klar, daß *manche* Menschen eben doch noch gute Manieren hatten –, »um Sie in Pitcombe *willkommen* zu heißen. Das habe ich mir bei Neuankömmlingen zum *Prinzip* gemacht.«
»Ja«, murmelte Alice. »Das ist sehr nett von Ihnen, und ich bin sicher, sobald ich aus dem Gröbsten heraus bin...«
»Sie müßten mal sehen, wie es oben aussieht«, sagte Natasha. »Das totale Chaos.«
Miss Pimm ging zur Küchentür. Die Hand auf der Klinke, drehte sie sich steif um und nickte leicht.
»Sycamore Cottage. Telefon 204.«
»Vielen Dank...«
»Einen schönen Nachmittag.«
»Auf Wiedersehen«, sagte Alice. »Auf Wiedersehen...«
Die Tür wurde geschlossen. Alice ließ sich auf ihren Stuhl fallen.
»Nicht weinen!« rief James ängstlich.
»Ich weine nicht«, schluchzte Alice durch eine Tränenflut hindurch.
»Doch, du weinst, du *weinst...*«
Natasha hob ihre Princess Power auf.
»Ich nehme an, du bist müde.«
»Ja«, flüsterte Alice. »Ja, das nehme ich auch an. Ich bin sicher, daß es das ist...«
Charlies Gesicht verzog sich zum Weinen. James schmiegte sich mit Tränen in den Augen an seine Mutter.

»Nicht«, bat er flehentlich, »nicht *weinen*!«
Aber sie konnte nicht damit aufhören.

Der rollende Laden entpuppte sich als großer alter Lastwagen, dessen Eigentümer und Fahrer – Mr. Finch, ein ehemaliger Pensionswirt und verhinderter Dichter – die Post und den Dorfladen von Pitcombe betrieb. Zweimal wöchentlich rollte der Lastwagen mit seiner Ladung aus Rentenbezügen, Dosenerbsen und Keksschachteln durch die Gegend, um abgelegene Cottages und die kleineren Dörfer Barleston und King's Harcourt zu versorgen. Er machte innerhalb von drei Stunden dreizehn Mal Halt, entweder vor den Cottages der Kranken und Gebrechlichen oder bei den Menschengrüppchen, die, mit Geldbörsen und Plastiktragetaschen in den Händen wartend, an dafür gekennzeichneten Stellen entlang der Route standen.
Mr. Finch war sehr aufgeregt, weil Alice in Zukunft an Montagnachmittagen mitfahren würde. Mrs. Macaulay, die ihm schon seit langem montags half, verabscheute seine künstlerischen Ambitionen, weil sie – wie sie selbst sagte – nur an den gesunden Menschenverstand und an Rauhhaardackel glaubte, die sie hingebungsvoll züchtete. »Meine Mädchen«, so nannte sie ihre Hündinnen. Während der ersten halben Stunde ihres ersten Montags erfuhr Alice, daß Mr. Finch bei seiner Frau kein Verständnis fand, daß sie noch immer der Pension in Kidderminster nachtrauerte, die Schauspieler vom Theatre Royal beherbergt hatte, und daß Mr. Macaulay vor zehn Jahren in den großen himmlischen Hundekorb abberufen worden war, von seiner Witwe und ihren Mädchen tief betrauert.
»Er war ein wunderbarer Mann«, erzählte Mrs. Macaulay, während der Lastwagen aus dem Dorf rumpelte, wobei die Dosen auf den vergitterten Regalen schepperten. »Er konnte großartig mit Tieren umgehen, weil er ihnen absolutes Vertrauen einflößte.«
An den häufigen Haltepunkten stieg Mr. Finch aus der Fahrerkabine und nahm auf der Schwelle des Lastwagens an der

Kasse Platz. Er brachte jedesmal nicht nur seine Geldkassette und sein Kassenbuch mit, sondern auch ein abgeschabtes Notizbuch mit Kunstledereinband, das er an den Rand seines kleinen Schalters legte, wobei er Alice immer wieder bedeutungsvolle Blicke zuwarf.
»Nehmen Sie ja keine Notiz davon«, flüsterte Mrs. Macaulay Alice zu, während sie ihr einen Stapel All-Bran-Schachteln übergab. »Das sind seine schrecklichen Reime. Geben Sie ihm keine Chance, auch nur die Sprache darauf zu bringen.«
Bei jedem Halt füllte sich der Lastwagen rasch mit Menschen, die auf den Stufen drängelten wie eine ausgehungerte Igelschar. Alice wurde von allen angestarrt.
»Wer is' das?« fragte jemand in Türnähe.
»Pst, Oma. Das ist die neue Dame...«
»Wer?«
»Mrs. Jordan«, sagte Mrs. Macaulay sehr laut und deutlich. »Sie ist gerade ins Haus des Majors in Pitcombe eingezogen.«
Luft wurde geräuschvoll zwischen den Zähnen eingezogen.
»'s wird ihr dort nich' gefallen. Is'n gräßliches Haus.«
»Aber es gefällt mir ausgezeichnet...«
»Es ist sehr nett von Mrs. Jordan, uns zu helfen«, fuhr Mrs. Macaulay fort. »Sie hat nämlich drei kleine Kinder.«
»Und wo bleib'n meine Spaghettiröllchen?«
»Sind schon da, Oma.« Mrs. Macaulay wandte sich vertraulich an Alice. »Sie liebt das Zeug, weil sie dann zum Essen ihre Zähne nicht braucht.«
Vor der Weiterfahrt an der dritten Station legte Mr. Finch seine Hand auf den Gedichtband und sah Alice schelmisch an.
»Möchten Sie vor Barleston etwas lesen, Mrs. Jordan?«
Mrs. Macaulay war darauf schon vorbereitet.
»Tut mir leid, Mr. Finch, aber ich muß Mrs. Jordan die Lebensmittelabteilung erklären, bevor wir dort sind.«

Mr. Finch drückte das Buch mit beiden Händen an seine Brust.
»Lesen Sie gern, Mrs. Jordan? Ich bin mir da eigentlich fast sicher.«
»Romane«, erwiderte Alice hastig. »Von Romanen kann ich nie genug bekommen. Aber Sie wissen ja, mit den Kindern...«
Mrs. Macaulay klopfte auf ihre Uhr.
»Höchste Zeit zum Weiterfahren, Mr. Finch.«
Gegen Ende der zweiten Stunde hätte sich Alice am liebsten auf den Linoleumboden des Lastwagens gelegt und vor Müdigkeit geweint. Dem Kalender nach mochte es Frühling sein, aber das Wetter war unfreundlich und kalt, und der deprimierende Regalinhalt, die Dosen mit Butterbohnen und die Puddingpulver, trug erheblich zur tristen Stimmung bei. Vergangene Woche hatte Alice in Mr. Finchs Laden nach Avocados gefragt, und er hatte ihr wortreich erklärt, daß sein Geschäft voller Avocados wäre, wenn es nach *ihm* ginge, daß seine ungehobelten und ungebildeten Kunden, die nie im Leben Gedichte lasen, aber nichts Ausgefalleneres als Kohlköpfe verlangten.
»Ich würde Ihnen aber mit Freuden alles, was Sie benötigen, vom Großhändler in Salisbury mitbringen«, sagte er überschwenglich, während er in seinem Gedächtnis nach Fetzen von Tennyson kramte, mit denen er dieser entzückenden neuen Kundin imponieren könnte.
»Danke«, erwiderte Alice, »aber ich bin an Schultagen meist selbst in Salisbury. Ich möchte nur möglichst viel hier bei Ihnen kaufen, weil... Nun ja, ich finde...« Sie verstummte, weil sie sich nicht gönnerhaft anhören wollte.
Aber Mr. Finch hatte kaum gehört, was sie sagte.
»›Warum sollten wir uns immer nur abmühen‹«, rief er plötzlich, »›wir, die Krone der Schöpfung?‹«
Alice starrte ihn verwundert an. Er beugte sich über die Theke, eine Hand auf dem Schaukasten mit Schokoladenbiskuits in Folie.

»›Die Lotosesser‹.«
»Ja«, murmelte Alice.
»›Wir mühen uns nur ab‹«, rezitierte Mr. Finch weiter, »›und stöhnen fortwährend, von einem Kummer zum nächsten geworfen...‹«
Die Ladentür hatte sich in diesem Moment geöffnet, und Miss Pimm hatte einen kleinen Brotlaib und eine Dose Sardinen verlangt. Alice hatte diese günstige Gelegenheit zur Flucht genutzt und ihre Avocados später in Salisbury gekauft, als sie Natasha von der Schule abholte.
Während sie jetzt auf dem unbequemen Hocker saß und im Lastwagen durchgerüttelt wurde, dachte sie wieder an die Avocados.
»Wenn wir – äh – etwas interessantere Artikel in die Regale stellen würden – glauben Sie, daß wir jemanden überzeugen könnten, sie zu kaufen?«
»Völlig hoffnungslos«, erwiderte Mrs. Macaulay. »Die Leute sind total festgefahren. Sie kaufen jede Woche das gleiche, und immer die gleichen Mengen. Sehen Sie dort das Glas Mint Imperials? Regelmäßig alle vierzehn Tage geht eines weg. Und mit den Cremewaffeln ist es dasselbe.« Sie musterte Alice. »Sie sehen müde aus, meine Liebe. Das kommt wahrscheinlich vom Umzug. Es ist wirklich sehr nett von Ihnen, so schnell mitzuhelfen.«
»Das war immer meine Absicht«, sagte Alice und versuchte, nicht an Miss Pimms Besuch zu denken.
»Ich habe es Lady Unwin erzählt«, fuhr Mrs. Macaulay fort. »Jetzt ist eine junge Frau hier, die sich richtig ins Zeug legen will, habe ich gesagt. Ist sie schon bei Ihnen gewesen?«
»Nein.« Alice geriet beim Gedanken an die Unordnung im ganzen Haus, derer sie nicht Herr zu werden vermochte, in leichte Panik. »Nein. Aber, offen gesagt, sieht das Haus noch so schrecklich aus...«
»Das stört sie nicht«, sagte Mrs. Macaulay anerkennend. »Sie macht sich nichts aus Förmlichkeiten. Meine Mädchen erkennen ihr Auto sofort und begrüßen sie begeistert.«

Als Alice nach Hause kam, machte Gwen, die sich bereit erklärt hatte, an Montagnachmittagen auf die Kinder aufzupassen, ihnen gerade eine Zwischenmahlzeit nach ihren eigenen Vorstellungen von schmackhaftem Essen zurecht. James starrte unglücklich auf die dicke Scheibe Brot mit Marmelade auf seinem Teller. Die Marmelade war rot, und er fürchtete sich vor rotem Essen. Dafür stopfte sich Charlie mit der ganzen Handfläche klebrige Brotstücke in den schon vollen Mund. Natasha hatte beschlossen, auf Alice' Rückkehr zu warten, und sich geweigert, etwas zu essen. Sie saß in ihrer adretten Schuluniform am Tisch und erzählte Gwen vom Tanzunterricht, wo sie gelobt worden war, weil sie als Schmetterling am besten flattern konnte.
Alice ließ sich auf einen Stuhl fallen.
»Dieser Laden ist einfach mörderisch«, kommentierte Gwen mit einer gewissen Genugtuung, während sie Alice einen Becher mit trübem braunem Tee hinstellte.
»Erdnußbutter«, bat James flehentlich in heiserem Flüsterton.
»Gleich«, sagte Alice . »Laß mich eine Minute ausruhen. Tashie, warum ißt du nichts?«
»Ich hatte die leise Hoffnung«, erklärte Natasha mit theatralischer Ruhe, »daß es Toast geben würde.«
»Ich habe ihnen die Marmelade mitgebracht«, berichtete Gwen stolz. »Meine Kinder waren immer ganz verrückt auf Erdbeermarmelade.«
»Wie nett von Ihnen...«
»Und sehen Sie nur, wie es unserem Goldjungen schmeckt!«
Charlies Gesicht hatte Ähnlichkeit mit dem eines Helden in der Schlußszene einer Rachetragödie aus der Zeit Jakobs I. Als er bemerkte, daß alle Blicke auf ihn gerichtet waren, fuhr er sich mit den Marmeladefingern begeistert durch die Haare. Gwen rief stolz: »Ist er nicht ein richtiger Clown?«
Alice fiel plötzlich etwas ein. »Gwen«, sagte sie, »Mrs.

Macaulay meinte vorhin, daß Lady Unwin vorbeischauen könnte. Und abgesehen von dieser Küche hier gibt es im ganzen Haus kein auch nur halbwegs gemütliches Fleckchen, wo ich sie empfangen könnte...«
Gwen spitzte den Mund, um anzudeuten, daß dieser Gedanke *gewissen* Leuten schon früher gekommen war.
»Sie kommt bestimmt, Mrs. Jordan. Gar kein Zweifel.«
Alice blickte zu ihr auf.
»Würden Sie mir helfen, im Salon Klarschiff zu machen?«
Sie sah wirklich erschöpft und völlig hilflos aus. Sogar Gwen, deren Herz nicht so leicht zu erweichen war, verspürte Mitleid mit ihr. Total erledigt war sie, das konnte doch jeder sehen.
»Natürlich helfe ich Ihnen, meine Liebe. Das Putzen wäre ohnehin viel leichter, wenn nicht überall Kartons herumstünden. Ja, das hat sie so an sich, irgendwo reinzuschauen, unsere Lady...«
»Erdnußbutter«, bettelte James.
»Also gut.« Alice stand auf und ging langsam zum Schrank.
»Natürlich herrscht oben im Herrenhaus große Aufregung, weil doch Miss Clodagh nach Hause kommt.«
Alice begann James' Brot mit Erdnußbutter zu bestreichen.
»Dünner, *dünner.*«
»Sei still! Miss Clodagh?«
»Die jüngste Tochter. Sie ist drei Jahre in Amerika gewesen. War immer der Liebling ihrer Eltern. Ich kann Ihnen sagen, als Kind war sie eine wahnsinnig freche Göre. Wie kannst du nur«, wandte sie sich an James, »dieses gräßliche Zeug essen?«
James schaute sie kauend an, sagte aber nichts.
»Ich bin wirklich sehr *geduldig*«, betonte Natasha.
»Du lieber Himmel«, murmelte Alice, »vielleicht kommt eine ganze Abordnung aus dem Herrenhaus hierher...«
Das Telefon klingelte. Auf dem Weg in den Flur rief Alice:

»Gwen, könnten Sie vielleicht für Natasha etwas Toast machen? Ich möchte nicht, daß sie sich selbst am Toaster zu schaffen macht...«

Cecily war am Apparat. Sie hatte eigentlich beschlossen, nur einmal in der Woche anzurufen, und auch dann nur am frühen Abend, wenn die Kinder im Bett waren, weil sie das Gefühl hatte, daß Alice' Gemütsverfassung im Augenblick sehr labil war und daß sie nichts von der großen Sorge ihrer Familie wissen durfte. Aber heute war Alice ihr aus irgendwelchen Gründen überhaupt nicht aus dem Kopf gegangen, und deshalb hatte sie schließlich doch zum Hörer gegriffen.

»Hallo«, meldete sich Alice mit matter Stimme.

»Liebling, du hörst dich total geschafft an.«

Alice' Stimme wurde etwas herzlicher, aber nicht kräftiger. »Es ist der rollende Dorfladen. Irgendwie bin ich in die Sache reingerutscht, und jetzt habe ich drei Stunden in einem eiskalten Lastwagen verbracht und Runkelrübengläser an Leute verkauft, die mir sagten, ich würde es verabscheuen, hier zu wohnen.«

Cecily lachte. »Wie komisch!«

»Es war nicht komisch«, widersprach Alice, »obwohl es das eigentlich hätte sein müssen.«

»Dann bin ich sehr froh, daß ich angerufen habe. Liebling, ich werde jetzt sehr energisch sein. Ich *bestehe* darauf, daß du mehr Hilfe bekommst, ein Kindermädchen oder wenigstens ein Au-pair-Mädchen. Du bist sowieso schon erschöpft, und jetzt übernimmst du auch noch Zusatzaufgaben wie diesen Laden.«

»Ich habe ja Hilfe«, entgegnete Alice. »Es ist lieb von dir, aber ich habe Gwen. Ich hatte noch nie soviel Hilfe...«

Sie verstummte. Es stimmte – sie hatte noch nie soviel Hilfe gehabt, und doch hatte sie nie zuvor in einer derartigen Unordnung gelebt. Sie hatte plötzlich einen Kloß im Halse. Manchmal fühlte sie sich wie gelähmt, weil sie es nicht schaffte, ihre alte Tatkraft zurückzuerlangen. Sie war verzweifelt gewesen, nachdem Martin und Cecily sie kürzlich überredet hatten, zum Arzt zu gehen und sie zwei Tage in der gynäkologischen Abteilung der Klinik von Salisbury verbracht hatte, wobei alle möglichen Tests gemacht wurden, die ergaben, daß ihr absolut nichts fehlte. Martin war überglücklich gewesen, aber sie hatte panische Angst verspürt. Wenn sie nicht krank war – warum fühlte sie sich dann so hundsmiserabel?

»Du brauchst jemanden, der im Haus wohnt«, sagte Cecily. »Du brauchst eine jüngere Dorothy. Ich werde eine für dich finden.«

»Nein«, bat Alice, »bitte, nein...«

»Aber, Liebling, warum denn nicht?«

»Weil mir nichts fehlt. Das weißt du doch. Mr. Hobbs hat es gesagt. Ich muß mich nur zusammennehmen.«

»Aber warum willst du dir dabei nicht *helfen* lassen?«

»Weil ich es nicht will!«, sagte Alice, den Tränen nahe. »Es ist wahnsinnig nett von dir, aber ich muß es allein schaffen. Mir geht es gut, wirklich. Gwen wird mir helfen, den Salon einzurichten, und dann werde ich mich gleich ganz anders fühlen. Das weiß ich.« Nach längerem Schweigen seufzte Cecily.

»Würdest du einen Kompromiß in Betracht ziehen?«

Alice war auf der Hut.

»Was für einen?«

»Du strampelst dich noch einen Monat allein ab, und wenn es dir dann nicht besser geht, darf ich noch einmal auf das Thema zurückkommen. Einverstanden?«

»Also gut«, murmelte Alice unwillig.

»Sieh mal, meine Liebe, es ist doch keine Schande, nicht alles allein zu schaffen. Du hast soviel am Hals...«

»Ich schäme mich aber...«

»Du stellst an dich selbst viel zu hohe Ansprüche. Ist Martin eine Hilfe?«

»O ja. Er hat wahnsinnig viel zu tun, aber an den Wochenenden hilft er sehr viel.«

»Er ist so stolz auf dich.«

Alice zuckte unwillkürlich zusammen.
»Er tut wirklich sein möglichstes...«
»Und wie geht es den Kindern?«
»Im Augenblick klebt Charlie vor Marmelade, aber ansonsten geht es ihnen ausgezeichnet.«
»Ich werde sie in den Ferien hierherholen. Ich möchte nämlich, daß du und Martin zusammen wegfahrt. Das habe ich euch schon vor zwei Monaten gesagt. Soll ich Verity anrufen und fragen, ob ihr euer Flitterwochenhaus auf Patmos haben könnt?«
»Nein«, rief Alice mit großem Nachdruck.
»Liebling...«
»Man soll nie versuchen, etwas zu wiederholen...«
»Alice, Liebling«, sagte Cecily traurig, »ich möchte dir gern helfen, aber du machst es mir so schwer.«
»Tut mir leid«, flüsterte Alice. »Tut mir leid.«

Der Salon war bis auf die Vorhänge fertig eingerichtet, als Lady Unwins Volvo, mit zwei hübschen jungen Spaniels im Fond, vor dem Grauen Haus vorfuhr. Alice beobachtete von ihrem Schlafzimmerfenster aus, wie die Gutsherrin ausstieg, ihren Faltenrock glattstrich, eine riesige Hortensie im Topf aus dem Auto holte und auf die Haustür zuging. Gwen, die den Steinfußboden in der Halle wischte, ließ sie bereitwillig ins Haus.
»Ah, Gwen, wie nett, Sie zu sehen. Was für ein herrlicher Tag. Ist Mrs. Jordan zu Hause?«
Gwen führte Lady Unwin in den Salon.
»Hmmm«, sagte Lady Unwin interessiert, stellte die Topfpflanze ab und ging zum Kamin, um Alice' Sammlung alter Krüge auf dem Sims zu bewundern. »Reizend.« Sie wandte sich lächelnd Gwen zu. »Sagen Sie ihr, daß ich hier bin.«
Gwen bedauerte sehr, daß Alice beim Auspacken der Kisten Jeans und ein altes Hemd von Martin trug, und noch mehr bedauerte sie, daß Alice offenbar nicht beabsichtigte, sich rasch umzuziehen. Sie zog nur ihren Zopf über

die Schulter und rannte die Treppe hinab. Lady Unwin, untadelig in ihrem hellgrauen Rock und weichen Jerseypullover, mit dezenter Perlenkette, betrachtete eine Zeichnung neben dem Kamin, drehte sich aber sofort um und streckte Alice beide Hände entgegen.

»Meine liebe Mrs. Jordan! Ich bin ein Scheusal, weil ich nicht schon früher hergekommen bin. Können Sie mir verzeihen?«

»Natürlich. Bei uns herrscht leider noch ein schreckliches Durcheinander...«

»*Mir* brauchen Sie nichts von Durcheinander zu erzählen. Meine Jüngste ist gerade aus New York zurückgekommen und hat einen Ozeandampfer voll Gepäck mitgebracht. Ich übertreibe nicht, wenn ich Ihnen sage, daß sie das Zeug im *ganzen* Haus verstreut hat.«

»Möchten Sie eine Tasse Kaffee?« fragte Alice.

»Vielen Dank, nein. Ich muß gleich weiter, zu einer Versammlung in Shaftesbury, und wollte Ihnen nur rasch das hier bringen. Ich liebe Hortensien. Sieht sie nicht wie eine Spitzenkappe aus?«

»Oh, wie nett von Ihnen...«

»Sie sind nicht zufällig irgendwie mit Cecily Jordan verwandt?« erkundigte sich Lady Unwin.

Alice lächelte. »Sie ist meine Schwiegermutter.«

Lady Unwin packte hell begeistert Alice' Hand.

»Meine Liebe! Welch ein Glück! Also, schauen wir mal...« Sie ließ Alice' Hand los, öffnete eine große, praktische Handtasche und holte einen Terminkalender hervor.

»Also... Wann können Sie mit uns zu Abend essen? Samstag in vierzehn Tagen? Am elften?«

»Paßt wunderbar«, murmelte Alice schwach. »Vielen Dank, das ist sehr freundlich...«

»Und wenn Sie mit Ihrer Schwiegermutter sprechen, sagen sie ihr doch bitte, ich sei ein treuer Fan von ihr. Ob sie sich wohl dazu herablassen würde, vor unseren hiesigen Blumenfreunden zu sprechen? Oder vielleicht könnten wir sie als Fachberaterin für die Hospizgärten gewinnen? Ich muß darüber nachdenken. Auf Wiedersehen, meine Liebe...« Sie umschloß mit einer ausladenden Handbewegung das ganze Zimmer, wobei ihre Ringe funkelten. »*Sehr* hübsch.«

Alice beobachtete neiderfüllt, wie Lady Unwin schnell in ihren Volvo stieg, mühelos auf der Auffahrt wendete und davonfuhr. Solche Menschen, dachte sie, solche Menschen kennen keinen Kummer. Menschen wie Lady Unwin geraten nicht in irgendwelche Kuddelmuddel und haben nie das Gefühl, daß ihr Leben sinnlos ist und es keinen Ausweg gibt.

»Ich bin ganz vernarrt in Lady Unwin«, sagte sie später am Telefon zu Juliet Dunne. »Ich möchte wie sie sein, wenn ich erwachsen bin.«

»Wie Margot? Das ist doch nicht dein Ernst, du Dummchen. Es ist ein grauenhaftes Leben. Zum Glück ist sie ein alter Dragoner, und deshalb macht es ihr sogar Spaß.«

»Aber sie sieht so aus, als stünde sie über den Dingen, als könnte sie nichts verletzen. Sie sieht so...«

»Allie«, fiel Juliet ihr energisch ins Wort, »wenn du nicht schleunigst für dich und Martin einen Urlaub buchst, werde ich es für dich tun. O Gott, da kommt Henry, wieder mal viel zu früh... Nicht«, rief sie ihrem Mann zu, »die sind doch für die Kinder. Allie, die Abendessen im Herrenhaus werden ganz amüsant sein, das kann ich dir versprechen, und Clodagh wird dir bestimmt gefallen. Sie hat ihre Eltern von jeher fast zur Verzweiflung getrieben und zuletzt in New York jahrelang mit einem Anwalt zusammengelebt, ohne ihn Margot und Ralph je vorzu... Was? Oh, Henry sagt, der Anwalt sei Millionär. Nun ja, ob Millionär oder nicht, sie hat ihn jedenfalls verlassen und ist nach Hause gekommen, so daß Margot jetzt wieder die Super-Glucke spielen kann. Aber mit Clodagh hat man wirklich viel Spaß. Allie, ich muß auflegen und Henry verprügeln. Er ißt alle Eiersandwiches, die für die Kinder bestimmt sind, auf. Allie, dieser Mann ist mein *Kreuz*!«

»Bin ich dein Kreuz?« fragte Alice Martin beim Abendessen.
Er beugte sich vor und tätschelte sie, schenkte ihr aber nicht seine volle Aufmerksamkeit.
»Natürlich nicht.«
»Aber wenn ich mir selbst so zur Last falle, muß ich auch dir...«
»Du bist nur müde...«
»Aber das ist nur die Auswirkung, nicht die Ursache.«
Mit vollem Mund sagte er: »Ich bin nicht deiner Meinung.« Er schluckte den Bissen Fischpastete hinunter und fuhr fort: »Du hast soviel übernommen. Das Dorf findet dich großartig. Ist der Pfarrer schon hiergewesen?«
»Nein.«
»Dann kommt er bestimmt demnächst vorbei. Ich habe ihn im Laden getroffen. Scheint nett zu sein.«
»Er wird mich nur zu weiteren Aktivitäten überreden wollen.«
»Dann sag nein.«
»Aber einer der Gründe, weshalb ich hier leben wollte« – sie legte ihm wie immer eine zweite Portion auf den Teller – »war doch die aktive Beteiligung am Gemeindeleben.«
»Aber du brauchst dich doch nicht an *allem* zu beteiligen. Du übertreibst dein Engagement, und deshalb bist du todmüde.«
Sie warf ihm einen harten Blick zu. »Aber ich glaube nicht, daß es daran liegt.«
Er zuckte sichtbar zusammen, und sie sah förmlich, wie sein Geist sich hastig von der neuen Wendung des Gesprächs zurückzog, einer Wendung, die er nicht ertragen konnte. Um abzulenken, schwenkte er seine Gabel.
»Schmeckt wahnsinnig gut«, sagte er.

Zwei Tage später schob Alice Charlie im Kinderwagen über den Flußpfad. Es war ein schöner klarer, kühler Tag, die Weiden blühten, und an den Ufern gab es viele Pri-

meln. Sie pflückte eine und gab sie Charlie. Er hielt die Blume respektvoll auf Armeslänge von sich ab, und sie dachte, wie schnell er doch lernte, denn noch vor wenigen Wochen hätte er versucht, die Primel zu essen.
Ein Mann kam ihnen auf dem Pfad entgegen, ein großer Mann in weitem Tweedmantel, den Alice zunächst für John Murray-French hielt. Sie hob schon den Arm, um ihm zuzuwinken, als sie sah, daß er einen Priesterkragen trug. Beim Näherkommen rief er: »Ein herrlicher Morgen!«
»Ja!« rief sie zurück.
Als er nicht mehr laut zu rufen brauchte, weil er dicht vor Alice stand, stellte er sich vor: »Ich bin Peter Morris. Und Sie sind Mrs. Jordan. Ich schulde Ihnen einen sogenannten Pastoralbesuch.«
Er war etwa sechzig, kräftig und energisch, hatte dichte Haare und eine gesunde Gesichtsfarbe. Charlie bot ihm die Primel an, als er sich zu ihm hinabbeugte.
»Danke, alter Junge.«
»Ich weiß, daß Sie wahnsinnig viel zu tun haben«, sagte Alice.
Er richtete sich wieder auf.
»Zu dieser Jahreszeit gibt es immer erschreckend viele Todesfälle. Die Leute halten den ganzen Winter über durch, und wenn es dann endlich wärmer und heller zu werden beginnt, geben sie den Geist auf. Eine Beerdigung nach der anderen. Deshalb wollte ich heute zu Ihnen – ausnahmsweise einmal einen Anfang sehen.« Er betrachtete Charlie. »Sie stehen zum Glück noch ganz am Anfang. Ist das Ihr einziges Kind?«
»Mein drittes.«
»Sie sehen nicht alt genug für drei Kinder aus. Der Zweck meines Besuchs war eigentlich, Ihnen zu sagen, daß Sie sich von den alten Hennen nicht aussaugen lassen dürfen. Das versuchen sie nämlich. Sie leisten im Dorf wirklich Großartiges, aber sie kennen kein Erbarmen. Ich hoffe, daß Sie hier glücklich sein werden.«

»Oh, das *werden* wir...«

»Es ist ein hübscher Ort. Und Sie haben ein wunderschönes Haus. Ich bin oft dort gewesen, um mit John Murray-French Poker zu spielen. Wahrscheinlich werden wir das auch in seinem Cottage tun, sobald er sich häuslich eingerichtet hat. Zwei alte Junggesellen.« Er blickte wieder auf Charlie hinab. »Ich hatte nie Kinder. Meine Frau ist gestorben, noch bevor wir welche bekommen konnten.«

»Das tut mir aber leid...«

»Mir auch. Ich war Seemann, bevor der alte Admiral dort oben« – er blickte zum blauen Himmel empor – »mich an Bord befohlen hat. Sie werden feststellen, daß ich mit meiner Meinung nicht hinter dem Berg halte. Wenn ich etwas nicht verknusen kann, sage ich es unumwunden. Das bezieht sich auch auf sehr viele Bischöfe. Eine eigenartige Spezies. Warum halten sie sich nicht einfach an die Aussagen der Bibel? Bei der Bibel weiß man genau, woran man ist.«

Alice wendete den Kinderwagen wieder in Richtung des Dorfes.

»Ich habe sie nie richtig gelesen. Seit meiner Schulzeit überhaupt nicht mehr.«

»Das wundert mich nicht. Die meisten Leute tun es nicht. Aber alljährlich werden 65 Millionen Exemplare verkauft, und folglich wird sie *doch* von jemandem gelesen. Sie sollten es einmal versuchen.«

»Ich wüßte nicht, wo ich anfangen soll.«

»Das ist keine Entschuldigung«, sagte Peter Morris herzlich und übernahm es, den Kinderwagen zu schieben.

»Ich habe gehört, daß man Sie für den rollenden Laden eingespannt hat.«

»Und für den Blumenschmuck. Aber ich habe mich vor der Sonntagsgruppe gedrückt.«

»Gut gemacht.«

»Aber die Zugehörigkeit, ich meine, die aktive Beteiligung, ist doch ein wesentlicher Bestandteil des Dorflebens...«

»Ebenso wie das Mit-allen-Auskommen. Ich sage den neu

Zugezogenen immer, daß sie sich das Dorfleben nicht allzu einfach vorstellen dürfen. In einer Stadt kann man sich seine Freunde aussuchen, aber ein Dorf ist wie ein Schiff – man muß mit jedem irgendwie klarkommen. Das ist nicht ganz einfach, aber auch nicht unmöglich. Halt dich fest, alter Junge, jetzt wird's ein bißchen holperig.«

Sie gelangten schließlich auf den breiten Weg unterhalb des Pubs »Pitcombe Inn«. Späte Narzissen ließen in den Blumenkästen an den Fenstern die Köpfe hängen, und aus den teilweise geöffneten Erdgeschoßfenstern drang ein Geruch von abgestandenem Bier und Bratfett. Peter Morris schob den Kinderwagen am Pub vorbei, dann bogen sie um die Ecke und gingen die Dorfstraße hinauf, wo er von vielen Leuten gegrüßt wurde. Alice fand es gemütlich, neben ihm herzugehen, während er den Wagen schob und den Gruß der Leute erwiderte. An der Ecke der Gasse zum Grauen Haus blieb er stehen.

»Darf ich Ihnen das Gefährt hier übergeben?«

Sie bedankte sich und hätte ihn am liebsten gebeten, mit ins Haus zu kommen.

»Ich muß vor dem Mittagessen noch drei Besuche machen – ein Trauerfall, ein gebrochenes Bein und ein schlimmer Fall von Selbstmitleid. Es hat mich gefreut, Sie kennenzulernen.«

Er drückte ihr kräftig die Hand.

»Keep smiling«, sagte er noch und legte einen Finger auf Charlies Nasenspitze. »Du auch, alter Junge.«

5. Kapitel

Alice zog sich für das Abendessen in Pitcombe Park dreimal um; als sie endlich fertig war, hätte sie ihre letzte Entscheidung am liebsten noch einmal revidiert und auf das ursprünglich vorgesehene Kleid zurückgegriffen. Aber dazu fehlte ihr die Zeit, und außerdem wurde Martin allmählich ungeduldig. Als sie herunterkam, hielt sie die Enden einer schweren türkischen Silberkette mit Türkisen im Nacken fest und bat ihn, sie zu schließen. Martin trug einen Smoking und sah sehr elegant und distinguiert aus. Er drehte sie mit dem Rücken zum Licht, um besser sehen zu können, und schimpfte leise vor sich hin, weil er mit dem Verschluß nicht zurechtkam. Sie stand mit vorgebeugtem Kopf da, hielt ihren Zopf fest, damit er Martin nicht behinderte, betrachtete die üppigen Falten ihres roten Rockes und die Spitzen der bestickten Pantöffelchen, auf deren an den Innensohlen festgenähten Bändern »Made in Jaipur« stand.

»Jetzt!« sagte Martin triumphierend und klopfte ihr leicht auf die Schulter. Sie ließ ihren Zopf wieder auf den Rükken fallen. Für die Dinnerparty hatte sie ihn mit Bändern durchflochten; Natasha, die ihr dabei bewundernd von der Bettkante aus zugeschaut hatte, saß jetzt auf der untersten Treppenstufe und versuchte, Princess Power die gleiche Frisur zu machen. James saß auf der obersten Stufe und weinte mit dem Daumen im Mund. Er wollte nicht, daß Alice ausging, wollte nicht mit Gwen zu Hause bleiben. »Und wenn nun ein böser Mann kommt?« fragte er, den Daumen notgedrungen kurzfristig aus dem Mund nehmend.

Natasha seufzte.
»Also, ganz ehrlich«, sagte sie, ohne das Flechten zu unterbrechen, »du siehst zuviel fern.«
James liebte das Fernsehen. Er saß vor dem Kasten, ein Kissen an sich gepreßt, damit er seinen Kopf darin vergraben konnte, wenn etwas auf dem Bildschirm ihm Angst machte. Doch wenn der Fernseher ausgeschaltet war, schienen die Bösen seine Phantasie viel stärker zu beschäftigen als die Guten. Er wußte, daß Gwen gegen seine Ängste nichts ausrichten konnte, weil sie selbst irgendwie mit den Bösen im Bunde war. Nur Alice konnte ihn beschützen.
Er stand auf.
»Geh nicht weg!«
Martin stieg an Natasha vorbei die Treppe hinauf und kniete sich vor seinem Sohn hin.
»Na, na, alter Junge, beruhige dich. Wir bleiben nur einige Stunden fort, und wir sind ganz in der Nähe im Herrenhaus...«
»Geh nicht weg! Geh nicht weg!« schrie James und warf seiner Mutter am Vater vorbei einen flehenden Blick zu.
Gwen tauchte auf dem Treppenabsatz auf, Charlie in den Armen, der einen gelben Schlafanzug trug und wie ein schläfriges Entchen aussah. Er entdeckte Alice unten in der Halle und begann in Gwens Armen zu strampeln, um zu seiner Mutter zu gelangen.
»Ich komme doch bald zurück«, rief Alice ihren beiden Jungen zu, »ganz schnell, und sobald ich wieder da bin, komme ich zu euch, das verspreche ich...«
»Ich würde einfach gehen«, riet Natasha, ohne von ihrer Arbeit aufzuschauen.
»O Tashie...«
James' Weinen steigerte sich zu lautem Gebrüll. Entnervt begab sich Martin wieder nach unten.
»Du lieber Himmel«, sagte Gwen, »was für ein albernes Getue. Jetzt hast du Charlie auch noch angesteckt.«

Martin legte Alice hastig den Mantel um die Schultern und schob sie zur Tür hinaus.
»Komm endlich, komm!«
»Ich hasse das«, murmelte sie deprimiert. »Ich hasse es auszugehen, wenn er so unglücklich ist...«
»Er setzt sich doch nur für dich in Szene, damit du tust, was er will.«
»Trotzdem fürchtet er sich...«
»Er fürchtet sich doch vor allem und jedem«, knurrte Martin gereizt.
Er setzte sich ans Steuer und öffnete Alice die Beifahrertür.
»Er wird bald fünf«, fuhr er fort. »Nur noch drei Jahre bis zum Internat. Dort wird er sich zusammennehmen müssen.«
Alice schwieg. Sie hätte gern dreierlei erwidert – in erster Linie, daß es ihrer Ansicht nach nicht richtig wäre, James mit acht Jahren in ein Internat zu stecken –, aber sie hatten im Auto nur fünf Minuten Zeit zum Reden, und nachdem sie verschiedener Meinung waren, würden sie zwangsläufig streiten und ganz aufgelöst in Pitcombe Park ankommen und...
»Schmollst du?«
»Nein.« Alice hoffte, daß ihre Stimme normal klang.
»Ich wünschte, James hätte wenigstens ein Viertel von Tashies Mut.«
»Ich nehme an, daß er selbst sich das auch wünscht.«
Das Tor mit den mächtigen Steinpfeilern hob sich im Scheinwerferlicht kurz von der Dunkelheit ab, bevor es hinter ihnen verschwand.
»Das ist schon was, würde ich sagen«, meinte Martin.
»Glaubst du, daß es eine große Party sein wird?«
»Keine Ahnung.« Martin spähte nach vorne. Lichter schienen durch die dunklen Bäume.
»Es ist *riesig*...«
»Das kann man wohl sagen.«
Alice dachte an das schwarze Spitzenkleid, das sie wieder ausgezogen und aufs Bett geworfen hatte.

»Ich habe das Falsche an...«
»Nein. Außerdem ist es jetzt sowieso zu spät, sich darüber den Kopf zu zerbrechen.«
Die Auffahrt machte eine Biegung und mündete in eine hell beleuchtete Fläche vor dem Haus: neun Erker, Quaderecken, Dachgiebel, lange Schiebefenster und über der Eingangstür das Familienwappen, das zur Zeit Königin Victorias von einem Unwin angebracht worden war, der der Welt – oder zumindest all jenen, die nach Pitcombe Park kamen – demonstrativ vor Augen führen wollte, daß er einer sehr alten Familie entstammte. Alice beugte sich vor.
»Das alles kommt mir so absonderlich vor, wie aus *Pride and Prejustice.* Du weißt schon, beste Kleidung, bestes Benehmen, freundlich-gönnerhafter Empfang...«
»Unsinn!« sagte Martin schroff.
Er hielt in respektvollem Abstand von der Freitreppe an.
»Dieser Besuch ist etwas völlig Normales. Und von den Unwins ist es sehr nett.«
»Nun, für mich ist es nichts Normales«, widersprach Alice mit rauher Stimme.
Martin stieg wortlos aus, schloß die Tür, ohne sie zuzuschlagen, und ging um das Auto herum, um Alice' Tür zu öffnen.
»Allie«, sagte er versöhnlich, »laß dir von James nicht die Laune verderben. Er wird sich schon längst beruhigt haben.«
»Es hat mit James überhaupt nichts zu tun...«
Über ihnen wurde die zweiflügelige Tür geöffnet, und ein Rechteck gelben Lichts fiel auf die Stufen. Sie verstummten sofort, wie zwei auf frischer Tat ertappte Kinder. Martin legte seine Hand unter Alice' Ellbogen und führte sie die Treppe hinauf. Oben wartete ein kleiner Mann mit der Statur eines ehemaligen Jockeys darauf, ihnen die inneren Glastüren zur Halle zu öffnen. Sein »Mr. und Mrs. Jordan« hatte keinerlei fragenden Unterton, und Martin sagte: »Guten Abend, Shadwell.«

»Woher weißt du, wie er heißt?« flüsterte Alice ihm zu. Er ignorierte sie. Shadwell nahm ihr den Mantel ab, murmelte »Hier entlang, Mrs. Jordan«, durchquerte die Halle – sie war rund, und Alice fragte sich, ob deshalb alle Türen gekrümmt sein mußten wie Bananen – und öffnete eine weitere Flügeltür.
Da war der Salon, und Lady Unwin kam zur Begrüßung auf sie zugesegelt, in einem Traum aus gekrauster grüner Seide, mit Perlenketten geschmückt.
Der Raum war sehr groß und prächtig, und etwa ein Dutzend Leute hielt sich darin auf. Kleine Grüppchen standen zwischen den Damaststühlen und den Tischen mit Büchern, gerahmten Fotos und extravaganten Pflanzen in chinesischen Schalen. Alice' Blick fiel auf eine auffällige Gestalt am Kamin. Alle anderen waren so gekleidet, wie sie erwartet hatte – und wie Lady Unwin es wohl wünschte: Smokings und Seidenroben von jener Art, die Verkäuferinnen gern als »Investition« anpreisen. Die Person am Kamin sah hingegen wie das Titelbild von *Struwwelpeter* aus, das James faszinierte, aber auch so ängstigte, daß Alice das Buch vor ihm verstecken mußte. Sie konnte von der Person, die ihr den Rücken zuwandte, nur eine wilde weizenfarbene Haarmähne und ein bizarres Kostüm aus schwarzer Tunika und enger Hose sehen. Wer auch immer das sein mochte – Lady Unwin hob sich jedenfalls dieses exotische Geschöpf bis zuletzt auf.
»Meine liebe Alice – ich darf Sie doch so nennen? – das ist Mrs. Fanshawe von der Oakridge Farm, die einfach phantastisch mit Blumen umgehen kann, ich weiß nicht, wie sie das macht, und Major Murray-French kennen Sie natürlich, und dies sind die Alleynes von Harcourt House – sie haben kleine Kinder, etwa gleich alt wie die Ihrigen, ist das nicht schön? –, und das ist Elizabeth Pitt, meine rechte Hand in allen Komitees, ich wüßte gar nicht, was ich ohne sie täte, und Susie Somerville, die eine – ja, was bist du eigentlich, Susie? Dich Reiseleiterin zu nennen, scheint so unpassend, weil alle Touren, die du machst, so

anspruchsvoll sind, daß ich mich einfach nicht trauen würde, daran teilzunehmen, das kannst du mir glauben... Dies sind Simon Harleyford, der das Wochenende bei uns verbringt, worüber wir uns sehr freuen, und Mr. Fanshawe, ohne den unsere berühmten Sommerfeste nicht zustande kämen, und Clodagh. Clodagh, komm her und begrüße Mrs. Jordan.«

Die schwarze Tunika wandte sich kurz von dem kleinen lebhaften Mann mit dem rosigen Gesicht ab, mit dem sie sich unterhielt, rief »Hi« und kehrte Alice wieder den Rücken zu.

»Ich habe ihr gesagt«, vertraute Lady Unwin Alice in bühnenreifem Flüsterton an, »daß sie besonders nett zu Nigel Pitt sein soll, weil ich ihn dringend für das Hospiz brauche. Unser jetziger Schatzmeister will sein Amt aufgeben, was sehr ärgerlich ist, aber da er auf die Achtzig zugeht, darf ich ihn wohl nicht bedrängen. Kommen Sie, unterhalten Sie sich mit Susie. Sie weiß alles Wissenswerte über indische Paläste.«

»Das stimmt nicht«, sagte Susie Somerville, als sie allein waren. Sie war klein und zäh, in den Vierzigern, und trug einen Abendanzug aus pflaumenfarbenem Samt. »Ich weiß nur, wie man an jedem Ort einen Gepäckträger auftreibt, und wie man einen Kolostombeutel auswechselt. Reiseleiterin zu sein, ist mörderisch, einfach mörderisch. Unsere Reisekosten sind so hoch, daß sich nur die Alten so etwas leisten können, und so schleppe ich diese alten Schachteln durch Baalbek und Leningrad und Udaipur und verbringe die Abende damit, Whisky und Soda und Complan zu mixen. Es ist ein Alptraum.«

»Warum machen Sie es dann?« fragte Alice lachend.

»Wegen des Geldes. Sie geben mir hohe Trinkgelder, speziell die Yankees, denen es imponiert, daß ich adelig bin. Ich wäre viel lieber verheiratet, aber ich will immer nur Männer heiraten, die mich nicht heiraten wollen. Deshalb habe ich Pferde als Kinderersatz und eine Menge Freunde und diesen gräßlichen Job. Reiten Sie?«

»Nein.«
»Das brauchen Sie auch nicht.« Susie Somerville leerte ihr Glas. »Sie haben ja einen Mann.«
Ralph Unwin trat, in dunkelblauem Smoking und nach einem männlich-herben Eau de Toilette duftend, auf sie zu, um Alice in den Speisesaal zu führen.
»Versucht Susie, Sie zu schockieren?« fragte er.
»Ich kann überhaupt niemanden mehr schockieren«, sagte Susie und deutete mit dem Kopf in Richtung Kamin. »Wie geht's Clo, seit sie wieder hier ist?«
»Wir glauben, daß es ihr recht gut geht«, antwortete Ralph Unwin ruhig. »Sie erzählt nicht, warum sie New York verlassen hat, und wir können folglich nur abwarten.« An Alice gewandt, erklärte er: »Unsere Tochter Clodagh. Es sah eine Zeitlang ganz danach aus, als würde sie in New York heiraten, aber plötzlich ist sie nach Hause zurückgekommen.« Er lächelte schwach. »Junge Herzen heilen wieder.«
Susie Somerville und Alice blickten zu dem Struwwelpeter hinüber, und Alice hörte sich plötzlich zu ihrer eigenen Verwunderung sagen: »Natürlich tut so etwas weh, aber es ist besser, so starke Gefühle zu haben, daß es einen fast umbringt, wenn die Sache schiefgeht, als...«
Sie verstummte hastig.
»Hört, hört«, scherzte Susie. »Genau meine Lebensgeschichte. Komm, Ralph, Margot gestikuliert schon wie eine Windmühle. Zeit für den Hafer.«
Auf der Schwelle zur Halle entstand ein kleiner Stau, und Alice fand sich neben Clodagh wieder, deren Gesicht wegen der Haarmähne kaum zu sehen war. Alice konnte New York natürlich aus Taktgefühl nicht erwähnen, hatte aber das Gefühl, etwas sagen zu müssen.
»Wir sind vor kurzem in John Murray-Frenchs Haus eingezogen.«
»Ich weiß.« Clodagh beeilte sich, ihre Mutter einzuholen.
Clodagh saß beim Essen neben Martin, und als sie sich ihm zuwandte, konnte Alice endlich ihr Gesicht sehen,

das weder hübsch war noch die geringste Ähnlichkeit mit den Gesichtern ihrer gut aussehenden Eltern aufwies. Es war ein Fuchsgesicht, mit breiten Backenknochen und schmalem Kinn, allerdings mit einem großen Mund. Weil Alice im Dorf neu war, hatte man sie neben ihren Gastgeber gesetzt, und damit sie durch die vielen neuen Gesichter nicht allzusehr verunsichert wurde, war John Murray-French ihr zweiter Tischnachbar. Vor ihr stand ein Suppenteller aus chinesischem Porzellan mit Goldrand, der hellgrüne, mit Schnittlauch bestreute Suppe enthielt.

»Brunnenkresse«, sagte John. »Wird ein Stück flußabwärts angepflanzt. Gefällt dir mein Haus?«

»Sehr.«

»Du bist viel zu dünn.«

»Ich glaube nicht« – Alice beugte sich etwas zur Seite, damit Shadwell über ihre Schulter hinweg weißen Burgunder in eines der vielen Gläser einschenken konnte – »daß du mich gut genug kennst, um das beurteilen zu können.«

»Intimität ist dazu nicht vonnöten. Man braucht nur ein ästhetisches Auge. Ich kenne mich schließlich nicht nur mit Enten aus.«

»Apropos Enten«, warf Ralph Unwin ein. »Ich nehme an, daß sie vom Fluß kommend wieder über die Dorfstraße watscheln.«

»Stört das jemanden?«

»Nur insofern, als früher oder später irgend jemand auf ihrer Hinterlassenschaft ausrutscht, und da sie als meine Enten gelten, muß ich das Opfer dann in Salisbury im Krankenhaus besuchen. Mein liebes Mädchen, Sie haben keine Butter.«

Weiter unten am Tisch lachten Martin und Clodagh. Sie redete lebhaft auf ihn ein, und Alice konnte ihre blendend weißen Zähne sehen. Auf Martins anderer Seite waren Susie Somerville und Mr. Fanshawe in ein Gespräch über internationale Flughäfen vertieft, und Alice gegenüber

löffelte eine hagere Frau in grauer Seidenbluse, mit einer Kamee am Hals, äußerst appetitlich ihre Suppe.
»Sie kennen Elizabeth Pitt, nehme ich an«, sagte Ralph Unwin.
Mrs. Pitt beugte sich vor.
»Ich kenne *Sie*. Zwei nette kleine Jungen und ein Mädchen. Sie sehen so aus, als wären sie gleichaltrig mit Camillas drei Kindern. Und Sie haben den gefürchteten Laden übernommen.«
Ralph Unwin schüttelte sich in gespieltem Entsetzen.
»Der Laden!«
»Er ist ausgezeichnet«, widersprach John Murray-French. »Man bekommt dort alles, was ich gern esse. Wenn ich mir selbst überlassen wäre, würde ich mich nur von Bohnen, Keksen und Whisky ernähren.« Er deutete auf seine Suppe. »Mir ist unverständlich, wozu Gemüse gut sein soll.«
»Werden Sie einen Gemüsegarten anlegen?« erkundigte sich Sir Ralph bei Alice.
Sie lächelte ihm zu.
»Ich hoffe, daß meine Schwiegermutter das tun wird.«
»Doch nicht *Cecily* Jordan?«
»Genau die...«
»Meine *Liebe*«, rief Elizabeth Pitt.
»Weiß Margot das schon? Sie werden keine ruhige Minute mehr haben...«
»Ja, sie weiß es.«
»Ich habe dir doch gesagt, daß Martin Cecilys Sohn ist«, knurrte John. »Seltsam, daß kein Mensch einem je zuhört, es sei denn, man bietet den Leuten einen Drink an. Dann hören sie einen über Meilen hinweg.«
Sir Ralph strahlte Alice mit seinen blauen Augen an.
»Welch wundervoller Zufall! Hat Martin ihr Talent geerbt?«
Sie blickte tischabwärts. Martin beschrieb Clodagh gerade etwas und zeichnete mit den Händen die Umrisse einer Schachtel. Sie hörte ihm aufmerksam zu.

»Eigentlich nicht. Ich meine, er kann einen Garten wunderbar in Ordnung halten, aber ihm fehlt Cecilys Auge.«
»Dieses Mädchen hier ist Malerin«, teilte John über ihren Kopf hinweg Sir Ralph mit, »aber es will nicht malen.«
»Nein?«
»Ich *kann* im Augenblick nicht malen«, murmelte Alice unglücklich.
Sir Ralph legte seine Hand auf die ihre.
»Eine Art Blockierung?«
»Vermutlich...«
»Jetzt weiß ich's!« rief Elizabeth Pitt triumphierend. »Juliet Dunne hat ein sehr hübsches Bild von Ihnen im Wohnzimmer. Juliet hat übrigens« – fuhr sie an Sir Ralph gewandt fort – »einen großartigen Plan für die Hospiz-Gartenparty...«
Sir Ralph hörte ihr aufmerksam zu, und John Murray-French richtete das Wort an seine zweite Tischnachbarin: »Ich habe gehört, daß Ihre Forellen irgendeine üble Krankheit erwischt haben...«
Alice blickte wieder zu Clodagh hinüber. Sie konnte sie jetzt ein wenig beobachten, ohne durch Konversation abgelenkt zu werden. Clodagh schien ihre Suppe nicht angerührt zu haben, und sie hatte ihr Brötchen in kleine Stükke zerbröselt und damit das Tischtuch verunziert, so als wäre sie ein Kind. Sie hatte sehr schöne Hände. Soweit Alice sehen konnte, trug sie keine Ringe, aber ihre Nägel waren scharlachrot lackiert. Ihre Augen waren etwas schräg, und obwohl sie helles Haar hatte, waren Brauen und Wimpern dunkel. Ihr einziger Schmuck war ein riesiges Malteserkreuz, das sie an einem – auf der schwarzen Tunika fast unsichtbaren – schwarzen Band um den Hals trug. Sie sagte etwas zu Martin, und dann blickte sie plötzlich hoch und ertappte Alice dabei, wie sie herüberstarrte, aber ihr Gesichtsausdruck veränderte sich nicht. Alice fühlte sich irgendwie zurechtgewiesen. Sie schaute zu Sir Ralph und Mrs. Pitt hinüber, aber die beiden waren in ein Gespräch über Grafschaftspolitik ver-

tieft, und so betrachtete sie die vielen Unwins an den Wänden, die unpassenderweise von praktischen modernen Lampen angestrahlt wurden und aus ihren vergoldeten Stuckrahmen auf die Dinnerparty hinabblickten.
Als der Lachs serviert wurde, wandte sich John Murray-French wieder Alice zu und berichtete, daß sein Sohn Alex geheiratet hatte, eine Französin, die er in Athen kennengelernt hatte. Alice bekundete ihre Freude, und sie unterhielten sich freundschaftlich; während sie gebührendes Interesse an Alex' neuem Job als Investmentanalytiker zu zeigen versuchte, war sie zugleich bemüht, sich die Atmosphäre ins Gedächtnis zu rufen, die bei seinen Besuchen geherrscht hatte, damals, als er sie glühend umwarb.
Beim Dessert – Schokoladenroulade oder Aprikosentorte – und beim Käse – Stilton und Blue Vinney – widmete sich Sir Ralph ausschließlich Alice. Er war sehr charmant und erzählte von seiner Kindheit in Pitcombe, als zwei ledige Großtanten von ihm das Graue Haus bewohnt hatten. Seine drei Kinder hatten dieselben Kinderzimmer gehabt wie früher er und seine Schwester, berichtete er, und Alice nutzte die günstige Gelegenheit zu einer Frage, auf die sie die Antwort schon wußte.
»Und Clodagh ist Ihre Jüngste?«
Sein Gesicht nahm einen zärtlichen Ausdruck an.
»Ja. Sie ist sechsundzwanzig. Natürlich hätte sie schon mindestens ein dutzendmal heiraten können, aber sie stellt unmöglich hohe Ansprüche. Sie ist bei weitem die klügste von den dreien und hat in New York in einem Verlag gearbeitet. Somebody and Row. Ich befürchte, daß ich Wachs in ihren Händen bin.«
Alice konnte sich gerade noch die Bemerkung verkneifen, daß allem Anschein nach auch Martin Wachs in Clodaghs Händen sei. Statt dessen sagte sie: »Vielleicht könnte sie jetzt eine Stelle in einem englischen Verlag annehmen.«
»Sie müssen einem vernarrten alten Vater schon verzeihen, aber ich möchte sie jetzt lieber ein Weilchen hierbehalten. Vielleicht fällt Ihnen etwas ein, wie sich das be-

werkstelligen ließe. Ich bin sicher, daß sie Ihre Bilder gern sehen würde.«
»O nein!« wehrte Alice beunruhigt ab.
»Ihr Künstler seid alle so bescheiden. Sagen Sie bitte, wann werden wir das Vergnügen haben, Ihre Schwiegermutter kennenzulernen?«
Nachdem der Käse abgetragen war, erhob sich Lady Unwin und bat die Damen hinaus.
»Zwanzig Minuten, nicht länger«, ermahnte sie Sir Ralph und fuhr an ihre weiblichen Schützlinge gewandt fort: »Clodagh hält uns für Barbaren. Nicht wahr, Liebling? Ich nehme an, Amerikanern würde so etwas nicht einmal im Traume einfallen.«
»Alle meine amerikanischen Bekannten haben immer in Restaurants gegessen«, erwiderte Clodagh kurz angebunden und schloß sich Susie Somerville an. »Los, Sooze, ich möchte eine Horrorgeschichte von deiner letzten Reise hören.«
»Hast du so gute Nerven?« sagte Susie entzückt, während sie neben Clodagh die breite Treppe hinaufging. »Nun, du wirst es nicht glauben, aber ich hatte da einen fünfundachtzigjährigen Junkie, der sich ausgerechnet *Samarkand* als Reiseziel aussuchte...«
Margot Unwin hängte sich bei Alice ein.
»Meine Liebe, ich hoffe, daß man sich an Ihrem Tischende auch wirklich gut um Sie gekümmert hat.«
»Wunderbar, vielen Dank...«
»Kommen Sie, meine Liebe, ich zeige Ihnen, wo Sie sich frisch machen können. Sich in diesem Haus zurechtzufinden, ist für jeden Fremden ein Alptraum.«
Sie gingen hinter Clodagh und Susie die Treppe hinauf und durchquerten einen breiten Korridor, der mit riesigen chinesischen Krügen dekoriert war. Margot, die unentwegt geredet hatte, stieß mit der freien Hand eine von vielen holzgetäfelten Türen auf und schob Alice in die rosa Wärme.
»Lassen Sie sich Zeit, meine Liebe.«

Alice war plötzlich wahnsinnig müde. In diesem prunkvollen Bad, dessen Stil Cecily als Pont Street 1955 beschreiben würde, konnte sie endlich auf die Uhr schauen. Es war erst zehn nach zehn. Sie mußte noch mindestens eine halbe Stunde ohne die Männer und dann eine halbe Stunde mit ihnen hinter sich bringen, bevor sie Martin dezent signalisieren konnte, daß sie nach Hause wollte. Ein Blick in den Spiegel deprimierte sie nur noch mehr. Ihre Aufmachung wirkte bunt zusammengewürfelt und dilettantisch, fand sie mit einem Male. Vielleicht war es an der Zeit, ihren Zopf abzuschneiden.
Vor dem Bad wartete Sarah Alleyne auf sie. Sarah war blond und teuer gekleidet, und Juliet Dunne hatte erzählt, daß sie eine großartige Reiterin und Skifahrerin sei.
»Ich habe mir überlegt«, sagte sie kraftlos, »ob wir die Kinder vielleicht abwechselnd zur Schule bringen könnten. Wissen Sie, mein verdammtes Kindermädchen ist schwanger, und ich stecke zur Zeit schrecklich in der Klemme.«

Die Damen waren im Salon versammelt, hielten Tassen mit schwarzem Kaffee in der Hand und taten so, als wären sie an einer Silberschale mit Pralinen völlig uninteressiert. Weder Clodagh noch Susie Somerville waren zu sehen. Lady Unwin bat Alice, neben ihr auf einem kleinen französischen Sofa Platz zu nehmen, und sprach über das Dorf. Sie machte eine Art anschauliche Bestandsaufnahme der Bewohner, angefangen mit dem alten Fred Mott, der fast hundert war, über Miss Pimm und Miss Payne bis hin zu einer alten Dame namens Lettice Deverel, die Harfe spielte. Nach zwanzig Minuten fiel Alice auf, daß Lady Unwin keine einzige Frage gestellt hatte. Nach fünfundzwanzig Minuten kamen die Männer in den Salon, und nach dreißig tauchten Susie und Clodagh auf, immer noch ins Gespräch vertieft. Martin hatte ein Glas Brandy und eine Zigarre in der Hand, obwohl er beides normalerweise nicht anrührte, und er setzte

sich mit zufriedener Miene neben die hagere Mrs. Pitt. Alice begriff verwundert, daß er sich wirklich wohl fühlte und bestens amüsierte.
Sie konnte ihn erst kurz vor Mitternacht zum Aufbruch bewegen, und auch das nur, weil andere Gäste allmählich nach Shadwell und ihren Mänteln Ausschau hielten und sagten: »Nun komm schon, vergiß nicht, daß morgen früh um acht Gottesdienst ist.« Beide Unwins küßten Alice zum Abschied, aber Clodagh, die sich mit Simon Harleyford unterhielt – Alice überlegte, ob Lady Unwin ihn zu Clodaghs neuem Freund ausersehen hatte –, winkte nur von weitem und rief Martin zu: »Schauen Sie sich mal die Balken an!«
»Was hat sie damit gemeint?« fragte Alice im Auto.
»Sie und ihr Bruder haben in dem Raum über unserer Garage Schimpfwörter in die Balken geschnitzt, als sie klein waren, aber sie konnte sich nicht mehr daran erinnern, was für Wörter es waren.«
Er lachte.
»War sie nett?« wollte Alice wissen.
»Sehr amüsant.« Er lachte noch immer. »Wirklich sehr amüsant.«
Zu Hause stellten sie fest, daß James in ihrem Bett schlief, Alice' Nachthemd an sich gedrückt. Gwen sagte, es täte ihr leid, aber der Junge hätte sich schrecklich aufgeführt. Martin trug ihn in sein Bett und fuhr sodann Gwen nach Hause, während Alice in James' Zimmer auf dem Boden saß und darauf wartete, daß er wieder fest einschlief. Sie hatte ihre Arme um die Knie geschlungen und ließ den Kopf hängen. Ohne jede Begeisterung ließ sie in Gedanken die Party Revue passieren. Als Martin zurückkam, schlich sie sich aus James' Zimmer ins eheliche Schlafzimmer, wo Martin sich gerade auszog und die Kleidungsstücke über eine Stuhllehne warf.
»Hat es dir gefallen? Hast du dich heute abend gut unterhalten?« fragte sie.
Er war nur noch mit Socken und Boxershorts bekleidet,

zog jetzt eine Socke aus und ließ sie auf den Boden fallen.
»Es war phantastisch«, sagte er, während er die zweite Socke auszog. »Findest du nicht auch?«
Sie ging an ihm vorbei zu ihrem Kleiderschrank.
»Ich finde, du hast beim Abendessen eine viel bessere Figur als ich gemacht.«
»Oho!« rief er hocherfreut. Er flirtete selten, aber es gefiel ihm, wenn jemand mit ihm flirtete. »Meinst du wirklich?«
»Ich finde, daß sie ausgesprochen unhöflich war«, erwiderte Alice aus dem Schrank heraus.
Er begann zu summen. Zu ihm war Clodagh alles andere als unhöflich gewesen.
»Laß ihr etwas Zeit...«
»Die Person kann mir den Buckel runterrutschen!«
»Allie« – er wurde plötzlich ernst – »wir können uns unmöglich mit den Unwins anlegen.«
»Nein?«
»Nein. Du kannst dich nicht wie eine Bolschewikin aufführen.«
Er ging zum Zähneputzen ins Bad. Als er zurückkam, trug Alice ihren gelben Morgenrock und bürstete energisch ihre Haare. In der ersten Zeit ihrer Ehe hatte er ihr gern dabei zugesehen; jetzt schaute er kaum noch hin, legte sich ins Bett und klopfte seine Kissen zurecht.
»Du hast heute abend großartig ausgesehen«, sagte er geistesabwesend.
»Ich kam mir wie eine Vogelscheuche vor...«
»Unsinn!« Seine Stimme klang sehr schläfrig.
Sie trat ans Fenster und schob die Vorhänge etwas auseinander. Draußen schien ein greller weißer Mond, und der Schatten des Zauns lag als schwarzes Gitter auf dem silbrigen Gras. Ich wäre so gern frei, dachte Alice unwillkürlich. Ich habe mich selbst und dieses ganze Kuddelmuddel so satt. Ich wünschte... Sie gebot ihren Gedanken rasch Einhalt.
»Komm ins Bett«, rief Martin.
Sie legte sich neben ihn, und er drehte sich auf die Seite

und wölbte eine Hand um ihre Brust. Sie versteifte sich kaum merklich.
»Schon gut, schon gut«, brummte er und rollte von ihr weg. »Nacht.«
Sie knipste ihre Nachttischlampe aus. Durch einen Spalt zwischen den Vorhängen fiel ein Silberstreif ins Zimmer. »Tut mir leid, Martin...« Er knurrte nur etwas. Sie drehte sich auf die Seite und starrte in die Dunkelheit. Draußen schrie eine Eule, irgendwo jenseits des Tales, und kurz darauf antwortete eine andere Eule aus den Buchen hoch über dem Herrenhaus. Und dann näherten sich Schritte auf dem Korridor, und sie hörte James' lautes Weinen.

»Wozu willst du in die Kirche gehen?« fragte Martin.
Beide hatten einen leichten Kater, Martin, weil er sehr viel Brandy getrunken hatte, und Alice, weil sie überhaupt nicht viel Alkohol vertrug.
»Ich habe einfach Lust dazu, weiter nichts. Es dauert nur eine Stunde, und Charlie wird schlafen. Wenn du nur um halb zwölf den Lammbraten in den Ofen schieben könntest...«
»Ich wollte mich im Garten aufhalten.«
»Dann tu's doch. Die Kinder können dir draußen Gesellschaft leisten.«
»Aber der Lammbraten...«
»Dazu gehst du eben mal kurz ins Haus. Das dauert höchstens zwei Minuten.«
»Ich verstehe nicht, was du dort willst. Du gehst doch sonst nie in die Kirche.«
»Aber ich verstehe genau«, erwiderte Alice verärgert, »warum du *nicht* willst, daß ich hingehe. Es wird dir nichts schaden, eine Stunde auf die Kinder aufzupassen. Ich möchte an einem ruhigen Ort über Verschiedenes nachdenken.«
»Und wenn ich das nun auch tun möchte?«
»Dann kannst du in den Abendgottesdienst gehen.«
Daraufhin verzog er sich in den Garten, wobei er die bei-

den Hälften der Küchentür zuschmetterte, die jedoch wieder aufflogen. In der nächsten Viertelstunde war Alice vollauf damit beschäftigt, Charlie ins Bett zu bringen, ein Bratblech für das Lammfleisch zu finden, Natashas zweiten Gummistiefel zu suchen und James zu überreden, seinen Schlafanzug gegen normale Kleidungsstücke auszutauschen. Anschließend mußte sie zur Kirche *rennen*, den Hügel hinauf, so daß sie völlig außer Atem ankam, eine schlechte Voraussetzung, um zur Ruhe zu kommen. Die mittelalterliche Kirche war schlicht und streng. Sie bestand nur aus einem Schiff und dem Altar, und die Fenster waren nicht bunt verglast, so daß das natürliche Licht ungehindert einfallen konnte. Auf der Westseite stand ein berühmtes normannisches Taufbecken mit eingemeißelten Szenen aus dem Leben Johannes des Täufers. Die letzte Szene zeigte sein abgeschlagenes Haupt auf einer Schüssel, und Miss Payne, die für den Blumenschmuck verantwortlich war, versteckte dieses grausige Bild gern hinter einem Messingkrug mit Goldrute, Strandastern oder Rittersporn. Mr. Finch vom Dorfladen war Mitglied des Kirchenrats und für die Bücher zuständig. Er drückte Alice höchst bedeutungsvoll *Hymns A & M* in die Hand.

Sie nahm auf einer der hinteren Bänke Platz. Die Kniekissen waren von den Dorfbewohnern zur Feier des Jubiläums der Königin bestickt worden, mit Tieren, Pflanzen und Vögeln, die am Fluß Pitt vorkamen. Alice kniete sich vorsichtig auf einen Strauß Hahnenfuß. Von dem guten Dutzend Rücken in den vorderen Reihen konnte sie einige wenige identifizieren, und dahinter stand Peter Morris, mit Chorhemd und Stola bekleidet. Sie fragte sich müßig, wer wohl die schneeweißen Falten waschen und bügeln mochte. Die Orgel setzte etwas schnaufend ein, gespielt von Miss Pimm im Sonntagsstaat. Die Gemeinde erhob sich steif.

Ihr Gebetbuch in der Hand, dachte Alice daran, wie sehr ihr Vater Cranmers Englisch bewunderte. Sie erinnerte sich an einen Vortrag, den er ihr und ihrer Mutter einmal beim Abendessen gehalten hatte, über die banale und farblose Sprache des modernen Gebetbuches. Pitcombe hatte sich offenbar für traditionelle Gottesdienste entschieden – hier wurde noch das klangvolle Englisch von 1928 verwendet. Auf der ersten Seite des Gebetbuchs, unter dem Stempel »The Church of St. Peter, Pitcombe«, stand in sauberer altmodischer Schrift: »Gestiftet zum Andenken an Hilda Bryce, von ihrer sie liebenden Familie.« Würde wohl heute wohl noch irgend jemand in dieser Form eines Verstorbenen gedenken?

Sie achtete kaum darauf, was gesprochen und gesungen wurde, und sie hörte auch nicht richtig zu, als Peter Morris etwa zehn Minuten von der Kanzel predigte, über den Brief des hl. Paulus an die Römer, wo er die Befreiung aus der Knechtschaft der Verderbnis und die herrliche Freiheit der Kinder Gottes pries. Sie hatte Martin gesagt, daß sie nachdenken wolle, aber sie dachte nicht nach. Sie saß einfach da und betrachtete die weiß getünchten Wände und die kleinen Gedenktafeln aus Stein und Messing, auf denen unvergleichliche Ehemänner und geliebte Mütter und Söhne betrauert wurden, und sie beobachtete, wie das helle Sonnenlicht einfiel und die Messingspitzen der Bischofsstäbe in winzige Flämmchen verwandelte. Und dann kniete sie zusammen mit allen anderen nieder und sprach das Gebet des hl. Chrysostomus:

»Erhöre, o Herr, die Wünsche und Bitten Deiner Diener, wie es ihnen zu ihrem Besten gereicht.«

Sie fragte sich, welche Wünsche und Bitten sie denn eigentlich hatte, einmal abgesehen von dem Wunsch, sich nicht mehr ständig mit dem schwankenden Diagramm ihrer Unzufriedenheit beschäftigen zu müssen. Sie stand auf und ging mit den anderen hinaus, und Mrs. Macaulay sagte, wie schön es sei, sie in der Kirche zu sehen, und Mr. Finch schmunzelte, als er ihr die Bücher abnahm. Peter Morris drückte ihr herzlich die Hand und trug ihr einen Gruß an Charlie auf.

Als sie nach Hause kam, saßen alle am Küchentisch, auf dem Becher und die Keksdose standen, und Clodagh Unwin war auch da, blaß und überhaupt nicht mehr so selbstbewußt wie am Abend zuvor. Ihre Kleidung bestand aus buttergelben engen Hosen, einem riesigen grauen Pullover, der bis zu den Schenkeln reichte, und grauen Wildlederstiefeln. Sobald Alice die Küche betrat, stand Clodagh auf, ging auf sie zu, legte ihre Hände auf Alice' Arme und sagte: »Ich bin hergekommen, um mich zu entschuldigen. Weil ich mich gestern abend so unmöglich aufgeführt habe.«

Alice murmelte völlig verwirrt: »Oh, Sie haben sich nicht...«

»Doch«, beharrte Clodagh. »Ich war einfach schrecklich. Mutter sagte, ich solle besonders nett zu Ihnen sein, aber ich war aus einem bestimmten Grund, mit dem ich Sie nicht langweilen möchte, wütend auf sie, und deshalb war ich statt dessen besonders unausstehlich.«

Alice trat einen Schritt zurück.

»Das macht nichts«, sagte sie. »Dafür waren Sie sehr nett zu Martin.«

Er brach am Tisch in wieherndes Gelächter aus.

»Oh, *bitte*«, flüsterte Clodagh, und Alice sah, daß sie Tränen in den Augen hatte.

»Machen Sie nicht soviel Aufhebens davon. Es ist nicht weiter wichtig. Mir ist es gar nicht aufgefallen.«

»Ich weiß nicht so recht«, meinte Clodagh mit dem Anflug eines Lächelns, »ob ich mich jetzt *noch* miserabler fühlen soll.«

»Komm, Allie«, rief Martin. »Setz dich und trink etwas Kaffee.«

Alice warf ihren Mantel über die Stuhllehne und nahm eine Schürze vom Haken hinter der Tür.

»Ich muß Kartoffeln schälen...«

»Das mache ich.« Clodagh nahm ihr die Schürze ab. »Ich bin eine Expertin für Kartoffeln.«

James, der Clodagh nach anfänglicher Skepsis sehr sympathisch fand, zog kichernd einen Stuhl an die Spüle heran, um herumplantschen zu können, während sie schälte. Natasha, die Clodaghs Stiefel mit begehrlichen Blikken betrachtete, blieb am Tisch sitzen und überlegte, wie sie es bewerkstelligen könnte, die Dinger anzuprobieren, obwohl sie ihr natürlich viel zu groß sein würden. Alice holte, noch lange nicht versöhnt, die Kartoffeln aus der Speisekammer, den Schäler aus einer Schublade und einen Topf aus dem Schrank. Als sie die Kartoffeln ins Spülbecken schüttete, packte Clodagh sie am Handgelenk.

»*Bitte* verzeihen Sie mir«, flüsterte sie eindringlich, und ihre seltsamen graugoldenen Augen hatten einen flehenden Ausdruck.

»Sie haben mir gestern abend das Gefühl gegeben, eine komplette Närrin zu sein«, erklärte Alice. »Und auch jetzt wieder. Das gefällt mir nicht. Schluß, aus.«

Clodagh ließ ihr Handgelenk los. So leise, daß nur Alice es hören konnte, sagte sie: »Sie waren gestern abend die einzige Person, die *nicht* närrisch aussah.«

Alice holte Karotten und einen Beutel tiefgekühlte Erbsen, und als sie zurückkam, war Martin hinausgegangen, James und Clodagh plantschten singend im Spülbecken, und Natasha deckte unaufgefordert den Tisch.

»Clodagh bleibt zum Essen«, berichtete sie. »Daddy hat sie gebeten.«

Clodagh drehte sich um.

»Aber ich bleibe nicht, wenn es Ihnen nicht recht ist.«

»Natürlich können Sie bleiben. Es ist aber ein sehr einfaches Mittagessen.«

»Sie sind wirklich freundlich.«

Natasha stellte sich auf die Zehenspitzen und raunte ihrer Mutter ins Ohr: »Oh, ich möchte so gern ihre Stiefel haben...«

»Sie sind wirklich elegant.«

Ohne sich umzudrehen, schleuderte Clodagh ihre Stiefel nach hinten. »Probier sie an.«

Natasha quiekte vor Begeisterung. James schlang seine Arme um Clodaghs Taille, für den Fall, daß die Stiefel ein Band zwischen ihr und Natasha knüpfen sollten. Sie küßte ihn auf den Kopf, und er schaute entzückt zu ihr auf.
»Sie können sich gar nicht vorstellen, wie unausstehlich amerikanische Kinder sind«, berichtete Clodagh.
»Ein solcher Balg kam öfter zu uns ins Apartment, beladen mit Spielsachen, und sobald man irgendwas bewunderte, brüllte er: ›Nicht berühren, okay!‹«
James fand das unheimlich komisch.
»Nicht berühren, okay, nicht berühren, okay, nicht berühren, okay...«
»Schau mal«, rief Natasha vornübergebeugt, um ihre Füße besser bewundern zu können.
»Du siehst wie der gestiefelte Kater aus.«
»Sie sind wunder-, wunderschön.« Sie blickte zu Clodagh auf. »Sind die aus Amerika?«
»Na klar, Baby«, erwiderte Clodagh mit amerikanischem Akzent. »Henry Bendel, nichts Geringeres.«
Martin kam summend mit einer Flasche Wein zurück. Er küßte Alice auf die Wange, als er einen Korkenzieher holte, und dann wieder, als er die Gläser holte. Beim zweiten Kuß lachte sie.
»Fühlst du dich besser?«
»Ja.« Sie war selbst überrascht.
»Das kommt bestimmt daher, daß du in der Kirche warst«, bemerkte Natasha, während sie die Stiefel streichelte. »Ich glaube, deshalb gehen die Leute hin.«
Als alle lachten, war sie hocherfreut und gebrauchte eine von Gwens Redewendungen: »Na, heute habe ich wirklich einen guten Tag, ungelogen.«
Martin schenkte sich, Clodagh und Alice Wein ein. Clodagh setzte die Kartoffeln auf und warf die Schalen in den Mülleimer. Alice starrte sie an.
»War das nicht richtig?« Clodagh hatte die Ärmel ihres Pullovers hochgeschoben und glich, wie sie so ohne Schuhe dastand, einem graugelben Vogel.

»Völlig richtig. Ich assoziiere New Yorker Apartmentbewohner einfach nicht mit...«
»Oh.« Clodagh lächelte ihr zu. »Ich habe schon immer solche Dinge gemacht. Böden geschrubbt und all das. Es war für mich eine Art Therapie, wenn die ganze Umgebung mir ein bißchen zuviel wurde.«
Sie ging auf die andere Tischseite, wo Alice Karotten schälte, und blickte sie intensiv an. »Hallo.«
Alice trank hastig einen Schluck Wein.
»Ist das wieder ein Spiel? Wie gestern abend?«
»Nein. Ich könnte mich wegen gestern abend ohrfeigen.«
Alice' Hände zitterten heftig, als sie ihr Weinglas abstellte.
»Sie kennen mein Baby noch nicht.«
»Charlie ist so süß«, sagte Natasha, ohne den Blick von ihren Füßen zu wenden. »Er ist das netteste Baby in meiner Klasse.«
Clodagh hörte endlich auf, Alice zu fixieren.
»Können wir nicht nach ihm schauen?«
Die Kinder packten sie bei den Händen und zogen sie aus dem Zimmer, Natasha mühsam schlurfend, aber fest entschlossen, sich nicht von den Stiefeln zu trennen. Alice hörte alle drei schwatzen, während sie die Treppe hinaufstapften, und sie sang ungewollt leise vor sich hin, während sie die Karotten in einen Topf schüttete und neben Clodaghs Kartoffeln stellte.

6. Kapitel

Es war Peter Morris nicht entgangen, daß Alice während seiner Predigt nicht zugehört hatte, ja daß sie höchstwahrscheinlich überhaupt nicht aus religiösen Motiven in die Kirche gekommen war. Er sah darin nichts Ungewöhnliches. Die Gründe, die seine Pfarrkinder in die Kirche führten, schienen genauso vielfältig, seltsam und persönlich zu sein wie jene, aus denen andere Dorfbewohner dem Gotteshaus fernblieben. Während er seine Stola nach dem Gottesdienst sorgfältig zusammenlegte, kam Peter zu dem Schluß, daß Alice vermutlich gekommen war, weil für sie eine Stunde in der Kirche bedeutete, vorübergehend aus dem Alltagstrott auszubrechen und die Zeit anzuhalten. Zumindest hatte sie auf ihn diesen Eindruck gemacht. Und während sie sich im Gottesdienst entspannte, hatte ihr anständiger junger Ehemann – gutes Material für einen Leutnant – zweifellos im Garten gearbeitet und auf die Kinder aufgepaßt. Peter seufzte. Die Jordans waren eine Kombination von Emotion und Phantasie einerseits und angelsächsischer Abneigung gegen Gefühle andererseits. Eine höfliche und einsame Beziehung.

Selbstverständlich wurden im Dorf alle Äußerlichkeiten genauestens registriert. Sogar der alte Fred Mott, der den ganzen Tag am Fenster seines Cottages neben der Post verbrachte, sah noch genug, um bei Peters wöchentlichen Besuchen anerkennend zu äußern: »Das is' mal 'ne dufte Biene! Die mischt hier alle auf.«

»Wen?« fragte Peter. »Wen mischt sie auf?«

»Na, die ganzen alten Schachteln, die Schreckschrauben.«

»Sie sind ein alter Schuft, Fred.«
»Nich' halb so schlimm wie in meiner Jugend. Nich' mal halb so schlimm.«
Zu erkennen, daß Alice irgendwelche Probleme hatte, war natürlich schön und gut, aber ihr zu helfen, war ungleich schwieriger. Wenn er sich im Dorf umhörte, hieß es allgemein, sie sei vom Schicksal außerordentlich begünstigt – schönes Haus, netter Mann, süße Kinder, Geld in Hülle und Fülle –, und in Anbetracht all dessen tue sie im Grunde nur ihre Pflicht, wenn sie im rollenden Laden und bei den Blumen mithelfe. Rosie Barton, die zusammen mit ihrem Mann Gerry in Salisbury einen sehr lukrativen kleinen Computerladen betrieb und sehr ausgeprägte Ansichten darüber hatte, was für eine Art von Dorf Pitcombe sein sollte, sagte mit der scheinbar tiefen Teilnahme, die ihr größtes Betriebskapital war, daß Alice einfach noch lernen müsse, sich in eine Dorfgemeinschaft einzufügen. Peter hatte darauf erwidert, daß Wilton, wo die Jordans bisher gewohnt hatten, ja auch nicht gerade eine Großstadt sei, und Rosie hatte das notgedrungen zugeben müssen, aber betont, daß das *Engagement* hier im Dorf doch einzigartig sei. Dem hatte Peter nichts mehr entgegengesetzt. Das vierjährige Kind der Bartons, das der Obhut wechselnder Au-pair-Mädchen überlassen war, schien den Eltern nie jenes Engagement abzuverlangen, das sie in ihr Geschäft und ins Dorfleben investierten. Und sie waren regelmäßige Kirchgänger.
Peter Morris war klar, daß Alice entsetzt gewesen wäre, wenn ihr bewußt gewesen wäre, wie sehr sie beobachtet wurde, wieviel das Dorf über sie wußte. Als er selbst zum erstenmal auf dem Land gelebt hatte, in Suffolk, war auch er entsetzt gewesen, daß keine volle Wäscheleine und kein Einkauf unbemerkt blieben, daß jeder einzelne Gegenstand registriert wurde und zu Schlußfolgerungen Anlaß gab. Wenn er jetzt im Dorfladen von Pitcombe jemanden sagen hörte: »Sie sorgt dafür, daß die Kinder immer ordentlich aussehen«, wußte er, daß die vielen Wäschelei-

nen mit Socken und Schlüpfern im Garten des Grauen Hauses nicht unbemerkt geblieben waren.
Obwohl es hoch oben den großen Admiral gab, zu dem er sprechen und beten konnte, war sich Peter Morris seiner Einsamkeit sehr bewußt. Er hatte nicht vorgehabt, so lange Witwer zu bleiben – seine Ehe hatte nur zwei Jahre gedauert, dann hatte ein Krebsleiden seine Frau in nur vier Monaten dahingerafft –, aber er hatte nie wieder eine Frau gefunden, mit der er sich so gut unterhalten konnte wie mit Mary. In Suffolk hatte er sich mit einer Frau sehr gut verstanden, aber sie konnte sich schließlich doch nicht entscheiden, eine Pfarrfrau zu werden. Seltsamerweise hatte er nun aber in Pitcombe eine großartige Freundin gefunden – Lettice Deverel. Sie war über siebzig, sehr gebildet und scharfsinnig und eine Sozialistin à la Bernard Shaw. In ihrem unordentlichen Wohnzimmer stand eine Harfe, und in der Küche hing ein Käfig mit einem grünen Amazonas-Papagei, und sie hatte eine ausgeprägte Abneigung gegen vornehmes Getue. In den letzten drei Jahren hatte Peter Morris sich angewöhnt, von seinem frühviktorianischen Pfarrhaus zu ihrer Villa im Regence-Stil am oberen Dorfrand zu pilgern, wann immer es einen menschlichen Knoten zu entwirren gab. Obwohl sie oft genug betonte, daß sie keine Ahnung von zurückgebliebenen Babys, neurotischen alten Jungfern, den männlichen Wechseljahren und anderen aktuellen Problemen habe, gab sie einen ausgezeichneten Resonanzboden ab, wenn sie Brotteig knetete oder Pelargonien umtopfte, während er redete und dadurch Klarheit in seine eigenen Gedankengänge brachte.
Die *Rose Villa* spiegelte ihre lebenslange energiegeladene Neugier und ihren Bildungshunger wider. Als junge Frau hatte Lettice Deverel an einer internationalen Schule in der Schweiz unterrichtet und dort gelernt, in braunen Lederstiefeln Ski zu laufen – ein braunstichiges Foto belegte das. Dann war sie nach Hause zurückgekehrt und hatte eine Zeitlang an der Volkshochschule unterrichtet, bevor

sie Bibliothekarin einer berühmten Sammlung zur Geschichte der Frauen in England wurde. Sie hatte ihr Leben lang gemalt, gekocht, gegärtnert, geschrieben, gelesen, Tagebuch geführt, Tiere gehabt und Reisen unternommen. Sie spielte Klavier und Harfe, hatte immer allein gelebt und einen großen Freundeskreis um sich geschart. Als Peter Morris zu diesem Kreis stieß, erklärte sie ihm, sie sei Agnostikerin und habe noch nie einen Priester näher gekannt. Er hatte darauf erwidert, daß es nie zu spät sei, etwas Neues zu lernen. Sie hatte energisch klargestellt: »Aber es ist mir ein Greuel, wenn ständig über Gott palavert wird«, worauf er sagte: »Nun, das wird Ihn nicht stören, denn nichts ist Ihm so verhaßt wie das völlige Ausbleiben jedweder Reaktion.«

Es war ein guter Start gewesen. Seitdem hatten sie innerhalb von drei Jahren größere und kleinere Dorfkrisen gemeinsam zu bewältigen versucht: Clodagh Unwins Flucht nach Amerika, den Tod von Miss Pimms herrschsüchtiger, aber heißgeliebter alter Mutter, einen Motorradunfall, bei dem der aufgeweckteste Junge des Dorfes zum Krüppel wurde, Schafsterben, mongoloide Babys, zerbrochene Ehen, Alkoholismus, Arbeitslosigkeit, Feuer, Überschwemmung und Pestilenz. Alice Jordan war für Lettice Deverel alles andere als ein schwerwiegendes Problem. Während sie ihren Teig knetete, sagte sie: »Sie würden sich ihretwegen natürlich keine Sorgen machen, wenn sie nicht so attraktiv wäre.«

»Guten Morgen«, rief der Papagei aus seinem Käfig. »Und wer ist hier ein hübscher Papagei?«

Peter Morris machte es nichts aus, durchschaut zu werden. »Ich würde mir vielleicht etwas *weniger* Sorgen machen«, gab er zu.

»Nach allem, was wir wissen, könnte sie einfach eine sehr verwöhnte junge Frau sein. Und verwöhnte Leute werden im Laufe der Zeit natürlich unzufrieden, das ist im Grunde unvermeidlich.«

»Ich glaube nicht, daß sie verwöhnt ist. Sie scheint unglücklich zu sein, aber nicht aus Unzufriedenheit. Vielleicht ist sie von ihrer Ehe enttäuscht.«

Lettice Deverel hatte Martin mehrmals im Dorf getroffen; einmal hatte sie vor dem Laden ein Paket Mehl fallen lassen, und er hatte ihr sehr zuvorkommend geholfen, den weißen Staub in den Rinnstein zu fegen. Sie schnaubte leise.

»Das englische Schulsystem, speziell die Internatserziehung...«

»Ja?«

»... bewirkt, daß die meisten Männer völlig außerstande sind, ihre eigene geistige Verfassung zu erkennen. Man erzeugt sozusagen emotionale Krüppel.« Sie deutete mit einem mehligen Finger auf Peter. »Die meisten haben Angst vor Frauen. Und wer in Winchester war, ist hinterher überhaupt nicht mehr bei Trost.«

»Ich glaube, Martin Jordan war in Rugby.«

»Ein himmelweiter Unterschied«, meinte Lettice sarkastisch.

Sie legte dicke Teigwürste in Backformen und stellte sie zum Gehen in ihren alten Herd.

»Wenn Sie gehofft haben, daß ich Sie auffordere, Alice Jordan zu besuchen und mit ihr zu sprechen, muß ich Sie enttäuschen. Lassen Sie die Frau in Ruhe.«

»Lach wie'n Papagei über einen Dudelsack«, krächzte der Papagei. »Guten Morgen. Kaufmann von Venedig. Hübscher Papagei.«

»Sie ist eine recht gute Malerin«, versuchte Peter noch einmal sein Glück, »aber sie will nicht malen oder *kann* nicht malen.«

»Ein Künstler kann eben nicht auf Kommando kreativ sein. Das unterscheidet ihn von einem Zimmermann.«

Peter Morris stand auf.

»Warum sind Sie gegen Alice Jordan so voreingenommen?«

»Ich bin nichts dergleichen. Wenn ich sie im Dorf sehe, bewundere ich ihr Aussehen, und ansonsten habe ich die gleichen Beobachtungen wie Sie gemacht. Aber ich gebe mich keinen sentimentalen Phantasien über sie hin. Lassen Sie sie in Ruhe. Sie hat ihren Stolz. Und jetzt kommen Sie mit nach draußen und schauen sich mal die Kamelie an, von der ich geglaubt habe, sie wäre erfroren. Sie hat junge Triebe, so was haben Sie noch nie gesehen...«

In der letzten Woche der Frühjahrsferien war das Wetter freundlich und warm, und die Sonne schien kräftig durch die noch kahlen Bäume. Pitcombe erwachte aus dem Winterschlaf, Türen und Fenster wurden geöffnet, und Topfpflanzen konnten sich an der frischen Luft erholen. Lettice Deverel wusch ihre wollenen Bettdecken, womit der Frühjahrsputz bei ihr aber auch schon endete, und sie nahm ihre Spaziergänge wieder auf, die im Winter eingestellt wurden, weil es – wie sie sagte – sinnlos war spazierenzugehen, wenn man ständig unter seine Füße schauen mußte, anstatt die Landschaft zu bewundern. In derben Schuhen mit Gummisohlen und mit einem dicken Stock in der Hand zog sie an den meisten Nachmittagen in zügigem Tempo los, und die Dorfbewohner sagten grinsend zueinander, daß jetzt wirklich Frühling sein müsse, wenn Miss D. wieder unterwegs sei. Fred Motts Enkel Stuart, der arbeitslos und ein begeisterter Hobbygärtner war, nutzte diese Spaziergänge aus, um sich mit einem Schubkarren auf dem Feldweg – wo er vor neugierigen Blicken geschützt war – zur *Rose Villa* zu begeben und mit erstklassigem Kompost einzudecken.
Manchmal ging Lettice den Hügel hinauf, am Park des Herrenhauses entlang. Manchmal ging sie am Flußufer spazieren oder wanderte auf Reitpfaden durch die Felder nach King's Harcourt und Barleston. Am liebsten ging sie jedoch am oberen Gartenzaun des Grauen Hauses entlang in östliche Richtung, unter sich den Fluß und vor sich das immer breiter werdende Tal. Sie registrierte anerkennend, daß die Fensterrahmen des Grauen Hauses frisch gestrichen wurden und jemand angefangen hatte, die ungepfleg-

te Mahonienhecke auszudünnen, die bei John Murray-French wild wuchern konnte. Im Gras vor der Küchentür war ein neuer Sandkasten, ein Dreirad stand herum, und die Wäscheleine war erfreulich voll. Lettice hatte nie heiraten wollen, war aber eine große Befürworterin des Familienlebens.

Von den Feldern hinter dem Grauen Haus hörte sie Kinderstimmen. Sie ging ein Stück hügelabwärts, bis sie den Fluß sehen konnte, und entdeckte Alice Jordan und Clodagh Unwin; sie saßen im Gras, ein Baby und einen Picknickkorb zwischen sich, während in der Nähe ein Junge und ein Mädchen auf dem Stamm einer umgestürzten Weide herumturnten. Es war eine sehr hübsche Szene, und sie hätte ein perfektes Motiv für eines jener viktorianischen Gemälde abgegeben, die einst Lettice' künstlerischen Geschmack geprägt hatten. Alice trug etwas Blaues, und Clodagh war in einen seltsamen gelbschwarzen Umhang gehüllt. Lettice, die Clodagh von Kindesbeinen an kannte und sie für gründlich verzogen, aber auch für das einzige originelle Kind der Unwins hielt, überlegte, ob sie zu ihnen gehen und sich bei dieser Gelegenheit Alice Jordan vorstellen sollte. Aber sie sahen so ins Gespräch versunken aus, daß sie sich dagegen entschied und weiterstapfte, den Stock in der rechten Hand und den Blick entschlossen nach Osten gerichtet.

»Bist du überhaupt nicht neugierig, was mich betrifft?« fragte Clodagh.

Sie hatte ihre lange gelbe Bernsteinkette abgenommen und Charlie gegeben, der sie vergnügt auf seinen Knien hin und her und auf und ab schwenkte.

»Ich sterbe fast vor Neugier«, sagte Alice, »aber ich dachte, es gäbe eine stillschweigende Übereinkunft, dir keine Fragen zu stellen.«

»Fragen *worüber*?«

»Über New York.«

»Mein Gott, in welcher Hinsicht denn?«

Alice wandte sich, auf einen Ellbogen gestützt, Charlie und Clodagh zu.
»Na ja, vielleicht habe ich einfach alles falsch verstanden, aber soviel ich gehört habe, ging eine Liebesgeschichte, die zu einer Ehe hätte führen sollen, irgendwie schief, und du bist mit gebrochenem Herzen nach Hause zurückgekommen.«
»Mit gebrochenem Herzen? Ha! Ehe? Also *ehrlich...*«
Alice wartete. Charlie schwenkte die Kette und plapperte aufgeregt vor sich hin.
»Ich verstehe«, sagte Clodagh. »Ich bin also die arme kleine sitzengelassene Verlobte, was?«
»Das weiß ich nicht«, antwortete Alice. »Ich weiß im Grunde überhaupt nichts. Und wenn du geheimnisvoll sein willst, wird es auch dabei bleiben.«
Nach kurzem Schweigen sagte Clodagh: »Ich habe keine Geheimnisse. Nicht vor *dir.*«
Alice legte sich ins Gras und wartete ab. Seit der Dinnerparty in Pitcombe Park waren zehn Tage vergangen, und an acht davon hatte sie Clodagh gesehen, die ständig unter irgendwelchen Vorwänden im Grauen Haus auftauchte und die Atmosphäre von Grund auf veränderte. Sie hatte ein buntscheckiges Kätzchen mitgebracht, und sie hatte auch dieses Picknick vorgeschlagen wie zuvor schon viele andere Dinge – die Vorhänge im Salon aufzuhängen, Lieder zu lernen, die sie auf ihrer Gitarre begleitete, Zukkerwerk selbst herzustellen – all das hatte allen das Gefühl gegeben, daß eine entscheidende Wendung zum Besseren eingetreten war.
»Es gab eine Liebesgeschichte«, sagte Clodagh, »und sie endete. Aber ich selbst habe sie beendet.«
»Dann bist du zwar bestimmt traurig, aber doch nicht so traurig, als wenn er dir den Laufpaß gegeben hätte.«
Clodagh blickte beharrlich in die andere Richtung.
»Ich bin überhaupt nicht traurig. Ich bin heilfroh, die Sache hinter mir zu haben, denn ich bin fast erstickt. Ich konnte nicht ausgehen, ohne zu sagen, wohin, ich konnte

nicht telefonieren, ohne zu sagen, mit wem, konnte noch nicht mal ein Paar neue Socken kaufen, ohne gefragt zu werden, wen ich damit beeindrucken wolle. Und da ich buchstäblich ausgehalten wurde, nachdem ich meinen Job aufgegeben hatte, konnte ich mich gegen diese besitzergreifende Art kaum wehren.«

»Er wollte dich also heiraten?«

Clodagh drehte sich plötzlich um und legte sich auf den Bauch, so daß ihr Gesicht dem von Alice nahe war.

»Von Heirat war überhaupt nicht die Rede.«

»O Gott, war er schon verheiratet?«

Clodagh blickte Alice aus nächster Nähe direkt in die Augen.

»Alice«, sagte sie, »es war eine Frau.«

Alice stockte der Atem.

»Mein Geliebter war eine Frau«, wiederholte Clodagh.

Alice setzte sich auf.

»Dann diente also dieses ganze Gerede von Anwalt und Millionär nur der Verschleierung...«

»Sie war Millionärin. Vielmehr, sie *ist* es. Und sie ist Anwältin. Und sie hätte mich liebend gern geheiratet. Am liebsten hätte sie mich mit Haut und Haaren aufgefressen. Deshalb mußte ich weg.«

»Clodagh...«

Auch Clodagh setzte sich auf und legte Alice einen Arm um die Schultern, über Charlies Kopf hinweg.

»Habe ich dich schockiert?«

»Nein«, murmelte Alice. »Ja. Ich weiß nicht...« Sie sah Clodagh an. »Haßt du die Männer?«

Clodagh begann zu lachen.

»O Alice...«

»Hör auf!« Alice schüttelte verärgert Clodaghs Arm ab.

»Hör zu«, sagte Clodagh, »ich mag Männer sehr. Ich schlafe nicht deshalb mit Frauen, weil mir keine andere Wahl bleibt, sondern weil ich mich dafür entschieden habe. Wir alle haben die freie Wahl, du, ich, jeder...«

Charlie ließ sich zur Seite fallen und begann energisch

den Hügel hinabzukriechen, auf seine Geschwister zu. Alice wollte aufspringen und ihm folgen, aber Clodagh hielt sie fest.

»Laß ihn doch. Ihm geht's prächtig, und wir haben ihn ja für alle Fälle im Auge. Setzen wir lieber unser Gespräch fort.«

»Ich weiß nicht, was ich denken soll...«

»Dann versuch's erst gar nicht.«

»Sag mir...«

»Was?«

»O Clodagh, ich weiß nicht, ich weiß einfach nicht... sag mir... sag mir, was passiert ist, dir zugestoßen ist...«

»Mir ist nichts zugestoßen. Bis zu meinem zwanzigsten Lebensjahr habe ich mit Jungen und Mädchen geschlafen – mit Mädchen natürlich zuerst, im Internat – und mit Mädchen gefiel es mir besser. Passiert ist überhaupt nichts, ich habe einfach entdeckt, daß ich Mädchen bevorzuge. Ich habe bisher zwei richtige Liebesaffären gehabt, die erste mit einer Schriftstellerin in London und die zweite mit dieser New Yorker Anwältin, die ich über meine erste Geliebte kennenlernte. Es ging dabei um eine Verleumdungsklage wegen eines ihrer Bücher. Die erste Affäre war viel angenehmer, weil wir in etwa gleichberechtigt waren. Es gefällt mir nämlich nicht, von jemandem beherrscht zu werden. Andernfalls würde mir Sex mit Männern wohl auch mehr Spaß machen. In diese New Yorker Geschichte bin ich irgendwie reingerutscht. Mir hat der ganze Glamour anfangs mächtig imponiert – Flüge mit der Concorde, Skifahren in Aspen und all so was. Und als der Reiz dieser glanzvollen Umgebung verblaßte, hatte ich meinen Hals total in der Schlinge, Job in New York, phantastisches Apartment und diese Frau, die ganz verrückt nach mir war. Ihr ganzer Freundeskreis behauptete, sie würde sich umbringen, wenn ich sie verließe, und deshalb blieb ich bei ihr. Und dann erkannte ich, daß es *mich* umbringen würde, wenn ich noch lange bei ihr blieb, und deshalb verließ ich sie. Und sie unternahm tatsächlich einen Selbstmordversuch, aber man schaffte sie noch rechtzeitig ins Krankenhaus und pumpte ihr den Magen aus, und die Geliebte, die sie vor mir hatte, war heilfroh, sie zurückerobern zu können, und hat sie nach Florida eingeladen.«

Natasha kam angelaufen und berichtete, daß James *mit* seinen Stiefeln in den Fluß gewatet sei.

»Sag ihm, er soll sie ausziehen und barfuß herumplantschen.« Alice wunderte sich, daß ihre Stimme einen ganz normalen Klang hatte.

»Und Charlie stopft sich alles mögliche in den Mund. Erst vorhin einen Marienkäfer...«

Clodagh lachte.

»Hat er ihn wieder ausgespuckt?«

»Nein, zerbissen, glaube ich...«

Alice machte Anstalten aufzustehen.

»Vielleicht sollten wir uns auf den Heimweg machen...«

»Nein«, bat Natasha. »Noch nicht, bitte, bitte. Wir sind doch auf einer Schiffsreise. *Bitte.*«

Sie tänzelte zu der umgestürzten Weide zurück. Alice blickte ihr nach.

»Hast du diese Frau geliebt?«

»Natürlich«, antwortete Clodagh. »Anfangs schon. Zumindest war ich in sie verliebt.« Sie sah Alice lächelnd an.

»Glaubst du, mir ginge es nur um Sex?«

»Natürlich nicht...«

»Alice«, sagte Clodagh liebevoll, »du hast von nichts eine Ahnung, stimmt's?«

Alice schwieg.

»Du hast einen Mann und drei Kinder, aber du bist nicht einmal richtig wach. Du weißt weder, wie wunderbar du bist, noch verstehst du zu leben...«

Zornige Tränen erstickten Alice' Stimme. »Das sind doch nur billige Redensarten. Das Leben ist kein Jet-Set, kein Karussell sexueller Ausschweifungen, wie du zu glauben scheinst. Leben heißt irgend etwas bewerkstelligen, etwas voranbringen, Negatives ertragen...«

»O Gott!« Clodagh vergrub ihr Gesicht in den Händen, und als sie wieder aufblickte, sagte sie sehr sanft: »Meine arme kleine Alice!«
»Ich bin nicht arm. Und ich will von dir nicht bevormundet werden.«
»Glaub mir, das ist das allerletzte, was ich tun möchte.«
Alice begann einzelne Grashalme auszureißen.
»Du bist es, die vom wirklichen Leben keine Ahnung hat. Du lebst nicht, du schlägst nur die Zeit tot. Du willst dich nur amüsieren...«
Clodagh ließ sich nicht aus der Ruhe bringen. »Aha, schon wieder diese puritanische Ethik.« Sie griff sanft, aber energisch nach Alice' nervös zupfender Hand. »Alice, wenn meine Auffassung so falsch und deine so richtig ist – warum bist du dann so gereizt und unglücklich?«
»Ich bin nicht...«
»*Alice*!«
Alice zog ihre Hand zurück, schlang ihre Arme um die Knie und legte den Kopf darauf. Ihre nächsten Worte waren kaum zu hören: »Ich habe mich so bemüht...«
»Vielleicht viel zu sehr.«
»Du kannst doch nicht sagen, daß meine Kinder nichts mit dem wirklichen Leben zu tun haben...«
»Das sage ich ja auch nicht. Aber du wirst sie nicht immer um dich haben, und mit dir selbst wirst du *immer* leben müssen.«
»Für mich hört sich das wie das übliche pseudopsychologische amerikanische Geschwätz über Selbstverwirklichung an, wie dieser ganze Lebe-für-dich-selbst-Unfug.«
Clodagh schwieg kurze Zeit, dann stand sie auf, damit ihre Stimme aus etwas größerer Entfernung zu Alice dringen sollte.
»Wenn du selbst nicht glücklich bist, kannst du keinem anderen Menschen etwas nutzen. Das müßte eigentlich sogar deinen masochistischen Puritanismus überzeugen.«
Sie lief den Hügel hinab, und die Kinder begrüßten sie be-

geistert und ließen sie an Bord ihres Schiffes kommen und mitsegeln, über das stürmische Grasmeer. Weiter oben saß Alice noch immer dort, wo Clodagh sie zurückgelassen hatte, und weinte zusammengekrümmt, in einem Gefühlsaufruhr aus Zorn, Erleichterung, Schmerz und Erregung.

Als sie zur Teestunde nach Hause kamen – Clodagh trug Charlie, Alice den Picknickkorb –, stand Cecilys Wagen in der Auffahrt; sie saß am Steuer und blätterte in einer Zeitschrift. Natasha und James waren hell begeistert und rannten mit Freudengeheul auf sie zu, aber Alice stellte bestürzt fest, daß sie zum allerersten Mal nicht besonders erfreut war, Cecily zu sehen. Sie stellte sie Clodagh als »meine Schwiegermutter« vor und folgte den Kindern.
Cecily stieg strahlend lächelnd aus und umarmte die Kinder, umarmte auch Alice mit der üblichen Herzlichkeit, ohne deren Zurückhaltung zu beachten, küßte Charlie und sagte Clodagh guten Tag. Sie hatte so etwas noch nie getan, war noch nie unangemeldet zu Besuch gekommen – das gehörte zu ihren festen Grundsätzen –, aber sie hatte sich auch noch nie so... so *ausgeschlossen* von Alice' Leben gefühlt wie in letzter Zeit. Selbst wenn man Alice' labile Verfassung berücksichtigte, war es höchst ungewöhnlich, daß sie überhaupt nicht anrief, und wenn Cecily ihre diesbezüglichen Skrupel überwand und selbst zum Hörer griff, nahm im Grauen Haus entweder überhaupt niemand ab oder aber Gwen meldete sich aufreizend affektiert mit »Hier bei Mrs. Jordan« und machte sodann völlig überflüssigerweise ein großes Geheimnis um Alice' momentanen Aufenthaltsort.
»Liebling, ich hätte anrufen sollen...«
»Keineswegs«, widersprach Alice höflich.
»Ich geh' rein und stell' Wasser auf«, sagte Clodagh und ging ins Haus, mit Charlie auf den Hüften und den beiden anderen im Schlepptau. Cecily blickte ihnen nach.
»Ist sie eine Unwin von Pitcombe Park?«

»Ja. Die jüngste Tochter.«
Cecily konnte sich gerade noch die Bemerkung verkneifen, daß Clodagh sich hier offenbar wie zu Hause fühlte. Sie legte einen Arm um Alice.
»Wie schön, dich zu sehen. Ich habe mich ständig gefragt, wie du wohl mit dem Haus zurechtkommst. Und ich dachte, Himmel, die Ferien sind fast vorbei...«
»Wir waren so wahnsinnig beschäftigt«, entschuldigte sich Alice. »Ich weiß nicht, warum ein Umzug den ganzen Lebensrhythmus bestimmen kann, aber es scheint der Fall zu sein.«
»Und wie wär's mit etwas Hilfe?«
»Danke, ich komme gut zurecht.«
»Und ein Urlaub?«
»Ganz ehrlich« – in Alice' Stimme schwang leichte Ungeduld mit – »wir brauchen im Augenblick keinen.«
»Und was ist mit Martin?« Alice' Gereiztheit war Cecily nicht entgangen, und sie ließ ihren Arm sinken. »Vielleicht hätte *er* Urlaub nötig.«
Alice ging auf das Haus zu.
»Komm, wir trinken Tee.«
Die Küche strahlte unbestreitbar eine Atmosphäre von Harmonie und Glück aus. Auf der Anrichte stand ein blauer Krug mit gelben Tulpen. James und Natasha deckten den Tisch, stellten Teller und Becher auf das gelb geblümte Tischtuch. Charlie saß schon in seinem hohen Kinderstuhl und nagte an einer Karotte. Clodagh stand am Fenster, immer noch in ihrem Zauberer-Umhang, und bestrich Rosinenbrot mit Butter. Auf dem Herd stand ein Teekessel, und die obere Hälfte der Küchentür war weit geöffnet. In einem Windsor-Lehnstuhl neben dem Kamin schlief ein buntscheckiges Kätzchen auf einem blau-weißen Kissen. Alles war so, wie es sein sollte, und bei diesem Anblick wurde es Cecily bleischwer ums Herz.
Sie hatte auf dem Weg ins Graue Haus im Dorfladen Station gemacht, ohne selbst genau zu wissen, warum sie das getan und warum sie Mr. Finch munter erklärt hatte:

»Ich möchte zum Grauen Haus. Ich bin Mr. Jordans Mutter.«
Mrs. Macaulay war im Laden gewesen, und auch Stuart Motts Frau Sally. Mrs. Macaulay hatte mit glänzenden Augen Cecilys Kleidung bestaunt – welch Hochgenuß es wäre, einmal soviel Geld ausgeben zu können! –, und Sally Mott, die es satt hatte, daß Stuart arbeitslos war und ihr ständig zwischen den Füßen herumlief, hatte ihren ganzen Mut zusammengenommen und gefragt, ob Mr. Jordan vielleicht einen Gärtner gebrauchen könnte. Mit Stuarts Hilfe könnte er sich viel Zeit ersparen...
Cecily war begeistert gewesen. Der Vorschlag kam ihrem Wunsch zu helfen sehr entgegen und lieferte ihr zudem einen Vorwand, unangemeldet im Grauen Haus aufzutauchen, ohne auf der Durchfahrt zu sein. Sie ließ sich Sallys Telefonnummer geben, kaufte zwei Dosen Hundefutter – nicht die Marke, die ihre Mädchen bevorzugten, fiel Mrs. Macaulay auf – und eine Packung Schokoladentaler und verließ den Laden, einen schwachen Duft nach *Arpège* hinterlassend, der Mr. Finch betörte. Er nahm das Waschpulver und die Aspirinpackung an, die Mrs. Macaulay ihm reichte, und hörte sich fragen: »Ist das alles?« – während sein Herz Swinburnes Zeilen sang:
»Strong blossoms with perfume of manhood, shot out from my spirit as rays.« *
Jetzt legte Cecily die Schokoladentaler auf den Tisch, neben den Milchkrug. James bekam sofort große begehrliche Augen, und Charlie deutete mit seiner Karotte darauf und gab eindringliche Katzenlaute von sich. Clodagh unterbrach ihre Arbeit und fegte die Schachtel mit einer blitzschnellen Armbewegung, dem Flügelschlag eines Vogels nicht unähnlich, in ihre Tasche.
»Nach dem Tee.«
»Jetzt, jetzt, jetzt!« rief James.
»*Nach* dem Tee.«

* »Strenge Blüten mit einem Duft von Männlichkeit schossen aus meinem Geist wie Strahlen.« Anm. d. Red.

»*Jetzt*...«
»James«, sagte Alice, »du kennst die Regeln doch genau.«
»Tut mir leid«, murmelte Cecily steif. Sie betrachtete das Zimmer. »Du hast das alles so hübsch gemacht. Und das Kätzchen ist eine reizende Idee.«
Natasha setzte sich neben ihre Großmutter.
»Es ist ein Kater, und er heißt Balloon, wegen seines Bäuchleins. Clodagh sagt, er sei ein lausiger Küsser.«
Auf der anderen Tischseite begann James zu kichern.
»Ich für meine Person«, fuhr Natasha fort, »küsse ihn sowieso nicht so oft, weil sein Atem nach Fisch stinkt.«
»Da bin ich aber sehr froh«, sagte Cecily.
»Hennen sind auch welche da«, berichtete James.
»Hennen, Liebling?«
»Wir haben ein Dutzend Hühnchen. White Leghorn, gekreuzt mit Light Sussex«, erklärte Alice. »Clodagh kennt sich mit Hühnern aus, und wir lernen von ihr.«
»Sie können noch keine Eier legen«, sagte James, »aber wenn sie größer sind, können sie's...«
Cecily musterte Clodagh aufmerksam.
»Was für eine kenntnisreiche junge Dame...«
Clodagh stellte den Teller mit gebuttertem Brot auf den Tisch, ging zum Herd und sagte leise etwas zu Alice, die den Tee zubereitete. Alice lachte und machte ebenfalls eine leise Bemerkung. Sie waren unübersehbar ein gut aufeinander eingespieltes Team, wie sie so die Kinder versorgten, Charlies Brot in kleine Stücke schnitten, James' Brot mit Honig bestrichen und Milch in die Becher gossen. Alice reichte Cecily eine Tasse Tee und nahm neben ihr Platz.
»Liebling«, sagte Cecily, »ich glaube, ich habe heute nachmittag einen Gärtner für euch gefunden. Der Mann heißt Stuart Mott...«
»Er ist ein Ganove«, warf Clodagh ein.
»Alle Gärtner sind Ganoven«, entgegnete Cecily, »mehr oder weniger.«
»Auf Stuart trifft ›mehr‹ zu.«

»Aber kennt er sich mit Gartenarbeit aus?«
»Muß er wohl. Er ist ganz versessen auf Preise – Kürbisse in Flußpferdgröße, meterlange Bohnen... Charlie Jordan, wenn du die ganze Butter ableckst, wirst du dein Brot ohne was drauf essen müssen.«
Mit engelhaftem Lächeln legte Charlie die Brotstücke auf das Tablett seines Stühlchens und begann mit seinen zarten Fingern sorgsam die Rosinen herauszupicken. Cecily fiel auf, daß Alice sich kaum geäußert hatte.
»Liebling, könnte er nicht einen Versuch wert sein?«
»Ich werde es Martin vorschlagen«, sagte Alice langsam.
»Ich kann es kaum erwarten, daß du nach Dummeridge kommst. Der Gemüsegarten hat seinen ersten richtigen Frühling, und nachdem du ja an seiner Gestaltung beteiligt warst...«
»Alice, bist du eine *Gärtnerin*?« fragte Clodagh.
»Du weißt doch, daß ich keine bin.«
»Alice hat ein zauberhaftes Titelblatt für mein Buch gemalt. Sie war eine Art Inspiration...«
»Sie müssen sich vor meiner Mutter in acht nehmen.« Clodagh beugte sich vor, um ein klebriges Messer aufzuheben, das von Natashas Teller gefallen war. »Sie hält Sie für ein Gartenbaugenie, aber sie ist völlig skrupellos, wenn es darum geht, Leute für ihre Ziele einzuspannen. Ehe Sie sich's versehen, halten Sie einen Vortrag vor dem Evergreen Club, wo alle Mitglieder stocktaub sind.«
Cecily wandte sich Alice zu, die ihre Tasse mit beiden Händen umfaßt hielt und verträumt daraus trank.
»Wann könnt ihr kommen und über Nacht bleiben? Bring alle mit, noch bevor die Ferien zu Ende sind.«
»Das wäre wunderbar«, murmelte Alice geistesabwesend.
»Ich lerne jetzt Blockflöte spielen«, erzählte Natasha ihrer Großmutter. »Und ich kann nach nur zwei Stunden schon ›London's Burning‹ spielen. Willst du's hören?«
»O ja«, sagte Cecily unglücklich. »Schrecklich gern.« Sie stand auf.

»Nur fünf Minuten, Tashie«, mahnte Alice.
Natasha griff nach Cecilys Hand und zog sie aus dem Zimmer. Als die Tür sich hinter ihnen geschlossen hatte, überkam Cecily plötzlich das unangenehme irrationale Gefühl, daß in der Küche jetzt alle fast vor Lachen platzten.
Sie haßte es, Kinder auszufragen, und trotzdem hörte sie sich sagen: »Magst du Clodagh?«
»Wir alle *lieben* sie«, antwortete Natasha. »Und ich kann auch schon die ersten zwei Zeilen von ›Frère Jacques‹ spielen...«
»Kommt sie oft hierher?«
»Oh, jeden Tag. Und als Mummy im Laden geholfen hat, ist sie mit uns spazierengegangen und hat uns Froscheier gezeigt. Uh, *eklig!* Aber natürlich sind *viele* interessante Dinge eklig, findest du nicht auch?«
»Ja, Liebling«, sagte Cecily traurig. »Ich befürchte, das stimmt.«

Als Cecily abends nach Dummeridge zurückkehrte, war Richard zu Hause. Sie hatte das gewußt, aber es hatte sie keineswegs davon abgehalten, ganz impulsiv nach Pitcombe zu fahren. Nun aber stellte sie überrascht fest, daß sie sich freute, ihn zu sehen. Er saß im Salon, eine offene Aktentasche auf dem Schoß, einen Whisky mit Soda vor sich, und als sie sich hinabbeugte und ihm einen Kuß gab, fragte er: »Was ist los?«
»Müde, glaube ich. Ich komme gerade von Pitcombe.«
Er blätterte weiter in seinen Papieren, weil sie das ohnehin von ihm erwartete.
»Ist dort alles in Ordnung?«
»O ja...«
»Möchtest du einen Drink?«
»Bitte...«
Er stellte die Aktentasche ab, ging zum Getränketablett auf dem Sofatisch, schenkte Gin und Tonic ein und brachte ihr das Glas.

»Geht es Alice besser?«
»Alice sieht gut aus«, sagte Cecily mit einer gewissen Schärfe. Sie trank einen Schluck und fügte unbedacht hinzu: »Ich hatte überhaupt keine Gelegenheit, mit ihr zu sprechen.«
»Keine Gelegenheit?«
»Sie hat eine neue Freundin. Die Jüngste von Pitcombe Park. Schien sich bei Alice wie zu Hause zu fühlen...«
Richard wußte sofort, was los war, hob seine Aktentasche wieder auf und sagte: »Du solltest froh sein, daß sie am Ort eine Freundin gefunden hat. Hast du dir nicht immer Sorgen gemacht, daß sie einsam ist...«
Cecily stand so abrupt auf, daß das Eis in ihrem Glas klirrte.
»Natürlich bin ich froh darüber.«
Ohne aufzublicken, stellte Richard ruhig fest: »Alice mußte eines Tages flügge werden.«
Cecily reagierte verärgert. »Richard, es geht ihr nicht gut.«
Er schwieg.
»Ich kann mit dir nicht darüber reden«, sagte sie. »Du hast zu Menschen überhaupt keine Beziehung, nur zu deinen Geschäften. Ich glaube nicht, daß du auch nur einen Gedanken an Alice verschwendest, daß du es je getan hast.«
Er fragte mit völlig normaler Stimme: »Woher willst du wissen, was ich denke?«
»Ich habe schließlich Augen und Ohren.«
»Ich bin ein geduldiger Mann«, brummte Richard, »aber manchmal stellst du meine Geduld auf eine wirklich harte Probe. Du hast keine Ahnung von meinen Gedanken, weil du mich in vierzig Jahren kein einziges Mal danach gefragt hast.« Cecily war den Tränen nahe. Sie stand noch immer mit dem Glas in der Hand da, weil sie vorgehabt hatte, sich mit irgendeiner sarkastischen Bemerkung einen starken Abgang zu verschaffen und anschließend in der Küche zum Abendessen Forellen zu grillen.

»Dann frage ich dich *jetzt*. Ich frage dich, was...«
»Was ich von Alice halte?«
Sie setzte sich auf die Armlehne.
»Ja.«
»Ich habe sie sehr gern, und ich bewundere sie. Aber ich finde, daß sie sehr lange gebraucht hat, um erwachsen zu werden. Und wenn sie jetzt ein bißchen ungeschickt vorgeht...«
»Ich habe nicht gesagt, daß sie ungeschickt vorgeht.«
»... wenn sie dich irgendwie enttäuscht...«
»Ich habe nicht gesagt...«
»Halt den Mund!« schrie Richard plötzlich wütend.
Cecily sprang auf.
»Ich will nichts mehr hören. Du hast doch keine Ahnung. Du weißt überhaupt nicht, wie Frauen beschaffen sind und was sie brauchen. Das hast du nie gewußt.«
»Tatsächlich?«
Sie rannte fast zur Tür.
»Ich mache uns etwas zu essen.« Sie deutete verärgert auf seine Papiere. »Beschäftige du dich wieder mit den Dingen, von denen du etwas verstehst.«
Als sich die Tür hinter ihr geschlossen hatte, saß Richard einen Moment lang da und starrte vor sich hin, ohne etwas zu sehen. Es lag auf der Hand, daß Alice sich Cecily in irgendeiner Weise widersetzt hatte, und obwohl seine Frau ihm leid tat, war er sehr froh über Alice' Rebellion. Seufzend wandte er sich wieder seinen Papieren zu. Die Intensität seiner Gefühle für Alice war etwas, woran man besser nicht rührte.

»Juliet?« fragte Cecily am Telefon.
Es war Viertel vor acht. Juliet Dunne hatte gerade das letzte Wort der letzten Gutenachtgeschichte vorgelesen und sodann unten in der Küche festgestellt, daß der Hund den größten Teil der Pastete aufgegessen hatte, die sie neben dem Herd stehengelassen hatte, und dann hat-

te das Telefon geklingelt, und sie hatte sich sehr ungnädig gemeldet.

»O Cecily«, sagte sie, »tut mir leid, daß ich so mürrisch bin, aber manchmal hasse ich mein Hausfrauendasein dermaßen, daß ich völlig unzurechnungsfähig bin. Dieser verdammte Hund! Und, offen gesagt, auch verdammter Henry! Was braucht der Kerl überhaupt ein Abendessen. Im Augenblick wünsche ich mir nichts sehnlicher als eine ausgehaltene Frau zu sein.«

Cecily gab beruhigende Laute von sich.

»Ich habe eigentlich angerufen, um mit dir über Alice zu sprechen...«

»Über Allie? Ist irgendwas...«

»Nun, ich bin mir nicht sicher...«

»Ich finde, sie sieht sehr viel besser aus«, sagte Juliet. »Ich habe sie am Dienstag gesehen. Bei einer Kinderparty.«

»Kennst du Clodagh Unwin?«

»Clo? Sozusagen mein Leben lang.«

»Sie scheint fast im Grauen Haus zu wohnen.«

»Hurra!« rief Juliet. »Das Beste, was Allie passieren konnte. Mit Clo hat man jede Menge Spaß. Sie wird alle aufmuntern. O Gott, Cecily, da kommt Henry. Er wird wohl Hundefutter essen müssen, was anderes ist nämlich nicht da. Wenn du Töchter gehabt hättest, Cecily – hättest du sie ermutigt zu heiraten?«

»Wahrscheinlich nicht«, antwortete Cecily, die an die Aktentasche im Salon dachte.

»Bei meinen Söhnen kann ich es natürlich kaum erwarten, sie loszuwerden. Aber Henry bleibt mir leider für immer erhalten. Hör mal, ich finde das mit Clodagh und Alice ganz toll, und ich könnte mir vorstellen, daß die Unwins hell begeistert sind. Sie wollen immer, daß Clo seßhaft wird, und eine ordentliche Dosis von glücklichem Familienleben...«

»Ist sie... ist sie *zuverlässig*?«

»Zuverlässig? Clo und zuverlässig? Um Himmels willen, nein. Wozu willst du Alice mit einer zuverlässigen Freun-

din beglücken? Henry ist zuverlässig, und er langweilt mich fast zu Tode, stimmt's, Liebling? Cecily, ich muß jetzt Schluß machen und ihm seine Dose Hundefutter öffnen.«
Cecily legte den Hörer auf, ging zum Kühlschrank und holte die Forellen heraus, die Dorothy schon ausgenommen hatte. Sie starrte die dümmlichen toten Fischgesichter an und beschloß, am nächsten Tag Martin anzurufen. Er war schließlich ihr Sohn.

7. Kapitel

Martin Jordan und Henry Dunne trafen sich zum Mittagessen im *White Hart* in Salisbury. Henry hatte Martin in der Kanzlei angerufen und ziemlich geheimnisvoll getan: er wolle etwas besprechen, und ob man sich irgendwo treffen könne, wo keine Bekannten verkehrten. Martin hatte das *White Hart* vorgeschlagen, weil es so groß war, und sie trafen sich im Foyer, wo sie in ihren Moleskinhosen und Tweedjacketts zwischen zwei Busladungen von Frühlingstouristen sehr auffielen; eine Gruppe war soeben angekommen, die andere reiste ab, und die Halle war überfüllt mit Nylonkoffern und gesteppten Anoraks in Pastellfarben.
Henry fand einen freien Tisch in einer Ecke der Bar und ging zwei Bier und eine Platte mit Krabbensandwiches holen. Als er zurückkam, sagte er: »Ich bin neulich am Grauen Haus vorbeigekommen, und ich muß sagen, daß du großartige Arbeit leistest. John ist ein wunderbarer Mensch, aber ihm ist es ziemlich egal, wie etwas aussieht.«
Martin war hocherfreut. Er hatte an den Wochenenden unermüdlich im Garten geschuftet und hielt sich eisern an seinen Vorsatz, jede Woche vier Stunden außen zu streichen. Alice lobte ihn oft geistesabwesend: »Oh, gut gemacht«, aber er hatte nicht das Gefühl, daß sie seine Leistungen gebührend würdigte, und außerdem gefiel es ihm, wenn auch andere Leute seine Fortschritte bemerkten. Er zuckte selbstbedauernd die Schultern.
»Diese Mahonien hatten es wirklich in sich...«
»Schreckliche Dinger. Lohnen sich nur wegen des Blütendufts im März...«
»So ist es.«

Henry biß ein großes Stück von seinem Sandwich ab, kaute, schluckte, trank einen Schluck Bier und verkündete feierlich: »Martin, so schön es ist, dich zu sehen – dies ist nicht nur ein geselliges Beisammensein.«
»Das dachte ich mir schon...«
»Tatsache ist, daß ich als Sir Ralphs Abgesandter hier bin. Sozusagen, um das Terrain zu sondieren.« Er aß wieder einen Bissen. »Um dir einen Vorschlag zu unterbreiten.«
Martins erster Gedanke war, daß Sir Ralph vielleicht das Graue Haus zurückkaufen wollte. Nachdem Martin soviel Steine aus dem Weg geräumt hatte, um es zu erwerben, war sein Besitzerstolz sehr ausgeprägt, und außerdem wußte er genau, daß dieser Wohnsitz seinen gesellschaftlichen Status um einiges aufgewertet hatte. Er setzte deshalb eine nüchtern nachdenkliche Miene auf.
»Ich will nicht wie eine Katze um den heißen Brei herumschleichen«, sagte Henry. »Tatsache ist, daß Sir Ralph einen neuen Anwalt braucht. Er möchte, speziell für alle Gutsangelegenheiten, einen ortsansässigen Berater, und außerdem glaube ich, im Vertrauen gesagt, daß er sich mit den Londoner Anwälten verkracht hat. Namen tun hier nichts zur Sache. Jedenfalls plant er große Veränderungen – davon später mehr – und hat mich gefragt, wen ich empfehlen würde. Ich habe dich vorgeschlagen. Er hat kurz überlegt und gemeint, ja, warum eigentlich nicht.«
Martin hatte einen hochroten Kopf bekommen.
»Ich... ich bin doch kein Seniorpartner...«
»Das habe ich ihm gesagt, und er hat darauf erwidert, daß ihn das nicht störe – und daß du eines Tages einer sein würdest. Ich glaube, ausschlaggebend war für ihn, daß du im Grauen Haus wohnst. Das gibt ihm das Gefühl, daß alles sozusagen in der Familie bleibt.«
»Aber ich habe keinerlei Erfahrung in Gutsangelegenheiten...«
»Die habe *ich*.«
»Himmel, was soll ich dazu sagen?« Martin strahlte übers ganze Gesicht.

»Sagt dir der Vorschlag zu?«
»Und wie! Ich meine... wenn ich damit zurechtkomme...«
»Damit kannst du deine Seniorpartner schwer beeindrukken. Ich möchte nicht gern zuviel versprechen, aber ich nehme fast an, daß man dich nach einiger Zeit auch mit allen Privatangelegenheiten betrauen wird, Lady Unwin eingeschlossen. Der Lieblingsanwalt von Pitcombe Park.« Er sah Martin über den Rand seines Bierglases hinweg an. »Ehrlich gesagt, für mich wäre es eine große Hilfe, dich an meiner Seite zu haben. Er kann nämlich wahnsinnig schwierig sein, weil er es gewöhnt ist, immer seinen Willen durchzusetzen. Clodagh gerät in dieser Hinsicht ganz nach ihm.«
Martin war erfüllt von aufgeregtem Großmut.
»Sie ist wunderbar. Hat uns alle aufgeheitert. Alice ist wie ausgewechselt, und die Kinder vergöttern Clodagh.«
»Das ist ein weiterer Punkt, der Sir Ralphs Entscheidung beeinflußt hat, glaube ich. Weißt du, die Unwins sind hell begeistert, daß sie sich so eng an euch angeschlossen hat. Sie heißen fast alle Freunde von Clodagh herzlich willkommen, aber deine Familie ist genau das, was sie sich gewünscht haben. Sie waren in schrecklicher Verfassung, als Clodagh plötzlich aus den USA zurückkam, und daß sie ihnen nichts erzählte, machte alles natürlich nur noch schlimmer. Margot war nahe daran, mit ihr einen wahnsinnig teuren Seelenklempner in London aufzusuchen. Aber das Leben im Grauen Haus hat sie offenbar kuriert. Sir Ralph hat heute morgen gesagt, Clodagh sei seit Jahren nicht mehr so in Form gewesen.«
Martin, der nur sich selbst – und auch das ziemlich schuldbewußt – eingestehen konnte, daß Clodagh ihn sexuell erregte, sagte, sie sei außergewöhnlich amüsant.
»Das ist sie«, bestätigte Henry. »Aber sie ist auch ein schlimmes Mädchen. Treibt ihre armen alten Eltern fast zur Verzweiflung.« Er schaute auf seine Uhr. »Wenn ich dich recht verstehe, bist du also zumindest im Prinzip bereit, den Job zu übernehmen?«

Es kostete Martin größte Selbstbeherrschung, Gleichmut zu heucheln. »So ist es.«
Henry stand auf.
»Der nächste Schritt wäre wohl – ich meine, bevor du in deiner Kanzlei etwas von der Sache verlauten läßt – daß wir Sir Ralph gemeinsam aufsuchen. Ist dir das recht?«
»Durchaus.«
»Am Samstagmorgen? Tut mir leid, dich von der Gartenarbeit abzuhalten, aber unter der Woche sind wir ja beide sehr beschäftigt, und außerdem ist das der einzige Morgen, an dem zumindest eine winzige Chance besteht, für mindestens drei Minuten seine ungeteilte Aufmerksamkeit zu haben...«
Auch Martin stand auf.
»Paßt mir ausgezeichnet.«
Sie gingen ins Foyer hinaus, das jetzt menschenleer war, bis auf eine wahnsinnig fette Frau, die kaum in den Sessel paßte und eine Tragetasche an ihren Bauch preßte, der fast bis zu den Knien reichte. Draußen auf der St. John's Street verabschiedeten sie sich mit herzlichem Händedruck voneinander.
»Henry«, sagte Martin, »ich bin dir wirklich unheimlich dankbar.«
»Daumen drücken. Wenn die Sache klappt, werde ich *dir* dankbar sein. Also dann, bis Samstag.«
Und dann trennten sie sich, und zwei Paar auf Hochglanz polierte braune Schuhe eilten zielstrebig über das Pflaster von Salisbury, vorbei an bummelnden Menschen und Kinderwagen.

Pflichtschuldigst machte Alice mit den Kindern einen Tagesausflug nach Dummeridge. Clodagh hatte mitkommen wollen, aber Alice hatte nein gesagt.
»Bitte! Warum nicht? Zwei zusätzliche Hände, um Charlie zu versorgen...«
»Ich kann nicht erklären, warum. Ich weiß nur, daß ich

das nicht verkraften würde. Clodagh, es ist ein Pflichtbesuch, kein besonderes Vergnügen.«
»Und was soll ich den ganzen Donnerstag machen?«
»Koch uns ein köstliches Abendessen«, sagte Alice scherzhaft, wußte aber, daß Clodagh sie beim Wort nehmen würde.
»Okay, aber ich komme schon noch auf meine Kosten.«
»Das weiß ich«, sagte Alice glücklich.
Wenigstens freuten sich die Kinder auf Dummeridge. Natasha hatte sich mit größter Sorgfalt herausgeputzt, trug gemusterte weiße Söckchen und pinkfarbenen Plastikschmuck – Kette, Armband und Ohrringe –, den Gwen ihr geschenkt hatte und den Cecily, wie Alice genau wußte, grauenvoll finden würde. James hatte sich einverstanden erklärt, seine braunen Schnürstiefel gegen die tollen Turnschuhe mit den silbernen Blitzen an den Absätzen zu vertauschen, um mit Natashas Ohrringen konkurrieren zu können, und Charlie, der von seinem Tragekorb in einen eiförmigen Sicherheitssitz befördert worden war, babbelte zufrieden vor sich hin, während er seine ersten Schuhe und Socken auszog und auf den Boden warf.
Es war eine lange Fahrt, aber alle drei waren bemerkenswert brav. Alice unterhielt sich über die Schulter hinweg sehr viel mit ihnen, weil sie nervös war; sie würde ihrer Schwiegermutter als allererstes beibringen müssen, daß sie nun doch nicht in Dummeridge übernachten konnten. Sie hätte das natürlich von Anfang an sagen sollen, aber das hatte sie nicht getan, und nun würde Cecily Betten frisch bezogen haben, und Dorothy würde das Gitterbett aufgestellt haben, und das ganze Gerede war eine schreckliche Aussicht, und alles war ihre eigene Schuld. Doch während sie durch Wareham fuhr, dachte sie plötzlich unwillig, daß sie nicht den geringsten Grund hatte, wegen *Martins* Mutter Schuldgefühle zu entwickeln. Martin schien nie welche zu haben.
Diese Erkenntnis machte sie nur noch wütender. *Sie* war diejenige, die alles managte, was irgendwie mit Dumme-

ridge zusammenhing, und das nun schon seit mehr als zehn Jahren. Nur weil sie immer so gewissenhaft gewesen war, erwarteten alle von ihr, daß sie auch weiterhin so gewissenhaft sein würde, und Martin wäre entsetzt, wenn sie ihm sagen würde, er solle gefälligst selber an Cecilys Geburtstag denken oder die Kinder nach Dummeridge bringen. Die letzte Meile bis zum Haus, die sonnige Allee, die Alice stets in gehobener Stimmung zurückgelegt hatte, schien jeden Reiz verloren zu haben. Nach der letzten Kurve passierte sie die kleine Steinbrücke, die die Überreste eines alten Wallgrabens überspannte, und brachte den Wagen mit einem mulmigen Gefühl im Magen vor der mit kunstvoll geschmiedeten Beschlägen verzierten Haustür zum Stehen.

Die Kinder quiekten vor Aufregung wie Ferkel und rannten ins Haus, laut nach ihrer Großmutter rufend. Alice folgte ihnen langsam, Charlie unter den Arm geklemmt, seine Schuhe und Socken in der freien Hand. Natasha und James waren auf der Treppe in Cecily hineingerannt; alle redeten durcheinander und umarmten und küßten sich, und während Alice sie beobachtete, kam sie sich klein und verloren vor. Charlie strampelte, um zu seiner Großmutter zu kommen, und Alice stellte ihn auf den Boden und ließ ihn barfuß über die Fliesen tappen, wobei er laut kreischte, um die Aufmerksamkeit auf sich zu lenken.

»Liebling«, rief Cecily, als sie endlich bei Alice anlangte, »das ist wirklich ein Freudentag! Du kannst dir gar nicht vorstellen, wie ich mich darauf gefreut habe, und Richard kommt heute abend extra nach Hause, was eine hohe Auszeichnung ist. Ich habe ihn mit Champagnerflaschen hantieren sehen, und ich habe Lachsforellen besorgt...«

»Wo schlafe ich?« fragte James.

»Jimmy James, wo denn wohl? Natürlich in dem Bett, das du immer hast...«

James war hell begeistert, an seine eigene Kindersprache erinnert zu werden.

»Und ich bin im Blauen Zimmer«, sagte Natasha, während sie ihr pinkfarbenes Armband bewundernd am Handgelenk hin und her drehte. »Wo früher Mummy geschlafen hat. In dem *goldenen* Bett.«
Es war zu spät. Alice unternahm trotzdem einen letzten schwachen Versuch.
»Weißt du, ich habe was Blödsinniges gemacht – unser ganzes Nachtzeug vergessen...«
Cecily, die Charlie auf dem Arm schaukelte, lachte herzhaft.
»Wie lustig, Liebling! Aber das macht überhaupt nichts. Wir werden Charlie nachts einfach in einen Wärmflaschenbezug stecken.«
Die Kinder waren sichtlich glücklich. Cecily hatte ihr Mittagessen in kleine Körbe gepackt, damit sie sich nicht am Tisch zu langweilen brauchten, aber auch, um Alice ganz für sich zu haben, während Dorothy Charlie in der Küche mit Karotten und Leber fütterte. Der Eßzimmertisch war für zwei Personen gedeckt, mit einer flachen Kupferschale in der Mitte, in deren gelbgrünem Moosbett Lilien steckten. Cecily legte Alice duftendes geschmortes Huhn mit Cashewnüssen auf, füllte die schlanken Gläser mit Chablis und sagte in dem nüchternen Ton, den sie sich für den ganzen Tag fest vorgenommen hatte: »Also dann, ich möchte wissen, wann du wieder anfängst zu malen. Keine Ausreden, bitte. Das Haus ist so gut wie fertig eingerichtet, die Kinder haben sich eingewöhnt, und das ganze Dorf findet dich wunderbar. Worauf wartest du also noch?«
»Auf gar nichts«, erwiderte Alice kühl. »Ich habe angefangen.«
Cecily starrte sie verblüfft an. »Liebling!«
»Vor zwei Tagen.«
Cecily hob ihr Glas.
»Das ist ja herrlich! Auf dein Wohl. Erzähl mir, wie es dazu gekommen ist.«
Alice hatte gerade einen vollen Mund und ließ sich Zeit

beim Kauen und Schlucken. Dann berichtete sie versonnen: »Clodagh hat mich im Atelier eingeschlossen. So einfach war das. Sie hat die Kinder überredet, ihr zu helfen, und alle haben gesagt, sie würden mich erst zum Tee herauslassen. Um fünf haben sie die Tür geöffnet und standen mit einem Schokoladenkuchen da.«

Ihr Gesicht leuchtete in der Erinnerung. Sie war total überrumpelt worden. Begonnen hatte die Sache damit, daß Gwen vormittags in die Küche kam, mit einem Bild in der Hand, auf dem ein Strohhut auf einem Stuhl vor einer Balkontür zu sehen war, und sagte: »Ich hoffe, Sie fassen's nicht falsch auf, aber das hier lag im zweiten Bad einfach herum, und ich hab's aufgehoben und fand es so hübsch, und dann hab' ich genauer hingeschaut und gesehen...«

Alice saß auf der Tischkante und nähte Namensschilder in James' Sommer-Schuluniform.

»Ja. Das habe ich gemalt.«

»*Mrs. Jordon...*«

Clodagh unterbrach das Kartoffelschälen an der Spüle.

»Lassen Sie mich mal sehen.«

Sie betrachtete das Gemälde aufmerksam.

»Herrgott, Alice...«

»Ich kann es nicht mehr«, sagte Alice kläglich. »Ich weiß nicht, warum, aber es klappt nicht. Ich hab's versucht, und es war hoffnungslos.«

»Es ist so schön«, kommentierte Gwen. »Aber ich hab' eine Kusine...«

»Was meinst du mit ›hoffnungslos‹?«

»Ich meine damit, daß ich weder zeichnen noch malen konnte und darüber ziemlich verzweifelt war.«

»Wann war das?«

»Vor etwa vier Jahren...«

»Vor vier Jahren? Na, das ist aber wirklich seltsam, denn meine Kusine...«

»Seien Sie mal still, Gwen«, fiel Clodagh ihr ins Wort, ohne dabei Alice aus den Augen zu lassen.

»Vier Jahre sind eine Ewigkeit. Warum versuchst du es nicht wieder?«
»Ich habe Angst davor.«
»Genau, was meine Kusine...«
»Angst?« sagte Clodagh. »Du hast Angst? Das ist wirklich gut, weißt du, *echt* gut.«
Und dann gab sie Gwen das Gemälde zurück, ging wieder zur Spüle und wechselte das Thema, erzählte von einem kanadischen Schriftsteller namens Robertson Davies, den Alice unbedingt lesen müsse.
Nach dem Mittagessen war es dann passiert. Clodagh, Natasha und James kicherten dauernd, und dann lockten sie Alice unter dem Vorwand, sie müßten alle zusammen nach dem Krocketspiel suchen, in den Raum über der Garage und schlossen sie einfach ein.
»Du darfst wieder raus«, rief James, dem dieses Riesenspaß machte, »wenn du ein Bild gemalt hast.«
Sie dachte im ersten Moment wütend, wie sie denn ohne Wasser und ohne Farblappen malen solle, aber Clodagh hatte an alles gedacht. In einer seltsamen Mischung aus Gelassenheit und Heiterkeit stellte Alice daraufhin ihre Staffelei auf und malte eine Ecke des staubigen Fensters, auf dessen Sims John eine unvollendete Ente stehengelassen hatte. Einige Efeuranken hatten sich Zugang verschafft, und eine Spinne hatte zwischen Entenkopf und Fensterrahmen ein richtiges Bilderbuchnetz gesponnen. Sie malte sehr schnell und ganz versunken, und als sie befreit wurde, tat es ihr fast leid, weil sie so zufrieden mit sich selbst war.
Ein bißchen prahlerisch sagte sie jetzt zu Cecily: »Ich hab's ja immer gesagt, daß ich im Grauen Haus wieder imstande sein würde zu malen.«
»Tatsächlich?«
»O ja.«
Cecily beobachtete sie. Sie freute sich für Alice, hätte aber sehr viel darum gegeben, wenn nicht ausgerechnet Clodagh den Zauberstab geschwungen hätte.

»Das alles hört sich für mich ein bißchen melodramatisch an.«
»War es auch. Aber es hat funktioniert.«
Cecily riß sich zusammen.
»Ich freue mich mehr, als ich sagen kann. Nicht zuletzt deshalb, weil ich jetzt endlich all die Leute vom Hals haben werde, die glauben, ich bräuchte nur zu pfeifen, um ihnen ein Original von Alice Jordan zu beschaffen.«
Alice trank einen Schluck Wein.
»Ich glaube nicht, daß ich im Augenblick irgendwelche Aufträge annehmen möchte...«
»Aber, Liebling, warum denn nicht, um alles in der Welt? Ich dachte immer, das sei der Sinn des Ganzen...«
»Weil ich im Augenblick« – Alice sprach leise, aber nachdrücklich – »keinerlei Verpflichtungen übernehmen möchte. Ich will frei sein, damit ich tun kann, wonach mir der Sinn steht.«
»Ich verstehe nicht ganz.«
»Das glaube ich gern.«
»Könntest du es mir erklären?«
»Nein«, sagte Alice. »Nein, ich glaube kaum, daß ich das könnte. Es ist einfach ein Gefühl – aber ein sehr starkes Gefühl.«
»Entschuldige bitte, Liebling«, entgegnete Cecily scharf, während sie eine Schüssel mit großen, glänzenden südafrikanischen Trauben auf den Tisch stellte, »aber du hörst dich wie ein verzogener unreifer Teenager an.«
»Ich nehme an«, erwiderte Alice höflich, »das liegt daran, weil ich mich nicht genauso verhalte, wie du willst.«
Cecily setzte sich wieder hin und schob die Traubenschüssel zu Alice hinüber.
»Ich habe nie versucht, dich in irgendeiner Weise zu beeinflussen.«
Alice schwieg.
»Und wenn ich dich beraten oder irgendwie angeleitet habe – wohlgemerkt, widerstrebend! –, so deshalb, weil du

mich darum gebeten hast. Als du herkamst, ein linkisches Mädchen...« Sie unterbrach sich.
»Willst du mir vorhalten, wieviel ich dir verdanke?« sagte Alice ruhig. »Das erinnert mich an Unterhaltungen, die ich vor langer Zeit mit meiner Mutter hatte.«
Cecily verkrampfte ihre Hände ineinander, weil sie heftig versucht war, Alice zu ohrfeigen. Mit geschlossenen Augen murmelte sie: »Laß uns nicht streiten.«
»Ich will ja gar nicht streiten.«
»Nein.« Sie öffnete ihre Augen wieder und lächelte schwach. »Das wollen wir beide nicht.«
Alice stand auf.
»Darf ich mal telefonieren? Ich habe vergessen, Clodagh etwas Wichtiges zu sagen. Es geht um Martins Abendessen.«
»Was hat Clodagh denn mit Martins Abendessen zu schaffen?«
»Sie hat sich erboten, heute abend für ihn zu kochen«, erklärte Alice, so als wäre das die natürlichste Sache der Welt, »weil ich hier bin.«
Vom Küchentelefon aus rief sie im Grauen Haus an, aber es meldete sich niemand. In Pitcombe Park nahm Lady Unwin den Hörer ab und sagte übertrieben herzlich, daß sie Clodagh sofort holen würde.
»Ich habe verloren«, berichtete Alice. »Ich muß hier übernachten, es geht nicht anders.«
»Alice«, rief Clodagh, »du bist wirklich ein Jammerlappen! Wie alt bist du eigentlich? Und ich wollte mein Upper East Side Swank Foodie's Fish Curry machen.«
»Könntest du es für Martin machen?«
»Okay.«
»Clodagh, es tut mir wirklich leid.«
»Mir auch.«
»Ich mache jetzt besser Schluß. Tausend Dank.«
»Wofür? Daß ich den Familienanwalt füttere?«
»*Was*?«
»Ätsch«, sagte Clodagh. »Geschieht dir ganz recht, als Strafe fürs Wegbleiben. Bis morgen...«

»Was soll das Gerede vom Familienanwalt?«
»Aber, Alice, ich kann dir *unmöglich* ein Staatsgeheimnis am Telefon verraten.« Sie legte auf.
Alice ging in den Garten hinaus, wo Cecily und die Kinder den Goldfisch mit Spezialkörnern aus einem kleinen Plastikzylinder fütterten.
»Ich hasse ihn«, rief James, ins Wasser spähend, »er hat ein so verfressenes Gesicht.«
»Genau wie du, mein Lieber.« Natasha schüttelte den Kopf, damit ihre Ohrringe hin und her baumelten.
»Alles in Ordnung?« erkundigte sich Cecily bei Alice.
»O ja, sie wird ihm ein Fischgulasch machen.«
»Ich werde dich zu Gulasch verarbeiten!« schrie James aufgeregt in den Teich hinein. »Das mache ich. Genau! Ich verarbeite dich zu Gulasch!«
Natasha schob ihre Hand in die ihrer Großmutter.
»Ich befürchte, daß Charlie manchmal Käfer ißt.«
»Tatsächlich, mein Liebling?«
Natasha seufzte.
»O ja, er ist eine schwere Verantwortung. Können wir zum See gehen?«
Der Nachmittag zog sich schrecklich in die Länge. Alice konnte selbst kaum glauben, wie sehr sie sich wünschte, zu Hause zu sein. Sie betrachtete die Frühlingspracht des vertrauten, geliebten Gartens, und alles kam ihr klein, fern und fremd vor, so als blickte sie verkehrt herum durch ein Fernrohr. Als Richard nach Hause kam, küßte sie ihn mit ungewöhnlicher Herzlichkeit, und Cecily konnte sich die Bemerkung nicht verkneifen: »Und womit hat er das verdient?«
»Sie glaubt, daß ich für sie eine Flasche Champagner öffnen werde«, lachte Richard. »Und sie irrt sich nicht.«
Das Abendessen verlief relativ angenehm, weil Richard fest entschlossen schien, nur unpersönliche Themen anzuschneiden. Er erzählte vom Mittleren Osten, veranlaßte Cecily, von ihrer letzten Amerikareise zu berichten – »Gemüsegärten breiten sich jetzt wie Masern in George-

town aus« –, und als das Gespräch sich scheinbar unausweichlich doch noch auf die Lage der Dinge in Pitcombe zubewegte, sagte er: »Ratet mal, wer heute angerufen hat.«
Während Cecily einen köstlichen Brie von der Anrichte holte, fragte sie uninteressiert: »Wer denn?«
»Anthony.«
»Anthony?«
»Er kommt nach Hause«, berichtete Richard. »Wechselt den Kontinent und die Stellung...«
»Warum hat er nicht hier angerufen? Warum hat er nicht *mich* angerufen?«
»Das wird er bestimmt noch tun...«
»Wie seltsam«, sagte Alice. »Ich habe Anthony fast zehn Jahre nicht gesehen. Zehn Jahre im Fernen Osten. Die Kinder waren noch gar nicht geboren...«
»Ich soll dir ganz liebe Grüße von ihm bestellen«, sagte Richard.
»Mir?«
»Liebe Grüße von Anthony sind nicht ganz ungefährlich...«
»Und wann kommt er?« fragte Cecily.
»Bald. In einigen Wochen.«
»Verstehe. Mein ältester Sohn kommt nach zehnjähriger Abwesenheit aus heiterem Himmel nach Hause und hält es nicht einmal für nötig, *mich* zu informieren.«
»Er hat mich über die Fakten informiert«, sagte Richard, während er Wein nachschenkte, »aber ich vermute, daß er dich zwecks Analyse und Interpretation anrufen wird.«
Cecily holte tief Luft, sagte aber nichts mehr. Nach einer Pause forderte sie Alice auf: »Liebling, erzähl Richard doch, was Martin heute abend treibt. Wahnsinnig amüsant...«
Richard sah Alice an. Sie trank einen großen Schluck Wein, erwiderte unbefangen seinen Blick und sagte leichthin: »Oh, er läßt sich von der jüngsten Unwin-Tochter mit Fischgulasch füttern.«

Um Richards Mund zuckte es.
»Tatsächlich?«
Alice nickte.
»Ich schwör's dir.«
»Na, das ist ja wirklich 'ne Sache!«
Alice konnte darauf nichts erwidern, weil sie plötzlich einen Lachanfall bekam.

Auf der Heimfahrt von der Kanzlei hielt Martin am Dorfladen, um Samen und braunen Gartenzwirn zu kaufen. Er war leicht verärgert, daß Cecily ihm Stuart Mott auf den Hals geladen hatte, der zu jener Kategorie von Gärtnern gehörte, unter deren oberflächlicher Freundlichkeit sich tiefe Verachtung für die Wünsche und Ansichten ihrer Arbeitgeber verbirgt. Wenn Stuart nicht gewesen wäre, hätte Martin jetzt weder Karotten- noch Kohlsamen gekauft; er aß diese beiden Gemüsearten nicht gern und fand den Anbau viel zu aufwendig. Eigentlich hatte er vorgehabt, Stuart von Anfang an mit der freundlichen Entschlossenheit zu behandeln, die er an seinem Vater bewunderte, wenn dieser mit jungen Kollegen telefonierte, aber Stuarts leicht geschürzte Lippen hatten ihn sofort aus dem Konzept gebracht. Als Cecily ihn neulich angerufen und irgendwelche idiotischen Einwände gegen Clodagh als Freundin der Familie vorgebracht hatte, war Martin über ihre Einmischung im Fall Stuart Mott noch so wütend gewesen, daß er ziemlich barsch reagiert hatte, und der Anruf hatte auf beiden Seiten sehr kühl geendet. Natürlich hatte Martin das hinterher sofort bereut und zurückgerufen, um sich zu entschuldigen, und seine Mutter hatte gesagt, daß sie volles Verständnis hätte, weil sie alle offenbar im Augenblick ziemlich nervös wären, was ja auch kein Wunder sei. Daraufhin hatte sich Martins Schuldbewußtsein in Luft aufgelöst, und er hatte bedauert, sich überhaupt entschuldigt zu haben. Und während er jetzt im Laden stand und an dem Drahtgestell mit Samentütchen drehte, stieg erneut Zorn in ihm auf, und seine Stimmung

hob sich nicht gerade, als Mr. Finch auf ihn zukam – daß Martin kein Freund von lyrischen Ergüssen war, wußte der Kaufmann – und sagte: »Sie können sich heute abend auf ein exotisches Mahl freuen, Mr. Jordan.«
Ohne von den Vorzügen der Nantes Express-Karotten aufzublicken, die auf dem Tütchen angepriesen wurden, knurrte Martin: »So?«
Lettice Deverel, die Mr. Finchs unterschiedlichen Umgangston gegenüber Kunden der Oberschicht und der Arbeiterklasse zutiefst verabscheute, mahnte energisch, halb verborgen hinter einer Sperrholzplatte voller Papierteller und Platzdeckchen: »Mr. Jordans Abendessen geht Sie nichts an, Mr. Finch.«
Mr. Finch schlich auf Zehenspitzen zum Ladentisch zurück und begann eine Pyramide aus Nougatstangen aufzuschichten.
»Miss Clodagh war heute nachmittag hier«, rechtfertigte er sich, »und hat Muskatnuß und Zimt gekauft. Sie hat mir gesagt, die Gewürze seien für Mr. Jordans Abendessen bestimmt, weil Mrs. Jordan mit den Kindern zur Großmutter gefahren sei...«
Lettice Deverel legte ein Paket Sonnenblumenkerne für den Papagei auf den Tisch.
»Das ist noch lange keine Entschuldigung für Sie, Mr. Finch, genauso indiskret zu sein.«
»Mir scheint«, scherzte Martin, der seine Samen bezahlen wollte, »daß jeder hier im Ort außer mir selbst über mein Abendessen genau Bescheid weiß.«
»So ist das Dorfleben, Mr. Jordan«, sagte Lettice Deverel.
Martin reichte Mr. Finch eine Fünf-Pfund-Note.
»Bereitet Miss Clodagh für mich denn nun ein Abendessen vor oder nicht?«
»Das kann ich Ihnen beim besten Willen nicht sagen«, erwiderte Mr. Finch beleidigt, während er den Schein mit Daumen und Zeigefinger entgegennahm.
Lettice und Martin traten zusammen auf die Straße hinaus.

»Ein schrecklicher Kerl« – Lettice deutete mit dem Kopf nach hinten –, »aber einen Dorfladen zu führen, bringt auch den vernünftigsten Menschen um den Verstand.«
Martin lachte.
»So übel ist er gar nicht. Jetzt kann ich mich wenigstens auf den Abend freuen.« Er öffnete seine Wagentür. »Kann ich Sie mitnehmen?«
Lettice schüttelte den Kopf.
»Danke, nein. Der Obstkuchen, den ich zum Tee gegessen habe, lastet schwer auf meinem Gewissen, und dagegen hilft nur etwas Bewegung.« Sie betrachtete Martin mit plötzlichem Interesse. »Morgen wird das ganze Dorf wissen, daß Sie und Clodagh zusammen zu Abend gegessen haben. Machen Sie sich nichts daraus. Und richten Sie Clodagh von mir aus, daß es für sie an der Zeit wäre, sich irgendwo einen Job zu suchen. Einen Job, wo sie wirklich *gefordert* wird.«
Martin stieg ein, ließ den Motor an und fuhr langsam den Hügel hinauf. Lettice winkte ihm mit ihrem Spazierstock nach, und gleich darauf fuhr er an Stuart Mott vorbei, der sich mit Sir Ralphs Traktorfahrer unterhielt. Beide nickten kurz, ohne zu lächeln. Als er in seine Auffahrt einbog, raste das Kätzchen dicht vor dem Auto über den Weg – das übliche selbstmörderische Begrüßungsritual –, und dann hüpfte ihm unwillkürlich das Herz vor Freude, denn da war Clodagh, damit beschäftigt, im Garten Wäsche von der Leine zu nehmen. Sie trug Jeans und eine schwarze, mit großen Silbersternen bestickte Jacke.
Er stieg aus und lehnte sich an den Gartenzaun. Es war ein milder Abend, und die dicken Knospen an den Apfelbäumen zeigten teilweise schon ihr rosa Inneres. Die Luft, die monatelang nach Kälte und Morast gerochen hatte, duftete nach feuchter Erde. Die Hennen scharrten gluckend zwischen Clodaghs Füßen im Gras. Letztes Wochenende hatte sie Martin gezeigt, daß man feststellen konnte, ob sie schon reif zum Legen waren, indem man die Finger zwischen Becken- und Brustknochen legte. »Noch nicht«,

hatte sie erklärt. »Es müßten vier Finger sein. Aber sie machen Fortschritte.« Er beugte sich über den Zaun und machte »gluck, gluck, gluck«, wovon die Hennen aber keinerlei Notiz nahmen, und dann fragte er Clodaghs sternenübersäten Rücken: »Was ist los?«

Clodagh ließ die letzten Kleidungsstücke in den Korb zu ihren Füßen fallen. »Nur keine Aufregung«, sagte sie. »Alice wollte abends zurückkommen, aber deine Mutter hatte das gemästete Kalb geschlachtet, und deshalb konnte sie nicht weg. Und sie traut dir offenbar nicht zu, Rühreier zu machen.«

»Das würde mir wirklich nicht im Traum einfallen« – Martin öffnete ihr das Gatter –, »wenn du die Alternative bist.«

»Du bekommst statt dessen ein sehr exotisches Fischgericht.«

»Großartig.«

Er folgte ihr ins Haus, und das Kätzchen schloß sich ihnen an, in Erwartung des Abendessens leise miauend. Clodagh bückte sich, hob es hoch und warf es auf die Wäsche.

»Du raffiniertes Miststück, du hast schon den ganzen Tag gewußt, daß es Fisch gibt, stimmt's?«

»Das ganze Dorf spricht über uns. Du hast Mr. Finch offenbar erzählt, daß du mir etwas zu essen machst.«

»Herrjemine!« sagte Clodagh. »Na ja, das wird sie wenigstens von Vaters Mieterhöhungen ablenken...«

»Mieterhöhungen?«

»Ich glaube, er hat die Cottagemieten gleich um drei Pfund erhöht.« Sie stellte den Korb auf den Küchentisch und holte das Kätzchen heraus, das sofort wie ein Generator zu schnurren begann. »Aber über all dies wirst du ja bald bestens informiert sein, als unser neuer Familienanwalt.«

Martin runzelte die Stirn. Spontanität war *eine* Sache, Indiskretion eine ganz andere. Er hatte ja noch nicht einmal mit Sir Ralph gesprochen.

»Was weißt denn du darüber...«

»Eine ganze Menge.«
»Dein Vater erzählt dir wohl sehr viel.«
»Ja, das tut er. Aber nicht in diesem Fall. Dies war meine Idee.«
»Deine Idee? Aber Henry...«
»Henry hat deine Kanzlei vorgeschlagen. Ich habe *dich* vorgeschlagen. Ganz einfach.«
Martin war nicht übermäßig erfreut. Sir Ralph für eine wohlwollende Geste verbunden zu sein, war *eine* Sache, aber zu wissen, daß man sein Glück nur einer spontanen Bemerkung von Clodagh verdankte, war etwas ganz anderes.
»Warum diese düstere Miene?« fragte Clodagh.
»Weil... bei dir hört sich das alles so nach einem Stegreifspiel an.«
»Das war es auch.«
»Mir gefällt das nicht«, murmelte Martin steif.
Clodagh beobachtete ihn.
»Wenn es ein Mann gewesen wäre – mein Vater oder mein Bruder –, würde es dich nicht stören. Nur weil eine Frau diesen Vorschlag gemacht hat, bist du gekränkt.«
»Nein.«
Clodagh holte eine zugedeckte Schüssel und eine Zwiebel aus der Speisekammer. Martin stand noch immer hölzern am Küchentisch. Sie stellte die Schüssel ab, legte die Zwiebel daneben und trat neben ihn.
»Daß ausgerechnet ich an dich gedacht habe, bedeutet doch noch lange nicht, daß es ein törichter Vorschlag war«, sagte sie. »Wenn er töricht wäre, hätte mein Vater ihn nicht aufgegriffen, nicht einmal mir zuliebe. Er war wirklich begeistert, ich schwör's dir. Du wirst es ja selbst sehen, wenn du mit ihm sprichst.«
Martin starrte sie mißtrauisch an, sichtlich in der Defensive.
»Ich mag keine Gefälligkeiten.«
»Martin...«
»Ich will mir meine Erfolge selbst ehrlich verdienen...«

»Aber das tust du doch! Warum sollte dir jemand dieses Angebot machen, ohne davon überzeugt zu sein, daß du deine Sache gut machen und für uns alle von Vorteil sein wirst?«
Und dann beugte sich Martin in wildem Gefühlsaufruhr und getrieben von unkontrollierbarem Verlangen vor und küßte sie, nahm sie in die Arme, preßte sie an sich und senkte den Kopf, um sie wieder zu küssen. Sie sagte ganz ruhig: »Nein.«
Er lächelte sie an, glaubte, die Initiative ergriffen zu haben.
»Warum nicht? Ich will es, und du willst...«
Clodagh wandte den Kopf zur Seite. »Weil ich Alice liebe, verstehst du?«
Er ließ sie sofort los und wandte sich ab. Sein Gesicht glühte vor Scham und Demütigung. Er hatte gegen seine eigenen Grundsätze verstoßen.
»Ich liebe sie auch«, murmelte er.
»Das weiß ich.«
»Tut mir leid«, sagte er. »Tut mir schrecklich leid. Ich weiß nicht, was über mich gekommen...«
»Pssst!« Sie griff nach seiner Hand. »Vergiß es.«
Er streckte das Kinn vor und zog seine Hand zurück.
»Ich glaube, ich werde mir doch lieber Rühreier machen.«
Clodagh seufzte.
»Wie du willst.«
Sie brachte Schüssel und Zwiebel in die Speisekammer und kam mit einem Weidenkörbchen voll Eier zurück.
»Ich füttere nur noch schnell Balloon.«
»Das mache ich schon«, knurrte Martin, der sich zweierlei sehnlichst wünschte: daß sie endlich ging und er sich einen Drink einschenken konnte.
»Martin«, sagte Clodagh mit sanfter Stimme , »mach keine große Affäre daraus. Es ist einfach nie passiert.«
Sie ging durch die Küchentür hinaus, und kurz darauf hörte er, wie sie den Motor anließ und davonfuhr, und dann kam Balloon und verlangte lautstark sein Abendessen.

Später, nachdem er sich einen Drink eingegossen und das Kätzchen gefüttert hatte, ging Martin in sein Arbeitszimmer, saß im Dämmerlicht und fühlte sich hundsmiserabel. Er schämte sich sehr, weil er zum einen Alice' Abwesenheit ausgenutzt hatte und zum anderen ausgerechnet auf eine Frau verfallen war, die einer größeren Loyalität zu Alice fähig war als er, Alice' Ehemann. Er versuchte, sich damit zu rechtfertigen, daß Alice in letzter Zeit sehr kalt gewesen war – sie hatten seit Wochen nicht mehr miteinander geschlafen –, aber das war nur eine schwache Entschuldigung, die nichts an seinen Schuldgefühlen änderte. Er fragte sich, ob er in der Lage sein würde, Sir Ralph am Samstag in die Augen zu blicken, denn er hatte das Gefühl, daß seine Torheit ihm ins Gesicht geschrieben sein könnte. Er hatte sich nicht nur schlecht benommen, er war auch zurückgestoßen und zurechtgewiesen worden. Martin war kein Frauenheld; dazu fehlte ihm das Selbstvertrauen. Er wußte, daß er Angst vor einem Korb hatte und deshalb vor Abenteuern zurückschreckte. Und weil er seine mangelnde Unternehmungslust und Selbstsicherheit verabscheute, aber keine Abhilfe wußte, saß er deprimiert da, während es draußen dunkel wurde, und seine Scham verwandelte sich allmählich in Verbitterung. Er trank viel zuviel Whisky und wurde rührselig und wanderte ziellos im leeren Haus umher und dachte überhaupt nicht mehr an seine Eier. Immer und immer wieder ließ er sich den kleinen Zwischenfall durch den Kopf gehen, was natürlich töricht und sinnlos war, und schließlich ging er in sehr schlechter Verfassung zu Bett, ohne unten abzuschließen, so daß Balloon sich Zugang zur Speisekammer und zum Gegenstand seiner Begierde verschaffen und an einem dreiviertel Pfund Seeteufel gütlich tun konnte.

8. Kapitel

Die Morgensonne fiel durch die großen Ostfenster von Pitcombe Park auf den Frühstückstisch, auf ein Glas Marmelade, die Mrs. Shadwell im letzten Januar gekocht hatte, auf gefaltete Zeitungen – *The Times* und *Daily Mail* – und auf eine große Knäckebrotdose mit der Aufschrift »Her Ladyship's Ryvita«. Doch Lady Unwin aß im Augenblick kein Ryvita. Sie trank sehr langsam eine Tasse Kaffee und versuchte sich ausschließlich darauf zu konzentrieren, um nicht mit ihrem Mann zu streiten.

Das Streitobjekt war Clodagh. In den vergangenen sechs Wochen war Clodagh fast ihr einziges Gesprächsthema gewesen. Anfangs waren sie in liebender Sorge und Erleichterung über die Heimkehr ihrer Tochter vereint gewesen, später in der Billigung und Freude über Clodaghs Freundschaft mit dem Grauen Haus, doch dann hatte Sir Ralph begonnen, Pläne zu schmieden, die es seiner Jüngsten ermöglichen sollten, zu Hause zu bleiben, finanzielle Pläne, und die zunächst kleinen Meinungsverschiedenheiten zwischen ihnen hatten sich allmählich zu einer starken Verstimmung ausgeweitet.

Margot Unwin liebte ihre jüngste Tochter nicht weniger als ihr Mann, behielt dabei aber einen kühleren Kopf. Clodaghs Jugendzeit – eine Achterbahn aus Schwierigkeiten, Müßiggang und Freunden mit gebrochenen Herzen, deren Liebe nicht erwidert wurde – hatte ihrer Mutter bewußt gemacht, daß sie am kurzen Zügel geführt werden mußte, um die Reitersprache zu benutzen. Clodaghs ältere Geschwister, die viel konventioneller und langweiliger, dafür aber nicht so flatterhaft waren, hatten längere Zügel unbeschadet überstanden, und Sir Ralph war völlig unbe-

lehrbar in seinem Glauben, daß Clodagh letztlich genauso gefügig und korrekt wie Ralph junior und Georgina werden würde, wenn man sie nur in Ruhe ließe. Er hatte immer behauptet, daß jeder Versuch, Clodagh zu etwas zu zwingen, das gleiche wäre, wie wenn man ein brennendes Streichholz in ein Pulverfaß würfe. Wenn man ihr hingegen soviel Freiraum lasse, wie sie benötige, würde sie sich eines Tages völlig nach Wunsch entwickeln.
»Erwähn jetzt nur nicht wieder dein berühmtes Pulverfaß«, sagte Margot Unwin.
»Entschuldige«, erwiderte Sir Ralph etwas beleidigt. Sein Bild war ihm im Laufe der Jahre sehr ans Herz gewachsen. »Ich versuche nur zu illustrieren, was ich glaube.«
»Ich weiß, was du glaubst.«
Sir Ralph bestrich seinen Toast energisch mit Butter.
»Und ich habe recht. Ihre Rückkehr aus Amerika beweist, daß ich recht habe. Sie hat festgestellt, daß sie in der Boheme doch nicht so heimisch werden konnte, wie sie geglaubt hatte, und deshalb ist sie vernünftigerweise nach Hause gekommen.«
»Ich glaube kaum«, entgegnete Margot, während sie ihre Kaffeetasse abstellte, »daß man jemanden als Bohemien bezeichnen kann, der mit einem außerordentlich erfolgreichen amerikanischen Anwalt quasi verlobt ist. Aber für dich sind sie wahrscheinlich Bohemiens, nur weil sie ohne Trauschein zusammengelebt haben. Und es war nicht der gesunde Menschenverstand, der Clodagh nach Hause geführt hat, sondern das Gefühl, einen Zufluchtsort zu brauchen...«
Es klopfte, und die Tür öffnete sich. Shadwell und zwei junge weißbraune Spaniels schauten herein.
»Mr. Dunne ist hier, Sir. Und Mr. Jordan. Ich habe sie in die Bibliothek geführt. Mr. Dunne weiß aber, daß er etwas zu früh dran ist.«
»Danke, Shadwell.«
Die Tür schloß sich. Sir Ralph stand auf und schüttelte seine riesige Serviette aus, die wie ein Segel im Wind knatterte.

»Wir sprechen später darüber, Margot.«
Sie bewegte sich nicht, bediente sich aber ihrer eindrucksvollsten Kommandostimme, die in allen Komitees jeden Widerspruch verstummen ließ: »Du mußt wissen, Ralph junior, daß ich das, was du Henry vorschlagen willst, total mißbillige. Es ist grundfalsch. Es ist unfair gegenüber Ralph und Georgina, und für Clodagh wird es katastrophale Folgen haben. Auch wenn ich bei eurer Besprechung physisch nicht anwesend bin, wird mein Astralleib dabeisein.« Nach kurzer Pause fügte sie hinzu: »Sehr nachdrücklich dabeisein.«
Und dann griff sie nach der *Daily Mail*, entfaltete sie und schlug auf Anhieb – Übung macht den Meister – die Seite mit Nigel Dempsters Klatschkolumne auf.

»Wer ist denn das da oben?«
Henry Dunne warf einen Blick auf die Marmorbüsten auf den obersten Bücherregalen.
»Römische Kaiser, glaube ich.«
»Himmel!« sagte Martin. »Echt?«
»O ja. Von Bildungsreisen nach Europa mitgebracht. Dieser Raum wurde um 1780 gestaltet.«
»Phantastisch!«
»Wunderschön, nicht wahr?« sagte Henry, für den das Phantastische längst zu etwas ganz Vertrautem geworden war.
Es war ein langer Raum mit drei Fenstern bis zum Boden; unzählige Bücher füllten die Regale an allen Wänden. In einer Ecke hing über den Büchern eine riesige Karte des Gutes. Vor den Fenstern ein breiter Schreibtisch, mit Papieren überhäuft. Parallel zum Kamin stand ein sympathisch altes rotes Ledersofa, von dem aus man ein ausgezeichnetes Portrait jenes Unwin bewundern konnte, der den Raum gestaltet und die Ecken mit Statuen dekoriert hatte: eine Marmorgöttin, ein römischer Senator und, von einem Flaxman-Schüler geschaffen, ein den Satan besiegender St. Michael. Der übrige Raum war gemütlich ge-

füllt mit Kartenschränken, vollgestapelten Tischen und Hundekörben. Hier und dort ragten riesige Amaryllisgewächse aus orientalischen Urnen empor und drehten ihre majestätischen gestreiften Trompeten zum Licht. Die Luft roch nach Mann und Hund, nach gepflegtem Leder und Traditionsbewußtsein. Martin schnupperte. Und wie einst, als er Alice kennengelernt hatte, dachte er auch jetzt: Das ist schon etwas. Das hat das gewisse Etwas.
Sir Ralph betrat die Bibliothek mit einem Stoß Papiere unter dem Arm und überschlug sich bei der Begrüßung fast vor Herzlichkeit. Ihm folgten auf dem Fuße zwei Spaniels und Shadwell mit einem vollen Tablett. Man nahm am Kamin Platz, und der dritte Baronet blickte von der Holztäfelung auf sie hinab, wie er das nun schon seit zweihundert Jahren tat. Sir Ralph deutete flüchtig auf seinen Vorfahr.
»Sir John. Sein älterer Bruder Ralph starb im Kindesalter. Er ist der einzige John Unwin in einer ansonsten ununterbrochenen Abfolge von Ralphs, zurückzuverfolgen bis zu James I. Sie sehen also« – er reichte Martin eine Tasse Kaffee –, »daß Sie es mit über dreihundert von uns zu tun bekommen, wenn Sie zustimmen.«
»Henry hat mir gesagt...«
»Hat er? Gut. Ausgezeichnet. Ich wollte gleich mit Ihnen sprechen, aber Henry ist schrecklich vorsichtig. Nicht wahr, Henry? Er hat darauf bestanden, als erster mit Ihnen zu sprechen. Und – was sagen Sie?«
Martin befürchtete, daß sein übermächtiges Interesse ihm ins Gesicht geschrieben sein könnte.
»Nun, Sir Ralph, wenn der Vorschlag die Zustimmung meiner Seniorpartner findet, wäre ich natürlich überglücklich. . .«
»Ich werde schon dafür sorgen, daß sie zustimmen. Mein lieber Junge, sie werden natürlich hell begeistert sein. Ich kann Ihnen gar nicht sagen, was für ein Unterschied das sein wird, Sie nur einen Steinwurf entfernt zu wissen.«
Henry dachte daran, wie oft er und Juliet um Mitternacht

aus dem Schlaf gerissen wurden, weil Sir Ralph wegen irgendwelcher Gutsangelegenheiten anrief, und er starrte angestrengt in seine Kaffeetasse. Die kleinen Nachteile des Jobs würde Martin früh genug selbst entdecken.

»Das erste, was ich mit Ihnen besprechen möchte, sind meine Vorkehrungen für Clodagh – eine dringende Angelegenheit. Ja, ja, ich weiß.« – Er winkte ungeduldig ab, noch bevor Martin einwenden konnte, daß er nicht befugt sei, sich die juristischen Probleme von jemandem anzuhören, der noch nicht sein Klient sei. »Sie können mir noch nichts sagen. Aber ich möchte Sie doch schon informieren, denn das wird das erste sein, womit Sie sich beschäftigen müssen.«

Er stand auf, um die Kaffeekanne zu holen. Hinter seinem Rücken gab Henry Martin durch Zeichen zu verstehen, er solle lächelnd zu allem ja und amen sagen, was Sir Ralph vorbrachte, so bizarr es sich auch anhören mochte. Der Gutsherr kam zurück und füllte ihre Tassen, wobei sein Arm beunruhigend hektische Bewegungen vollführte.

»Natürlich gehen Haus und Grundbesitz an meinen Sohn Ralph. Das steht völlig außer Frage, und ich bin heilfroh, daß ihm etwas daran liegt und er sich nicht berufen fühlt, eine Suppenküche in Stepney zu eröffnen oder eine Popgruppe zu gründen. Was nun die Mädchen betrifft, so habe ich für sie zwei Farmen, die treuhänderisch verwaltet werden. Georginas Landgut liegt in Wales, Clodaghs nicht weit von hier, in der Nähe von Wimborne. Eigentlich sollten sie sie erst nach meinem Tod bekommen, aber ich will, daß Clodagh das ihre schon jetzt erhält. Ich glaube, sie benötigt die Einkünfte. Was glauben Sie? Wird es Probleme mit der Ablösung der Treuhandschaft geben? Ehrlich gesagt, Martin, ich mag keine Probleme.«

Martin schluckte.

»Ohne etwas Genaues zu wissen, ist es natürlich ein bißchen schwierig...«

»Aber Sie müssen doch über Treuhandschaften Bescheid

wissen«, fiel Sir Ralph ihm mit energischer Freundlichkeit ins Wort. »Schließlich sind Sie *Anwalt.*«
»Es gibt eine Menge Komplikationen«, kam Henry seinem Freund zu Hilfe. »Und bevor Martin nicht alle Dokumente eingesehen hat...«
Martin stellte sichtlich nervös seine Kaffeetasse ab.
»Wenn alle Nutznießer einer Treuhandschaft volljährig und einverstanden sind, kann sie normalerweise beendet werden...«
»Ausgezeichnet!«
»Aber es ist natürlich möglich, daß das aufgrund anderer Fakten, die mir derzeit unbekannt sind, in diesem Fall nicht möglich ist.«
»Verstehen Sie, worum es mir geht?« Sir Ralph schenkte Martin sein charmantestes Lächeln. »Ich will, daß Clodagh genügend Geld zur Verfügung hat, um davon leben zu können, damit sie nicht gezwungen ist, notgedrungen einen falschen Job anzunehmen. Sie kennen Clodagh gut genug, um mir zuzustimmen, daß so etwas verhindert werden muß.«
Henry konnte Martins Miene ansehen, daß ihm die Frage auf der Zunge lag, was denn wohl der richtige Job für Clodagh sein könnte. Er räusperte sich deshalb laut und runzelte die Stirn.
»Ja«, stimmte Martin Sir Ralph etwas lahm zu.
Der Gutsherr ging zu den Fenstern hinüber.
»Kommen Sie her und schauen Sie mal.«
Martin gehorchte.
»Sehen Sie die neuen Anpflanzungen? Alles einheimische Bäume. Es ist einfach schrecklich, wie viele Ulmen wir verloren haben, und jetzt berichtet Henry auch noch, daß im Buchenwald Pflanzenfäule herrscht. Nun, was sagen Sie?«
Er blickte Martin forschend an.
»Meine Bäume, meine Pächter, meine Tochter. Sorgen Sie überall für Ordnung. Rufen Sie Henry nächste Woche an, sobald Sie Ihre Partner informiert haben, und dann wird er

Sie über alles ins Bild setzen.« Er verabschiedete Martin mit einem herzlichen Händedruck. »Ich freue mich wirklich sehr. Und grüßen Sie bitte Ihre hübsche Frau.«

An manchen Tagen übernahm es Clodagh, die Kinder von der Schule abzuholen, und dann malte Alice. Sie begann, viel größer und abstrakter zu malen, dachte mehr als je zuvor über Farbe, Licht und Formen nach. Wenn sie nicht gerade malte oder mit den Kindern oder dem Haushalt beschäftigt war, ging Clodagh mit ihr ins Dorf und machte sie mit allen Cottage-Bewohnern bekannt. Clodagh kannte jeden. Als Kind hatte sie sich das zum Prinzip gemacht, teils aus sozialer Neugier, teils aus Sensationslust. Das Dorf hatte sich total an sie gewöhnt, so sehr gewöhnt, daß sie zusammen mit den eigenen Kindern angebrüllt und geohrfeigt wurde. Im Dorf lernte sie obszöne Wörter für gewisse Körperteile, mit denen sie dann zu Hause Georgina schockierte, sie sammelte Äpfel auf (das war reine Affektiertheit, denn in den Gewächshäusern von Pitcombe Park gab es weiße Pfirsiche und Trauben im Überfluß), und schloß sich einer Bande an, die Knallfrösche in die Aschenkästen warf. Diese Kästen mit klappernden Deckeln tanzen zu sehen, war eine der größten ungetrübten Freuden ihres Lebens gewesen, wie sie Alice berichtete.
Im Dorf war sie denn auch viel beliebter als alle anderen Unwins, obwohl die Leute inkonsequenterweise schokkiert gewesen wären, wenn Sir Ralph oder Lady Unwin so leutselig gewesen wären wie Clodagh. Sie hatte überall Zugang und nahm Alice ins Schlepptau, die ein wenig befangen war und Angst hatte, zudringlich oder gönnerhaft zu wirken. Sie wurden in Wohnzimmer gebeten, wo der Fernseher in einer Ecke vor sich hin dröhnte, ohne daß jemand zuschaute, und wo alte Balken und Kamine mit Sperrholz verkleidet worden waren, um altersbedingte Mängel zu beseitigen. Sie tranken unzählige Tassen dunklen Tees, lauschten endlosen Monologen über Gesundheit und halfen beim Abwasch in Küchen, wo Kartoffelchips

und Motorradteile einträchtig nebeneinander in Ölpfannen brodelten. Die neueren Cottages waren aufgrund der Panoramafenster sehr hell, und die Kamineinfassungen bestanden aus pyramidenförmigen Stufen, die mit Messingtüren und Porzellanfingerhüten dekoriert wurden. Alice fiel auf, daß es zu wenig Kinder gab, nicht genug Kinderwagen in den Gärtchen und nicht genug Dreiräder in den engen Fluren.
»Sie können es sich nicht leisten«, erzählte ihr Sally Mott. »Niemand kann es sich leisten, hier zu wohnen, es sei denn, in einer Dienstwohnung. Unser Trevor mußte nach Salisbury ziehen, als er geheiratet hat, und unsere Diana ebenso. Pitcombe wird sich immer mehr mit Fremden füllen, sobald die Alten nicht mehr sind. Auch Dads Cottage...«
»Ich nehme an, daß wir es als Wochenendhaus an irgendwelche Leute aus London verkaufen werden«, sagte Clodagh. »Glaubst du nicht?«
»Du hast gut lachen...«
»Ich lache nicht, Sally. Ich ziehe dich doch nur auf. Aber je mehr Wochenendbewohner, desto mehr Arbeitsplätze für euch alle. Warum solltet ihr euch also beklagen?«
Sally Mott hatte von Rosie Barton gelernt, daß Klagen angebracht waren. Rosies Leben verlief so, wie sie es sich wünschte, und sie hatte große Mühe darauf verwandt, einige der Dorffrauen vor der Gefahr der Ausbeutung zu warnen. Sally war für solche Ansichten reif gewesen, reif für Beschwerden. Sie hatte ihren Job als Putzfrau im Herrenhaus kurz nach Rosies Zuzug ins Dorf aufgegeben, und sie hatte nicht die Absicht, für irgendwelche Wochenendtypen Böden zu schrubben, nein, *vielen Dank*.
Lettice Deverel hatte ihre eigenen Ansichten über Wochenendbewohner. Clodagh stattete ihr zusammen mit Alice einen Besuch ab, und sie schleppte Alice auch ins Pfarrhaus, wo sie in der gemütlichen Küche Nescafé tranken und Plätzchen aßen. Lettice Deverel sagte, daß die Wochenendbewohner letztendlich immer vor dem Morast

Reißaus nahmen, und Peter Morris sagte, sie seien gut für die Kollekte, nutzten der Gemeinde ansonsten aber nicht viel. Nachdem Clodagh und Alice gegangen waren, stattete Peter Lettice einen Besuch ab und fragte sie, ob auch ihr aufgefallen sei, daß Alice sehr viel besser und glücklicher aussehe. Lettice bejahte, schien darüber aber nicht besonders erfreut zu sein.

»Manchmal geben Sie eine ausgezeichnete Imitation einer grämlichen alten Jungfer ab...«

»Was Clodagh Unwin braucht«, erklärte Lettice, »ist *harte* Arbeit. Sie schiebt die Suche nach einem richtigen Job einfach vor sich her und bevormundet statt dessen dieses arme Mädchen.«

»Arme Polly«, krächzte plötzlich der Papagei. »Hübsche Polly. Die arme Polly ist eine traurige Nutte.«

»Warum arm?«

Lettice Deverel drehte energisch den Wasserhahn in der Küche auf und füllte einen bauchigen schwarzen Kessel.

»Aus zwei Gründen. Erstens nimmt Clodagh sich zuviel heraus. Und zweitens ist Alice Jordan reif, um wie eine Pflaume gepflückt zu werden.«

Peter Morris begann zu lachen, und nach einer Weile stimmte der Papagei in sein Gelächter ein.

»Sie mißbilligen also eine ausgezeichnete Freundschaft?«

»Ich mißbillige es, wenn Leute zum Narren gehalten werden.«

»Narr!« schrie der Papagei. »Narr! Guten Morgen. Darf ich fragen, wer ein hübscher Dudelsackpfeifer ist?«

»O Gott«, stöhnte Clodagh, während sie Charlie die Dorfstraße hinaufschob, »Lettice ist wieder einmal mit mir unzufrieden. Sie mißbilligt mich etwa alle drei Jahre, und sie sagt mir nie, warum.«

»Vielleicht«, sagte Alice, die neben ihr herging, »denkt sie, du wärest intelligent genug, um selbst zu wissen, warum sie dein Verhalten mißbilligt.«

»Diesmal weiß ich es tatsächlich. Mehr noch, sie ist mir um einiges voraus...«
»Was meinst du damit?«
Ein Auto hielt neben ihnen, und eine Frauenstimme rief deutlich: »Mrs. Jordan?«
Sie blieben stehen. Das Gesicht, das sich aus dem Fahrerfenster beugte, war kräftig geschminkt, das Haar sorgfältig frisiert, und die blaue Bluse am Hals mit einer Fliege geschlossen. Clodagh zischte leise hinter Alice.
»Cathy Fanshawe, Mrs. Jordan. Ich wollte schon wochenlang vorbeikommen, aber es gibt ständig so wahnsinnig viel zu tun, daß ich schon gar nicht mehr weiß, wo mir der Kopf steht. Es geht um die Konservativen...«
Alice beugte sich zum Wagenfenster hinab.
»Konservative?«
»Mein Mann leitet die hiesige Ortsgruppe. Wir freuen uns so, daß Sie nach Pitcombe gezogen sind. Geoffrey hat gesagt...«
Clodagh versetzte Alice von hinten einen kräftigen Puff.
»Mrs. Fanshawe, ich befürchte, daß ich keine überzeugte Konservative bin...«
»Aber Sie glauben doch bestimmt nicht, daß die Liberalen zur Zeit irgendeine Alternative bieten?« Mrs. Fanshawe dachte an das Graue Haus, an Martins gepflegte Erscheinung und die Schuluniform der Tochter.
»Nein«, stammelte Alice. »Aber ich...«
Clodagh bückte sich nun ebenfalls.
»Sie ist ein richtiges Baby, was die Politik betrifft, befürchte ich. Und auch in den meisten anderen Dingen. Es ist schrecklich traurig...«
Mrs. Fanshawe wirkte nervös. Sie rückte mit gepflegter Hand ihre Fliege zurecht.
»Dann vielleicht Ihr Mann?«
»Er ist noch schlimmer«, erklärte Clodagh resolut. »Viel schlimmer. Praktisch ein Kommunist.«
Alice bebte vor unterdrücktem Gelächter.
»Es ist so bedauerlich...«

»Vielleicht könnte ich einfach einmal abends vorbeikommen? Mit den Formularen.« Sie wandte sich demonstrativ an Alice. »Dann könnten wir uns ausführlich über alles unterhalten.«
Alice ließ sich, vor Lachen platzend, auf das Pflaster fallen. Charlie beobachtete sie aufmerksam aus seinem Sportwagen.
»Sehen Sie?« sagte Clodagh. »Es ist sehr tragisch. Sie kann überhaupt keine Entscheidung treffen, wie man das von Erwachsenen erwartet. Ich glaube nicht, daß den Konservativen an ihr gelegen sein könnte. Was meinen *Sie*?«
Mit roten Flecken der Entrüstung im Gesicht startete Mrs. Fanshawe den Wagen.
»Sie ist wirklich ein hoffnungsloser Fall«, sagte Clodagh düster.
Alice japste hörbar. Mrs. Fanshawe kurbelte hastig ihr Fenster hoch und ließ vor Erregung die Kupplung viel zu plötzlich los, so daß das Auto einen Satz wie ein Känguruh machte. Der alte Fred Mott verfolgte die Szene von seiner Kakteensammlung am Fenster aus: das ruckende Auto, Alice, die hilflos kichernd auf dem Boden saß, und Clodagh, die sich mit einer Miene tiefsten Bedauerns über sie beugte. Er begann selbst leise vor sich hin zu kichern.
»Was hast du?« fragte Sally, die Frau seines Enkels, die gerade mit einer Schüssel Bandnudeln aus der Küche kam.
»Die Mädels«, schnaufte Fred. »Die Mädels da draußen. Schlimme Mädels.«
Sally warf einen Blick aus dem Fenster. »Die solltest du überhaupt nicht beachten. Das ist doch nur Miss Clodagh, die wieder mal Unfug treibt. Weiter nichts.«
Clodagh schob ihre Hand unter Alice' Arm.
»Los, steh auf. Also *wirklich*! Was sollen denn die Leute denken? Zuerst verstörst du die nette Mrs. Fanshawe, eine große Verehrerin meiner Mutter, und dann sitzt du auf dem Boden herum und kicherst wie ein Schulkind, das an Leim geschnüffelt hat. Charlie ist ganz entsetzt.«
»Bah!« machte Charlie.

Alice rappelte sich hoch und wischte sich die Tränen aus den Augen.
»Clodagh, du bist völlig *schamlos*...«
»Ganz im Gegenteil, ich versuche, dich von der Straße zu bekommen und nach Hause zu schaffen, bevor das ganze Dorf dich für eine Säuferin hält.« Sie winkte Fred Mott zu, der seine Nudeln zuzelte, und er grinste zurück und schwenkte seinen Löffel. »Wenn Sally Mott uns gesehen hat, dann ist morgen das ganze Dorf informiert. Genausogut könnten wir Schlagzeilen in der *Sun* machen.« Sie schob Charlie rasch den Hügel hinauf. Erschöpft vom Lachen, folgte Alice ihr etwas langsamer.
»Albern«, kommentierte Sally Mott, fest entschlossen, Gwen alles zu erzählen. »Sie sind viel zu alt, um sich wie Kinder aufzuführen.«
»Ich mag 'n bißchen Spaß«, widersprach Fred, dem einige Nudeln über das Kinn hingen, und starrte Sally trotzig an. »Ich mag 'n fröhliches Mädel.«

Nach dem Mittagessen brachte Clodagh Charlie nach oben, legte ihn in sein Bett und zog an der Schnur der Spieluhr, aus der »Edelweiß« ertönte, ein ums andere Mal, was ihn in den Schlaf lullen sollte. Charlie liebte sein Bettchen. Er schob einen Zeigefinger in den Mund, drehte sich auf die Seite und überließ sich der blechernen Melodie. Clodagh küßte sein warmes rundes Köpfchen, zog die Vorhänge zu und ging in die Küche hinab, wo Alice Teller in die Geschirrspülmaschine stellte, bevor sie ins Atelier gehen würde, um zu malen, bis Natasha und James aus der Schule kamen. Der Raum strahlte Ruhe und Zufriedenheit aus. Alice schloß die Tür des Geschirrspülers und richtete sich auf.
»Geh nicht«, sagte Clodagh.
Sie stand dicht bei der Tür zum Flur, den Türknopf noch in der Hand.
»Was, ich soll nicht malen? Aber ich dachte...«
»Ich möchte mit dir sprechen.«

Alice stellte fest, daß sie unwillkürlich den Atem anhielt. Sie blieb vor dem Geschirrspüler stehen, und ihre Silhouette hob sich vom Fenster ab. Clodagh ging um den Tisch herum zu den beiden hölzernen Lehnstühlen am Herd, hob Balloon hoch, setzte sich und nahm ihn auf den Schoß.

»Komm her«, sagte sie. »Komm hierher, wo ich dich sehen kann.«

Alice bewegte sich sehr langsam. Sie nahm Clodagh gegenüber Platz, sehr steif und auf der Hut, so als wappne sie sich gegen einen Streit.

»Was...«

»Warte«, sagte Clodagh, während sie Balloon streichelte.

»Was soll das heißen?«

»Warte, bis du keine Sorge und Angst mehr ausstrahlst.« Sie sah Alice an. »Wovor fürchtest du dich?«

»Ich fürchte mich nicht.«

»Bist du sicher?«

»Nur – furchtbar aufgeregt.«

»Das ist in Ordnung.«

Eine Pause trat ein, und es herrschte völlige Stille, bis auf Balloons Schnurren und ein fernes Flugzeug. Es ist zwei Uhr nachmittags, dachte Alice, zwei Uhr an einem Mittwochnachmittag.

»Es ist Zeit«, sagte Clodagh, »nicht wahr?«

»Zeit? Zeit wofür?«

Clodagh seufzte leise.

»Zeit für mich, um dir zu sagen, daß ich dich liebe. Zeit für uns zu beginnen.«

Alice schwieg. Sie saß regungslos da und starrte Clodagh an, die Balloon von ihren Knien nahm, auf die Nase küßte und auf den Boden stellte. Dann blickte sie wieder Alice an.

»Du weißt, was für ein verzogenes Balg ich bin«, sagte Clodagh. »Du weißt, daß ich alles, was ich haben will, *sofort* haben will. Nun, für meine Begriffe habe ich auf dich sehr lange gewartet, weil ich wußte, daß dieses Warten sich lohnen würde. Ich habe gewartet, seit ich dein Spiegelbild sah, als du unseren Salon betratst und mein Herzschlag stockte. Liebe auf den ersten Blick. *Liebe,* Alice!«

Sie stand auf, legte die wenigen Schritte bis zu Alice zurück und kniete vor ihr nieder.

»Und was ist mit dir?«

Mit leicht erstickter Stimme murmelte Alice: »Mit mir?«

»Ja. Was fühlst du für mich?«

Alice beugte sich vor und legte ihre Hände auf Clodaghs Wangen.

»Ich weiß, daß ich es hasse, wenn du aus dem Zimmer gehst.«

»Weiter.«

»Was ich mit dir zusammen unternehme, macht mehr Spaß und ist schöner als alles, was ich mit jemand anderem oder allein unternehme. Ich kann mich selbst besser leiden. Ich fühle mich... *fähiger.* Ich bin so glücklich.« Sie legte ihre Arme um Clodaghs Hals und vergrub ihr Gesicht in Clodaghs Haarmähne. »Ich bin so glücklich, daß ich fast verrückt werde.«

Clodagh lockerte Alice' Umarmung, um sie ein wenig von sich wegschieben zu können.

»Küß mich.«

Alice beugte sich wieder vor.

»Nein«, sagte Clodagh, »ich werde lieber dich küssen. Ich nehme an, daß du etwas Anleitung brauchst.«

Nach längerer Zeit, in der sie nur von dem wenig interessierten Kätzchen beobachtet wurden, löste sich Clodagh von Alice' Lippen und sagte: »Ich habe mich wieder mal geirrt. Du brauchst keine Anleitung. Du brauchst nur sehr, sehr viel mehr davon.«

Sie stand auf.

»Komm.«

»Wohin denn?«

»Ins Bett.«

Alice schnappte nach Luft.

»Bett!«
Clodagh kniete wieder nieder, knöpfte Alice' Hemd auf, schob ihre Hände darunter und ließ Sekunden später ihren Mund folgen. Alice saß mit geschlossenen Augen da. Erleichterung durchflutete sie, Erleichterung und Befreiung und ein Gefühl des Aufblühens, wie eine japanische Papierblume, die im Wasser anschwillt und sich in eine riesige herrliche Blüte verwandelt. Clodagh drehte ihr Gesicht seitwärts, so daß ihre Wange auf Alice' Haut ruhte.
»Sieh dich an«, flüsterte sie, und ihre Stimme war etwas rauh. »Sieh dich an. Du bist wie alle verdammten Frauen. Du hast gedacht, wenn zwei Frauen sich ineinander verlieben, müßte zumindest eine die gleichen sexuellen Erfahrungen wie ein Mann haben, stimmt's? Und die andere müßte sich benehmen wie ein Weibchen, wie eine Frau, die mit einem Mann schläft. Beginnst du jetzt zu verstehen? Beginnst du zu verstehen, daß es so wundervoll für uns ist, weil jede genau weiß, was die andere will: nämlich das, was jede von uns beiden selbst will.«
Sie blickte auf. Alice befand sich in einer Art Trance. Clodagh stand auf und griff nach ihren Händen.
»Alice«, murmelte sie, »Alice, komm mit mir.«

9. Kapitel

Im Juni verkaufte Anthony Jordan seine luxuriöse unpersönliche Wohnung am Tregunter Path in Hongkong, räumte seinen Büroschreibtisch aus, machte dem Mädchen, das sich vier Jahre Hoffnungen auf ihn gemacht hatte, klar, daß er es nie heiraten würde, und nahm ein Taxi zum Kai Tak Flughafen. Nach zehnjährigem Aufenthalt im Fernen Osten bestand sein Gepäck erstaunlicherweise aus nur drei Koffern. Er hatte Freunden gesagt, daß er vom Klima und von der Klaustrophobie Hongkongs erschöpft sei und sich außerdem einmal mit etwas anderem als Körperschaftsfinanzen beschäftigen wolle. Was er nicht erwähnt hatte, war die Tatsache, daß er andernfalls eine denkbar unerwünschte Ehefrau am Hals gehabt hätte, aber alle wußten, daß das der eigentliche Grund für seinen Ortswechsel war, und ergriffen Partei in dieser Angelegenheit, wobei die meisten sich gegen Anthony stellten. Es gab genug Menschen, die unter seiner Mischung von Ausbeutung und Exhibitionismus gelitten hatten und nun ausgesprochen dankbar waren, daß die Cathay Pacific ihn in seine ferne Heimat brachte. Nach seiner Abreise wurde Diana McPherson, die ihn wider alle Einsicht sehr geliebt hatte, von vielen Leuten ausgefragt und mit dem Argument getröstet, es sei besser, für immer eine alte Jungfer zu bleiben, als fünf Minuten mit jemandem wie Anthony Jordan verheiratet zu sein.

Sein Vater holte ihn in Heathrow ab. Sie hatten sich bei Richards Geschäftsreisen durchschnittlich einmal im Jahr gesehen, und Anthony war einige Male nach England gekommen, allerdings sehr selten, da er seinen Urlaub lieber in Kalifornien verbrachte. Er stellte fest, daß

sein Vater gut aussah, fit und distinguiert, während Richard feststellte, daß Anthony trotz seiner teuren Kleidung leicht verlottert wirkte. Sie fuhren mit einem Taxi zu Richards kleiner Wohnung in der Bryanston Road im Londoner Stadtzentrum und aßen anschließend im Savoy Grill zu Abend. Anthony redete sehr viel über seine Gründe, Hongkong verlassen zu haben, und noch mehr über die verschiedenen interessanten Alternativen, die sich ihm bei der Suche nach einer Stellung in der City böten. Er sagte, daß es ihn am meisten reize, für eine der großen Akzeptbanken zu arbeiten. Richard hörte zu, registrierte, daß Anthony zuviel trank und nicht genug aß, und sagte freundlich, daß die City sich sehr verändert habe, worauf Anthony grob erwiderte, sein Vater habe keine Ahnung von der City. Richard seufzte insgeheim, denn es war nicht zu übersehen, daß Anthony sich im Gegensatz zur City überhaupt nicht verändert hatte.
Erst auf dem Rückweg in die Bryanston Road erkundigte sich Anthony nach seiner Familie.
»Du mußt sie selbst besuchen«, meinte Richard.
»Der gute alte Martin« – Anthony starrte aus dem Taxifenster auf den schäbigen Wirrwarr des Piccadilly Circus' hinaus –, »der gute alte Martin scheint das Richtige getan zu haben.«
»Bestimmt.«
»Mehr nach deinem und Mutters Geschmack, Martins Lebensweise...«
»Ich kann nur für mich selbst sprechen, aber ich stimme dir nicht zu. Wenn ihr beide das tut, was euch am meisten zufriedenstellt – soweit das im Leben überhaupt möglich ist –, dann ist es genau das, was ich mir für euch wünsche, und ich nehme an, daß eure Mutter das genauso sieht.«
»Sehr diplomatisch.«
Richard schwieg.
»Ein schönes Haus«, fuhr Anthony leicht höhnisch fort, »eine bezaubernde Frau, drei Kinder, ein solider Beruf.

Stetiges Vorankommen. Stütze der Gesellschaft. *Guter* alter Martin.«
»Stimmt.«
»Und das alles hättest du dir doch auch von mir gewünscht...«
»Keineswegs.« Richard sprach mit der ruhigen, geduldigen Stimme, die in letzter Zeit auch bei Cecily meistens angebracht war, »es sei denn, du würdest es dir selbst wünschen.«
Anthony stöhnte.
»Verflixt und zugenäht!«
Das Taxi überquerte den Oxford Circus und bog nach links ab.
»Besuch sie«, sagte Richard wieder. »Die Kinder werden dir bestimmt gefallen.«
Anthony wandte sich ihm zu.
»Woher willst du das wissen? Mutter sagt, daß du sie so gut wie nie siehst.«
In plötzlich aufwallendem Zorn fragte sich Richard, wieviel Väter aus der Mittelschicht wohl gelegentlich heftig versucht waren, ihre Söhne zu schlagen, und die Väter der Arbeiterklasse beneideten, die sich vernünftigerweise keinerlei Zwang auferlegten und dadurch schlaflose Nächte voller emotionaler Qualen und anstrengende Tage mit fruchtlosen Verhandlungen ersparten. Er holte tief Luft.
»Ich habe das Glück«, sagte er, »einige Menschen zu kennen, die begreifen, daß ich ein menschliches Wesen bin. Und ich habe das Pech, daß meine eigene Familie nicht zu diesen Menschen gehört.«
Anthony brach in übertriebenes gackerndes Gelächter aus.
»Oh, es tut gut, wieder daheim zu sein. Wirklich! Es gibt Dinge, die sich nie ändern, und väterlicher Bombast gehört zu diesen Dingen...«
Das Taxi hielt. Richard sah Anthony an.
»Du bist sechsunddreißig?«
»Ja...«

»Sechsunddreißig.« Richard öffnete die Taxitür und stieg aus. Anthony hörte ihn seufzen und zum Taxifahrer sagen: »Könnten Sie mir 40 Pence herausgeben?«
Als das Taxi wegfuhr und sie nebeneinander auf dem Gehweg standen, wollte Anthony wissen: »Warum hast du nach meinem Alter gefragt?«
»Eine ehrliche Antwort würde gleich an deinem ersten Abend zu Hause zum Streit führen«, entgegnete Richard. »Komm, Zeit fürs Bett.«
Im Lift sagte Anthony: »Ich könnte einen Schlummertrunk gebrauchen.«
»Bedien dich.«
»Und du?«
»Nein, danke. Ich muß um sechs aufstehen.«
Anthony blickte seinem Vater in die Augen und begann grinsend zu summen, und Richard versuchte das Lächeln zu erwidern, so als existierte die gegenseitige Animosität nicht.

Nach einigen Tagen in London fuhr Anthony nach Dummeridge. Es war ein selten schöner Juninachmittag mit klarem, strahlendem Licht, und Anthony beglückwünschte sich, die schwülen Nebel von Hongkong gegen ein Wetter vertauscht zu haben, das sich normal verhielt. Er hatte eine Menge Geschenke für Cecily, eine Bahn Seide, eine Magnumflasche Roséchampagner, eine imitierte Gucci-Handtasche und eine koreanische Miniaturreiseapotheke aus dem 19. Jahrhundert. Sie hatten seit seiner Ankunft in London jeden Tag miteinander telefoniert und lange vergnügliche Gespräche geführt, die den Groll in Anthonys Herz stark gelindert hatten, einen Groll, der durch die drei Tage in der reservierten Gesellschaft seines Vaters verschlimmert worden war. Warum Richard nie ungezwungen und freundlich sein konnte, war Anthony unbegreiflich. Schließlich war er nur Ingenieur, wenn auch ein sehr erfolgreicher. Was gab ihm das Recht, ständig zu *urteilen*, was er zweifellos tat, und es überdeutlich zu zeigen, wenn er etwas gewogen und zu leicht befun-

den hatte. An den vergangenen drei Abenden waren sie in beiderseitigem Einvernehmen getrennte Wege gegangen, und Anthony hatte keine Ahnung, wo sein Vater gewesen war. Die Wohnung war so ordentlich wie eine Schiffskabine. Anthony hatte sich gründlich darin umgesehen und in alle Schränke und Schubladen geschaut; zu seiner Überraschung hatte er auf Richards Kommode ein Foto von Natasha, James und Charlie gefunden und eines von sich – ein ziemlich neues, bei einer kurzen Reise nach Manila aufgenommen – auf dem Nachttisch, neben einem Paperback-Gedichtband von Sylvia Plath. Ansonsten aber war es eine funktionalistische Männerwohnung: Kleidung, Kaffee, Whisky und Aspirin. Anthony konnte gut verstehen, warum seine Mutter nie einen Fuß hineinsetzte und sagte, dies sei Vaters anderer Aktenschrank. Sie hatte völlig recht.
Ringsum stand alles in prächtiger Blüte, rosa und weiß. Anthony fiel auf, daß das Gras nicht nur leuchtend grün war, sondern auch gesund glänzte. Die letzte halbe Meile legte er im Schneckentempo zurück, betrachtete die bewaldeten Hügel beiderseits des Weges, schnupperte die Meeresluft und verspürte eine aufgeregte Neugier, wie Dummeridge nach all den vielen Jahren wohl auf ihn wirken, und, noch wichtiger, welchen Eindruck er dort machen würde. Die Haustür stand offen, als er vorfuhr, und Dorothy eilte herbei; sie freute sich sichtlich riesig, ihn wiederzusehen, und erzählte ihm, daß Cecily mit Mrs. Dunne und deren Kindern im Garten sei.
Er küßte sie und hielt sie auf Armeslänge vor sich, um sie besser betrachten zu können.
»Du hast dich überhaupt nicht verändert...«
Sie quiekte leise.
»Unsinn!« rief sie. »Totaler Blödsinn! Frech wie immer. Beeil dich, deine Mutter kann es kaum erwarten, dich zu sehen.«
Er durchquerte die Halle und nahm den vertrauten Geruch nach Politur, Blumen und Alter wahr. Die Gartentür war weit geöffnet, und er konnte einen grünen Rasenstrei-

fen sehen, auf dem ein kleiner Junge tief vornübergebeugt stand und Anthony zwischen seinen Beinen hindurch betrachtete. Anthony machte sich nicht viel aus Kindern. Für seine Begriffe waren Sie im allgemeinen viel zu aufrichtig.

»Da ist er!« kreischte der Junge so laut, wie ihm das bei herabhängendem Kopf möglich war. »Er kommt! Er kommt!«

Anthony trat ins Sonnenlicht hinaus. Cecily rannte auf ihn zu und warf sich in seine Arme. Er hatte den Eindruck, daß sie weinte. Sie umarmte ihn leidenschaftlich, ihr Gesicht an seines gepreßt.

»Mein Liebling, mein geliebter Ant! Oh, wie schön! Du kannst dir gar nicht vorstellen...«

Eine kleine, mollige junge Frau, deren rote Locken mit einem Band zusammengehalten wurden, beobachtete sie von der Sitzgruppe unter der Weide aus. Der kleine Junge rannte zu ihr hin und rief durchdringend: »Aber du hast doch gesagt, er ist ein *Junge.* Du hast gesagt, er ist Mrs. Jordans *Junge,* und dabei ist er nur ein *Mann.*«

»Genau dieses Gefühl der Enttäuschung habe ich jedesmal, wenn Daddy nach Hause kommt.« Juliet Dunne stand lachend auf, ging auf Anthony und Cecily zu und streckte ihre Hand aus. »Ich bin Juliet. Und Sie sind der schreckliche Anthony, der ewig nicht zu Hause war. Aber jetzt sind Sie ja da. Ich bin für den Sommer sozusagen adoptiert worden. So ein Glück!«

Cecily legte einen Arm um Juliet, so daß sie alle drei miteinander verbunden waren.

»Anthony, du darfst keine Notiz von ihr nehmen. Sie hat eine scharfe Zunge, aber das ertrage ich, weil sie mich zum Lachen bringt.« Nach einer winzigen Pause fügte sie hinzu: »Sie ist eine enge Freundin von Alice.«

»Von Alice?«

Juliet seufzte. Sie war sehr hübsch, auf eine kätzchenhafte Art, mit zarten Gesichtszügen, heller Haut und vielen Sommersprossen.

»Es ist so langweilig – Allie hat eine neue Freundin und spielt im Augenblick mit ihren alten Freundinnen nicht mehr.«

Cecily zog die beiden über den Rasen zur Weide.

»Ich bin im Grunde gar nicht schrecklich«, sagte Anthony. »Nur einsam und mißverstanden.«

»Ich vermute« – Juliet sah Cecily schelmisch an –, »daß Sie eine einfach grauenvolle Kindheit hatten.«

Cecily nickte lachend. »Grauenvoll.«

»Es *war* grauenvoll«, beharrte Anthony. »Martin war immer der liebe Junge, der nichts falsch machte. Und ich war der Bösewicht.«

Der kleine Junge trottete neben ihm her und blickte jetzt zu ihm auf.

»Mummy mag die Bösewichter im Fernsehen am liebsten.«

»Das hört sich sehr vielversprechend an.«

Sie nahmen in den Rattanstühlen Platz, im wandernden gesprenkelten Schatten.

»Laß dich anschauen«, sagte Cecily.

»Lieber nicht. Vater war mit meinem Aussehen nicht zufrieden.«

»Sie haben Ringe unter den Augen«, stellte Juliet fest.

»Ist sie immer so?« fragte Anthony seine Mutter.

»Ich befürchte, ja.«

»Ich habe das Gefühl, in eine Schlafsaalparty hineingeraten zu sein...«

»Nicht ganz«, sagte Juliet. »Es ist eher ein Hexenrat. Wir schmieden Pläne.«

»Wofür?«

»Wie wir Alice zurückerobern können.«

Cecily rief warnend: »Juliet...«

»Uff! Habe ich was gesagt, was ich nicht sagen sollte?«

»Wir machen vielleicht aus einer Mücke einen Elefanten.«

Anthony witterte ein Geheimnis.

»Was ist los? Was treibt Alice?«

»Sie hat sich kopfüber ins Dorfleben gestürzt«, erwiderte Cecily. »Weiter nichts. Deshalb hat sie kaum Zeit für uns, und wir vermissen sie.«
»Sie hat mich früher *dauernd* angerufen«, sagte Juliet. »Sie war der einzige Mensch, bei dem ich mich so richtig über Henry beklagen konnte. Cecily ist dafür ungeeignet, weil sie Henry für einen Schatz hält. Wahrscheinlich ist er das wirklich, so in der Art eines vertrauten alten Lehnstuhls oder gemütlicher Bettsocken.« Sie lachte herzhaft. »Ich weiß, was mich am meisten stört. Allie hält mich für irre komisch, und jetzt fehlt mir das Publikum. Cecily findet mich zwar auch recht unterhaltsam, aber bei weitem nicht genug. O Gott, ich muß mich schleunigst auf die Socken machen.« Sie sah sich nach allen Seiten um. »Glaubt ihr, daß mir plötzlich das Glück hold ist und ich tatsächlich zwei meiner drei Kinder verloren habe?«
Ihr Sohn, der an solche Redensarten gewohnt war, berichtete, daß seine Brüder im Stallhof seien.
»Sei ein Schatz und hol sie. Ist es nicht traurig«, fuhr sie an Cecily gewandt fort, »daß er seinem Vater wie aus dem Gesicht geschnitten ist?«
»Sie vergöttert Henry«, klärte Cecily ihren Sohn auf.
»Ich möchte mehr über Alice wissen.«
»Wozu?«
»Ich hatte eine Schwäche für sie...«
Cecily seufzte. »Ich weiß. Ich habe immer befürchtet, daß du Unheil stiften würdest, nur um Martin zu verletzen.«
»Versucht hab' ich's...«
»Und?«
»Sie hat mich mit eisiger Verachtung gestraft.«
»O Gott, wie langweilig Tugend doch ist! Sie blockiert alle Wege zur Lust. Da kommen meine mißratenen Sprößlinge.« Sie stand auf. »Ich sollte eigentlich auf Alice nicht sauer sein. Sie sieht wie das blühende Leben aus. Gute Werke bekommen ihr offenbar.« Cecily begleitete Juliet und die Jungen zum Wagen und winkte ihnen nach. Als sie zurückkam, lag Anthony mit geschlossenen Augen in demselben Liege-

stuhl wie Alice – an ihrem allerersten Nachmittag in Dummeridge. Als er seine Mutter hörte, sagte er, ohne die Augen zu öffnen: »Was für ein Plappermaul!«
»Sie ist süß.«
»In der Tat. Erzähl mir mehr von Alice.«
»Warum bist du so versessen darauf?«
»Bin ich gar nicht. Ich interessiere mich einfach für die Familie meines Bruders, was ganz natürlich ist.«
»Du hast immer ein *Motiv.*«
»Diesmal nicht.« Er öffnete die Augen. »Erzähl.«
»Da gibt es nichts zu erzählen«, sagte Cecily. »Sie hatte nach dem letzten Baby einen schlimmen postnatalen Nervenzusammenbruch, und dann sind sie umgezogen, und jetzt hat sie sich alle möglichen Dorfverpflichtungen aufhalsen lassen. Sie ist völlig übermüdet, sieht aber nicht ein, daß sie dringend einen Urlaub brauchte.«
»Und ihre neue Freundin?«
»Die jüngste Tochter des Gutsherrn.«
»Ist das nicht sehr passend?«
»Sehr.« Cecily holte tief Luft. »Erzähl lieber von dir.«
Anthony schloß die Augen wieder. »Arbeitslos.«
»Vorübergehend?«
»Natürlich. Kein Problem. Ziemlich reich.«
»Auch vorübergehend?«
»Wahrscheinlich. Ist Martin reich?«
»Nein.«
»Gut situiert?«
»Ja«, meinte Cecily unschlüssig.
»Also doch reich. Ist er nicht viel zu perfekt?«
Cecily wechselte nach kurzem Schweigen das Thema. »Ich hatte sehr gehofft, daß du eine Frau mitbringen würdest.«
Anthony gähnte.
»Ich wurde belagert, förmlich belagert, aber ich war außerstande, diese Liebe zu erwidern. Wahrscheinlich bin ich noch immer in Alice verknallt.«
»Du hast Alice seit fast zehn Jahren nicht gesehen. Sehr

nützlich, sich einzureden, daß man jemanden haben will, den man nicht haben kann, nur um sich nie binden zu müssen.«
»Ich wollte sie *wirklich.*«
»Genauso, wie du Martins Baukasten und Martins Freund Guy und Martins Fleiß bei Prüfungen haben wolltest.«
»Das ist nicht sehr schmeichelhaft für Alice.«
»Es ist nicht sehr schmeichelhaft für *dich.*«
»Oh, ich habe ein sehr dickes Fell.«
»Das weiß ich.«
»Zuerst ist Vater eklig zu mir, und jetzt auch noch du. Ich werde nach Pitcombe fahren.«
»Nein«, sagte Cecily energisch.
Anthony setzte sich langsam auf und stellte seine Füße ins Gras.
»Warum nicht?«
»Weil du ein Unruhestifter bist.«
»Ich will keine Unruhe stiften. Ich will nur, daß jemand nett zu mir ist. Und Alice wird nett sein.«
»Alice hat auch ohne dich genug am Hals«, sagte Cecily, und dann verriet sie sich endgültig, indem sie mit großer Würde zu weinen begann.

Anthony konnte sich nicht erinnern, seine Mutter jemals weinen gesehen zu haben. Ihre Selbstbeherrschung hatte zu den Dingen gehört, die ihn als Teenager am meisten in Wut versetzt hatten – es kam ihm immer so vor, als könnte *nichts,* was man tat oder sagte, sie aus der Fassung bringen. Aber jetzt war sie sichtlich erschüttert. Er wußte, daß sie Alice vergötterte. Er selbst hatte Alice vor langer Zeit hauptsächlich deshalb begehrt, weil seine Mutter sie vergötterte, sein Vater sie sehr mochte und Martin sie liebte. Hinzu kam allerdings noch Alice' Persönlichkeit und ihre faszinierende Abneigung gegen seine Person. Vielleicht hatten Cecily und Alice gestritten. Vielleicht mischte sich Cecily als Großmutter zu sehr ein. Vielleicht war Alice' jugendliche Verliebtheit in Cecily erloschen und hatte, was in solchen Fällen oft passierte, einer starken Abneigung gegen das frühere Idol Platz gemacht. Er stellte alle möglichen Spekulationen an, aber die letzte Variante schien ihm am wahrscheinlichsten. Er würde einige Tage in Dummeridge verbringen, so lange, bis die Festatmosphäre angesichts der Rückkehr des Verlorenen Sohnes abflaute; während dieser Zeit würde er telefonisch einige Kontakte mit der City knüpfen – er ließ Morgan Grenfells Telefonnummer an auffälliger Stelle liegen –, und dann würde er sich nach Pitcombe einladen. Von dieser Aussicht beflügelt, war er besonders charmant zu Dorothy und zu den beiden jungen Männern, die seine Mutter ausbildete, und bei den Mahlzeiten versuchte er, Cecily weitere Informationen über Pitcombe zu entlocken, wobei ihm auffiel, daß sie nur höchst widerwillig diesbezügliche Auskünfte gab.

»Anthony!« rief Alice am Telefon. Sie lehnte an der Küchenwand; Charlie saß auf ihrer Hüfte und knabberte an einem Keks.
»Ich möchte, daß du mich einlädst.«
»Aber natürlich. Wo bist du jetzt?«
»Dummeridge.«
»Oh...«
»Genau. Was hast du mit meiner Mutter gemacht?«
»Nicht das geringste.«
»Bist du sicher?«
Alice lächelte Clodagh durch die Küche zu.
»Nur ein *winziges* Stückchen Unabhängigkeit...«
Anthony lachte.
»Verstehe. Hör mal, wann kann ich kommen? Niemand ist wirklich nett zu mir, und das ist schwer zu ertragen, nachdem ich mich *so* gebessert habe.«
Alice sagte verträumt, den Blick auf Clodagh gerichtet: »Ich werde nett zu dir sein. Ich bin im Moment zu allen Leuten nett.«
»Warum?«

»Weil ich glücklich bin...«
»Etwa deshalb, weil du die Kirche mit Blumen schmükken darfst?«
»So ist es.«
»Phänomenal! Aber du hörst dich tatsächlich glücklich an.«
Clodagh beugte sich über James, der ein winziges neurotisches Bild von einem sehr korrekten Haus in die Ecke eines großen Blattes Papier malte. Er lehnte sich an sie, und Alice hörte ihn sagen: »Mal du weiter.«
»Nein, Jamie, du malst selber.«
»Clo-clo-clo malen«, versuchte er mit einschmeichelnder Kindersprache und flehendem Blick sein Ziel zu erreichen.
»Hörst du zu?« fragte Anthony.
»So in etwa.«
»Wie wäre es, wenn ich am Freitag übers Wochenende komme? Wenn du sehr nett zu mir bist, würde ich vielleicht auch länger bleiben.«
»Komm, wann du willst.« Alice rieb ihre Wange an Charlies Köpfchen.
»Ist euer Haus schön?«
»O ja, es ist schlichtweg vollkommen. Wirklich. Du wirst es ja selbst sehen.«
Sie legte den Hörer auf.
»Martins Bruder.«
Natasha, die mit wichtiger Miene Hausaufgaben machte – eine Neuheit in diesem Quartal –, blickte von ihrem erstaunlich sauberen Englischheft auf und sagte liebenswürdig zu ihrem Bruder: »Onkel Anthony, den du nie gesehen hast.«
»Du auch nicht!«
»Ich habe ihn *fast* gesehen, weil ich nämlich fast rechtzeitig geboren bin. Viel, viel früher als du.«
»Stimmt das?« flüsterte James in Clodaghs Haare hinauf.
»Leider...«
»Werde ich denn nie der Größere sein?«
Clodagh küßte ihn. »Der Größe nach schon.«

Alice setzte sich mit Charlie an den Tisch. Sie hätte Clodagh gern von Anthony erzählt, aber in Natashas aufmerksamer Gegenwart war das unmöglich. So lächelte sie Clodagh nur zu, und Clodagh kam um den Tisch herum und küßte zuerst sie und dann Charlie, und dann rief Natasha: »Und wie wär's mit einem Kuß für das brave Mädchen, das fleißig seine Hausaufgaben macht?«
Clodagh hob sie von ihrem Stuhl hoch. »Du bist eine kleine Dame, Tashie...«
Natasha schlang ihre Arme um Clodaghs Hals.
»Wenn ich groß bin, werde ich wie du sein.«
»Nein, du wirst so sein wie deine bezaubernde Mutter.«
»Ich auch?« fragte James.
Clodagh setzte Natasha wieder auf den Stuhl.
»Schau dich mal an«, sagte sie zu Alice.
»Warum, was...«
»Die Katze, die Sahne geschleckt hat...«
»Oh, aber ich bin... ich bin so...«
»Du bist so verdammt *schön.*«
»O Gott«, murmelte Natasha, »und das vor James!«
»Verdammt«, sagte James leise zu seinem Bild, »verdammt, verdammt, verdammt schön.«
Clodagh beugte sich zu Alice hinüber. »Schön.«
»Du auch.«
»Nein, ich habe ein Rattengesicht.« Sie legte einen Finger an Charlies Wange. »Und Charlie hat ein Mondgesicht.«
»Und James«, fügte Natasha mit giftiger Ruhe an, »hat ein Fischgesicht.«
James stieß einen wilden Schrei aus. Dann hupte ein Auto, und die Kinder schrien im Chor »Daddy! Daddy!« und Charlie, der wie ein menschlicher Teddybär, an Alice geschmiegt, gedöst hatte, war plötzlich wie elektrisiert und stimmte krähend in den Jubel ein.

Es war ein Nachhausekommen, wie Martin es sich gewünscht hatte. Dies war für ihn der schönste Arbeitstag gewesen, seit er vor Jahren zum Juniorpartner befördert worden war. Nigel Gathorne, der Seniorpartner, hatte ihn zu sich gerufen und ihm persönlich gratuliert, weil er der Kanzlei die Unwins als Klienten beschert hatte, und ihm unumwunden erklärt, daß das wesentlich zu seinem beruflichen Aufstieg beitragen würde, speziell, wenn er Erfolge verbuchen könnte. Und dann hatte er Martin ein Glas erstklassigen Sherry angeboten, eine Auszeichnung, die allen Juniorpartnern soviel bedeutete wie ein hoher Orden. Nigel Gathorne war so ehrlich erfreut gewesen, daß es Martin sogar gelang, alle Komplikationen und Widrigkeiten zu vergessen, die ihm seit jenem Mittagessen mit Henry Dunne widerfahren waren. Wenn der Seniorpartner ihm so herzlich und *professionell* gratulierte, mußte Martin *wirklich* etwas erreicht haben. Als er Nigels Büro verließ, hatte er fast das Gefühl gehabt, sich bei Clodagh wegen seines Ärgers über ihre Einmischung entschuldigen zu müssen. Er konnte jetzt sogar an sie denken, ohne unwillkürlich zu erröten, aber natürlich hatte sie es ihm leicht gemacht, indem sie so gleichbleibend freundlich zu ihm, eine solche Hilfe bei den Kindern und Alice eine so gute Freundin war. In seiner Hochstimmung hatte er sofort einen ersten Blick in die Treuhandunterlagen der Unwins geworfen, und es schien sich um keinen allzu komplizierten Fall zu handeln. Er malte sich eine geschäftliche Unterhaltung mit Clodagh aus, bei der er seine Selbstachtung zurückgewann, die er durch jene unwürdige Szene in der Küche verloren hatte, und diese Vorstellung erhöhte nur noch sein Glücksgefühl. Um zwanzig nach fünf hatte er die Kanzlei verlassen und auf dem Weg zu seinem Auto in der Victoria Wine Company eine Flasche Champagner gekauft, die glücklicherweise zu einem sehr annehmbaren Preis angeboten wurde.

»Mit Georgina wirst du gut zurechtkommen«, sagte Clodagh, während sie ihr Champagnerglas ins Licht hielt. »Völlig problemlos.«
Sie saßen zur Feier des Tages im Salon.

»Ist sie dir ähnlich?«
Clodagh vermied es, Alice anzusehen.
»Georgina ist sehr geradlinig, in jeder Hinsicht. Sie wird einmal genau wie Mutter sein, nur ruhiger. Sie kauft Tageskleidung von Laura Ashley und Abendgarderobe von Caroline Charles und Schuhe von Bally und Unterwäsche von M&S. Sie ist ein Schatz.«
Den Kopf an ein Stuhlkissen gelehnt, fragte Alice mit halb geschlossenen Augen: »Warum besuchst du sie dann nicht häufiger?«
»Weil ich aus einem unerfindlichen Grund im Augenblick lieber zu Hause bin.«
»Nein so was!« Alice konnte sich das Lachen kaum verbeißen und wandte ihre Aufmerksamkeit hastig Martin zu. »Anthony kommt am Freitag.«
Martin verzog leicht das Gesicht.
»Na ja, das war wohl unvermeidlich. Für wie lange?«
»Kannst du ihn nicht leiden?« fragte Clodagh interessiert. »Warum nicht?«
»Er ist...«, setzte Alice zu einer Antwort an, aber Martin fiel ihr rasch ins Wort, um Kritik an einem Familienangehörigen zu verhindern. »Wir haben uns als Kinder oft gestritten, das ist alles. Er war jetzt fast zehn Jahre in Japan und Hongkong und hat sich wahrscheinlich sehr geändert.«
»So hat er sich nicht angehört«, sagte Alice. »Am Telefon schien er mir noch ganz der alte Anthony zu sein.«
Clodagh stand auf.
»Ich werde Tashie etwas vorlesen, und ihr könnt währenddessen ungestört eure ehrliche Meinung über die Unwins äußern.«
Martin versuchte, nicht eingebildet auszusehen.
»Ich würde hinter deinem Rücken nichts sagen, was ich dir nicht auch ins Gesicht sagen könnte.«
»Das weiß ich.« Clodagh legte zuerst ihm, dann Alice eine Hand auf die Schulter, bevor sie den Raum verließ.
»Ich freue mich so für dich«, sagte Alice.

Martin ließ den Kopf hängen. Plötzlich sah er so jung und verletzlich wie James aus. Alice verspürte große Zärtlichkeit für ihn. Nur wenn er sie berühren wollte, konnte sie...

»Allie...«

»Ja?«

»Allie, es tut mir leid, wenn ich dir die Stimmung verderbe, aber mir liegt schon lange etwas auf dem Herzen...«

Sie trank langsam einen Schluck Champagner.

»Sag es mir.«

»Es geht... na ja, es geht um uns. Ich meine... wir scheinen uns gut zu verstehen, und alles läuft wirklich ausgezeichnet und...« Er verstummte. Ihm waren solche Gespräche verhaßt, aber dieses hier war leider unvermeidlich. »Sieh mal, es geht ums... ums Bett. Ich meine... vielleicht ist es nichts von Bedeutung, aber du kannst mich offenbar im Augenblick nicht in deiner Nähe ertragen. An das letzte Mal kann ich mich nicht einmal mehr erinnern – es muß Wochen oder Monate zurückliegen.« Er sah Alice flehend an. »Liegt es an mir?«

Sie setzte sich aufrecht hin, stellte ihr Glas auf den Boden, faltete ihre Hände auf dem Schoß und blickte ihm direkt in die Augen.

»Nein«, sagte sie. »es ist nicht deine Schuld. Das heißt, es liegt nicht an etwas, das du tust oder nicht tust.«

»Dann...«

»Es liegt an mir. Ich will einfach nicht, daß du mit mir schläfst. Ich möchte dich wirklich nicht verletzen, aber ich muß ehrlich sein, weil das letztlich auch für dich besser ist.«

Er schwieg eine Zeitlang, und dann fragte er, auf seine verschränkten Arme hinabblickend: »Glaubst du, daß wir uns helfen lassen sollten? Ich meine Eheberatung oder so was Ähnliches...«

»Das will ich nicht«, erwiderte Alice freundlich. »Ich würde mich gern entschuldigen, aber ich tue es nicht, weil ich mich nicht gönnerhaft anhören möchte. Aber ich habe keine Lust, mit Fremden darüber zu sprechen.«

»Aber wirst du dich ändern?«
»Das weiß ich nicht. Ich kann es dir nicht sagen.«
»Du willst also, daß ich einfach abwarte. Daß ich die Situation lächelnd ertrage...«
»Ja, bitte. Nur im Augenblick. Ja – *bitte.*«
Er erhob sich, ging auf und ab, trat an eines der Fenster heran und strich mit den Fingern über die steife, glänzende Stoffülle der Vorhänge.
»Allie, ich muß dich noch etwas fragen...«
»Dann frag.«
»Wirst du mir ehrlich antworten? Auch wenn du glaubst, mir mit der Antwort weh zu tun?«
Alice' Stimme zitterte leicht.
»Ich versprech's dir.«
Martin kehrte zu seinem Stuhl zurück, umklammerte die Lehne und sah Alice an.
»Gibt es einen anderen Mann in deinem Leben?«
Alice reckte ihr Kinn und hielt seinem Blick mühelos stand.
»Nein«, antwortete sie. »Es gibt keinen anderen Mann in meinem Leben.«
Martin stieß einen tiefen Seufzer der Erleichterung aus, grinste ihr zu und schlug vor, zusammen den Champagner auszutrinken.

10. Kapitel

Im Dorfladen erklärte Mr. Finch seiner neuen Hilfskraft, Gwens Tochter Michelle, geduldig die Anordnung der Gemüsekonserven auf den Regalen. Michelle war nicht etwa dumm, aber sie wollte eigentlich bei Dorothy Perkins in Salisbury arbeiten: dort hatte man ihr jedoch gesagt, man könne sie erst mit achtzehn einstellen, und deshalb betrachtete sie den Job in Pitcombe, wo sie ein Pfund achtzig Pence pro Stunde verdiente, als lästigen Notbehelf. Sie langweilte sich die ganze Woche fast zu Tode, nur montags nicht: Weil Mrs. Macaulay und ihre Mädchen zur Zeit mit Hundeausstellungen voll ausgelastet waren, erlaubte Mr. Finch Michelle, Mrs. Jordan im rollenden Laden zu helfen. Michelle bewunderte Alice nicht nur, sondern fühlte sich in ihrer Gesellschaft wirklich wohl. Wenn sie montags nach Hause kam, wollte Gwen immer wissen, worüber Alice sich mit ihr unterhalten hatte, aber Michelle schwieg sich eigensinnig aus. *Ihre* Mrs. Jordan, das fühlte sie, war ganz anders als die, für die ihre Mutter arbeitete. *Ihre* Mrs. Jordan behandelte sie wie eine Gleichberechtigte, lieh ihr Bücher und schenkte ihr sogar einmal silberne Ohrringe in Muschelform, so daß Michelle sich im Bad einschließen und Löcher in ihre Ohrläppchen stechen mußte, was sie mit einer in einen Korken gesteckten Nadel und einem Eiswürfel als Betäubungsmittel erledigte.
Sie reagierte zwar – »Ja, okay, verstanden, okay« – auf Mr. Finchs Ausführungen, hörte aber nicht richtig zu. Wen interessierte es schon, ob die Karotten neben den Butterbohnen oder den Erbsen standen? Sie stand da, kaute an ihren Nägeln und dachte an die schwarze Lederjacke, die

sie vergangenen Samstag gesehen und sich in den Kopf gesetzt hatte.
»Ich nehme an, daß jetzt alles klar ist«, sagte Mr. Finch. »Du räumst jetzt diese Kartons aus, während ich Mrs. Finch beim Ausladen der Tiefkühlkost zur Hand gehe.«
Michelle konnte ein Kichern nur mit Mühe unterdrücken. Alle wußten, daß Mrs. Finch und der Tiefkühllieferant eine Schwäche füreinander hatten, obwohl Michelle beim besten Willen nicht begreifen konnte, warum der Anblick von Mrs. Finch mit ihren blauen Lidern und ihrem purpurroten Haar dem Lieferanten keine Alpträume bescherte. Er kam zweimal im Monat, und Mr. Finch eilte immer nach hinten, um beim Ausladen zu helfen. Michelle malte sich in ihrer Phantasie eine richtig schöne Prügelei im Kühlwagen aus, zwischen Fischstäbchen und Eislutschern, während Mrs. Finch theatralisch in die kleinen Spitzentaschentücher schluchzte, für die sie eine besondere Vorliebe hatte.
Nachdem Mr. Finch gegangen war, machte sich Michelle widerwillig daran, die Dosen aus den Kartons zu nehmen und auf die Regale zu schmettern. Nach einigen Minuten betrat Miss Pimm den Laden und suchte nach einer Kordel und einem Päckchen Eiercreme. Früher einmal hatte Michelle ihre Sonntagsschule besucht, allerdings nur kurze Zeit, und Miss Pimm erinnerte sich mit Schrecken daran, daß das Mädchen eine ungesunde Neugier für Maria Magdalena und für die Ehebrecherin an den Tag gelegt hatte.
»Michelle« – Miss Pimm präsentierte ihre Einkäufe mit einer übertriebenen Geste –, »ich glaube, ich schulde Mr. Finch genau 77 *Pence* für diese zwei *Artikel.*«
»Richtig«, brummte Michelle und stand auf, ohne zu lächeln.
Sie ging mit Miss Pimms 80 Pence zur Kasse und ließ sich sehr viel Zeit bei der Rückgabe des Wechselgelds.
»Drei *Pence*«, mahnte Miss Pimm.
»Ich weiß«, erwiderte Michelle schnippisch. »Schließlich bin ich nicht bekloppt.«

Auf Miss Pimms Gesicht tauchten die für sie charakteristischen roten Flecken auf, und sie öffnete den Mund, um sich gegen solche Ungezogenheiten zu verwahren, brachte aber nur ein heiseres und demütigendes Krächzen hervor. Michelle musterte sie spöttisch. Dann flog die Ladentür weit auf, Michelles Blick schweifte von Miss Pimm ab, und ihre Miene erhellte sich schlagartig. Eine Männerstimme fragte: »Ich *bin* doch in Pitcombe, oder?«
Michelle war hingerissen. Sie ließ Miss Pimms drei Pence in deren ausgestreckte Hand fallen, ohne hinzusehen, schüttelte die dichten Fransen, die bis zu den Augen reichten, und sagte: »Bedaure, aber dies ist Las Vegas.«
»Das ist fast dasselbe.« Anthony kam näher und blickte auf Miss Pimm hinab. Sie erinnerte ihn lebhaft an ein Moorhuhn. Er redete sie sehr charmant an. »Ich bin sicher, daß Sie mir helfen können. Ich bin Martin Jordans Bruder und suche das Graue Haus.«
Miss Pimm heftete ihren Blick in wilder Panik auf seine gemusterte Seidenkrawatte.
»Ja«, murmelte sie. »Ja!«
Anthony wartete. Michelle lehnte sich an den Ladentisch und starrte ihn unverhohlen an. Miss Pimm hob ihren gehetzten Blick bis zu seinem gestreiften Hemdkragen, befeuchtete sich die Lippen und schluckte.
»Willkommen«, sagte sie. »Willkommen in *Pitcombe.*«
Die Schicklichkeit ihres eigenen Benehmens ermutigte sie so, daß ihre Augen sich zu Anthonys Kinn hochwagten.
»Sie fahren die Dorfstraße *hinauf,* bis Sie *rechts* an einem Cottage mit einem *Zierbrunnen* im Garten vorbeikommen. Dort biegen Sie rechts ab, auf einen sehr *schmalen* Weg, und dann liegt das Graue Haus auch schon *vor* Ihnen.«
»Sehr freundlich von Ihnen«, bedankte sich Anthony ernst.
Seine Stimme war so sympathisch, daß Miss Pimm einen flüchtigen Blick in seine Augen riskierte. Er zwinkerte

Michelle zu. Sie griff hastig nach Kordel und Eiercremepulver und eilte aus dem Laden, vor Verstörung leise vor sich hin kollernd wie ein Truthahn. Fred Mott betrachtete sie mitleidlos von seinem Fenster aus, interessierte sich aber weitaus mehr für den großen Burschen, der schon wieder aus dem Laden herauskam und in seinen Wagen stieg, in die Marke, die einem, wenn man der TV-Werbung Glauben schenken durfte, unweigerlich eine sexy Biene in geschlitztem Rock bescherte. Fred befingerte seine Hose. Sally hatte den Schlitz in seinem Pyjamaunterteil zugenäht. Er kicherte. Die Schlitze in seinem *Geist* konnte sie nicht so einfach zunähen.
Anthony fuhr langsam die Straße hinauf, ohne auch nur einen weiteren Gedanken an Miss Pimm und Michelle zu verschwenden. Alles sah sehr hübsch und gepflegt aus, graue Steine und farbenfrohe Gärten. Auf Martin war eben Verlaß – niemals würde er sich einen abenteuerlicheren Wohnsitz als diesen hier aussuchen. Am Zierbrunnen – einem Riesending mit durchbrochenem Holzdach wie bei einem Schweizer Chalet und mit einer Stuckkatze auf der Einfassung – bog er rechts ab und sah hinter den Cottages die steinernen Torpfeiler, die gestutzten Weißbuchen und den graugoldenen Kies. Und wieder sagte er sich: Auf Martin ist Verlaß.
Er parkte vor der sehr hübschen Fassade. Die Haustür stand offen. Ein Kätzchen, nicht mehr im süßen Kindesalter, sondern fast schon ein schlaksiger Teenager, saß auf der Schwelle in einem Streifen Sonne und wusch sich hingebungsvoll, ohne Anthony zu beachten.
»Alice!« rief er.
Keine Antwort. Er ging durch die Halle in die Küche. Sie war leer, aber mehrere Personen hatten vor kurzem Tee getrunken, denn auf dem Tisch herrschte ein Durcheinander von Bechern und mit Krümeln übersäten Tellern. Anthony rief wieder.
In der offenen Tür zum Garten tauchte ein kleines, zierliches Mädchen auf.

»Bist du Anthony?«
»Ja«, sagte er. »Und du mußt James sein.«
Sie seufzte. Das war ein Scherz, wie James ihn liebte. Sie erklärte streng: »Ich bin Natasha.«
»Entschuldigung. Wo ist deine Mutter?«
»Beim Blumenschmücken in der Kirche. Aber Clodagh ist hier draußen. Komm mit.«
Anthony ging in den Garten hinaus. Ein sehr großes Baby oder sehr kleines Kind spielte im Sandkasten, ein größeres Kind saß auf einem kleinen Fahrrad, und ein junges Mädchen in einer Art Tarnanzug, mit sehr viel Messingschmuck behängt, schälte Erbsen in einen roten Emailtopf. Es blickte auf, als es Schritte hörte, und Anthony dachte, daß er selten eine so wenig einladende Miene gesehen hatte.
Clodagh streckte die Hand aus.
»Sie müssen Anthony sein.«
Er setzte sich neben sie ins Gras. Alle Kinder kamen näher und musterten ihn. Das Baby kroch ganz dicht an ihn heran und schüttete eine Tasse voll Sand über und in seinen Schuh.
»Charlie!« rief Natasha tadelnd und versuchte unter leisem »Tss, tss, tss!« den Sand vom Schuh zu fegen.
»Ich habe schon gehört, daß Alice mit den Kirchenblumen beschäftigt ist«, sagte Anthony. »Und Sie müssen Clodagh sein.«
»Stimmt.«
Anthony zog seinen Schuh aus und schüttete den Sand ins Gras. Charlie sah interessiert zu, zog seinen eigenen Schuh aus und schüttelte ihn hoffnungsvoll.
»Wer von euch Kindern ist wer?«
»Ich bin Natasha, das habe ich dir schon gesagt. Und das ist James, und das ist Charlie.«
»Und ich bin euer Onkel.«
»Es ist so traurig«, berichtete Natasha, »wir haben drei Onkel und sehen nie einen. Einer lebt in Amerika.«
»Mich seht ihr ja jetzt.«

Er wandte sich Clodagh zu, mit der Absicht, sie zu provozieren.
»Sind Sie das Kindermädchen?«
Clodagh würdigte ihn nicht einmal eines Blickes. Sie fuhr weiterhin mit dem Daumennagel an den Schoten entlang und ließ die Erbsen in den Topf purzeln.
»Nein.«
»Sie ist die Freundin«, erklärte James.
Clodagh sah ihn zärtlich an.
»Mummys Freundin?«
»Sie ist die Freundin von uns *allen.*«
Anthony blickte in die Runde. »Ganz schön hier.«
Natasha beschloß, ihren gesellschaftlichen Verpflichtungen nachzukommen. »Soll ich dich herumführen?«
»Mir wär's lieber, wenn du mich zu deiner Mutter führen würdest.«
»Bring ihn zur Kirche, Tashie«, sagte Clodagh. »Sei ein Schatz.«
»Willst du das nicht machen?«
»Nein«, erwiderte Clodagh mit großer Entschiedenheit.
Anthony stand auf.
»Wirklich eine sehr herzliche Begrüßung...«
Clodagh schwieg, erfüllt von heftigem Widerwillen.
»Bekomme ich nicht mal eine Tasse Tee?«
»Bald gibt es etwas zu trinken«, sagte Natasha tröstend. »Aber wir haben *alle* Schokoladenkekse aufgegessen.« Nach kurzer Pause fügte sie hinzu: »Aber ich glaube, ich könnte dir eine Banane geben.«
»Klar«, bestätigte Clodagh. »Gib ihm so viele, wie er essen kann.«
Natasha lief in die Küche voraus und warf einen Blick in die Obstschale. »Sie sind alle fleckig. Macht dir das was aus? Ich mag nur tadellose Bananen.«
»Ich will eigentlich gar keine.«
Natasha sah verwirrt aus. Er war ein merkwürdiger Onkel. Sie hatte immer gedacht, Onkel würden viel lachen und Ein-Pfund-Münzen verschenken und mit ihren

Nichten und Neffen im offenen Sportwagen spazierenfahren. Anthonys Auto sah sehr langweilig aus. Es war sogar schwarz. »Soll ich dich zur Kirche bringen?« fragte sie trotzdem höflich.
Er nickte seufzend. Sie führte ihn durch den Garten zu einem Feldweg und erzählte dabei von ihrer Schule und von Sophie, die eine Brille tragen mußte, und von ihrem großen Wunsch, auch eine Brille zu bekommen. Er nickte hin und wieder, redete aber enttäuschend wenig. Sie fragte ihn, ob er manchmal eine Brille trage, und er verneinte ziemlich mürrisch, und allmählich machte ihr die Rolle der Gastgeberin keinen allzu großen Spaß mehr.
Sie unternahm einen letzten Versuch, ihn zu unterhalten. »In der Kirche riecht es genauso wie in meiner Schulgarderobe.«
Aber er brummte nur. Sie gingen an der Kirchhofmauer entlang, und Natasha hätte ihm verschiedene interessante Dinge über die Grabsteine erzählen können, traute sich aber nicht. Schweigend legten sie den Weg zum Südportal zurück und traten aus der hellen Wärme ins feuchtkühle Halbdunkel. Mehrere Frauen hantierten mit Staubtüchern, Vasen, Blumen und Baumscheren herum, und eine sehr schöne Frau war damit beschäftigt, mit einem sehr abgenutzten Besen den Mittelgang zu fegen. Betroffen stellte Anthony fest, daß das Alice war. Die hoch auf dem Kopf zusammengebundenen Haare fielen ihr bis auf den Rücken, und sie trug etwas Weites, Grünes. Natasha rannte auf sie zu, packte den Besenstiel und rief: »Da ist Anthony!«
Alice blickte auf und lächelte engelhaft. Dann gab sie Natasha den Besen, kam rasch auf Anthony zu und legte die Arme um ihn.
»*Anthony...*«
Auch er umarmte sie, und ihn durchströmte – was sehr selten vorkam – eine glückliche Wärme.
»Du siehst *hinreißend* aus.«
Sie lachte. Dann betrachtete sie ihn aufmerksam und sag-

te ernüchtert: »Oh, armer Ant, ich wünschte, ich könnte das gleiche von dir sagen.«
»Alle sind so eklig zu mir. Dein Baby hat meinen Schuh mit Sand gefüllt.«
»Charlie hat es doch nicht böse gemeint!« rief Natasha, und vor Entrüstung traten ihr Tränen in die Augen. »Er ist noch klein.«
Alice löste sich von ihrem Schwager.
»Sei kein Esel, Ant.«
»Ich *verlasse* mich darauf, daß du nett zu mir sein wirst.«
»Willst du Mitleid heischen?"
»Nein. Es war eine demütige Bitte, weiter nichts.«
Sie warf ihm einen Seitenblick zu. »Wenn du's sagst...«
Vom Westfenster ertönte ein leiser Schrei. Miss Payne, klein und rund wie eine Blaumeise, versuchte von einer an den hohen Sims gelehnten schwankenden Leiter aus eine riesige weiße Steinvase zu erreichen, um sie mit Wiesenkerbel und Iris zu füllen. Anthony, der Ablenkungen aller Art liebte, rannte hinzu, fing Miss Payne auf, als sie endgültig das Gleichgewicht verlor, und preßte sie an sich wie einen großen hellblauen zerknitterten Fußball. Dann trug er sie wie eine Trophäe den Gang entlang, und sie bekam vor Aufregung einen hochroten Kopf. Die anderen Blumendamen verließen ihre angestammten Arbeitsplätze und eilten mit besorgten Fragen und Kommentaren herbei. Peter Morris, der in der Sakristei einen schlichten kleinen Spiegel angeschraubt hatte, um sein Äußeres überprüfen zu können, bevor er beim Gottesdienst zum Altar schritt, wurde von dem Stimmengewirr im Kirchenschiff angelockt und dachte im ersten Moment, daß Miss Payne entführt würde.
Dann stellte Anthony sie sanft auf den Boden, und sie begann hysterisch zu kichern. Alle beobachteten sie.
»Natürlich ist es sträflicher Leichtsinn, jemanden ihres Alters auf diese Leiter...«
»Ich habe schon immer gesagt, daß wir dort oben einen netten fröhlichen Seidenblumenstrauß brauchen, der kei-

ne Mühe macht und nur gelegentlich kurz ausgeschüttelt werden muß...«
»Ist alles in Ordnung, meine Liebe?«
»Du solltest dich lieber hinsetzen, liebe Buntie, nach einem solchen Schock...«
»Vielleicht könnten Sie, liebe Mrs. Jordan, nächstes Mal freiwillig das Westfenster übernehmen. Sie sind ja noch jung...«
»Selbstverständlich«, sagte Alice, »aber Buntie wollte es selbst machen.«
Miss Payne nickte eifrig. Anthony beugte sich über sie.
»Soll ich Sie vielleicht hinaustragen und auf eine hübsche Grabplatte legen, damit Sie sich erholen können?«
Sie quiekte leise vor Vergnügen und Schrecken. Peter bahnte sich gelassen einen Weg durch die kleine Gruppe und führte Miss Payne zu einer Kirchenbank.
»Also, ich weiß nicht, Buntie. So was könnte man direkt als Versuch bezeichnen, jungen Männern nachzustellen.«
Miss Payne brach in Tränen aus. Peter Morris zog sein – wie er es nannte – öffentliches Taschentuch hervor und gab es ihr. Anthony sah Alice an.
»Ich hatte keine Ahnung, daß es so amüsant sein kann, die Kirche mit Blumen zu schmücken.«
Natasha betrachtete Miss Payne und widersprach verstört: »Aber es ist doch *traurig*.«
»Du lieber Himmel«, sagte Anthony, »was für eine sentimentale Gesellschaft!« Er wandte sich an Alice. »Möchtest du jetzt nicht nach Hause gehen und mir einen großen Willkommensdrink anbieten?«
»Eigentlich nicht.«
»Allie...«
Alice mußte gegen eine plötzliche Gereiztheit ankämpfen.
»Ich muß hier noch rasch fertigfegen. Natasha wird mir dabei helfen. Setz du dich derweilen in den Kirchhof. Es dauert nur fünf Minuten.«
»Also gut«, brummte er widerwillig.

Er ging den Gang entlang, und Miss Pimm, Mrs. Macaulay und Mrs. Fanshawe blickten ihm nach, so als wollten sie sich vergewissern, daß er auch wirklich den geheiligten Ort verließ.

»Halt die Kehrschaufel fest«, sagte Alice.

Natasha kniete sich hin und drückte mit ihrem ganzen Gewicht auf die Kehrschaufel.

»Ist ›sentimental‹ eigentlich etwas Nettes oder etwas Dummes?« fragte sie, ohne ihre Mutter dabei anzuschauen.

Während des Abendessens in der Küche, bei geöffneter oberer Türhälfte, ließ sich Anthony lang und breit über den Fernen Osten aus, wobei er speziell auf seine im Ausland erworbenen Kenntnisse und seine enorme Lebenserfahrung zu sprechen kam. Alice hörte ihm mit nachsichtigem Mitleid zu, Clodagh mit Verachtung. Bei Martin erzielte Anthony jedoch die gewünschte Wirkung – er wurde stark verunsichert. Während er dem geschmorten Huhn zusprach, versuchte er sich selbst einzureden, daß Anthony zehn Jahre irgendwie *verbracht* hatte; er, Martin, hatte hingegen *gelebt*. Anthony konnte nur Geschichten erzählen; er, Martin, hatte Frau und Kinder, ein Haus und Freunde und einen soliden Beruf. Als er um den Tisch herumging und kalifornischen Chardonnay nachschenkte – sie waren schon bei der zweiten Flasche –, dachte er, daß er sich alles, absolut alles, was Anthony von sich gab, gleichmütig anhören könnte, wenn Alice nur wieder zum Sex bereit wäre. Er glaubte ihr, daß kein anderer Mann dahintersteckte. Er glaubte ihr, daß sie ihn liebte – Himmel, sie war in letzter Zeit liebevoller und aufmerksamer als seit Jahren –, aber da war diese Bettsache. Was zum Teufel sollte er machen, wenn sie nun nie wieder mit ihm schlafen wollte? Es war jetzt schon schlimm genug; manchmal wurde das Verlangen nach ihr, der Wunsch, sie endlich wieder zu besitzen, geradezu zur Obsession. Zu allen körperlichen Problemen kam noch das Selbstmitleid hinzu. Martin wußte, daß Alice Leute verabscheute, die sich selbst leid taten, aber wenn er nach einer unbefriedigenden einsamen Aktion im Bad in den Rasierspiegel schaute, ging ihm unwillkürlich durch den Kopf: Und wo bleibe *ich*? Dann stieg Wut über Alice in ihm auf, und während er duschte, bedachte er sie mit allen möglichen Schimpfwörtern, die im rauschenden Wasser untergingen. Und hinterher fühlte er sich so ärmlich wie eine Frau, die sich ausgeweint hat – total leer und einsam. Er haßte die ganze Situation, und Tatsache war nun einmal, daß nicht *er* dafür verantwortlich war.

»Bekomme ich keinen Wein mehr?« fragte Clodagh.

Martin erwachte langsam aus seiner Trance.

»Und das, nachdem ich heute sieben Hemden von dir gebügelt, den Rittersporn zum Schutz mit neuen Schrotkugeln umgeben und deine Kinder von der Schule abgeholt habe!«

Er legte ihr eine Hand auf die Schulter.

»Entschuldige. Ich war ganz in Gedanken.«

»Denkst du über mein Landgut nach?«

Martin war ein schlechter Lügner. Er sagte viel zu laut: »So ist es.«

Clodagh würdigte Anthony eines kurzen Blickes.

»Martin ist jetzt unser Familienanwalt.«

»*Höchst* respektabel.«

»Was bist du doch für ein altes Lästermaul«, tadelte Alice sanft.

»Nicht unbedingt.«

Clodagh schnaubte leise, während sie aufstand, die Teller abräumte und eine blaue Porzellanschüssel mit Erdbeeren mitten auf den Tisch stellte. Anthony beobachtete sie scharf und dachte, daß er seiner Mutter beim nächsten Anruf sagen würde, er verstehe durchaus, weshalb sie Vorbehalte gegen Clodagh als Freundin für Alice habe. Sein Blick schweifte zu Alice, und er prostete ihr zu.

»Auf dein Wohl.«

»Danke«, murmelte sie, sichtlich geistesabwesend. Und

als Clodagh ihr ein Schälchen Erdbeeren reichte, fragte sie: »Wie sieht dein Landgut eigentlich aus?«

»Wunderschön.«

»In welcher Art?«

»Ein quadratisches Steinhaus mit Ziegelschornsteinen und einem herrlichen viktorianischen Hof. 240 Hektar...«

»255 Hektar«, korrigierte Martin.

»Es ist gewachsen!"

»Nein, es war nur nicht richtig vermessen. Ich habe es neu vermessen lassen, für das Gutachten.«

»Martin« – Clodagh krönte seine Portion zur Belohnung mit einer riesigen Erdbeere – »du bist großartig!«

»Warum leben Sie nicht dort?« erkundigte sich Anthony.

Alice hielt den Atem an.

»Das Gut hat mir bisher nicht gehört. Aber vielleicht werde ich demnächst umziehen.«

Anthony beugte sich etwas vor. »Und im Augenblick wohnen Sie *hier*?«

Sie blickte ihm direkt in die Augen.

»Ich wohne zu Hause, bin tagsüber aber meistens hier.«

»Warum?«

Ohne aufzuschauen, sagte Alice: »Weil wir alle sie gern hier haben.«

Nach kurzem spannungsgeladenem Schweigen knurrte Anthony: »Ich verstehe.«

Clodagh fragte boshaft: »Wissen Sie überhaupt, was es heißt, Menschen gern zu haben?«

»Ich weiß eher, was es heißt, sie *nicht* zu mögen.«

Martin schwenkte seinen Löffel.

»Seid friedlich, ihr zwei!«

»Ach, weißt du«, sagte Clodagh, offenbar zum Drahtseilakt entschlossen, »vielleicht könnten wir ein hochinteressantes Gespräch über Liebe führen.«

»*Liebe*?«

Alice blickte von ihren Erdbeeren auf. Ihre Augen waren riesengroß.

»Liebe ist das Allerwichtigste, was es gibt. Das habe ich schon immer gewußt.«
Martin, dem solche Äußerungen in der Öffentlichkeit peinlich waren, fragte hastig: »Sind noch Erdbeeren da?«
Natürlich lag das an den unzähligen Romanen, die Alice verschlang. Martin blickte zu ihr hinüber. Sie sah Clodagh an, war mit ihren Gedanken aber sichtlich meilenweit entfernt. Anthony griff nach der Erdbeerschüssel.
»Sechs sind noch da. Ich teile sie mit dir.«
Er legte zwei in Martins Schale.
»Du änderst dich nie, was?«
»Was ich nicht verstehe«, erwiderte Anthony, »ist, warum alle das von mir erwarten.«
Nach dem Essen stellte Alice eine Kanne Kaffee auf den Tisch, und dann räumten Clodagh und sie im Halbdunkel auf, denn das Kerzenlicht erhellte nur die unmittelbare Umgebung des Tisches. Sie unterhielten sich leise, und am Tisch unterhielten sich Martin und Anthony über Dummeridge. Dann sagten Alice und Clodagh, daß sie die Kinder zu Bett bringen würden, und verließen die Küche. Sobald er ihre Schritte auf der Treppe hörte, sagte Anthony: »Los, erzähl mir von Clodagh. Warum ist sie hier?«
Martin schüttete einen Löffel braunen Zucker in seinen Kaffee.
»Wir haben sie oben im Herrenhaus kennengelernt. Sie ist ein wahrer Segen. Eine Art unbezahltes Kindermädchen und Gesellschafterin. Alice ist seitdem wie ausgewechselt.«
»Schon möglich«, meinte Anthony. »Aber bleibt sie ewig hier?«
»Du lieber Himmel, nein. Sie hat in den USA irgendeine Krise durchgemacht und ist deshalb nach Hause zurückgekommen. Nach dem Sommer wird sie bestimmt irgendwo etwas Neues in Angriff nehmen. Sie ist so ein Mensch.«
»Magst du sie?«

Martin zuckte leicht zusammen.
»Natürlich...«
»Früher hätte ein solches Mädchen dir Angst eingejagt.«
»Nun«, erwiderte Martin munter, »wir werden eben alle älter, stimmt's?«
»Mutter mag sie nicht.«
»Mutter braucht ja nichts mit ihr zu tun zu haben.«
»*Warum* mag sie Clodagh nicht?«
Martin zuckte die Achseln. »Keine Ahnung.«
»Doch, du weißt es genau.«
»Halt die Klappe!« rief Martin laut und wütend. »Halt die Klappe!«
»Kein Grund, gleich an die Decke zu gehen.«
»Ich bin nicht...«
Anthony stand auf, ging zur geöffneten Tür und zündete sich eine Zigarette an.
»Ein herrliches Plätzchen.«
»Ja.«
»Drei Kinder. Stetiger Aufstieg auf der Karriereleiter. Gut gemacht.«
Martin schwieg. Anthony kam zum Tisch zurück und ließ sich wieder auf seinen Stuhl fallen.
»Ehrlich gesagt – ich beneide dich. Meine Zukunft sieht ziemlich öde aus.«
»Aber du kannst doch bestimmt...«
»Was?«
»...einen neuen lukrativen Job finden.«
»Selbstverständlich. Aber es kommt mir ein bißchen sinnlos vor. Wozu? *Du* weißt wenigstens, wofür du arbeitest.«
Alice und Clodagh kamen lachend die Treppe hinab.
»Ich fühle mich allmählich einsam«, klagte Anthony.
»Das tut mir leid«, murmelte Martin.
Die Küchentür öffnete sich, und die beiden Frauen betraten den Raum. Martin schwenkte erleichtert die Kaffeekanne.
»Kaffee?«

»Gern«, sagte Alice und fuhr sodann, an Clodagh gewandt, fort: »Weißt du, es war beides zugleich, komisch *und* traurig. Ich wünschte, du hättest...« Sie unterbrach sich und erzählte Martin: »Charlie ist aus seinem Bett gestiegen und hat sich darunter schlafen gelegt.«
»Warum hast du ihn nicht wieder hineingelegt?«
Die Frauen sahen einander an.
»Es wäre zwecklos gewesen«, antwortete Alice. »Und nicht sehr nett. Wir haben statt dessen seine Unternehmungslust bewundert.«
»Ich werde ihn nicht bewundern, wenn er im Morgengrauen in unserem Schlafzimmer auftaucht.«
Alice wirkte ernüchtert. »Also gut, ich lege ihn wieder ins Bett. Später.«
Clodagh nahm einen Schlüsselbund von der Anrichte.
»Ich muß los. Um elf geht die Zugbrücke hoch.«
Alice ging auf sie zu. »Ich begleite dich zum Auto.«
Clodagh bemerkte, daß Anthony alles scharf beobachtete, und sagte leichthin: »Nicht nötig.«
»Ich tu's gern. Du hast heute so schwer geschuftet. Außerdem muß ich sowieso den Hühnerstall schließen.«
Clodagh schüttelte den Kopf. »Das habe ich schon erledigt. Vor dem Abendessen.«
Sie öffnete die Küchentür.
»Gute Nacht allerseits.«
Alice umklammerte die Stuhllehne. Sie mußte Clodagh jeden Abend gehen lassen, aber diesmal war es besonders unerträglich, weiß der Himmel, warum. Am liebsten wäre sie durch die Vordertür hinausgestürzt und in Clodaghs Wagen gesprungen, nur um nicht von ihr getrennt zu werden, um nicht wieder allein zu sein... Statt dessen setzte sie sich langsam, schenkte sich etwas Kaffee ein und wünschte nur, daß Anthony sie nicht dauernd anstarren würde. »Brandy?« fragte sie ihn.
»Eine großartige Idee.«
Martin stand auf.
»Ich hole ihn.«

Er ging ins Eßzimmer.
»Wirklich schön für meinen kleinen Bruder«, sagte Anthony, »plötzlich Anwalt der Unwins zu sein.«
»Es war Clodaghs Idee.«
»Tatsächlich?«
»Ihr Vater ist begeistert...«
Martin kam mit einer Flasche zurück.
»Leider ist nur noch ein Fingerbreit drin.«
Er goß den Brandy in Anthonys leeres Weinglas. Aus unerfindlichen Gründen fiel Alice plötzlich ein, daß sie keinen Brandy im Haus gehabt hatte, als ihr Vater ihr vor langer Zeit seinen Entschluß mitgeteilt hatte, ihre Mutter zu verlassen. Sie hatte ihre Mutter seit einem Jahr nicht mehr besucht, aber jetzt würde sie hinfahren. Sie würde Elizabeth mit Clodagh und den Kindern in Colchester besuchen, und vielleicht könnten sie – Alice bekam Herzklopfen – in einem Hotel irgendwo in der Nähe übernachten. Und auf dem Rückweg könnten sie Sam in Reading besuchen. Clodagh würde ihrem Vater sehr gefallen. Vielleicht... vielleicht könnten sie einige Tage wegbleiben, frei sein, mit dem Auto ziellos durch die Gegend fahren...
»Ich weiß nicht, warum mir bei Brandy meine Mutter einfällt«, sagte sie zu Martin, »aber ich muß sie unbedingt bald besuchen.«
»Natürlich.«
»Vielleicht könnte Clodagh mitkommen und mir bei den Kindern helfen...«
»Eine gute Idee.«
»Nächsten Monat...«
Martin stand gähnend auf.
»Wann immer du willst. Ich geh' jetzt schlafen.« Er nickte Anthony zu. »Schlaf gut. Du brauchst dich morgen früh mit dem Aufstehen nicht zu beeilen.«
»Du mußt sehr stolz auf ihn sein«, sagte Anthony, nachdem Martin verschwunden war.
»Das freut mich.«
»Das bin ich auch.«

»Anthony«, sagte Alice, »genug Spiele für einen Abend. Zeit fürs Bett.« Sie blies die Kerzen aus, und Anthony dachte, daß es sich wirklich gelohnt hatte, sie und Clodagh so aufmerksam zu beobachten. Er hatte eine hochinteressante Entdeckung gemacht, über die er in aller Ruhe nachdenken wollte. Deshalb ließ er sich gern mit dem restlichen Brandy ins Gästezimmer scheuchen. Der Gutenachtkuß, den er Alice auf dem Treppenabsatz gab, war teils von Bewunderung motiviert, teils aber auch von der faszinierenden Aussicht auf die zukünftigen Komplikationen.

11. Kapitel

An sonnigen Nachmittagen trug Lettice Deverel den Papagei in seinem Käfig ins Freie und hängte ihn in einen Apfelbaum. Das gefiel ihm, und er brabbelte zufrieden vor sich hin, solange sie in Sichtweite blieb und sich beispielsweise an der nahegelegenen Hecke zu schaffen machte, einen alten italienischen Strohhut auf dem Kopf. Wenn sie sich allerdings zu weit entfernte, wurde er unruhig und kreischte, sie sei ein ungehobelter Dudelsackpfeifer. Manchmal wünschte sie, sie hätte sich bei seiner Erziehung nicht nur auf literarische Erwähnungen von Papageien beschränkt, denn jetzt schien er nichts Neues mehr lernen zu wollen. Peter Morris hatte versucht, ihm Gebete beizubringen, aber das hatte ihn nervös gemacht, und er hatte »Papagei, Papagei, Papagei« gekrächzt und war sodann in zotiges Gelächter ausgebrochen.

Als Margot Unwin an einem warmen, stillen Spätnachmittag in der *Rose Villa* niemanden antraf, ging sie ums Haus herum in den Garten und rief nach Lettice, die gerade eine Schubkarrenladung Unkraut auf ihren Komposthaufen kippte. Aus dem Apfelbaum ertönte jedoch Lettices Stimme: »Nun, Polly, soweit eine Frau einer anderen verzeihen kann, verzeihe ich dir.«

Margot Unwin stieß einen leisen Schrei aus. Dann tauchte Lettice mit ihrem Schubkarren in einer Lücke zwischen den üppig sprießenden Hecken auf, und Margot winkte ihr zu.

»Ich vergesse deinen verdammten Vogel immer wieder.«

»Hat er etwas Unanständiges gesagt?«

»Nur daß er mir verzeiht.«

»Oh!« sagte Lettice erfreut, »das ist sein Zitat aus der

Dreigroschenoper. Er gibt es sehr selten von sich. Eine hohe Auszeichnung für dich.«
Margot schob ihr Gesicht seitlich unter Lettice' Hutkrempe und küßte sie.
»Ich muß mit dir sprechen, Lettice.«
»Clodagh?«
»Clodagh.«
»Komm, setz dich. Nein, nicht in die Nähe des Papageis. Er will immer mit von der Partie sein, und ich würde ihm durchaus zutrauen, daß er uns belauscht.«
»Warum hast du überhaupt einen Papagei?«
»Ich mag ihn«, sagte Lettice, während sie Blätter von einem Holzstuhl fegte. »Er ist intelligent, amüsant und eigenwillig. Margot, du siehst müde aus.«
»Sehr bedauerlich. Aber ich mache mir Sorgen.«
Lettice setzte sich ebenfalls und nahm ihren Hut ab. Ihr graues Haar war aber auch jetzt noch unter einem großen rotgetupften Tuch versteckt. Sie trug eine rostfarbene Leinenbluse über weiten blauen Hosen und alte Espadrillos. Margot Unwin hatte ein weites Kattunkleid an.
»Ich mache uns Tee.«
»Nein, meine Liebe, nur keine Umstände. Was ich brauche, ist Verständnis und Mitgefühl.«
»Ich bezweifle, daß ich etwas *tun* kann.«
»Du kannst zuhören.«
Lettice hörte Margot seit dreißig Jahren zu, seit der Zeit, als sie die Villa gekauft hatte, aber nur die Wochenenden und Ferien hier verbringen konnte und mit dem Zug zwischen London und Pitcombe pendelte, die Taschen voller Skizzen mit ihren Plänen für den Garten. Damals war nur Ralph junior auf der Welt, und Margot war schwanger und sehr attraktiv und geistvoll und ungeduldig, weil sie die Geburt kaum erwarten konnte. In Pitcombe Park wurden ständig Partys veranstaltet, Wochenendpartys und Jagdpartys und Kinderpartys, wobei die Gäste von Kindermädchen begleitet wurden. Margot lud Lettice anfangs als eine Art Kuriosität ein, im Vertrauen darauf, daß sie in Reitho-

sen, in einem Cape oder mit Clogs an den Füßen auftauchen und ihre ausgeprägten Ansichten auf erfrischend unkonventionelle Weise vortragen würde. Bei einer Lunchparty erklärte Lettice jedoch bei Tisch, sie sei kein Zirkusaffe, und ging nach Hause. Margot folgte ihr. Sie stand in ihrem Kleid von Belinda Belville und mit den Unwin-Perlen geschmückt in Lettice' ungewöhnlichem und interessantem Wohnzimmer und sagte, es tue ihr sehr leid. Wahnsinnig leid. Dann brach sie in Tränen aus, und Lettice, die in ihr eine echte, wenngleich unpassende Freundin erkannte, verzieh ihr.

Sie hatten seitdem nie mehr gestritten, aber Lettice hatte immer, stillschweigend und taktvoll, die Oberhand behalten. Sie wurde für Margot, wie später auch für Peter Morris, zur Vertrauten. Als Margot Unwin glaubte, Ralph nicht mehr zu lieben und sehr verliebt in einen anderen Mann zu sein, als Clodagh aus dem Internat wegrannte, als ein sehr attraktiver und prinzipienloser argentinischer Polospieler die schutzlose Georgina monatelang belagerte – immer kam Margot zu Lettice. Manchmal dachte Lettice, daß ihre Freundschaft vielleicht gerade wegen des gänzlich verschiedenen sozialen Hintergrunds so solide war. Lettice war in einer strengen akademischen Familie in Cambridge aufgewachsen, sozusagen auf einem ganz anderen Planeten als Margot, deren Jugendzeit ein einziger gesellschaftlicher Wirbel gewesen war. Doch nach jener Entschuldigung wußte Lettice, daß unter den Hartnell-Kostümen und Kaschmirpullovern ein gütiges Herz schlug, und je älter sie wurde, desto mehr wußte sie ein gütiges Herz zu schätzen, mehr als alles andere. Jetzt beugte sie sich vor und tätschelte Margots Hand.

»Ich hatte mir schon überlegt, ob ich selbst einmal mit Clodagh sprechen sollte. Es ist höchste Zeit, daß sie etwas aus ihrem Leben macht.«

»Das trifft den Nagel auf den Kopf. Und Ralph hat alles noch viel schlimmer gemacht, weil er darauf beharrte, die Treuhandschaft aufzulösen, damit Georgina und Clodagh ihre Landgüter schon jetzt bekommen. Arme Georgina! Sie will ihres im Augenblick noch gar nicht haben, ist aber natürlich viel zu rücksichtsvoll, um ihrem Vater zu widersprechen. Clodagh bekommt jetzt Windover, und es scheint weder ihr noch ihrem Vater in den Sinn zu kommen, daß ein Landgut nicht nur als eine Art fettes Sparschwein angesehen werden darf. Ich bin entsetzt, aber Ralph ist stur wie ein Maulesel. Und was Clodagh betrifft...«

Lettice stand auf.

»Ich mache uns *doch* Tee. Oder willst du lieber einen Gin?«

»*Viel* lieber.«

»Ich bin sofort wieder da. Lehn dich zurück und bewundere meinen weißen Rittersporn. Schließlich habe ich die ersten Pflänzchen von dir bekommen.«

»Lettice, du bist und bleibst eine Stütze!«

Sie saß da, betrachtete gehorsam den Rittersporn und versuchte, vernünftig zu sein und Lettice nicht um deren himmlisches Single-Dasein zu beneiden. Nach wenigen Minuten kam Lettice mit zwei herrlichen, vergoldeten venezianischen Gläsern und einem Joghurtbecher voller Pinienkerne für den Papagei zurück. Sie stellte die Leckerbissen in seinen Käfig, und man hörte ihn laut über sein Glück frohlocken.

»Es ist wirklich ein netter Papagei«, sagte Margot.

»Er ist ein Schatz. Also dann, Prost. Es hat ganz den Anschein, als hätte Clodagh jegliche Unternehmungslust verloren.«

»So ist es.«

»Und sie tanzt immer noch um die kleinen Jordans herum?«

Margot trank einen Schluck.

»Weißt du, ich habe mich anfangs so darüber gefreut! Sie sind sehr sympathisch, besonders Alice, und dann diese netten kleinen Kinder. Ich dachte, wie schön für Clodagh, wie *normal*, wie gut für sie. Und jetzt geht sie sonst nirgendwohin, will nichts anderes unternehmen und niemand anderen sehen. Ich wünsche ihnen wirklich nichts Schlechtes, Lettice, aber ich wünschte, sie wären nie nach Pitcombe gezogen. Ich dachte, ich könnte es vielleicht von einer anderen Seite her versuchen und Alice' Schwiegermutter herlocken. Ich schlug ihr vor, einen Vortrag vor dem Grafschaftsfrauenverband zu halten, aber sie war am Telefon sehr komisch. Ehrlich gesagt, hat sie mich schrecklich genervt. Sie sagte, sie hätte sich geschworen, keinen Fuß mehr in Alice' Territorium zu setzen.«

»Vielleicht solltest du Clodagh einfach rausschmeißen«, meinte Lettice.

»Daran habe ich auch schon gedacht. Ich habe es ihr sogar gesagt. Sie erklärte mir, sie habe ohnehin nicht die Absicht, ewig zu bleiben, aber wenn ich es wolle, würde sie sofort gehen und ins Graue Haus oder in eines der Farmcottages von Windover ziehen. Dann erzählte sie Ralph von dieser Unterhaltung, und wir hatten einen ganz fürchterlichen Abend. Gott sei Dank war es wenigstens Shadwells freier Abend.«

Lettice stieß die Zitronenscheibe in ihrem Drink unter die Oberfläche und beobachtete die aufsteigenden Bläschen.

»Dann mußt du eben mit Alice Jordan sprechen.«

»Armes Mädchen. Sie hat ja nichts Schlimmes getan, abgesehen davon, daß sie sich mit meiner mißratenen Tochter angefreundet hat.«

Lettice überlegte kurz, wie sparsam sie die Wahrheit dosieren sollte.

»Sie hat Clodagh offenbar sehr gern, und wenn sie sie wirklich gern hat, müßte sie doch eigentlich ihr Bestes wollen. Wenn sie begreift, daß es für Clodagh schädlich ist, zu lange hier herumzuhängen, wird sie uns vielleicht helfen und Clodagh zum Aufbruch drängen. Es wäre wirklich höchste Zeit, denn...« Sie verstummte.

Margot warf ihr einen forschenden Blick zu.

»Sprich weiter.«

»Es ist jungen Ehen nicht gerade zuträglich, wenn ständig andere Erwachsene mit von der Partie sind.«
Margot blickte indigniert drein.
»Clodagh würde so etwas niemals tun! Außerdem ist Martin Jordan überhaupt nicht ihr...«
»Trotzdem.«
Das Gespräch stockte. Margot dachte, daß Clodagh hier nicht zum erstenmal Unheil stiftete: sie hatte es schon mehrfach getan, nicht etwa aus Bosheit, sondern einfach, weil es in ihrer Macht stand. Margot stand auf.
»Ich werde mit Alice Jordan sprechen. Nach dem Fest.«
»Fest?«
»Am Samstag, Lettice, und wage ja nicht zu behaupten, daß du nichts davon gewußt hast.«
»Ich weiß, ich weiß. Dieser Pflanzenstand...«
Margot glättete ihren Rock.
»Wenn wir nicht einen Tausender einnehmen, werde ich vorschlagen, daß wir unsere heldenhaften Bemühungen auf etwas anderes konzentrieren. Es ist wirklich eine Herkulesarbeit.« Sie blickte zum Himmel empor. »Bete für einen schönen Tag.«
»Ich habe noch nie im Leben gebetet«, erwiderte Lettice. Sie stand ebenfalls auf und leerte ihr Glas. »Aber *wenn* ich es täte«, fügte sie nachdenklich hinzu, »würde ich mir die Gebete für Clodagh aufsparen.«

»In alten Zeiten«, sagte Stuart Mott, an den Ladentisch gelehnt und Michelle mit den Augen verschlingend, »hat der Laden immer etwas für das Fest gespendet. Das weiß ich von meinem Dad.«
Mr. Finch konnte Stuart Mott nicht leiden. Er konnte keinen der Motts leiden, hielt sie für faul und unehrlich. Außerdem waren sie eine stinklangweilige Familie. Die Crudwells, die in Pitcombe genauso zahlreich waren wie die Motts, hatten wenigstens etwas Zigeunerblut in den Adern und sahen malerisch aus, auch wenn ihre Mädchen keinerlei Moral hatten und ständig bei den Kasernen von Larkhill

aufgegriffen wurden. Mr. Finch verabscheute die menschliche Sexualität. Er selbst vermutete, daß die 33 Ehejahre mit Mrs. Finch zu diesem Ergebnis geführt hatten. An die andere Seite des Tisches gelehnt, erklärte er Stuart: »In alten Zeiten war alles ganz anders. Damals machte der Laden noch richtigen Umsatz, weil niemand ein Auto hatte. Heute kauft doch jeder in Salisbury ein, und ich kann es mir nicht leisten, auch nur ein Tütchen Kohlsamen zu spenden.«
»Kohlsamen brauche ich auch nicht«, erwiderte Stuart, ohne Michelle aus den Augen zu lassen. »Wir haben mehr als genug Kohlpflanzen, aber wir hätten gern eine schöne Schachtel Pralinen für die Tombola.«
Michelle war mit Stuarts Tochter Carol befreundet, und sie fand es unanständig von ihm, sie so anzustarren. Sie würde jedenfalls den Mund nicht aufmachen und ihm keine Gelegenheit geben, mit ihr zu reden. Demonstrativ drehte sie ihm den Rücken zu und begann die Haarschleifen auf dem blauen Karton neu zu arrangieren, der vor den Regalen mit den sogenannten Toilettenartikeln hing. Das Regal mit Seifen und Talkumpuder hatte Mr. Finch mit einem malvenfarbenen Tüllstreifen und einer künstlichen Orchidee geschmückt.
»Ich gebe Ihnen eine Schachtel zum halben Preis«, sagte Mr. Finch. »Dabei geht nicht nur mein Gewinn flöten, sondern ich zahl' sogar noch drauf.«
Michelle würde Alice und Clodagh am Stand »Zum weißen Elefanten« helfen. Sie hatten sie darum gebeten. Und Martin hatte auf Lady Unwins Bitte hin ein Spiel gebastelt, bei dem man innerhalb von dreißig Sekunden möglichst viele auf einem Holzbrett angebrachte Nägel mit Plastikbechern bedecken mußte. Gwen sorgte zusammen mit Sally Mott für den Tee, und Miss Pimm war ihre Kassiererin. Mrs. Fanshawe hatte die Leitung des Kuchenstands übernommen, und den Gerüchen nach zu schließen, war Mrs. Finch in der Küche gerade damit beschäftigt, ihren Beitrag – Törtchen mit Zuckerguß – zu produzieren. »Meine Spezialität«, sagte sie immer. Sogar Michelle, die vier Schokoriegel hintereinander

verputzen konnte, wurde es beim Anblick all der rosa und gelben Dinger fast schlecht. Beim Backen schmetterte Mrs. Finch sämtliche Melodien aus der *Lustigen Witwe*. Momentan war sie beim Walzer angelangt. Stuart Mott deutete auf die größte Pralinenschachtel.

»Ich geb' Ihnen zwei Pfund für die dort.«

Mr. Finch nahm statt dessen eine kleine Schachtel Zukkerwerk vom Regal.

»Das ist mein letztes Angebot. Für nur sechzig Pence können sie sie haben.«

Demonstrativ widerwillig zählte Stuart Mott sechzig Pence in besonders kleinen Münzen ab.

»Du hilfst also Mrs. Jordan?« fragte er Michelles Rücken.

Sie zuckte die Achseln. »Schon möglich.«

»Sie hat 'ne Schwäche für dich, stimmt's? Ich weiß über alles Bescheid, was da oben so vorgeht. Mir entgeht nichts.«

Er griff nach der Schachtel Zuckerwerk. Michelle hatte sich nicht einmal umgedreht, und Mr. Finch, der sich Lettice Deverels Tadel über Klatsch zu Herzen genommen hatte, polierte seine Speckschneidemaschine.

»Der Bruder ist immer noch da«, berichtete Stuart trotzdem. »Ein komischer Kautz. Aber sein Karren ist nicht schlecht. Triffst du dich später mit unserer Carol?«

»Weiß nicht.«

Stuart ging zur Tür.

»Also dann, bis Samstag.«

»Wiedersehn«, knurrte Mr. Finch, ohne seine Arbeit zu unterbrechen.

Michelle sagte überhaupt nichts. Wenn sie in ihren elf Schuljahren etwas gelernt hatte, so vor allem, daß man sehr viel unhöflicher sein konnte, wenn man einfach den Mund nicht aufmachte.

»Wenn ich es nicht mit eigenen Augen sehen würde«, sagte Anthony kurz vor Beginn des Festes zu Martin, »würde ich niemals glauben, daß so etwas heute noch veranstaltet wird.«

Martin versuchte einen Kartentisch, der als Unterlage für sein Spiel dienen sollte, stabil aufzustellen.
»Es wird in ganz England veranstaltet. Jeden Sommer. Es gibt Tausende und Abertausende von Dorffesten. Suchst du mir mal einen flachen Stein?«
Ihnen war eine Ecke der großen Grasfläche unterhalb des Hauses zugewiesen worden, unter einem Goldregenstrauch. Links von ihnen zeichnete Lettice Deverel – in blauer Juteschürze, die eine praktische Känguruhtasche für viele Münzen hatte – Geranienableger und Kürbispflänzchen, in Sahnebechern eingetopft, mit zehn Pence je Stück aus. Miss Payne, ihre Helferin am Pflanzenstand, reduzierte die meisten Preisschilder heimlich auf fünf Pence, bevor sie die Pflanzen einladend auf einem Klapptisch arrangierte, der mit grünen Staubtüchern drapiert war, die vor zehn Jahren eigens zu diesem Zweck gefärbt worden waren und an 364 Tagen des Jahres säuberlich gefaltet in Miss Paynes Rumpelkammer lagen.
Neben dem Pflanzenstand, vor einem herrlichen gelben Pfingstrosenstrauch, lag auf einem Küchentisch eine deprimierende Sammlung alter Bücher, hauptsächlich Taschenbücher, der Ausschuß der Urlaubslektüre des Dorfes. Mrs. Macaulay, die außer *Good Housekeeping* und Handbüchern über die Zucht von Rauhhaardackeln nie etwas las, ordnete die Bücher nach der Dicke, so daß *Krieg und Frieden* und alte medizinische Wörterbücher zwischen Sammelbänden deftiger Pornographie und unwahrscheinlicher Spionage lagen. Mrs. Macaulay wußte aus langer Erfahrung, daß ihr ein ruhiger Nachmittag bevorstand, und deshalb hatte sie ihr Strickzeug mitgebracht. Sie würde alle historischen Liebesromane an Mrs. Finch verkaufen, jeden Schund mit Brüsten und Schenkeln auf dem Umschlag an Stuart Mott, und sie würde größte Mühe haben, etwas für die Unwins und den Pfarrer zu finden, die traditionsgemäß verpflichtet waren, an jedem Stand etwas zu kaufen. Ansonsten aber würde sie auf ihrem Klappstuhl neben der Pfingstrose jede Menge Zeit

haben, den Schalkragen ihrer Cardiganweste fertigzustellen.
So dicht am Haus wie irgend möglich – sie beteuerten allerdings lachend, daß ihnen dieser Platz zugewiesen worden war –, bauten Gerry und Rosie Barton ihren sogenannten »Gemeinschaftsstand« auf. Beide hatten zu diesem Zweck jedem Cottage im Dorf einen Besuch abgestattet und um eine Sachspende gebeten. Sie wollten, wie sie mit nie erlahmendem Lächeln versicherten, jedem Bewohner von Pitcombe das Gefühl geben, selbst ein bißchen *beteiligt* zu sein. Oma Crudwell, die an einem Samstagnachmittag beim Fernsehen gestört worden war, hatte ihnen gesagt, sie sollten sich zum Teufel scheren. Andere Leute hatten irgendwelches Zeug aus ihren Gärten oder Speisekammern geholt, und Miss Pimm hatte gar zwei senffarbene Häkeldeckchen für Frisierkommoden beigesteuert. Auf diese Weise war unter dem Transparent IHR DORFSTAND! ein Sammelsurium unbrauchbarer Dinge ausgestellt, allerhand Kram, wie man ihn bei Umzügen dankbar zurückläßt. Rosie und Gerry hatten diesen »Gemeinschaftsstand« der Obhut ihres dicken deutschen Aupair-Mädchens anvertraut, dessen einziges Lebensziel eine pedantische Korrektheit in der Handhabung der englischen Sprache zu sein schien, während sie selbst von einem Stand zum anderen flitzten, die dort Mitwirkenden mit strahlendem Lächeln ermutigten und kleine Späße machten, die allesamt darauf hinausliefen, daß *wir*, das Dorf, mächtige und überlegene Verbündete gegen das Herrenhaus und alles, was es symbolisierte, seien. Sally Mott und Gwen bewunderten Rosie Barton. Sie spielte sich wenigstens nicht auf. Einige andere Leute hier müßten eigentlich daran erinnert werden, daß man im 20. Jahrhundert lebte, sagte Sally zu Gwen, während sie die Teemaschine füllten. Als Rosie die Dorfgruppe verheirateter Frauen ins Leben gerufen hatte, war Sally Mott als erste beigetreten. Wenn man mit Stuart und dem alten Fred zusammenleben mußte, suchte man – wie sie sagte – ver-

zweifelt nach einem Lebensbereich, wo man sicher sein konnte, nie einem Mann zu begegnen.
Der Teestand war auf einer Seite von Stuart Motts Tombola flankiert, auf der anderen Seite vom Stand »Zum weißen Elefanten«*, mit dem sich Alice und Clodagh größte Mühe gegeben hatten. Alles, was sie gesammelt hatten, war ausgebessert, gewaschen und auf Hochglanz poliert worden. Und Alice hatte ein riesiges Transparent gemalt, auf dem eine Reihe Elefanten, Rüssel an Schwanz, tanzte und das jetzt über dem Stand prangte. Das ganze war eine Heidenarbeit gewesen, aber Alice hatte dadurch wenigstens eine Möglichkeit gehabt, Anthony zu beschäftigen, wofür sie sehr dankbar war. Anthony hielt sich nun schon seit über einer Woche im Grauen Haus auf, und er ging ihr immer mehr auf die Nerven. Ständig beobachtete er sie, und obwohl er sich scheinbar sehr freundschaftlich mit ihr unterhielt, paßten weder seine Blicke noch sein Tonfall zu seinen Worten. Clodagh blieb seit seiner Ankunft viel häufiger zu Hause, und wenn sie kam, um bei der Organisation des Standes zu helfen, war sie spitz und unnahbar. Alice hatte versucht, mit ihr unter vier Augen zu sprechen, und zweimal hatte sie heimlich im Herrenhaus angerufen, aber Clodagh sagte immer nur: »Warte, bis er wieder fort ist, Alice, warte.« Doch das fiel Alice, die endlich aufgewacht war und nun großen Appetit und Dankbarkeit verspürte, wahnsinnig schwer. Sie beschloß, Martin zu bitten, Anthony vor die Tür zu setzen; schließlich lag Martin nichts an diesem Besuch, er war von Anfang an nicht begeistert darüber gewesen. Sie selbst hatte im Überschwang ihres Glückes zu Anthony gesagt: »Komm, ich werde nett zu dir sein, ich bin im Augenblick zu allen Menschen nett.« Aber er hatte etwas Unangenehmes mit sich gebracht, und diese unbehagliche Atmosphäre hatte seitdem ständig zugenommen, Während sie eine Reihe kleiner Flaschen aus geschliffenem Glas auf

* Ein »weißer Elefant« ist im Englischen auch ein lästiger oder kostspieliger Besitz. Anm. d. Übers.

einem Stück weißer Baumwollspitze arrangierte, dachte Alice, daß sie noch *heute* abend Martin bitten würde, Anthony zum Aufbruch zu drängen. Bei dieser Idee wurde ihr sofort leichter ums Herz, und sie drehte sich nach Clodagh um und schenkte ihr ein Lächeln, das ihre ganze Liebe widerspiegelte.
Clodagh drückte Michelle eine Schachtel mit Fünf- und Zehnpencemünzen in die Hand.
»Könntest du das bitte Martin bringen? Es ist sein Wechselgeld.«
Michelle stakste in ihren neuen weißen Stöckelschuhen über den Rasen.
»Was für eine gräßliche Woche«, sagte Clodagh. »Ich habe dich vermißt. So sehr habe ich noch nie im Leben jemanden vermißt. Wann haut dieser Mistkerl denn nun endlich ab?«
Alice blickte rasch zu Natasha hinüber, die das Kleingeld ordentlich aufstapelte.
»So bald wie möglich. Ich werde Martin bitten...«
»Er weiß Bescheid. Anthony weiß Bescheid. Er hat es sofort gewußt.«
»Gewußt?«
Mrs. Fanshawe näherte sich mit einem Pappteller voller Teekuchen.
»Das ist mir egal«, sagte Alice. »Es ist mir ganz egal, ob die ganze Welt Bescheid weiß.«
»Ich bringe was zum Schnabulieren«, rief Mrs. Fanshawe munter, »weil die Standleute zur Teestunde immer leer ausgehen.«
Sie stellte den Teller ab.
»Vielen Dank.«
Mrs. Fanshawe ließ ihren Blick über das Warenangebot schweifen.
»Wissen Sie, daß diese Vase meiner Großmutter gehört hat? Ich kann mich noch genau daran erinnern. Und du hilfst Mummy mit dem Wechselgeld, Liebes? Das kann doch nicht Ihr Baby sein! Es ist so gewachsen... Ich muß

mich beeilen, Sie wissen ja, wie alle Leute sich auf den Kuchenstand stürzen, sobald sie eingelassen werden. Da muß ich auf meinem Posten sein! Oma Cradwell hat einen ihrer Obstkuchen gemacht, und man kann den Brandy darin fast bis hierher riechen...«

Sie entfernte sich rasch. Clodagh machte sie nervös. Alice sagte leise: »Ich würde es *ihr* gern erzählen. Ich möchte es *allen* erzählen.«

Drüben bei den Union Jacks, die den Eingang markierten, blies Shadwell in eine Trillerpfeife. Sofort stürzten dreißig bis vierzig Menschen ins Rund der Stände und verteilten sich entsprechend den jeweiligen Interessengebieten. Als die ersten Spielkandidaten, zwei etwa zwölfjährige Jungen, sich dem Tisch unter dem Goldregen näherten, sagte Anthony völlig zusammenhanglos und betont beiläufig: »Clodagh Unwin ist natürlich eine Lesbe.«

»Was soll das heißen?« fragte Martin, und dann streckte der kühnere Junge ihm 50 Pence hin und sagte, als Martin ihm die Spielregeln erklären wollte: »Ich kenn' mich aus, ich hab's schon gespielt.«

Martin gab ihm einen Stapel Plastikbecher und nahm seine Stoppuhr zur Hand.

»Fertig? Blödsinn, Anthony! Woher willst du das wissen...«

Anthony wartete, bis die Punkte des Jungen gezählt waren; dessen schüchterner Freund spielte auch und erzielte zwei Punkte mehr. Beides wurde notiert, und erst als die Jungen weiterschlenderten, sagte Anthony: »Ich weiß es, weil sie eine Affäre mit Alice hat.«

Nach längerem Schweigen entgegnete Martin mit großem Nachdruck: »Alice ist meine *Frau.*«

»Deine Frau Alice und Clodagh Unwin haben eine Liebesaffäre.«

Ein kleines Mädchen wurde von seiner Großmutter hochgehoben und überreichte Martin 25 Pence. Martin erklärte das Spiel sehr sorgfältig, und das kleine Mädchen setzte mit Hilfe der Oma langsam sechs Becher auf die Nägel, und dann klingelte die Stoppuhr, und die Kleine begann zu weinen. Die Großmutter versprach ihr Kuchen, warf Martin einen anklagenden Blick zu und zog ab.

»Erzähl doch nicht so einen hirnverbrannten Blödsinn!« sagte Martin.

»Es stimmt.«

»Es ist eine Lüge, eine hundsgemeine verdammte Lüge! Du hast das erfunden, weil du eifersüchtig bist.«

»Es ist die Wahrheit. Du brauchst die beiden Damen nur zu beobachten, dann wirst du's selber sehen.«

Sir Ralph, in kariertem Anzug und mit einer gelben Rose im Knopfloch, trat an den Spieltisch heran und erklärte jovial, er wolle sich wie jeder andere lächerlich machen. Martin sagte, das sei sehr nett von ihm. Sir Ralph stellte sich bei den Spielregeln sehr begriffsstutzig an, und bis er endlich zu spielen begann, hatten sich etliche Zuschauer um ihn geschart. Er legte beträchtliches Geschick und außerordentliche Schnelligkeit an den Tag, sammelte mehr Punkte als die drei bisherigen Spieler und klopfte Martin wohlwollend auf die Schulter.

»Ich haue gern einen Juristen in die Pfanne!«

Die Umstehenden lachten höflich. Sir Ralph verkündete, daß er jetzt Mrs. Macaulay ein unanständiges Buch abkaufen wolle, und zog mit seiner kleinen Schar von Bewunderern ab. Sobald er außer Hörweite war, sagte Martin: »Ich will, daß du verschwindest. Sofort. Mach, daß du wegkommst. Du stiftest überall nur Unheil, und ich will nicht, daß du das auch hier tust. Scher dich zum Teufel, *sofort*, verdammt nochmal...«

Anthony trat einen Schritt zurück.

»Du willst, daß ich gehe, weil du glaubst, daß du dann die Augen vor der Tatsache verschließen kannst, daß deine Frau eine Lesbe ist.«

Martin starrte auf Sir Ralphs karierten Rücken, der sich über Mrs. Macaulays Bücher beugte.

»Wenn wir hier nicht im Garten der Unwins wären, würde ich dir deine dreckige Fresse polieren!«

Anthony seufzte.
»Du kannst polieren, was du willst, aber das ändert nichts an den Tatsachen. Wie kann jemand nur so blind sein? Aber du hast von jeher nur das gesehen, was du sehen *wolltest.*«
Mehrere Leute näherten sich.
Anthony zögerte eine Sekunde, so als wollte er noch etwas sagen, beschränkte sich dann aber auf ein lässiges »Tschüs« und schlenderte gemächlich in Richtung Auffahrt. Martin riß sich zusammen und wandte seine Aufmerksamkeit den Interessenten zu, von denen ihn eine dichte Nebelwand zu trennen schien. Dann fragte Sir Ralphs Traktorfahrer, der ein T-Shirt mit der Aufschrift KOMMEN SIE NICHT NACH GRIECHENLAND, WENN SIE SONNE UND SEX HASSEN, trug: »Wieviel brauch' ich, um den Boß zu schlagen?«
»Da werden Sie sich schwertun«, erwiderte Martin leicht tadelnd. Er war überrascht, daß seine Stimme sich ganz normal anhörte.
»Dann passen Sie mal auf!« protzte der Fahrer und reichte Martin eine Pfundmünze. »Passen Sie auf, wie ich den Boß schlage!«

Im Salon war es fast dunkel. Sie saßen dort nun schon seit Stunden, während das Licht immer schwächer wurde und durch die offenen Fenster der Duft der Lilien, die John Murray-French vor Jahren angepflanzt hatte, ins Zimmer drang. Alice und Martin waren nur noch zu zweit. Clodagh war nach Hause gefahren, nachdem die Kinder ins Bett gebracht worden waren. Sie würde nicht zum Abendessen bleiben, hatte sie gesagt; sie wüßten ja, wo sie zu finden sei, falls sie gebraucht würde. Sie schwiegen nun schon seit einer Ewigkeit, seit dem Augenblick, als Martin kurz geweint und sich jeden Trost von Alice verbeten hatte. Er war sehr höflich gewesen. Er war den ganzen Abend über sehr höflich gewesen, und Alice hatte ihn kaum jemals zuvor so liebenswert gefunden. Sie sagte

sich: »Er ist wirklich wunderbar«, und war voller Bewunderung.
»Du kannst ihn nicht trösten«, hatte Clodagh gesagt, bevor sie gegangen war. »Es ist arrogant zu glauben, du könntest es.«
Nur ein einziges Mal hatte er sich zu einem Vorwurf hinreißen lassen. Im Halbdunkel hatte er sie plötzlich angeschrien: »Wie *konntest* du nur?« Und sie wußte, daß er damit nicht nur meinte, wie konntest du mir das antun, sondern auch, wie konntest du dich nur in eine Frau verlieben, wie konntest du nur mit einer *Frau* ins Bett gehen?
Sie hatte sich eifrig vorgebeugt und ihm zu erklären versucht, was ihr selbst so sonnenklar war. »Verstehst du, es ist nicht passiert, weil Clodagh eine Frau ist, sondern weil Clodagh eben Clodagh ist. Kannst du das nicht begreifen?«
Ein leises Brummen war seine einzige Reaktion gewesen.
»Ihr verdanke ich es, daß ich an allem, was ich habe, viel mehr Freude habe.« Und mit der idiotischen Unbekümmertheit ihres Glücksgefühls hatte sie hinzugefügt: »Ich liebe sogar dich viel mehr, seit es Clodagh gibt.«
Daraufhin hatte er geweint, allerdings nur ganz kurz. Dann hatte er sich energisch geschneuzt, und seitdem saßen sie schweigend da, während draußen die Dunkelheit hereinbrach. Balloon kam in den Salon, miaute fragend und sprang auf Martins Schoß. Als er unsanft hinuntergeworfen wurde, verstand er die Welt nicht mehr und stolzierte gekränkt davon. Schließlich sagte Martin: »Was ist mit den Kindern?«
Sie drehte den Kopf in seine Richtung.
»Was soll mit ihnen sein?«
»Na ja...« – er rutschte auf seinem Stuhl herum –, »du und Clodagh, Einfluß und all das. Du weißt schon...«
»Nein!« schrie sie, »ich weiß es *nicht*. Clodagh vergöttert die Kinder, und ich ebenso. Wir sind zwei liebende erwachsene Menschen, keine verklemmten und verbiesterten Typen, die für Minderheiten Propaganda machen wollen!«

»Schscht«, beruhigte er sie. »Schscht. Tut mir leid. Ich wollte nicht... ich meine, ich dachte nur...« Nach kurzer Pause fragte er entschlossener: »Wissen sie Bescheid?«

»Sie wissen, daß ich Clodagh liebe und daß sie mich liebt. Sie lieben Clodagh. Was Liebe zwischen Erwachsenen bedeutet, wissen sie nicht, weil keines älter als acht ist.«

Wieder trat Schweigen ein. Dann murmelte Martin: »Ich konnte dich nie erreichen, stimmt's? Nie. Nur ganz am Anfang ein bißchen...«

»Martin, bitte...«

»Ich weiß noch, wie ich dich einmal in ein gräßliches Lokal in Marlowe ausführte und eigentlich vorhatte, dir einen Heiratsantrag zu machen. Doch dann wurde mir plötzlich klar, daß es in meiner Macht stand, damit noch zu warten. Ich war so glücklich. Wahrscheinlich war dies das einzige Mal, daß ich die Oberhand hatte.«

»Ich *habe* dich geliebt«, sagte Alice. »Ich liebe dich auch heute noch.«

»Aber es ist keine *sinnliche* Liebe...«

»Nein«, antwortete Alice ehrlich. »Sinnliche Liebe habe ich nie gekannt.«

»Bis jetzt«, stellte er gequält fest.

»Bis jetzt«, bestätigte sie.

Er stieß einen undefinierbaren Laut aus. Dann rumpelte etwas, und sie begriff, daß er aufgestanden war.

»Ich gehe zu Bett.«

»Martin...«

»Mach dir keine Sorgen.« Er lachte gezwungen. »Ich werde im Gästezimmer schlafen. Das ist in dieser Situation wohl angebracht.«

»Du bist so... so großartig...«

»Wir haben noch einen weiten Weg vor uns...«

»Aber nicht heute abend.«

»Nein, heute abend nicht mehr.« Er durchquerte vorsichtig das dunkle Zimmer und öffnete die Tür, und von der ersten Etage her fiel etwas Licht auf seine Gestalt im Türrahmen.

»Gute Nacht«, sagte Alice. »Versuch zu schlafen.«

»Du auch.«

Die Tür schloß sich. Alice lehnte sich zurück. Gleich würde sie Clodagh anrufen, aber zunächst wollte sie noch einen Augenblick mit geschlossenen Augen dasitzen und an Martin denken, an ihre Zuneigung und Bewunderung für ihn, und das führte unausweichlich zu ihren Gefühlen für Clodagh, die das alles erst ermöglicht hatte, diese Freude, diese Trauer, diesen Reichtum der Gefühle – dieses *Leben.* Was auch immer kommen würde, sagte sich Alice, sie würde damit fertig werden. In ihrer jetzigen seelischen Verfassung würde sie alle Probleme bewältigen und einen Ausweg finden können. Sie streckte im Dunkeln ihre Arme aus und bewegte die Finger. Die Brücke – und was für eine Brücke! – war überquert.

12. Kapitel

Anthony rief Cecily an und erzählte ihr, daß er für zwei Wochen nach Mallorca fahre; ein Freund habe ihm dort eine Villa zur Verfügung gestellt.
»Von wo rufst du an?«
»Aus London.«
»Ich dachte, du wärest in Pitcombe...«
»War ich auch. Bis Samstag. Zuviel Dorfleben ist nicht ganz mein Fall.«
»Anthony«, fragte Cecily, »was hast du angestellt?«
»Nichts...«
»Warum reist du dann nach Mallorca?«
»Weil ich, wie du ja weißt, der geborene Schmarotzer bin, und dort werde ich vierzehn Tage beherbergt und brauche als Gegenleistung nur eine Loggia zu streichen. Und es ist eine Luxusherberge.«
»Das bezweifle ich nicht. Wie geht es allen in Pitcombe?«
»Ausgezeichnet«, versicherte Anthony.
Nach kurzem Schweigen sagte Cecily: »Also dann, ab durch die Mitte. Und vergiß ja nicht, die Loggia zu streichen.«
»Du kannst dich ganz auf mich verlassen.« Anthony legte den Hörer auf.
Cecily ging in den Garten hinaus. Ihre weiße Hecke sah phantastisch aus; es hatte acht Jahre gedauert, bis sie ihre volle Pracht entfaltete. Sie hatte sie angepflanzt, erinnerte sie sich, um Natashas Geburt zu feiern, die Geburt ihres ersten Enkelkinds. Sie ging an der Hecke entlang und bückte sich immer wieder, um das Unkraut auszureißen, das zwischen den Lupinen wucherte, aber sie war nicht

richtig bei der Sache. Sie dachte über Anthony nach, über Anthony und Alice und Anthonys plötzliche Mallorcareise. Als sie einst Wien verlassen hatte, war sie überzeugt gewesen, daß sie sich nie wieder von ganzem Herzen und mit ganzer Seele im Netz menschlicher Beziehungen verstricken würde. Dieses Gefühl hatte sie auch in den ersten Ehejahren nie verlassen, und sie hatte es sogar während Anthonys und Martins Kindheit gehabt. Als sie dann zu einer passionierten Gärtnerin wurde, kam es ihr ganz natürlich vor, daß jenes Vakuum, unter dem sie seit Wien gelitten hatte, durch eine neue Leidenschaft ausgefüllt wurde, aber eben durch eine *platonische* Leidenschaft. Die Ironie des Schicksals wollte es aber, daß durch die Gartenarbeit in ihr ein neuer Hunger nach menschlichen Kontakten erwachte – warum, wußte sie selbst nicht. Sie sagte sich, daß es viel zu spät war, um Richard noch zu erreichen, und daß ihre beiden Söhne ihr – freilich auf verschiedene Weise – fremd waren: Anthony viel zu unzuverlässig und gefährlich, Martin viel zu konventionell. Und dann tauchte Alice auf, und dank Alice fand Cecily wieder Zugang zu den Menschen und konnte eine echte Beziehung aufbauen, anstatt sich nur danach zu sehnen wie bei Anthony und Martin; vielleicht wäre ihr das auch mit Richard gelungen, wenn er sie nur näher an sich herangelassen hätte. Und nun war sie mehr als dreimal so alt wie zu jener Zeit, als sie Wien verlassen hatte, und genauso in Gefühle verstrickt wie damals, nur daß es diesmal Familienbande anstelle einer romantischen, erotischen Liebe waren. Während sie einige welke Büschel Beifuß abzupfte, ging ihr durch den Kopf, daß diese Gefühle nicht minder stark und obsessiv waren als ihre jugendliche Leidenschaft. Sie konnte die schlaflosen Nächte und unruhigen Tage kaum noch zählen, die jene Menschen ihr beschert hatten, zu denen ihr ein echter Kontakt verwehrt blieb. Am Ende der weißen Hecke gab es eine Laube aus goldfarbenem Hopfen, der sich um gewölbtes Gitterwerk rankte, und im Innern stand eine kleine Steinbank, mit einer Lehne von der Form eines Bärenklaublattes. Diese Laube war für mindestens ein Dutzend Bücher über englische Gärten fotografiert worden – die goldgrünen Farnwedel, die mit Flechten bewachsenen Steine, die graublättrigen weißen Heckenrosen. Sogar an einem grauen Tag wie diesem, wo kein strahlend blauer Himmel den perfekten Hintergrund für die glänzenden Hopfenblätter abgab, war die Laube ein sehr befriedigender Anblick. Cecily stand eine Zeitlang davor und dachte, wie lange es her war, daß sie eine wirklich kreative Idee gehabt hatte. Es hatte fast den Anschein, als könnte man seine Kreativität entweder auf Menschen oder auf die Arbeit verwenden, aber nicht auf beides zugleich. Für beides war einfach nicht genug vorhanden. Männer wußten das und versuchten nicht einmal, beidem gerecht zu werden. Während sie ihre Steinbank betrachtete, hätte sie vor Frustration über diese Spaltung weinen können, über diese ungewollte Zerrissenheit ihrer Persönlichkeit...

»Telefon!«

Sie drehte sich um. Dorothy stand am anderen Ende der Hecke und schlug einen Staublappen aus. Cecily ging rasch auf sie zu.

»Tut mir leid, Sie zu stören«, sagte Dorothy, »aber es hört sich dringend an. Der Pfarrer von Pitcombe – er sagt...«

»Der *Pfarrer*?«

»Ja, ein Mr. Morris...«

Cecily rannte ins Haus. Der Telefonhörer lag in der Halle dicht neben einer strahlend weißen Hortensie in einem Porzellantopf.

»Mr. Morris?«

»Ah«, sagte Peter. »Ich bin so froh, Sie erreicht zu haben. Niemand ist verletzt, müssen Sie wissen. Ihre ganze Familie ist unversehrt. Aber ich glaube, Sie sollten herkommen. Ich glaube, daß Sie hier gebraucht werden. Ich glaube, daß Ihr Sohn Sie gern hier hätte.«

»Was ist denn passiert?«

»Eine... eine emotionale Verwirrung«, erwiderte Peter Morris langsam.
»Welcher Art denn? Was wollen Sie damit sagen?«
»Könnten Sie herkommen? Es wäre leichter zu erklären, wenn Sie hier wären...«
Er wußte, daß das im Grunde nicht stimmte. Es würde *nie* leicht zu erklären sein, aber am Telefon war es immer noch schwieriger, weil man das Gesicht des anderen nicht sehen konnte. Er starrte die Reproduktion an der Wand seines Arbeitszimmers an – Carpaccios hl. Hieronymus am Schreibtisch und neben ihm auf dem Boden der kleine Hund, der ihn belästigt – und wiederholte: »Alle sind wohlauf, aber Ihre Familie braucht Ihre Hilfe.«
»Ich komme«, sagte Cecily. »In etwa zwei Stunden bin ich da.«
»Kommen Sie zuerst zu mir ins Pfarrhaus.«
»Ja«, murmelte sie. »Ja.« Er hörte, daß ihre Stimme zu versagen drohte.
Er legte den Hörer auf und betrachtete den Stuhl, auf dem sie sitzen würde, wenn er ihr erklärte, daß ihre Schwiegertochter und Clodagh Unwin ein Liebespaar geworden waren und offenbar nicht die Absicht hatten, dieses Verhältnis zu beenden. Er würde ihr erzählen müssen, wie Alice am vergangenen Abend in sehr schlechter Verfassung zu ihm gekommen war und behauptet hatte, ihr Mann hätte sie zu vergewaltigen versucht. Vergewaltigen, wiederholte sie immer wieder. »Er hat versucht, mich zu zwingen... er ist verrückt, er ist *verrückt...*«
Er hatte sie in die Küche des Pfarrhauses geführt und Tee gemacht. Alice erzählte ihm, wie freundlich Martin ursprünglich gewesen war, wie verständnisvoll, und wie er sich dann schlagartig gewandelt hatte, wie er sie angebrüllt und Clodagh beschuldigt hatte, ihm Alice wegnehmen und ihn mit dem verlockenden Angebot, Anwalt der Unwins zu werden, abspeisen zu wollen, und wie er Alice auf den Boden geworfen und schreiend und weinend an ihren – und seinen eigenen – Kleidern gezerrt hatte, wie wild und gewalttätig er

gewesen war, und wie James ins Zimmer gekommen war, womit die Szene natürlich abrupt geendet hatte. Dann hatte sich Martin im Gästezimmer eingeschlossen und laut geschluchzt, und Alice hatte Clodagh angerufen, die sofort gekommen war, um James zu beruhigen, und sie selbst war ins Pfarrhaus gerannt, weil sie dachte, daß ein Arzt gebraucht würde, und wahrscheinlich nicht nur ein Arzt, aber sie war so durcheinander, daß sie keinen klaren Gedanken fassen konnte... Sie zitterte so heftig, daß sie Tee aus dem Becher auf ihren Rock verschüttete, aber sie schien die heiße Flüssigkeit kaum zu bemerken. Peter nahm ihr den Becher aus der Hand und saß da und beobachtete sie, bis er glaubte, daß sie sich soweit beruhigt hatte, um ihm den ganzen Vorfall noch einmal schildern zu können, langsam und zusammenhängend.

»Er hat gebrüllt!« sagte Alice. »Er hat mich immer wieder angebrüllt: ›Du bist eine Lesbe, hörst du, eine *Lesbe*!‹«

»Er hat recht. Wenn es stimmt, was Sie mir über sich und Clodagh erzählt haben, hat er recht.«

»Und ist das so schlimm?«

»Ja«, sagte Peter Morris. »Es ist grundfalsch.«

Sie starrte ihn an. Ihr herrliches Haar war offen und hing ihr wild und wirr über die Schultern.

»Aber es hat alles besser gemacht, glücklicher...«

»Nein«, widersprach Peter. »Das ist eine Illusion. Es war ein kurzfristiges, selbstsüchtiges Vergnügen. Ein Genuß, der zwangsläufig unschuldige Opfer schafft, kann nichts Gutes sein.«

»Und wenn *ich* zuvor ein Opfer war?«

»Der freie Wille«, sagte Peter. »Wir haben immer eine Wahl, unser Leben lang.«

»Ich bin nicht schlecht«, weinte Alice plötzlich. »Ich bin keine verdorbene, lasterhafte Frau.«

»Das weiß ich. Aber die Tatsache, daß man im Grunde gut ist, ist noch lange keine Garantie gegen falsches Handeln.«

»Es ist nicht falsch! Wie könnte Liebe *falsch* sein?«

»Liebe selbst nicht. Aber was man daraus macht, kann falsch sein.«

Er hatte dann den Arzt in King's Harcourt angerufen und Alice in der Sonntagsdämmerung nach Hause begleitet. Im Grauen Haus war aus dem Gästezimmer kein Laut zu hören, und in der Küche herrschte eine unnatürliche, gedrückte Stimmung. Clodagh las James etwas vor, und Natasha verband in einem Malbuch die mit Zahlen versehenen Punkte. James saß auf Clodaghs Schoß, doch als Peter und Alice die Küche betraten, stellte Clodagh ihn sanft auf den Boden, ging auf Alice zu und legte einen Arm um sie. Peter konnte sie nicht ansehen. Er trat an den Tisch heran und bewunderte Natashas Werk.

»Natürlich sieht alles nicht so wie in Wirklichkeit aus«, erklärte Natasha, »weil alles so eckig ist.«

James lief zu Alice und Clodagh, den Daumen im Mund, und schmiegte sich an sie. Er war im Schlafanzug. Alice nahm ihn auf den Arm; er schlang seine Ärmchen um ihren Hals und streckte seinen linken nackten Fuß zur Seite, damit Clodagh ihn halten konnte.

»Dr. Milligan kommt gleich«, sagte Alice. »Er wird Daddy etwas geben, damit Daddy schlafen kann.«

»Als ich klein war und Windpocken hatte«, berichtete Clodagh, »hat Dr. Milligan mir einen Kugelschreiber gegeben und gesagt, ich solle um jeden Flecken, den ich finde, einen Kreis zeichnen. Ich habe einen ganzen Tag dazu gebraucht.«

James kicherte, das Gesicht an Alice' Schulter.

»Ich gehe hinauf«, sagte Peter, »und warte oben auf den Arzt.«

Alice setzte sich mit James auf dem Schoß in den Lehnstuhl neben dem Herd. Clodagh blieb stehen, wo sie war.

»Alice...«

»Ja?«

»Du wirst doch jetzt nicht schwankend werden, oder? Was hat Peter dir gesagt...«

»Es sei falsch, was wir tun.«
Clodagh schnaubte.
»Ich hoffe, du schenkst dem keine Beachtung.«
»Ich muß seine Ansicht zur Kenntnis nehmen. Aber das bedeutet noch lange nicht, daß ich meine eigene Meinung ändere.« Natasha blickte von ihrem Malbuch auf und beobachtete Clodagh.
»Und was sagt dein Herz?« fragte Clodagh, den Kopf zurückgeworfen. Sie trug ein kurzes hellgraues Kleid und stand sehr aufrecht da, eine schmale Gestalt mit wilder Haarmähne.
»Von allen Menschen«, erwiderte Alice, »weißt nur du, wie mir ums Herz ist.«
Clodagh machte einige Schritte nach vorne und lehnte sich an den Tisch. »Diese Liebe ist *real*, weißt du«, sagte sie eindringlich. »*Real.* Nicht nur ein Spiel, um die Bourgeoisie zu schockieren.«
»Das weiß ich doch.«
Clodagh legte ihre Hand auf Natashas.
»Sie ist nicht selbstsüchtig. Sie gibt, sie schließt andere Menschen mit ein. Sie bringt die besten Seiten von Frauen zum Vorschein...«
»Clodagh, aber das weiß ich doch alles.«
Tränen liefen über Clodaghs Gesicht und fielen auf den Tisch.
»Du *mußt* es wissen«, schluchzte sie. »Alle müssen es wissen. Alle müssen begreifen, daß dieses Gefühl genauso stark und echt ist wie eine normale Liebe. Ich wußte das nie, aber jetzt weiß ich es. Oh, Alice...«
Alle sahen sie an. James hatte sogar seinen Daumen aus dem Mund genommen. Alice streckte die Hand aus.
»Clodagh, Clodagh, wozu das alles, wozu quälst du dich...«
»Ich habe Angst davor, daß du dich zurückziehen wirst, und das wird auch passieren, es *wird* passieren!« rief Clodagh, ließ Natashas Hand los und bedeckte ihr nasses Gesicht mit den Händen.

Natasha sprang vom Stuhl auf und lief zu ihrer Mutter. Alice nahm sie bei der Hand. Sie saß aufrecht da, hielt ihre Kinder fest, und obwohl ihr Gesicht tiefe Erschöpfung widerspiegelte, sagte sie mit ganz ruhiger Stimme: »Du brauchst keine Angst zu haben.«
Clodagh nahm ihre Hände vom Gesicht, riß ein Blatt von der Küchenrolle auf der Anrichte ab und schneuzte sich geräuschvoll.
»Alice, süße Alice... Du bist ein solches Unschulds...«
Und dann kam der Arzt und ging mit Peter Morris zu Martin, der sowohl über sein eigenes Verhalten als auch über die bitteren Entdeckungen der letzten vierundzwanzig Stunden tief verstört war und wie ein wohlerzogener Schuljunge alles mit passiver Höflichkeit über sich ergehen ließ: daß man ihm einen Pyjama anzog, ihn ins Bett brachte und ihm eine Injektion gab, damit er einschlafen konnte. Auf der Treppe erklärte Peter Morris dem Arzt mit leichtem Widerwillen die näheren Umstände, und als die beiden Männer in die Küche kamen, war Clodagh nicht mehr da, und Alice spielte mit ihren Kindern am Tisch das »Galgenspiel«.
Dr. Milligan sagte, er würde morgen wieder vorbeikommen, er halte aber einen Ortswechsel für Martin ratsam.
»Damit Sie Ihr Haus wieder in Ordnung bringen können«, fügte er hinzu.
Sie starrte stumm auf den aprikosenfarbenen Lichtkreis, den die Deckenlampe auf den Tisch warf.
»Es ist kein ›F‹«, rief Natasha. »Nur noch vier Fehler, und du hängst am Galgen!«
Alice spürte, daß die beiden Männer sie beobachteten, zwei große grauhaarige Männer in bequemer Sonntagabendkleidung, und sie hatte plötzlich Clodaghs Stimme im Ohr: »Warum sollten Männer dich verachten? Also ehrlich, wie kann man nur so engstirnige Ansichten haben? Verachten Frauen etwa schwule Männer? Alice, Alice...«
Sie zwang sich aufzuschauen.

»Ich werde morgen früh Ihre Schwiegermutter anrufen«, verkündete Peter.
»Oh...«
»Ja«, sagte er energisch. Dr. Milligan ging zur Tür. »Ich würde an Ihrer Stelle die Kinder ins Bett bringen. Und dann selbst ins Bett gehen.« Er öffnete die Küchentür, stellte fest: »Es regnet«, und ging in den Regen hinaus.
Peter Morris legte im Vorbeigehen beiden Kindern kurz die Hand auf den Kopf.
»Sie können mich jederzeit anrufen.«
»Ja.«
»Martin wird die ganze Nacht durchschlafen.«
»Ja.«
»Gehen Sie zu Bett.«
Nachdem er gegangen war, sagte Natasha seufzend: »Onkel Anthony ist an allem schuld, nicht wahr?«
»Nun, teilweise...«
»Wird es Daddy morgen früh besser gehen?«
»Ein bißchen besser.«
»Wer bringt uns zur Schule?«
Alice überlegte kurz. »Mrs. Alleyne.«
James' Unterlippe zitterte. »Nein...«
»Sie ist an der Reihe.«
»Ich will aber Clodagh...«
»Ja, ich weiß.«
Sie stand auf und nahm James bei der Hand.
»Kommt. Höchste Zeit fürs Bett.«
James ließ sich widerwillig mitziehen. Sie gingen langsam die Treppe hinauf, vorbei an der geschlossenen Gästezimmertür, den Flur entlang in James' Zimmer, wo über dem Bett von Modellflugzeugen eine Flugparade abgehalten wurde. Er sah im Bett sehr klein und zart aus, und der Anblick seines zerbrechlichen Nackens versetzte Alice in Panik. Sie küßte ihn rasch, weil sie befürchtete, weinen zu müssen, bevor sie sein Zimmer verlassen konnte, und erstaunlicherweise bettelte er nicht, daß sie

bei ihm bleiben solle, sondern schob verbotenerweise seinen Daumen in den Mund und drehte sich widerspruchslos auf die Seite.
Im Nebenzimmer brachte Natasha Princess Power für die Nacht im rosa Kunststoffschloß unter. Ohne sich umzudrehen, fragte sie: »Soll ich Daddy ›Gute Nacht‹ sagen?«
»Ich glaube, er wird jetzt schon fest schlafen. Hast du deine Ballettsachen für morgen herausgelegt?«
Natasha nickte. Morgen, dachte Alice, Montag, Ballettunterricht, rollender Laden, Clodagh wird währenddessen auf die Kinder aufpassen, Martin wird wieder wach sein, Cecily wird kommen, Gwen wird kommen, und allmählich wird die Kunde sich verbreiten. Und vorher gilt es, diese Nacht hinter sich zu bringen.
Sie gab Natasha einen Kuß.
»Sobald Princess Power versorgt ist, Tashie, gehst du ins Bett. Ich schaue später noch einmal rein, wenn ich gebadet habe.«
»Ich wünschte, ich könnte auch ihre Prunkkarosse haben.«
»Vielleicht zu deinem Geburtstag...«
Natasha begann leise und vertraulich in den mit rosa Spiegeln ausgestatteten Thronsaal zu flüstern. Alice ging hinaus und schloß die Tür. Dann lauschte sie an den anderen Türen, nach einem heftigen inneren Kampf sogar an der des Gästezimmers, und schließlich ging sie ins Schlafzimmer, zog die Schuhe aus und legte sich aufs Bett. Sie machte kein Licht an, sondern starrte in die Dunkelheit, während draußen Regen auf die harte, trockene Erde niederprasselte.

»Was erzählen Sie mir da?« murmelte Cecily, aber es war eine rein rhetorische Frage. Sie wußte schon alles.
Peter Morris sagte denn auch nichts mehr. Er stand auf, ging zum Fenster und starrte in seinen nassen Garten hinaus.

»Und der Arzt?«

»Er war heute morgen noch einmal im Grauen Haus, und er ist der Meinung, daß Sie Martin für einige Tage mit zu sich nach Hause nehmen sollten. Er braucht etwas Fürsorge.« Er wandte sich vom Fenster ab. »Die Folgen des Schocks, verstehen Sie? Vor einem Jahrhundert hätte man so etwas vielleicht noch geistige Umnachtung genannt.«

Cecily hatte die Augen geschlossen.

»Die ganze Sache ist grotesk.«

»Aber sie ist passiert.«

Sie öffnete die Augen und machte eine weit ausholende Armbewegung.

»Aber hier...«

»In Pitcombe?«

»Ja.«

»Die Menschen unterscheiden sich nicht wesentlich voneinander. Hier ist nur die Kulisse schöner als beispielsweise in Solihull. Und man kann nicht in der Masse untertauchen.«

Cecily sagte mit einer Art steifer Scheu: »Es wird Ihnen bestimmt absurd vorkommen, aber ich... ich hatte noch nie etwas mit einer derartigen... äh... Situation zu tun.«

»Ich auch nicht«, gab Peter zu. »Bei Männern, ja. Aber nicht bei Frauen. Bei Frauen ist das etwas ganz anderes.«

Cecily schloß wieder die Augen. »Zweifellos...«

Peter Morris durchquerte das Zimmer und legte eine Hand auf ihren Arm. »Wir sollten jetzt ins Graue Haus gehen.«

»Die Kinder...«

»Die sind in der Schule.«

»Das Baby nicht.«

»Das Baby ist, wo es sein sollte – bei seiner Mutter.«

Cecily ließ es zu, daß er ihr beim Aufstehen half und sie beim Gehen stützte. Die Dorfstraße war leer, nur Stuart Mott war dabei, die beiden grünen Ligustersträuche zu scheren, die Miss Pimms karges Vorgärtchen vom Pflaster trennten. Er blickte auf, als er die beiden kommen sah, nickte ihnen zu und schüttelte sodann bedauernd den Kopf, um zu zeigen, daß er ihnen gern gewinkt hätte, aber seine Schere nicht loslassen konnte. Er wußte, wer Cecily war. So wie sie aussah und sich bewegte, hatte sie schlechte Nachrichten für das Graue Haus. Vielleicht war Mr. Jordans Vater gestorben, oder dem komischen Bruder war etwas zugestoßen. Auch Miss Pimm, die den Schreibtisch ihrer toten Mutter im Vorderzimmer abstaubte, sah Peter und Cecily, und ihr fiel ein, daß sie erst letzten Abend gesehen hatte, wie der Pfarrer Alice ähnlich gestützt hatte, so als wäre sie eine Invalidin. Miss Pimm nahm das Foto ihrer Mutter zur Hand. An jenem Abend, als ihre Mutter den tödlichen Schlaganfall erlitten hatte, war sie ins Pfarrhaus gerannt, noch bevor sie den Notarzt angerufen hatte. Dies war das einzige Mal in ihrem Leben gewesen, daß sie Brandy angerührt hatte.

»Ist... ist es im Dorf schon bekannt?« fragte Cecily.

»Noch nicht.«

»Und muß es bekannt werden?«

»Leider wird es sich nicht verhindern lassen.«

»Warum kann nicht Alice fortgehen?« fuhr Cecily plötzlich Peter an. »Warum muß es der arme Martin sein?«

»Wegen der Kinder.«

»Ja...«

»Ich habe den Eindruck, daß Martin und Alice getrennt einen Heilungsprozeß durchmachen müssen, bevor sie gemeinsam daran gehen können, ihre Ehe zu heilen.«

Cecily schnaubte.

»Ihre Ehe! Mein lieber Mr. Morris, das dürfte vorbei sein...«

»Keineswegs.«

Er führte sie über die Straße.

»So ein Betrug!« Cecily dachte nicht nur an Martin.

»Auch nicht schlimmer als ein normaler Ehebruch, finde ich. Beides ist Sünde. Und beides braucht eine Ehe nicht

zu zerstören, vorausgesetzt, man hilft den Ehepartnern.«
Auf der Gasse zum Grauen Haus begegneten sie zuerst dem Milchkarren und dann einem Kleinlaster, der Martins schweren Rasenmäher zur Reparatur brachte. Im letzten Cottagegarten flatterte ein Gummilaken auf der Wäscheleine, neben mehreren riesigen Schlafanzügen. Am Tor packte Peter Morris Cecily noch fester beim Arm und führte sie ums Haus herum zur Küchentür. Die obere Hälfte war geöffnet, und drinnen saß Martin am Tisch, vor sich eine Zeitung, in Jeans und kariertem Hemd, sehr bleich und übertrieben ordentlich gekämmt.
Er blickte hoch, als die beiden Gestalten im Türrahmen den Raum verdunkelten, stand auf, sagte: »Hallo, Mutter«, öffnete die Tür und küßte sie auf die Wange. Dann sagte er: »Guten Morgen, Peter«, und trat höflich etwas zurück, so als wäre es das einzige, was er tun konnte.
Cecily legte ihre Arme um ihn, und er wehrte sich nicht dagegen. Dann fragte er: »Möchtest du etwas Kaffee? Es müßte noch welcher da sein.«
»O Liebling«, murmelte Cecily, »Liebling!«
»Bitte...« Martin schob ihre Arme beiseite.
»Ich bin hergekommen, um dich mit nach Hause zu nehmen, Liebling. Ich bin hergekommen, um dich für eine Weile mitzunehmen...«
»Ja, das würde mir gefallen...«
»Mein Auto steht beim Pfarrhaus.«
Sie sah sich in der Küche um.
»Wo ist Alice?«
Martin antwortete bedächtig: »Alice fährt Charlie in seinem Sportwagen spazieren. Sie wäre froh, wenn ich in Dummeridge wäre.«
Cecily schnaubte leise.
»Das glaube ich gern!«
Martins Gesicht verzog sich sofort vor Schmerz und Verstörung, und Peter Morris trat rasch vor und nahm ihn beim Arm.
»Natürlich wird sie froh sein, wenn Sie gut aufgehoben sind.

Sie will ja, daß es Ihnen bald besser geht. Wir alle wollen das.«

»Weiß der liebe Himmel, was Milligan mir gestern abend verabreicht hat«, brummte Martin. »Ich habe das Gefühl, einen Schlag mit dem Schmiedehammer abbekommen zu haben.« Er strich sich übers Gesicht. »Ich habe versucht, in der Kanzlei anzurufen. Alice hat gesagt...«

Cecily legte den Arm um ihn.

»Mach dir darüber keine Sorgen. Mach dir über *nichts* Sorgen. Wir werden uns um alles kümmern.«

»Meine Tasche«, murmelte Martin. »Ich habe meine Tasche gepackt...«

Peter ging hinauf, um sie zu holen, und stieß dabei auf Gwen, die Leintücher in ein Kopfkissen stopfte, um die Sachen in die Wäscherei zu bringen.

»Ist das seine Mutter, die da gekommen ist?«

»Ja.«

Gwen vertrat die Ansicht, daß Geistliche sich auf ihre drei wesentlichen Pflichten – taufen, trauen und beerdigen – beschränken und sich ansonsten in nichts einmischen sollten.

»Ich nehme an, daß Sie sie verständigt haben?«

»Ich suche Mr. Jordans Tasche...«

»Wenn Sie sich schon unbedingt einmischen wollten«, fuhr Gwen unbeirrt fort, während sie Laken mit Bärenmotiv verstaute, »hätten Sie schon vor Wochen Clodagh auffordern sollen, ihre Koffer zu packen.« Sie deutete mit dem Kopf auf eine offene Tür. »Mr. Jordans Tasche steht da drin.«

»Gwen, ich hoffe, daß Sie bleiben werden. Wenigstens, bis Mr. Jordan zurückkommt.«

»Das hängt ganz davon ab, ob man mich bittet zu bleiben...«

»Ich kann mich nicht daran erinnern«, sagte Peter mit einer gewissen Schärfe, »daß Sie jemals moralische Bedenken wegen der Freundinnen des Majors hatten.«

Gwen hob den prallvollen Kissenbezug auf.

»Das war doch etwas ganz anderes. Es war *normal.*« Sie ging auf die Treppe zu. *Wenn* ich bleibe. dann nur wegen der Kinder. Die können ja schließlich nichts dafür.«

Alice sah vom Flußpfad aus Cecilys Wagen die Dorfstraße hinabfahren, die Brücke überqueren und mühelos den nächsten Hügel in südlicher Richtung erklimmen. Sie konnte zwei Köpfe darin erkennen. Als das Auto verschwunden war, setzte sie Charlie mit seinem Hahnenfußstrauß, der schon zu welken begann, in seinen Wagen und schob ihn energisch die Straße hinauf, lebhaft mit ihm plaudernd. Cathy Fanshawe, die gerade aus dem Laden kam, rannte über die Straße und berichtete atemlos, sie hätten bei dem Fest insgesamt 951 Pfund eingenommen, und das sei doch kaum zu glauben, was? Alice bekundete ihre Freude. Cathy bedankte sich überschwenglich für den Stand »Zum weißen Elefanten« und rannte zu ihrem Auto zurück. Bald würde Cathy Fanshawe wissen, warum Martin von seiner Mutter abgeholt worden war.

In der Küche des Grauen Hauses briet Clodagh eine Wurst für Charlies Mittagessen. Gwen war demonstrativ nach Hause gegangen. Auch Clodagh hatte gewartet, bis Cecilys Auto vom Pfarrhaus abgefahren war. Sie hatte den ganzen Morgen nichts anderes getan als gewartet. Eigentlich hatte sie mit ihrer Mutter sprechen wollen, aber Margot war schon früh nach London gefahren, zum Zahnarzt und zu einem Mittagessen im Parrot Club. Die Aussprache würde nun am Abend stattfinden müssen, denn andernfalls würde die Geschichte Margot im Dorf verzerrt und ausgeschmückt zu Ohren kommen, und Clodagh wollte ihr lieber selbst sagen, daß sie sehr bald fortgehen und Alice und die Kinder nach Windover mitnehmen würde. Sie hatte Alice noch nichts davon gesagt. Diese Neuigkeit wollte sie ihr erzählen, wenn sie beide allein sein würden.

Als Alice in die Küche kam, setzte sie Charlie in sein ho-

hes Stühlchen, ging auf Clodagh zu und nahm sie in die Arme.
Beide sagten kein Wort. Charlie hielt Ausschau nach etwas, was er erreichen konnte, fand das Telefonkabel und zerrte daran, so daß der Hörer auf den Boden flog und Alice ihn rasch retten mußte.
»Schrecklicher Junge!«
Charlie lachte.
»Ich bin ein Feigling«, sagte Alice. »Ich konnte es nicht über mich bringen, Cecily zu treffen.«
»Feiglinge gibt es hier jede Menge« – Clodagh wendete die Wurst –, »aber du bist keiner davon.«
Sie legte die Wurst in Charlies Schüssel, neben eine kleingeschnittene Tomate, brachte sie ihm und schnitt sie in Stücke.
»Näh«, machte Charlie.
»Das ist alles, was du bekommst.«
Er schlug mit seinem Löffel auf die Wurststücke. Clodagh legte ihre Hand auf Alice' Schulter.
»Sandwich?«
»Nein, danke. Nichts. Ich habe keinen Hunger.«
»Alice, dies ist nicht der richtige Moment für Hysterie. Vor uns liegt noch ein sehr weiter Weg.«
Alice lächelte, griff nach Clodaghs Hand und schmiegte ihre Wange daran.
»Es ist keine Hysterie. Nur Schlafmangel, weil ich über vieles nachdenken mußte. Außerdem muß ich jetzt sowieso los. Ladentag.«
Clodagh öffnete die Tür.
»Ich werde hier sein, wenn du zurückkommst. Wir alle. Wir werden dich sehnlichst erwarten.«
Sie schauten einander an. Dann beugte sich Alice vor, küßte Clodagh und ging den Garten hinaus.

Der rollende Laden stand wie immer im Hof hinter der Post, und wie immer stand Mr. Finch auf einer Aluminiumleiter und wusch die Windschutzscheibe, einen Plastikeimer in einer Hand, einen Schwamm in der anderen. Die hinteren Türen des Lastwagens waren geöffnet, und was ungewöhnlich war, daß Mrs. Finch in geblümter Rüschenbluse die Regale auffüllte. Mrs. Finch rühmte sich, im Geschäft keinen Finger krümmen zu müssen, obwohl sie die Buchführung mit Adleraugen überwachte, und wenn sie doch einmal gezwungen war, einen Kunden im Laden zu bedienen, der Kartoffeln haben wollte, zog sie Gummihandschuhe an, bevor sie sie berührte, und gab durch Lächeln und Bemerkungen zu verstehen, wie wenig vertraut ihr diese Tätigkeit war.

Alice ging die Stufen hinauf. »Hallo, Mrs. Finch. Heute keine Michelle?«

Mrs. Finch blieb mit zwei Essigflaschen in den Händen wie angewurzelt vor den Regalen stehen.

»Nein, Mrs. Jordan. Heute keine Michelle.«

»Ist sie krank? Am Samstag ging es ihr doch gut...«

»Es geht ihr auch heute gut. Sie bedient im Laden.«

»Verstehe«, sagte Alice, die überhaupt nichts verstand. »Lassen Sie mich das machen. Ich weiß ja, daß Sie's nicht gern tun...«

»Mrs. Jordan« – Mrs. Finch drehte sich endlich um, hielt aber die beiden Flaschen weiterhin umklammert –, »ich bin keine, die vor etwas zurückschreckt.«

Sie holte tief Luft. Seit Gwens erstaunlichem Besuch im Laden hatte sie diese kleine Rede mehrmals im Geiste geprobt. Sie stellte die Flaschen an den richtigen Platz und wandte sich sodann wieder Alice zu, die Hände auf ihrem leuchtend gelben Faltenrock gefaltet.

»Mrs. Jordan, ich bin sicher, daß Sie mich nicht falsch verstehen werden, und ich bin sicher, daß Sie begreifen, warum ich Ihnen das aus Zartgefühl sagen muß, anstatt es Mr. Finch zu überlassen. Michelle wird heute nachmittag nicht mit Ihnen im Lastwagen sein, weil ihre Mutter es verboten hat.«

Alice begann zu lachen.

»Aber das ist doch *idiotisch*...«

Mrs. Finch beobachtete sie.
»Ich habe in meinem Leben schon sehr viel gesehen, Mrs. Jordan, und ich maße mir prinzipiell keine Urteile über andere an. Aber ich kann Ihnen sagen, daß ich in dieser Hinsicht eine seltene Ausnahme bin. Eine sehr seltene, um die Wahrheit zu sagen.«

13. Kapitel

»Du wirst keine Stunde länger hierbleiben!« schrie Sir Ralph und schlug mit der Faust auf seine offene Handfläche. »Du wirst Pitcombe sofort verlassen. Auf der Stelle.« Sein Gesicht war scharlachrot. Margot und Lettice, die von einem friedlichen Abendessen mit ihrem Papagei abberufen worden war, wollten beide etwas sagen, aber er gebot ihnen mit heftigen Armbewegungen Schweigen.
»Ich habe mein ganzes Vertrauen in dich gesetzt. Mein ganzes Vertrauen! Und du hast mich betrogen und deine ganze Familie in den Dreck gezogen!«
»Ralph!« rief Margot. »Ralph, nun übertreib doch nicht so. Das hilft uns nicht weiter. Clodagh ist immer noch Clodagh.«
»Ausgerechnet du!« stöhnte Sir Ralph. »Von allen Menschen, die ich liebe, ausgerechnet du!«
Clodagh saß sehr aufrecht auf einem kleinen Sofa in der Bibliothek ihres Vaters. Sie war kurz nach der Rückkehr ihrer Mutter aus London so gegen sieben zu ihr gegangen, und jetzt war es schon nach zehn. Mrs. Shadwell hatte wie immer ein kaltes Abendessen in der Küche bereitgestellt, aber niemand hatte sich dafür interessiert. Nachdem Clodagh ihr Schweigen erst einmal gebrochen hatte, gab es sehr vieles, was sie ihren Eltern erzählen mußte, mehr als sie selbst angenommen hatte, zumal sie vieles wiederholen und noch mehr ausführlich erklären mußte. Ihre Intimsphäre, die sie bisher stets für unantastbar gehalten hatte, wurde ans Tageslicht gezerrt, und die moralische Reinheit ihrer selbständigen Entscheidung wurde vor ihren Augen durch Verstörung, Entsetzen und Abscheu in den Staub getreten und zertrampelt. Margot hatte, welche

Gefühle sie auch bewegen mochten, kein einziges unfreundliches Wort gesagt. Dafür hatte ihr Vater nicht den geringsten Zweifel daran gelassen, daß ihre sexuellen Vorlieben ihn verwirrten und abstießen, und daß er persönlich tief gekränkt war, weil sie sich ausgerechnet in Pitcombe eine Gespielin gesucht hatte. Sie hatte ihm zu erklären versucht, daß es *Liebe* sei, und seine Reaktion darauf hatte ihre Mutter veranlaßt, Lettice Deverel anzurufen.

Sir Ralph hatte Lettice von jeher sehr gern gehabt. Er bewunderte insgeheim ihren Verstand und ihre starke Persönlichkeit, und in der Öffentlichkeit nannte er sie liebevoll »unsere gute alte Bohemienne«. Als Lettice in ihrer Gärtnerhose den Raum betrat, streckte er ihr mitleidheischend die Hände entgegen und rief: »Was sollen wir nur machen? Oh, meine Liebe, was soll nur aus uns werden?«

Lettice hatte seine Hände ergriffen und ihn geküßt, anschließend hatte sie Clodagh geküßt, und erst dann geantwortet: »Vor allem werden wir nicht den Kopf verlieren.«

»Du verstehst nicht...«

»Doch, mein lieber Ralph, ich verstehe euch alle.«

Er hatte sich daraufhin beruhigt, und während Lettice mit ihm redete, saß Clodagh mit gesenktem Kopf da und versuchte, ihre eigene rasende Wut zu dämpfen, indem sie an Alice dachte. Niemand sollte auch nur ein Wort gegen Alice sagen; das würde sie nicht zulassen. Doch dann tat ihr Vater genau das, er konnte einfach nicht anders; er schrie, daß Alice seine Tochter verführt haben müsse, und Clodagh brüllte ihn an, und dann befahl er ihr, Pitcombe auf der Stelle zu verlassen. Es war melodramatisch, unreif, dumm, all das und noch mehr, aber es war menschlich und – vor allem – es passierte *tatsächlich*.

»Der Schrecken wird kein Ende nehmen«, sagte Sir Ralph düster. »Die Geschichte wird sich wie ein Lauffeuer im Dorf verbreiten, in der ganzen Grafschaft. Der gute Ruf von Jahrhunderten...«

»Ralph!« rief Lettice warnend.

»Dahin!« beharrte er.

»Es wird natürlich *das* Ereignis des Tages sein, aber sehr schnell wieder in Vergessenheit geraten. Was glaubst du, was in manchen deiner Cottages vor sich geht?« Lettice legte ihre Hände auf die Knie. »In intimen Angelegenheiten haben deine Pächter weitaus mehr Erfahrung als du.«
Er starrte sie zornig an.
»Wie kannst du es wagen...«
Sie war völlig ungerührt.
»Nach kurzer Zeit wird die Sache vergessen sein«, wiederholte sie, »vor allem, wenn Clodagh sich schnell absetzt.«
Margot stieß einen leisen Jammerlaut aus.
»Wir werden uns beide absetzen«, verkündete Clodagh. »Alice und ich. Wir werden zusammen fortgehen.«
»Ich hoffe nicht.«
»Alice hat *Kinder*«, betonte Margot.
»Die nehmen wir auch mit.«
»Ich hoffe nicht«, sagte Lettice wieder. Sie sah Clodagh streng an. »Dieser Plan hat keine Zukunft. Das einzige, was Zukunft hat, ist, daß du zum erstenmal in deinem Leben deinen Verstand benutzt. Es würde dir nicht schaden« – sie legte eine kurze Pause ein –, »es würde dir nicht schaden zu lernen, allein zu sein.«
Clodagh drehte den Kopf zur Seite.
»Du bist sehr verzogen worden«, fuhr Lettice unbeirrt fort, »aber das ist noch lange kein Grund, dich selbst weiter zu verhätscheln.«
Clodagh knirschte mit den Zähnen.
»Ich denke an Alice.«
»Tatsächlich? Zweifellos auch an ihre Kinder. Hast du dir schon einmal überlegt, wie sie sich fühlen werden, wenn du sie nach Dorset bringst und von der dortigen Gesellschaft erwartest, daß man dich und Alice als normales Paar akzeptiert? Die ländliche Gesellschaft ist dazu nicht imstande. Vielleicht kann es eine Großstadtgesellschaft, obwohl ich auch das bezweifle. Ich glaube, es ist nur eine hauchdünne Scheinakzeptanz. Und was hat Martin ver-

brochen, abgesehen davon, daß er ein Mann ist. Ein langweiliger Mann vielleicht, ein wenig aufregender, gehemmter Mann, aber kein brutaler Rohling. Einfach ein Mann. Willst du so leben? Aus Liebe die ganze Welt zertrümmern?« Lettice beugte sich vor. »Wenn Alice eine freie Frau wäre, würde ich sagen, zieht eures Weges und viel Glück. Halt den Mund, Ralph! Aber sie ist nicht frei, und deshalb kann ich das nicht sagen.«

Clodagh verspürte jetzt nicht nur Zorn, sondern auch Angst. Sie konnte sich nicht einreden, daß Lettice eine bornierte, konventionelle, konservative alte Puritanerin sei, so sehr sie es auch versuchen mochte, und wenn *Lettice* sagte, daß es wegen der Kinder nicht möglich sei... Sie schüttelte den Kopf. Unsinn! Natürlich war es möglich. Der Kampf würde nur härter sein. Sie äußerte diese Ansicht.

»Ich werde nie deine Kinder auf meinem Schoß halten«, sagte Sir Ralph plötzlich, ohne auf ihre letzte Bemerkung einzugehen.

Trotz ihres eigenen Gefühlsaufruhrs konnte Margot Lettice nicht ansehen.

»Wenn es das ist, was dir Sorgen bereitet«, sagte Clodagh brutal, »zu *diesem* Zweck kann ich einen Mann leicht ertragen...«

Sir Ralph stieß einen leisen Schrei aus. Margot stand auf und gab Clodagh einen harten Klaps auf die Hand.

»Benimm dich gefälligst!«

Lettice erhob sich ebenfalls. »Zeit fürs Bett.«

»Bevor es in diesem Stil weitergeht, ist das wohl wirklich das beste...«

Auch Clodagh stand auf und ging rasch zur Tür. Sie war riesig, mit Paneelen versehen und weiß gestrichen, und Clodaghs schmale Gestalt hob sich scharf davon ab, bevor sie die Tür öffnete. Für Margot sah sie in diesem Augenblick genauso aus wie mit knapp zwölf Jahren, als kindlicher Mutwille sich in den Eigensinn eines Teenagers verwandelte.

»Du wirst dir jetzt *nicht* den Kopf darüber zerbrechen«, sagte Lettice, die Margot beobachtet hatte, »welche Fehler du gemacht hast.«
Clodagh ging die Treppe hinauf, ohne Licht zu machen. Es war nicht ganz dunkel, obwohl alle Konturen verschwammen und tiefblau waren. Im ersten Stock schimmerten die riesigen chinesischen Ingwerkrüge, die ein abenteuerlustiger Unwin im 18. Jahrhundert von einer Reise mitgebracht hatte, wie fettbäuchige heidnische Götter. Es gab acht davon, auf Rosenholzpodesten, und als Kind hatte Clodagh jedem einen Namen gegeben. Jetzt ging sie achtlos an ihnen vorüber, ebenso wie an dem kleinen Chippendalesofa, auf dem sie jedes Jahr an ihrem Geburtstag für ein Foto posiert hatte, vorüber an dem naiven Gemälde von Schweinen, das es ihr so angetan hatte, daß sie Georgina – wie sie oft gesagt hatte – *umbringen* wollte, um es zu bekommen (und Georgina hatte ihr das halb geglaubt), vorüber an der Ikone des hl. Nikolaus, von dem sie geglaubt hatte, er könnte ihr ansehen, ob sie ein gutes Gewissen hatte, vorüber an der Vitrine mit Fächern und der mit Schnupftabakdosen und vorüber am Schlafzimmer ihrer Mutter. Dann verließ sie endlich den Bereich des dicken und zusätzlich mit afghanischen Teppichen belegten Teppichbodens – für den Korridorboden zu den Kinderzimmern hatte man strapazierfähigere Auslegeware verwendet – und gelangte in ihr Zimmer, dessen Fenster nach Süden gingen, zum Buchenwald, der ihr die Sicht auf das Graue Haus, auf Alice, verwehrte.
Sie kniete sich auf den breiten Sims und spähte durch die Buchen hinab. Alice war dort unten, Alice, die sie brauchte, Alice, die sie gerettet hatte. Es war die aufregendste Entdeckung in Clodaghs Leben gewesen, daß Alice tief im Innersten nicht an ihren eigenen Wert glaubte. Als Clodagh das erkannt hatte, als sie begriff, daß Alice, so selbstsicher und fesch sie auch *aussehen* mochte, doch der richtige Glaube an sich selbst fehlte, daß sie hier, in der anspruchsvollen Konventionalität des Dorflebens, an sich

selbst und ihren Fähigkeiten zweifelte – da war es wie ein Rausch über sie gekommen: *Sie* konnte den Zauber vollbringen, sie konnte für Alice tun, wozu Alice selbst nicht imstande war.

Und sie hatte es getan. Alice war wie verwandelt – aber auch Clodagh hatte sich verändert. Sie lehnte ihre Wange an das glatte Holz der geöffneten Fensterläden. Auch sie brauchte Alice jetzt. Das hatte sie nicht gewollt. Ihr war nicht einmal in den Sinn gekommen, daß so etwas passieren könnte, denn bislang hatte sie nie jemanden gebraucht, nur kurze Zeit begehrt. Der Gedanke, Alice zu verlieren, weckte in ihr den Wunsch, hysterisch zu schreien und irgend etwas zu zerschlagen.

Niemand durfte ihr solche Qualen zumuten. Alice gehörte *ihr*. Sie würde sie ein zweites Mal verführen. Sie hatte sie verführt, die ihre zu werden, und nun würde sie sie verführen, für immer die ihre zu bleiben, mit ihr fortzugehen.

Sie beugte sich vor, bis ihre Stirn die Scheibe berührte. Es war jetzt fast so dunkel, wie es überhaupt werden würde. Wenn sie jetzt vor dem hl. Nikolaus stehen und in sein unergründliches Antlitz blicken würde, könnte sie das ruhigen Gewissens tun, ohne jede Furcht. Sie hatte eine gute Tat vollbracht. Nach einem Vierteljahrhundert eher zweifelhafter Tugend zweifelte Clodagh keinen Augenblick daran, daß sie jetzt auf dem rechten Wege war. Sie hatte eine unglückliche Frau glücklich gemacht, und dieses Glück hatte auf ihre ganze Umgebung ausgestrahlt, auf ihre Kinder, auf ihre Freunde, auf das Dorf. Was nun Martin betraf – nun, das war ein leichter Mißklang, aber die vielen segensreichen Auswirkungen überwogen bei weitem. Clodagh ging bei ihren Erwägungen rasch über Martin hinweg – in Relation zum Ganzen war er eine Kleinigkeit. Außerdem hatte er, ob bewußt oder unbewußt, Alice Schaden zugefügt. Und sie, Clodagh, hatte Alice geheilt.

Sie ging zu ihrem Bett und schaltete die Nachttischlampe

ein. Eine Motte mit hellem behaartem Kopf und schwarzen, leicht getupften Flügeln begann sofort im Lampenschirm herumzuschwirren. Clodagh beobachtete sie. Dann spreizte sie ihre Hand und betrachtete sie im Lichtschein. Am Ringfinger trug sie den Silberring, den Alice ihr geschenkt hatte. Auch sie hatte Alice einen Ring geschenkt, einen hauchdünnen Ring, den Alice nun ebenfalls am Ringfinger trug, unter ihrem Ehering. Sie hatten bei dieser kleinen Zeremonie kein Wort gesprochen, und nur ihre Hände hatten sich über dem Küchentisch berührt, während Charlie auf dem Fußboden mit einem Holzlöffel in einem Plastikbecher klapperte und begeistert krähte. So war es immer gewesen, so stark und unsentimental, so *real.* Und so würde es immer sein.

»Es tut mir leid«, sagte Alice, »aber ich verstehe nicht ganz. Möchten Sie hereinkommen?«
Rosie Barton bejahte. Sie folgte Alice durch die Halle in die Küche, und Alice spürte ihren Eifer im Rücken wie einen Heizstrahler.
»Kaffee?« fragte sie.
»*Wahnsinnig* gern. Was für ein Morgen!«
Sie setzte sich an den Tisch, auf dem noch das Frühstücksgeschirr der Kinder stand, stützte sich auf ihre gefalteten Arme und fragte mit enormer Besorgnis: »Wie *geht* es Ihnen?«
Alice, die gerade den Wasserkessel aufsetzte, stand mit dem Rücken zu ihr und antwortete: »Danke, alles in Ordnung.«
»*Alice...*«
Alice drehte sich um. Rosie lächelte nicht, aber ihr ganzes Gesicht und Verhalten drückte Mitgefühl aus.
»Sehen Sie« – Rosie spreizte ihre Hände auf dem Tisch –, »ich weiß natürlich, daß wir einander nicht sehr gut kennen, aber ich hoffe, daß sich das sehr schnell ändern wird.« Sie lächelte. »Ich fände es schön. *Wir* fänden es schön. Alice, ich bin hergekommen, um Ihnen unsere Unterstützung anzubieten, Gerrys und meine. Ich

möchte nicht, daß Sie auch nur im geringsten daran zweifeln.«

Alice verkrampfte die Hände auf dem Rücken. O Gott, warum war Clodagh nicht hier. Aber sie brachte die Kinder zur Schule, weil sie gesagt hatte, sie würde mit Sarah Alleyne besser fertigwerden als Alice.

»Ich befürchte«, sagte Rosie Barton übertrieben freundlich, »daß ein Ort wie Pitcombe noch sehr archaische Strukturen hat. Das läßt sich nicht über Nacht ändern, aber deshalb geben wir den Kampf noch lange nicht auf, das verspreche ich Ihnen. Aber Gerry und ich haben uns große Sorgen gemacht, daß Sie sich ganz isoliert fühlen könnten. Wir finden es immer so hilfreich zu wissen, daß man nicht allein ist.«

Alice holte zwei Becher von der Anrichte. Dann schüttete sie Kaffee in die Glasfilterkanne, goß kochendes Wasser darüber und stellte Kanne und Becher auf den Tisch, zwischen die Cornflakeschachteln und Marmeladengläser.

»Sie brauchen nichts zu sagen«, versicherte Rosie. »Ich kann mir vorstellen, wie Sie sich fühlen.«

Alice erwiderte, so freundlich sie nur konnte, daß sie das nicht glaube. Rosie nahm davon keine Notiz, sondern ließ sich darüber aus, wieviel schwule Freunde sie und Gerry hätten, immer gehabt hätten, und wie sehr sie sie schätzten, was für liebenswerte Menschen das seien. Der Pate ihres jüngsten Kindes sei homosexuell, und er sei ein wundervoller Mensch und habe seit Jahren eine feste Beziehung.

»Gerry und ich«, fügte sie hinzu, »betrachten das als etwas völlig Natürliches.«

»Dann irren Sie sich«, sagte Alice. »Es ist nicht natürlich, aber es ist genauso stark, als wäre es etwas Natürliches. Für manche Menschen ist es sogar stärker und wünschenswerter als das Natürliche.«

»So ist es«, bestätigte Rosie Barton mit Nachdruck. Alice schenkte Kaffee ein.

»Es ist nett von Ihnen, helfen zu wollen, aber ich glaube

nicht, daß Sie es können. Und ich glaube auch nicht, daß wir Hilfe wollen...«

»Aber das Dorf...«

»Ich weiß«, fiel Alice ihr ins Wort. Die Konfrontation mit dem Dorfladen stand ihr noch bevor, aber heute hatte Gwen gesagt, daß sie nicht ins Haus kommen würde, wenn Alice und Clodagh sich beide darin aufhielten. Alice hatte über diese Absurdität gelacht, und Gwen war sehr beleidigt gewesen, und Alice hatte plötzlich gesehen, daß die Frau den Tränen nahe war, daß sie zwischen Vorurteilen und Zuneigung hin und her schwankte, und Alice hatte sich bei ihr entschuldigt.

»Ich befürchte«, sagte Rosie, während sie braunen Zucker in ihren Becher schüttete, »daß die Leute *reden.*«

»Natürlich tun sie das. Aber sie werden sich nicht lange die Mäuler zerreißen.«

Rosie sah enttäuscht aus, sagte aber tapfer: »Nun, das ist eine wunderbare Einstellung.«

»Eigentlich nicht. Es ist eher eine einfache Erkenntnis.«

»Und Ihr Mann?«

Alice starrte sie an.

»Das geht Sie wirklich nichts an.«

»Es tut mir leid, ich wollte nur helfen...«

»Ich habe Ihnen schon gesagt, daß Sie das nicht können und daß ich auch keine Hilfe will.«

Rosie stand auf.

»Alice, ich weiß, daß Sie verstört sind. Wer wäre das nicht? Ich könnte mich ohrfeigen, weil ich viel zu früh hergekommen bin. Aber eines muß ich Ihnen doch noch unbedingt sagen. Ich habe viel Erfahrung mit Kampagnen. *Sehr* viel Erfahrung. Sie können allein keine Kampagne durchführen, das ist einfach nicht möglich. Erinnern Sie sich also in ein oder zwei Wochen daran, daß es uns gibt. Alles, was wir tun können, alles...«

»Ich bin keine Kampagne«, entgegnete Alice scharf. »*Wir* sind keine Kampagne, und wir werden es nie sein. Wir sind *Menschen.*«

»Ja, natürlich.«
Rosie bewegte sich auf die Küchentür zu. Im Geist formulierte sie bereits all die verständnisvollen Dinge, die sie ihrem Mann über Alice erzählen würde. Natürlich war das Dorf an allem schuld. Das enorme Ausmaß an Intoleranz und Engstirnigkeit genügte, um jeden in die Defensive zu treiben. Von der Schwelle aus lächelte sie Alice zu und winkte.
»Wir sind immer für Sie da, vergessen Sie das nicht.«
»Von mir aus kann das ganze Dorf nach meinem Blut lechzen«, sagte Alice später zu Clodagh, »meinetwegen auch ganz Wiltshire. Alles, wirklich alles ist mir lieber als eine Minute von Rosie Bartons mitfühlendem Verständnis.«
Sie hechelte, als wäre sie ein lechzender Bluthund, und die Kinder, die zum Tee ausnahmsweise alles mögliche in sich hineinstopften, waren begeistert über ihre Imitation und stimmten lautstark mit ein.

Miss Payne hatte Alice sehr gern. Die Kirche mit Blumen zu schmücken, hatte so viel Spaß gemacht, endlich nach all den Jahren mit Cathy Fanshawe, die eine ausgeprägte Vorliebe für Seidenblumen hatte, obwohl es in den Gärten soviel herrliche Blumen gab, auch wenn sie nicht lange hielten und nach drei Tagen ihre Blütenblätter verloren. Als Miss Payne die Gerüchte über Alice und Clodagh gehört hatte, war sie völlig verstört gewesen und hatte nach siebenmonatiger Unterbrechung zum erstenmal wieder ihre Anginapillen nehmen müssen. Natürlich verlor Miss Pimm kein Wort über die Geschichte; sie ging nur im ganzen Dorf herum und sah so aus, als wäre sie geradewegs einem Cartoon von Giles entsprungen – die alte Jungfer, die sich in einem ständigen Schockzustand befindet. Buntie Payne war weniger schockiert als deprimiert und traurig. Jedesmal, wenn sie an Alice dachte – und wider Willen mußte sie immer wieder an Alice denken –, fielen ihr deren süße Kinder ein, und wie lieb Alice zu ihr gewesen war, als ihr einige Ritterspornstengel abgeknickt waren, und wieviel Alice und Martin am Grauen Haus verändert und wie sehr sie sich im Dorf engagiert hatten. Das brachte sie zum Weinen, und dann mußte sie sich eine weitere kleine weiße Tablette unter die Zunge legen und sich *zwingen* stillzusitzen.

Doch wenn sie stillsaß, hatte sie noch mehr Zeit zum Nachdenken, und dann dachte sie über Liebe nach, die für eine alte Jungfer wie sie viel interessanter und anregender als Sex war. Sie hatte außer ihren Familienmitgliedern nie einen Mann richtig geliebt, aber Frauen *hatte* sie geliebt – und liebte sie auch jetzt. Während die Tablette unter ihrer Zunge langsam schmolz, fragte sie sich, was um alles in der Welt sie ohne ihre Schwester Marjorie täte, auch wenn diese in Taunton lebte, oder ohne ihre Freundin Phyllis, die in King's Harcourt wohnte und die sie mindestens zweimal in der Woche sah. Sie hatte etwas in dieser Art gegenüber Lettice Deverel geäußert, als sie sich auf dem Feldweg begegnet waren, der hinter den Cottages parallel zur Dorfstraße verlief, und Lettice hatte gesagt: »Das ist einer der Flüche unserer Zeit. Sex hat Freundschaft verdrängt.«

Buntie Payne hatte gefragt, ob Lettice die 60er Jahre und die für alles aufgeschlossene Gesellschaft meine, und Lettice hatte gesagt, teilweise, aber die Fäulnis habe schon viel früher begonnen, mit der Bloomsbury Group.

»Sobald die Intellektuellen sich der Genußsucht hingeben«, fuhr Lettice fort, »treibt die Gesellschaft in einem Schiff ohne Steuer dahin. Heutzutage wird man als Bourgeois verhöhnt, wenn man sich beherrscht.«

Buntie hatte nicht ganz verstanden, worüber Lettice sprach, aber sie hatte trotz all ihrer Verwirrung und Bestürzung plötzlich ein so tiefes Mitleid mit Alice verspürt, daß sie gerufen hatte: »Man darf es ihr nicht so schwermachen!«

Und Lettice hatte gesagt, man könne die Leute nicht am Reden hindern; das einzige, was man tun könne, sei, sich nicht daran zu beteiligen.

»Heuchelei ist nun einmal ein nationaler Zeitvertreib...« Das brauchte man Buntie nicht erst zu sagen. Schließlich hatte sie selbst gehört, wie Sally Mott und Janet Crudwell sich im Dorfladen über Alice die Mäuler zerrissen hatten, und das, nachdem die beiden ältesten Töchter von Janet in der Nacht zuvor um drei Uhr von der Militärpolizei der Larkhill-Kasernen nach Hause gebracht worden waren. Buntie, die gerade Zwiebeln ausgesucht hatte, war empört gewesen, und nachdem Sally und Janet den Laden verlassen hatten, gab sie ihre Tüte Zwiebeln Mr. Finch zum Abwiegen und hörte sich plötzlich sagen: »Also, Hunger nach Liebe oder Geldgier. Auf welcher Seite stehen Sie?« Aber Mr. Finch, dessen Vorstellungskraft in letzter Zeit so überfordert worden war, daß er sich weder zu irgendeiner Meinung durchringen noch seinen Gefühlen in Gedichtform Ausdruck verleihen konnte, hatte sie nur augenrollend angestarrt und »Wie bitte?« gemurmelt.

»Es ist gemein von mir«, sagte Juliet Dunne zu Henry, ihr Gesicht auf beide Hände gestützt, »aber die ganze Geschichte dreht mir förmlich den Magen um.«
Henry entgrätete einen Bückling mit größter Genauigkeit.
»Ich möchte wirklich nicht darüber sprechen...«
»Liebling, du möchtest *nie* über etwas auch nur im geringsten Persönliches sprechen. Wenn ich zurückblicke, kann ich mich nicht einmal so recht erinnern, wie du mir kundgetan hast, daß du mich heiraten wolltest. Habe ich dir einen Fragebogen vorgelegt?«
Henry bestrich schweigend seinen Toast mit Butter.
»Die Sache ist die – ich muß mir das alles einfach von der Seele reden, und der einzige Zuhörer, den ich habe, bist du. Bitte hör auf, derart geräuschvoll zu kauen.«
Henry legte seinen Toast mit einer Miene zuvorkommenden Märtyrertums hin.
»Wie kannst du überhaupt *essen*?«
Er betrachtete den verbotenen Toast.

»Mit allergrößter Mühe.«
»Henry!« rief Juliet und brach wieder in Tränen aus.
Sie hatte schon in der Nacht und am vergangenen Abend sehr viel geweint. Es war keineswegs so, daß Henry kein Mitleid mit ihr gehabt hätte, aber ihm machten seine eigenen Gefühle schwer zu schaffen, und solange er mit sich selbst nicht im reinen war, hatte er für Juliet nicht viel Energie übrig.
»Fühlst *du* dich denn nicht abgestoßen?« schluchzte Juliet.
Henry schob sich heimlich ein Stück Bückling in den Mund. Er *fühlte* sich abgestoßen; nicht so sehr, wie wenn Alice und Clodagh Männer gewesen wären, aber doch abgestoßen. Und verwirrt, total verwirrt. Und irgendwie erniedrigt, fast betrogen, fast – du lieber Himmel! – fast *gedemütigt*.
Juliet putzte sich die Nase.
»Ich bin sicher, daß es unglaublich reaktionär von mir ist, aber es ist nun mal so. Alles wird dadurch total auf den Kopf gestellt. Unsere ganze Erziehung wird ad absurdum geführt. Ich *hasse* das. Ich fühle mich krank und ganz verloren.«
Henry nahm seinen Toast wieder zur Hand und tätschelte Juliet mit der freien Hand die Wange.
»Ich kenne Clodagh mein Leben lang«, fuhr Juliet fort, »und ich kann das einfach nicht *glauben*. Eine so lange Bekanntschaft, und sie ist offenbar schon immer so eine gewesen. Und Alice! Ich habe Alice *geliebt*! Bei niemandem konnte ich so gut mein Herz ausschütten wie bei Alice...«
»Sie ist ja nicht tot«, betonte Henry.
Juliet stand auf, um den Kaffeefilter zu holen. »Wie kann nach dieser Sache jemals wieder etwas so wie früher sein?«
»Nicht so wie früher...«
»Das Vertrauen ist dahin«, sagte Juliet, »und wenn kein Vertrauen mehr da ist, bricht alles zusammen . Deshalb

könnte ich wahrscheinlich auch nicht mit dir verheiratet bleiben, wenn du mit einer anderen Frau schlafen würdest. Ich könnte dir nie mehr vertrauen, und folglich gäbe es kein Fundament mehr, auf dem wir etwas aufbauen könnten.«

Henry starrte auf seinen Teller und dachte an Alice, an seine Gefühle für Alice. Und da redete Juliet nun so, als hätte Alice *sie* betrogen und dadurch das für eine Freundschaft so wichtige Vertrauen zerstört.

»Alice ist deine Freundin«, sagte er, »nicht dein Ehemann.«

Juliet schenkte mit zitternder Hand Kaffee ein und wischte gleichzeitig mit einem Papiertaschentuch an ihrer Nase herum.

»Sie war für mich etwas ganz Besonderes«, erklärte sie. »Im Augenblick hasse ich Clodagh. Ich *hasse* sie.«

»Das solltest du nicht tun...«

»Ich *tu's* aber.«

Henry schob seinen Teller zurück.

»Damit hilfst du Alice nicht.«

»Sie *will* keine Hilfe.«

»Woher weißt du das?«

»Rosie Barton hat sie besucht und wurde sehr barsch abgefertigt...«

»Und wann warst du jemals einer Meinung mit Rosie Barton?«

Juliet verbarg ihr Gesicht hinter dem Kaffeebecher.

»Henry, ehrlich gesagt, weiß ich nicht, was ich Alice sagen sollte, weil ich nicht weiß, was ich *fühle*...«

»Warum rufst du sie nicht einfach an und sagst, daß ihr noch Freundinnen seid?«

»Aber sind wir das?« rief Juliet. »*Sind* wir das noch? Ich meine, können wir es nach dieser Sache noch sein?«

Henry stand auf und begann leise mit dem Kleingeld in seiner Tasche zu klimpern. »Ich werde jetzt Martin besuchen.«

Juliet starrte ihn an.

»Was willst du ihm denn *sagen*?«
»Keine Ahnung. Wahrscheinlich nichts, so gut wie nichts.«
»*Armer* Martin.«
»Ja.«
Er ging um den Tisch herum zu Juliet, und sie lehnte sich müde an ihn.
»Du verhältst dich viel besser als ich«, sagte sie. »Aber das tust du ja immer, stimmt's?«
Er umarmte sie und küßte sie aufs Haar.
»Nein«, erwiderte er.

Nicht nur Henry besuchte Martin; es kamen auch andere Leute aus Pitcombe: Sir Ralph Unwin, John Murray-French und Peter Morris. Nur Sir Ralph erwähnte Alice und Clodagh, aber er tat es, wie Martin sehen konnte, nicht so sehr, weil er es für das Beste hielt, offen zu Martin zu sein, sondern weil er an seinen eigenen Gefühlen fast erstickte. Martin war leicht schockiert, nahm Sir Ralphs Direktheit aber genausowenig übel wie Henrys, Johns und Peters übertriebene Diskretion. Er selbst nahm sich sehr zusammen, solange sie da waren. Erst wenn der Besuch wieder abgefahren war und Cecily sich in ihrem Arbeitszimmer oder im Garten aufhielt, ließ er seiner maßlosen und unartikulierten Wut freien Lauf. Nachts machte sich diese Rage in schrecklichen Träumen Luft, Träumen von Gewalt, Wildheit und Mordlust, in denen manchmal Leute vorkamen, an die er seit Jahren nicht gedacht hatte, wie beispielsweise jener Schulpräfekt, der ihm versichert hatte, wie hübsch er sei, und der – als Martin nicht willfährig war – eine Kampagne subtilster psychischer Grausamkeit gegen ihn inszeniert hatte.
Diese Wut war erschöpfender als alles, was Martin bisher gekannt hatte. Sie nährte sich von allem und jedem, und sie ließ sich von keinem vernünftigen Argument eindämmen. Sie kochte in ihm wie eine stinkende Brühe, und ob er sich nun mühsam beherrschte oder abrea-

gierte, wie manchmal in Gesellschaft der Hunde seiner Mutter auf den Felsen über dem Meer – beides half auf Dauer nicht. Mitunter glaubte er zu explodieren und wünschte es sich sogar, um endlich aus diesem siedenden Kessel befreit zu werden. Cecily sagte besorgt, sie wünschte, er könnte sich gehenlassen. Wenn sie wüßte! Er vermutete, daß er sterben würde, wenn er sich total gehenließe, und an den meisten Tagen wünschte er sich das, zumindest anfallsweise. Er stellte sich den kühlen, stillen, dunklen Zustand des Nichts vor, denn an den Himmel wollte er im Augenblick nicht glauben. Er konnte den Gedanken an ein Weiterleben in irgendeiner Form nicht ertragen. Der wünschenswerteste Zustand war das Nichts, das Nichtvorhandensein, denn nur dann gab es keine Qualen.

Der einzige kleine Trost – ein winziger Trost – kam von gänzlich unerwarteter Seite: von seinem Vater. Als Richard von einer Australienreise nach Hause kam, sah Martin zu seinem großen Erstaunen sofort, daß sein Vater seine Wut bemerkte. Richard machte viel weniger Aufhebens um ihn als Cecily, war aber viel zartfühlender. Er gab Martin das Gefühl, kein Kind, sondern ein erwachsener Mann zu sein. Eines Morgens hörte Martin ihn Cecily zornig anbrüllen: »Um Gottes willen, laß ihm doch wenigstens seine *Würde*!«

Cecilys Antwort konnte er nicht hören, aber er zweifelte nicht daran, daß sie etwas erwiderte, denn sie nahm Beschuldigungen nie einfach hin; sie mußte sich immer verteidigen. Sie sah jetzt alt und müde aus, und wenn Martin morgens in den Rasierspiegel schaute, fand er, daß auch er selbst alt und müde wirkte. Ansonsten vermied er es, in einen Spiegel zu schauen, denn aus unerfindlichen Gründen weckte der Anblick seines eigenen Gesichts in ihm eine verzweifelte Sehnsucht nach seinen Kindern, besonders nach Charlie, diesem unkomplizierten fröhlichen Baby. Und er konnte es nicht ertragen, an sie zu denken, denn das führte unweigerlich weiter zu

Alice, zu Alice und ihm, Mann und Frau, und dann stürzten seine Gedanken in jenen jähen Abgrund von Schmerz und Wut.

Richard sagte wegen Martin eine weitere Reise nach Australien ab und beschloß, statt dessen mit seinem Sohn einen alten Steinschuppen abzureißen, der früher eine primitive Pumpstation beherbergt hatte, und die Steine für die Reparatur der Mauer am Ende des berühmten Gemüsegartens zu verwenden. Auf den Feldern, die zwischen den Wäldern zum Meer emporführten, wurde bereits die Ernte eingebracht, früher als sonst. Der riesige Mähdrescher fuhr wie ein großes Schiff langsam auf den goldenen Abhängen hin und her und hinterließ geschorene Felder und große ordentliche Ballen. Mittags trat immer für eine Stunde Ruhe ein, und dann hoppelten mutige Kaninchen über die Stoppelfelder und verschwanden im Wald, der ihnen Zuflucht bot. Die Luft roch nach verbrannter Erde und Staub, denn obwohl die Sonne selten richtig zum Vorschein kam, segelte sie doch hinter einem steten Wolkenschleier dahin und bescherte Wärme und Schwüle.

Martin und Richard arbeiteten meistens schweigend. Einmal sagte Martin: »Ich hatte ganz vergessen, wie gut du solche Sachen kannst.«

Richard drehte einen Steinbrocken in seinen Händen, um festzustellen, wie er am besten in die Lücke passen würde. »Ich auch«, sagte er. »Manchmal denke ich, daß ich eine Menge Talente besitze, die ich nie genutzt habe, hauptsächlich aus eigener Schuld.«

Als die Mauer fertig war, erklärte Martin, daß er seine Arbeit wieder aufnehmen wolle. Cecily regte sich darüber sehr auf und erhob alle möglichen Einwände: wo er denn wohnen wolle, wer für ihn sorgen solle, ob er sich von Alice scheiden lassen würde? Er sagte, daß er auf die meisten Fragen noch keine Antwort wisse, daß er es aber satt habe, sich wie ein Invalide zu fühlen, und deshalb wieder arbeiten wolle. Wohnen könne er bei den Dunnes. Henry und Juliet hätten ihn für unbegrenzte Zeit eingeladen.

»Aber mir bleibt dann gar nichts mehr«, machte Cecily später Richard gegenüber ihrem Herzen leidenschaftlich Luft.

»Ich bin immerhin auch noch da.«

»Du! Du brauchst niemanden. Du hast nie jemanden gebraucht.«

»Ich habe genau die gleichen menschlichen Bedürfnisse wie du«, erwiderte Richard.

Und dann ließ er sie stehen und ging, von seinem Instinkt geleitet, in das alte Spielzimmer auf dem Dachboden hinauf, wo Martin, ein Glas Whisky in der Hand, hemmungslos weinte, weil er gedacht hatte, daß niemand ihn hier hören würde.

14. Kapitel

Fast jeden Tag fragte eines der Kinder, wann es Martin gut genug gehen würde, um wieder nach Hause zu kommen. Bald, sagte Alice dann meistens. Einmal in der Woche holte Juliet die Kinder ab und nahm sie mit zu sich nach Hause, damit sie Martin sehen konnten, und nach diesen Besuchen machte James nachts oft ins Bett. Sie hatten Schulferien und mußten den ganzen Tag über irgendwie beschäftigt werden. Alice stellte eine Liste mit Pflichten auf, und zu Natashas Aufgaben gehörte es, in den Dorfladen zu gehen. Ihr gefiel das, denn überall auf der Straße blieben Leute stehen und unterhielten sich mit ihr und fragten, wie es ihr gehe, und Mrs. Finch kam aus dem Hinterzimmer und gab ihr Süßigkeiten und manchmal einen Kuß, der nach *L'Aimant* von Coty duftete. Der Rest des Tages machte ihr weniger Spaß. Ohne ihren Vater kam ihr das Haus so leer vor; ihr fehlte die Schule und vor allem Sophie, die mit ihrer Familie auf Korfu war. Sie verbrachte viel Zeit in ihrem Zimmer, entwarf Garderobe für Princess Power und schrieb ein riesiges Plakat: PRIVAT! ZUTRITT STRENG VERBOTEN! Sie klebte es an ihre Tür, nur etwa einen Meter vom Boden entfernt, damit James nicht behaupten konnte, es übersehen zu haben. Wenn sie hinter ihrer geschlossenen Tür nicht gerade zeichnete, war sie oft damit beschäftigt, ihre Zehennägel mit Clodaghs scharlachrotem Lack zu bemalen.

Als Cecily anrief und vorschlug, daß sie, Martin und Dorothy doch mit den Kindern nach Cornwall fahren könnten – wie immer, betonte sie –, fand Natasha es sehr merkwürdig, daß Alice nicht mitkommen würde. James weinte sich fast die Augen aus und wollte ohne seine Mutter auf gar keinen Fall wegfahren. Natasha fragte, warum sie denn nicht *alle* fahren könnten, Alice und Martin und Clodagh und alle anderen, und Alice sagte, das sei schwer zu erklären, aber sie sei wahnsinnig müde und es handle sich um jene komplizierte Art von Müdigkeit, die Erwachsene manchmal befalle, und deshalb müsse sie ein Weilchen allein sein.

»Dann kann aber doch wenigstens Clodagh mitkommen«? meinte Natasha.

»Nun...«

»Clodagh ist bestimmt nicht müde.«

»Clodagh kann nicht mitkommen, weil sie etwas anderes zu tun hat, das keinen Aufschub duldet.«

»Ich werde sie bitten mitzukommen«, sagte Natasha. »Wir können ihr den Hexenfelsen zeigen.«

Beim Gedanken an diesen Felsen machte James große ängstliche Augen.

»Ich kann nicht mitkommen«, sagte Clodagh. »Ich täte es schrecklich gern, aber es geht nicht. Weißt du, ich muß mein zukünftiges Leben planen und mir einen Job suchen.«

Natasha meinte daraufhin, daß die Ferien zumindest Daddy wieder ganz gesund machen würden, so daß er hinterher nach Hause kommen könnte. Dann brach sie in Tränen aus. Alice versuchte sie in den Arm zu nehmen und zu trösten. »Ich verspreche dir, daß alles geregelt sein wird, wenn ihr nach Hause kommt.«

Aber Natasha wollte sich nicht umarmen lassen und schrie: »Ich *hasse* dich!« und rannte in den Garten hinaus und schleuderte Charlies Sandschaufel mit aller Kraft in die Luft. Die Schaufel flog viel höher und weiter, als sie gedacht hatte, und zerschlug das Dach des Gewächshauses, und Natasha erschrak darüber fast zu Tode und bekam einen hysterischen Schreikrampf. James, der sie von der Küchenschwelle aus beobachtete, pinkelte hilflos in seine Shorts.

Cecily holte die Kinder selbst ab. Sie stellte fest, daß Alice schrecklich aussah, aber sie hätte sich viel mehr geärgert, wenn das nicht der Fall gewesen wäre. Alice sah, ehrlich gesagt, so hundsmiserabel aus, daß Cecily fast versucht war, etwas Freundliches zu sagen oder zu tun, aber eine solche Geste wurde durch das Verhalten ihrer Schwiegertochter absolut unmöglich, die zwar ausnehmend höflich, aber auch sehr distanziert war. Gemeinsam verstauten sie das Gepäck der Kinder im Kofferraum, befestigten Charlies Sicherheitssitz, setzten ihn hinein und forderten Natasha und James auf, neben ihm Platz zu nehmen. Niemand weinte, aber alle waren nahe daran.
»Bringt mir ein paar Muscheln mit«, sagte Alice durchs Autofenster.
»Mummy...«, flüsterte James kaum hörbar, aus Angst, in lautes Schluchzen auszubrechen.
»Vielleicht findet ihr einen Seestern...«
Cecily ließ den Motor an.
»Bestimmt finden wir einen. Und James ist jetzt alt genug für das kleinste Surfbrett...«
»James! Ist das nicht herrlich?«
Der Wagen fuhr los. Drei Gesichter drehten sich nach hinten, und Cecily winkte mit der freien Hand aus dem Fahrerfenster. Alice zwang sich, stehenzubleiben und zurückzuwinken, bis das Auto zwischen den Weißbuchen verschwunden war. Dann ging sie in das leere Haus zurück.

»Wenn wir Großstadtfrauen wären«, sagte Alice langsam, »hätten wir ein ganz anderes Leben. Alles wird dadurch so schwierig, daß wir auf dem Land leben...«
Sie verstummte. Großstadt oder Dorf – für Clodagh machte es keinen Unterschied. Clodagh war überall Clodagh.
»Schwierig für *mich*, meine ich. Selbst wenn ich in eine Großstadt zöge, würde ich mich wie eine Dorfbewohnerin fühlen, hätte das Gefühl, auch dort ständig beobachtet zu werden.«
»Du fällst eben auf, weil du schön bist.«

»Im Augenblick falle ich *viel* zu sehr auf...«

Es hatte an diesem Morgen einen unangenehmen Augenblick im Laden gegeben, als Cathy Fanshawe ihren Gruß ignorierte und ihr demonstrativ den Rücken zuwandte, um sich mit Stuart Mott zu unterhalten, der Zigaretten kaufte und Alice mit solch widerwärtigem Interesse anstarrte, daß ihr ganz übel wurde. Als sie dann den Laden verlassen hatte, war Michelle vom Hof her auf sie zugestürzt und hatte sie wortlos leidenschaftlich umarmt, aber diese Solidaritätsbekundung konnte das beleidigende Verhalten von Cathy Fanshawe und Stuart Mott nicht wettmachen. Während sie hocherhobenen Hauptes langsam die Straße hinaufgegangen war, hatte sie gedacht, daß sogar die Hausfassaden so aussahen, als hätten sie Position bezogen, als hielten sie den Atem an, bis sie vorüber sein würde.

»Du mußt weg von hier«, sagte Clodagh.

Sie lagen im Obstgarten unter dem alten Apfelbaum, wo auf Clodaghs Vorschlag hin ein Heckenrosenstrauch gepflanzt worden war, der sich an den knorrigen Ästen hochranken würde, so als blühte der Baum zum zweitenmal im Jahr.

»Nein«, widersprach Alice langsam.

»Doch! Doch!«

Clodagh rollte auf die Seite und stützte ihren Kopf auf die Hand. Sie streckte die andere Hand aus und zeichnete mit dem Zeigefinger Alice' Profil nach.

»Komm mit mir. Wir ziehen nach Windover und beginnen dort ein neues Leben, du und ich und die Kinder. Ich werde mir eine Stellung suchen. Du wirst malen. Alice...«

Alice wandte sich ihr zu.

»In Windover wird es genauso sein wie hier.«

»Nein. *Nein.* Hier haben alle dich als verheiratete Frau gekannt. Dort werden wir als zwei Frauen ankommen, du und ich, ohne Vergangenheit. Wir können es schaffen. Wir können alles schaffen, was wir wollen.« Sie schob ihr Gesicht dicht an Alice' heran. »Du brauchst kein Geld. Ich habe genug. Du brauchst überhaupt nichts, du brauchst nur mitzukommen. Ich liebe dich. Hörst du? Ich *liebe* dich.«

Alice sah sie immer noch schweigend an, und es kam Clodagh wie eine Ewigkeit vor, bis sie sagte: »Ich liebe dich auch. Mehr als ich jemals zuvor jemanden geliebt habe.«

»Dann komm mit, *komm*...«

Alice wandte ihren Blick ab und schaute zum Himmel empor. Sie zog einen langen Grashalm aus seiner Scheide und nahm das saftige Ende zwischen die Zähne.

»Die Liebe zu dir erschwert alle Entscheidungen. Jede Liebe bewirkt das...«

Clodagh schnaubte.

»Du hörst dich wie Lettice an...«

Clodagh war Lettice neulich auf dem Weg von zu Hause ins Graue Haus direkt in die Arme gelaufen, und Lettice hatte sie bei den Schultern gepackt und sehr eindringlich gesagt: »Wenn du Alice Jordan liebst, mein Mädchen, mußt du sie freigeben.«

Clodagh war darüber schockiert gewesen. Sie war es auch jetzt noch. Sie hatte Lettice sehr gern, aber deren Ansichten schienen teilweise doch noch aus der Steinzeit zu stammen. Das Beste, was ihr jemals widerfahren war, einfach wegwerfen? Aus eigenem Entschluß? Allen das Herz brechen? Also *ehrlich*!

Alice runzelte die Stirn.

»Alice«, sagte Clodagh leise, um ihre Aufmerksamkeit zurückzugewinnen.

»Hmm?«

»Schau mich an.«

Alice tat es.

»Ich schaue...«

»Sag mir, warum du mich liebst.«

Alice lächelte träge.

»Ich liebe deine Fröhlichkeit. Und deine geistige Freiheit. Und deine Arroganz und Kraft und deinen verrückten Mut. Und ich liebe deine Liebe zu mir.«

Nach kurzem Schweigen meinte Clodagh: »Wir müssen ja nicht unbedingt nach Windover ziehen. Ich kann das Landgut verkaufen. Es muß Millionen wert sein. Wir können ins Ausland gehen. Wohin du willst. Wie wär's mit Südfrankreich?«
»Herrlich«, murmelte Alice, war mit den Gedanken aber offensichtlich ganz woanders.
»Du mußt mit mir kommen, weißt du. Ohne mich wärest du nur noch eine halbe Person. Genau wie ich ohne dich.«
»Ich weiß.«
»Also dann – wann brechen wir hier unsere Zelte ab?«
Alice setzte sich auf, zog ihren Zopf über die Schulter und begann ihn von Grassamen zu befreien.
»*Du* mußt fort.«
»Halt den Mund!« schrie Clodagh und sprang in wilder Panik auf.
»Beruhige dich«, sagte Alice. »Ich meine doch nur vorübergehend. Ich muß eine Weile ganz allein sein...«
Clodagh bückte sich und packte sie bei den Schultern.
»Versprich mir, daß du Martin nicht sehen wirst!«
»Martin ist in Cornwall.«
»Oder Juliet oder meine Mutter oder...«
»Clodagh...«
»Versprich es mir!« schrie Clodagh.
Alice schlug ihr auf die Hand.
»Sei still!«
»Entschuldige«, schluchzte Clodagh. »O Gott, Alice! O mein Gott!«
Sie fiel neben Alice auf die Knie.
»Ich bringe mich um, wenn du mich verläßt.«
Alice vergrub ihr Gesicht in den Händen.
»Denk doch daran, was wir zusammen erlebt haben«, flehte Clodagh. »Denk daran, was wir einander geben. Kein anderer Mensch kann dir das geben, niemand. Nur ich. Wir werden nach Frankreich gehen. Wir werden ein Haus in der Sonne haben, wir werden alle nackt in der Sonne herumlaufen. Wir werden einen Garten mit Laven-

del und Thymian haben, und eine Terrasse über einem Tal. Wir werden uns nie trennen müssen, wir werden Tag und Nacht zusammensein, Tag und Nacht. Die Kinder werden zweisprachig aufwachsen und braun wie Neger sein. Wir werden uns lieben, wann immer wir es wollen, ganz frei, im Sonnenlicht und bei Mondschein, und du wirst zu sprühendem Leben erwachen und gar nicht mehr verstehen, wie du alles Vorangegangene jemals ›Leben‹ nennen konntest...«

Alice' Hände zitterten. Sie flüsterte durch die Finger hindurch: »Sei doch fair.«

»*Fair?*«

Alice ließ ihre Hände in den Schoß fallen und verkrampfte sie ineinander.

»Du wirst mich bestimmt für eine Spießbürgerin halten, aber ich kann einfach nicht auf unredlichem Wege ins Paradies ziehen.«

»Unredlich? Was zum Teufel soll denn an uns unredlich sein? Es ist doch deine verdammte *Redlichkeit*, die dich fast umbringt.«

»Clodagh«, sagte Alice, »Clodagh, ich kann nicht nachdenken, während du hier bist.«

»Dein Nachdenken macht mir angst...«

»Was würdest *du* tun, wenn du drei Kinder hättest?« Sie blickte Clodagh in die Augen. »Und einen Ehemann.«

»Das sind doch nur Ausreden«, rief Clodagh sofort. »Alles nur Ausreden!«

»Nenn es, wie du willst. Das ändert nichts an den Tatsachen. Es ist nun einmal nicht daran zu rütteln, daß sich mir Hindernisse in den Weg stellen, die es für dich nicht gibt.«

Clodagh regte sich wieder auf.

»Ich verstehe schon. Du willst das Opferlamm spielen und edelmütig das größte Glück aufgeben, das dir je beschieden sein wird...«

»Ich habe kein Wort von aufgeben gesagt. Über Opfer habe ich nachgedacht und werde weiter darüber nachdenken.

Auch du könntest vielleicht darüber nachdenken. Du könntest über vieles nachdenken, anstatt mich anzubrüllen.«

»Alice, ich habe so schreckliche Angst.« Alice griff nach Clodaghs Hand.

»Ich erinnere mich noch genau an den Tag, als du mir gesagt hast, dein Geliebter in New York sei eine Frau gewesen. Wir saßen auf der Wiese am Fluß, und die Kinder hatten aus einem Baumstamm ein Schiff gemacht, und du trugst deinen Zauberer-Umhang. Ich werde diese Unterhaltung nie vergessen. Ich werde nie vergessen, daß ich plötzlich ganz neue Möglichkeiten und Perspektiven für mich erkannte. ›Wir alle haben die freie Wahl‹, hast du gesagt. ›Du, ich, jeder.‹ Nun, du hattest schon gewählt, und dann habe auch ich es getan. Niemand hat uns gezwungen, wir haben frei gewählt. Und jetzt sind wir mit den Resultaten unserer Wahl konfrontiert. Wir müssen wieder wählen, eine neue Entscheidung treffen.«

»Ich kann nicht glauben, was ich da höre.«

»O doch, und du weißt, daß es stimmt. ›Wenn du die Hitze nicht erträgst, halt dich von der Küche fern‹ – auch das hast du mir einmal gesagt.«

Clodagh riß heftig ihre Hand los.

»Aber du willst nicht mit *mir* in der Küche bleiben.«

»Das habe ich nicht gesagt. Ich habe noch überhaupt keine Entscheidung getroffen. Aber wir müssen uns für eine Weile trennen. Es fällt mir sehr schwer, aber ich kann beim besten Willen nicht denken, während jeder emotionale Forderungen an mich stellt, du, die Kinder, alle. Es geht nicht nur um das *Heute*, verstehst du, es geht auch um die Zukunft. Du weißt doch, die Zeit steht niemals still.« Sie sah Clodagh an. »Du solltest auch einmal an deine eigene Zukunft denken. Dir selbst zuliebe.«

Clodagh stand auf. Sie trug einen originellen Patchworkrock mit langen Zipfeln am Saum, die an Alice' nacktem Arm entlangstreiften. Alice betrachtete liebevoll das rotgelbe Baumwolldreieck auf ihrer Haut.

»Nur eine Woche«, bat sie.
»Ich gehe nach London.«
»Ja.«
»Wer weiß«, sagte sie herausfordernd, »wen ich dort kennenlerne.«
Alice schwieg. Clodagh lehnte sich an den Apfelbaum.
»Wäre dir das egal?«
»Natürlich nicht.«
»Wärest du wütend?«
»Nein.«
»Traurig?«
»Sehr.«
»Alice... Alice, warum nimmst du niemandem etwas übel, verflixt und zugenäht?«
»Tu ich schon.«
»Tust du *nicht*...«
»Doch. Ich kann nur nicht jemand anderem die Schuld an etwas geben, das ich selbst getan habe.«
»Ach, fahr zur Hölle!« schrie Clodagh und stieß sich mit aller Kraft vom Baumstamm ab. »Du eingebildete, bornierte verdammte Kleinbürgerin! Ich gehe. Ich *gehe*, und du wirst nie erfahren, wohin!«
Und dann rannte sie aus dem Obstgarten und über den Rasen, vorbei am Sandkasten, und gleich darauf hörte Alice, wie sie den Motor anließ und wütend davonbrauste. Dann kam Balloon durch das hohe Gras angetänzelt, um Alice daran zu erinnern, daß ein Kater gern zu Abend essen wollte, Krise hin, Krise her.

Als die Unwins hörten, daß Clodagh nach London gehen wollte, versuchten beide verzweifelt, sie davon abzuhalten.
»Aber ihr *wolltet* doch, daß ich weggehe. Ihr habt es mir sogar *befohlen*...«
»Aber nicht nach London.«
»Warum denn nicht nach London, um Himmels willen?«
Sie konnten ihr nicht antworten. Sie brachten es einfach

nicht über sich auszusprechen, was sie in letzter Zeit über London erfahren hatten. Clodagh beobachtete ihren inneren Kampf eine Zeitlang und sagte sodann: »Ihr glaubt, daß ich nach London will, um mich dort nach Herzenslust zu amüsieren.«
Plötzlich taten ihr die Eltern leid. Sie sah die Qual in ihren Gesichtern, diesen normalerweise so selbstsicheren, gütigen und glücklichen Gesichtern, und sie taten ihr leid.
»Das habe ich nicht vor«, fuhr sie sanfter fort. »Ich bin an so etwas nicht interessiert. Das gehört zu den Dingen, die ihr nicht versteht. Aber ich muß von hier verschwinden, irgendwohin, wo ich anonym bin.« Sie versuchte eine kleine Wiedergutmachung: »Vielleicht sehe ich mich nach einem Job um.«
Margot fuhr sie zum Bahnhof von Salisbury, und unterwegs hörten sie im Autoradio ein Hörspiel nach einem Roman von Arnold Bennett, in dem es einen heftigen Auftritt zwischen einer herrischen Mutter und einer aufsässigen, nach Unabhängigkeit strebenden Tochter gab, und weder Margot noch Clodagh trauten sich abzuschalten, aus Furcht, damit stillschweigend zuzugeben, daß diese Szene für sie irgendeine spezielle Bedeutung hatte. In Salisbury war Markttag, und es nieselte, ein feiner warmer Sommerregen, der die Straßen schmierig machte. Die Spirale der Kathedrale ragte unerschütterlich in die grauen Wolken empor, und Touristen mit Plastiktüten des National Trust überfluteten die engen Straßen auf der Suche nach Wäschereien und Kaufhäusern. Margot betrachtete die scheinbare Durchschnittlichkeit dieser Leute mit leidenschaftlichem Neid, Clodagh mit wütender Verachtung. Am Bahnhof kaufte Clodagh eine einfache Fahrkarte.
»O Liebling, keine Rückfahrkarte?«
»Nein«, erwiderte Clodagh. »Nicht daß ich die Absicht hätte, nicht zurückzukommen. Aber in meiner jetzigen Stimmung würde mir einfach das Gefühl nicht gefallen.«

Bis zur Abfahrt des Zuges waren es noch zehn Minuten.
»Du brauchst nicht zu warten.«
»Ich möchte es aber.«
»Mutter, bitte warte nicht.«
»Ich kann es nicht ertragen, dich so unglücklich zu sehen«, sagte Margot, deren eigenes Gesicht von Schmerz gezeichnet war.
»Es ist gräßlich...«
»O Clodagh...«
»Nein«, fiel Clodagh ihr ins Wort. »Fang nicht *damit* an. Wenn es die Sache für dich leichter macht, dann tu einfach so, als wäre ich in einen Mann verliebt.«
Margot packte der Zorn.
»Ich bleibe bestimmt *nicht*, um so mit mir reden zu lassen.«
Clodagh blickte ihr lange nach. Ihre Mutter hielt sich in ihrem cremefarbenen Leinenkleid sehr aufrecht, blieb stehen, um sich mit einem alten Gepäckträger zu unterhalten, der fünfzehn Jahre das Schulgepäck der Unwins transportiert hatte, lächelte dem Mann zu und ging durch das offene Eisentor auf den Bahnhofsplatz hinaus, zurück zu ihrem Wagen, um nach Pitcombe zu fahren – nach Pitcombe, wo Alice war.
In London angekommen, fuhr Clodagh mit einem Taxi nach Highgate, zu der Wohnung der Schriftstellerin, die ihre erste richtige Geliebte gewesen war. Die Schriftstellerin hatte eine neue Geliebte, die ebenfalls Schriftstellerin war, und sie hießen Clodagh herzlich willkommen und hörten sich sehr mitfühlend ihren Schmerz und ihre Ängste an. Es war tröstlich, in ihrer Wohnung zu sein, in einem Raum, wo eine Atmosphäre von Toleranz und Verständnis herrschte. Sie redete viel zuviel, aber die beiden Frauen waren sehr geduldig. Während des Abendessens sagte eine von ihnen sehr sanft, daß Promiskuität ihrer Ansicht nach keine Lösung wäre, und Clodagh stimmte ihr zu, meinte aber, es sei fast das Schlimmste an der Situation, daß sie im Augenblick durch nichts auf Alice einwirken könne.

»Ich habe das Gefühl«, sagte sie, »daß *ich* ihr das Selbstvertrauen gegeben habe, sich so zu benehmen. Versteht ihr, warum mich das rasend macht?«
Sie verstanden es. Sie machten ihr Kamillentee und brachten sie in einem gemütlichen kleinen Hinterzimmer zu Bett, mit *Sinister Wisdom,* das eine von ihnen kürzlich aus Amerika mitgebracht hatte. Dann sagten sie, sie solle versuchen zu schlafen, und gingen hinaus, und Clodagh hörte sie umhergehen, aufräumen und freundschaftlich miteinander reden, und sie betrachtete das Zimmer mit seinen blauweißen Baumwollvorhängen, der Messinglampe und dem robusten weißen griechischen Teppich, und sie wurde von solchem Verlangen und Neid verzehrt, daß sie ihr Gesicht im Kissen vergrub und herzerweichend weinte.

Juliet Dunne versuchte sich auf die Zubereitung einer Brunnenkressesuppe zu konzentrieren. Sie hackte Schalotten klein, machte Brühe aus einem Suppenwürfel und summte vor sich hin, aber es war sinnlos. Sie hatte nur angefangen, weil sie einen welken Bund Brunnenkresse im Kühlschrank entdeckt hatte, hinter dem Walnußöl und den Joghurts, und weil sie irgend etwas tun wollte, um sich abzulenken und nicht ständig an Martin und Alice zu denken, die zweieinhalb Meter voneinander entfernt auf ihrer Terrasse saßen und eine Aussprache herbeiführen wollten. Juliet hatte die Rollen einer Ehefrau und Mutter stets als absolut mörderisch betrachtet, aber im Vergleich zur Rolle einer vermittelnden Freundin waren sie geradezu idyllisch. Da bot man den Teilnehmern einen Drink an, und beide sagten, nein, danke, nur etwas Perrier, und da fragte man, wo sie sitzen wollten, und sie sagten, irgendwo, ganz egal, und da versuchte man einen Scherz zu machen, daß man in zehn Minuten nach dem Rechten sehen werde, und beide sahen tödlich beleidigt aus. Folglich scheuchte man sie auf die Terrasse und sagte, schaut euch nur mal meine Whisky Mac-Rose an, findet ihr nicht, daß sie genauso scheußlich aussieht, wie das Getränk schmeckt, und sie ignorierten diese Bemerkung und nahmen seufzend Platz, weit voneinander entfernt, so als hätten sie Angst vor irgendeiner Ansteckung. Und dann trat man als hirnloses Geschöpf verlegen von einem Bein aufs andere, und schließlich schrie man, o Gott, das Zeug im Backofen, und stürzte in die Küche und stieß einen weiteren gellenden Schrei aus, damit die Geschichte überzeugender wirkte, und dann beschloß man, etwas zu *tun*, um nicht einfach so herumsitzen und warten zu müssen, und weil man zufällig Brunnenkresse fand, die schon fast zum Wegwerfen war, dachte man, aha, mache ich eben eine Suppe. Und dabei würde man am liebsten einen Schreikrampf bekommen und zwischendurch auf Zehenspitzen zum Fenster schleichen und die beiden steifen Rücken der unglücklichen Freunde betrachten. Ich *hasse* es, Leute gern zu haben, dachte Juliet, während sie den sich nur langsam auflösenden Suppenwürfel mit einem Messergriff zerstieß, ich *hasse* es. Viel lieber würde ich sie verabscheuen, so wie ich Clodagh verabscheue. Dabei weiß man wenigstens, woran man ist.

Nach etwa zwanzig Minuten tauchte Alice auf, blieb aber auf der Schwelle stehen.

»Martin ist spazierengegangen. Es ist so lieb von dir, ihn zu beherbergen.«

Juliet stand mit dem Rücken zu Alice und rührte eifrig ihre Suppe um.

»Du weißt, daß ich nicht lieb bin.«

»Und es war auch lieb von dir, uns dieses Gespräch zu ermöglichen...«

»Hör auf!« rief Juliet. »Hör auf mit diesen beschissenen Platitüden.« Sie drehte sich um. »Habt ihr euch irgendwie verständigt?«

»Nein.« Nach kurzem Schweigen fügte Alice hinzu: »Er will, daß ich mich entschuldige, glaube ich. Er will mir die ganze Schuld zuschieben.«

Juliet nahm die Suppe vom Herd und spähte in den Topf.

»Henry wird dieses Zeug niemals essen. Es sieht wie ausgekotzt aus.«
»Ich fahre jetzt nach Hause«, sagte Alice. »Jedenfalls vielen Dank.«
Juliet stellte den Kochtopf sehr geräuschvoll ab.
»Was zum Teufel erwartest du denn von Martin? Was hat das arme Schwein denn verbrochen, abgesehen davon, daß er nun mal der langweilige Engländer ist, der er schon immer war und den du geheiratet hast?«
»So einfach ist das nicht...«
»Einfach? Natürlich ist es nicht einfach.« Sie durchquerte die Küche mit dem Holzlöffel in der Hand. »Allie, Allie, wie *konntest* du nur?«
Alice sah sie schweigend an.
»Wie konntest du Martin nur so etwas antun? Wie konntest du all die Jahre so absolut normal sein und dann plötzlich... o Gott, Allie, hast du plötzlich den Verstand verloren?«
»Um etwas verstehen zu können«, erwiderte Alice, »muß man es verstehen *wollen*.«
»Und wie wär's, wenn du versuchen würdest, Martin zu verstehen?«
»Das tu ich.«
»Was?«
»Verstehen bedeutet leider nicht, daß ich damit wie durch Zauberei alles wieder in Ordnung bringen könnte, aber ich versuche wenigstens, alles und alle in Betracht zu ziehen.«
Juliet ging zum Herd zurück.
»*Sehr* nett von dir.«
Alice ging. Als sie das Haus verließ, sah sie Juliets kleine Jungen auf einem Klettergerüst herumturnen. Sie stieg in ihren Wagen. Auf dem Boden lagen Legosteine und eine Kassette von *Charlie and the Chocolate Factory* und ein rotgoldener Armreif von Clodagh, den Natasha sich ausgeliehen hatte, um Sophie in der Schule zu beeindrucken. Es lagen auch etliche Bonbonpapiere herum.

»Ich möchte, daß du schlampiger wirst«, hatte Clodagh gesagt. »Meine schöne, sexy, schlampige Alice. Ich möchte, daß du dich ganz entspannst. Es lebe die Sinnlichkeit, Tod dem Verstand.«
Alice fuhr langsam die Auffahrt hinab und bog in die Straße ein. Die Augustschwüle lastete schwer auf dem Land. Man spürte direkt, daß die Felder nicht atmen konnten. Am Straßenrand wucherte üppiges Unkraut. Alice dachte, daß die Landschaft so aussah, wie sie sich fühlte – erschöpft, niedergedrückt, reif für die Ernte. Sie griff nach ihrem Zopf wie nach einem Rettungsseil und hielt ihn mit einer Hand fest, die andere auf dem Lenkrad.
Als sie das Graue Haus betrat, klingelte das Telefon. Eine glückliche Gewißheit überkam sie. Das würde Clodagh sein! Clodagh war eine Woche fortgewesen, und heute würde sie sicher am frühen Abend anrufen, damit Alice sich nicht noch eine Nacht hindurch mit der Frage herumquälen mußte, wo sie sein mochte. In ihrer Zuversicht ließ sie sich Zeit, ans Telefon zu gehen, und als sie den Hörer abnahm, lächelte sie.
»Hallo?«
»Alice«, sagte Richard.
»*Richard*!«
»Ich frage dich erst gar nicht, wie's dir geht, weil es dir ja gar nicht anders als schrecklich gehen kann.«
»Ja.«
»Ich würde dich gern sehen.«
Sie schloß die Augen. Die Tränenschleusen, die so lange geschlossen geblieben waren, drohten sich zu öffnen.
»Alice?«
»Ja. Ja, ich bin noch da...«
»Ich würde dich gern sehen. Und du?«
»Ja.«
»Dann komm nach London. Ich würde nach Pitcombe kommen, möchte aber nicht unbedingt wie das achte Weltwunder bestaunt werden. Komm her, bevor die Kinder zurückkommen. Hast du etwas von ihnen gehört?«

»Postkarten...«

»Dann sehen wir uns am Dienstag«, sagte Richard. »Komm in meine Wohnung, und dann gehen wir zusammen essen.«

»Ja«, schluchzte Alice.

»Na, na, Liebes. Nicht weinen...«

»Sei nicht so nett zu mir, es ist hoffnungslos...«

Er lachte.

»Bis Dienstag.«

Es war kurz vor dem Frühgottesdienst am Sonntagmorgen. Die Sonne schien, und die Stockrosen am Friedhofstor hoben ihre hauchdünnen Trompeten jubelnd ins Licht empor. Der Frühgottesdienst war bei den regelmäßigen Kirchgängern von Pitcombe besonders beliebt, weil er zu einer zivilisierten Uhrzeit gefeiert wurde und man sich nicht mit der schwierigen Frage herumschlagen mußte, ob man vor der Kommunion etwas essen durfte oder nicht. Wenn beispielsweise Miss Payne nicht frühstückte, riskierte sie, daß ihre Eingeweide sich in den stillsten und heiligsten Momenten des Gottesdienstes laut zu Wort meldeten. Einmal hatte sie sogar hastig die Kirche verlassen müssen, und das hatte ihr noch auf dem Friedhof die Schamröte ins Gesicht getrieben. Im August kamen normalerweise wegen der Ferien wenig Gläubige in die Kirche, aber dieser spezielle Sonntag lag im Urlaubskalender von Pitcombe offenbar sehr günstig – die einen waren schon wieder zurück, die anderen noch nicht abgereist. Das schmale Kirchenschiff, mit riesigen weißen Flammenblumen aus den Garten des Herrenhauses geschmückt, dazwischen königsblauer künstlicher Rittersporn, beigesteuert von Cathy Fanshawe, füllte sich zufriedenstellend – manche Kirchgänger hatten rote Gesichter von der Ernte oder vom Urlaub in Cornwall, andere waren braungebrannt vom Aufenthalt in Umbrien oder Teneriffa. Miss Pimm, in einem braunen Kattunkleid mit kurzen Ärmeln, die ihre welken nackten Arme zeigten, saß schon an der Orgel. Die Chorsänger, ein buntes Gemisch aus Motts und Crudwells und dem unwilligen Kind der Bartons, das von seinen Eltern gezwungen wurde, sich schon früh am Dorfleben zu *beteiligen*, saßen neben Miss Pimm, bohrten in den Nasen und flüsterten miteinander. Rosie und Gerry Barton saßen auf der rechten Seite des Mittelgangs in der vordersten Bank, auf gleicher Höhe mit den Unwins, die ihre Stammplätze links vom Gang hatten. Die Bartons lächelten, die Unwins versuchten zu lächeln. Hinter den Unwins bildeten die Dunnes eine loyale Kohorte, Henry in einem Blazer mit seinen alten Regimentsknöpfen, Juliet in einem geblümten blauen Kleid, die Jungen – die Henry während des Gottesdienstes fest an der Kandare zu halten gedachte – in gleichen T-Shirts und Shorts. Buntie Payne saß ihnen gegenüber auf der anderen Seite des Mittelgangs und lächelte den Kindern zu, wodurch sie sich ermutigt fühlten, schreckliche Grimassen zu schneiden. Weiter hinten saßen zu zweit oder zu dritt andere Kirchgänger: die Fanshawes, ein Farmer, John Murray-French, der seinen Panamahut neben sich auf die Bank gelegt hatte, diverse Feriengäste, Michelle und ihre Freundin Carol, eine neue Familie, die sich bescheiden in die hinterste Reihe gesetzt hatte, und Fred Mott im Rollstuhl, den Mr. Finch in die Kirche schob, weil er ihn für einen hervorragenden Testfall für das Versprechen universeller Erlösung hielt. Fred fingerte an seiner Hose herum, schnaufte und saugte schmatzend an Fisherman's Friends.

Peter Morris kam aus der Sakristei, angetan mit der grünen Stola, die er auch am Dreifaltigkeitssonntag trug. Er betrachtete erfreut das relativ volle Gotteshaus, ging den Mittelgang entlang und begrüßte seine Pfarrkinder, und dann richtete er einige mahnende Worte an seine jungen Chorsänger. Er dachte oft, daß er ihnen vieles verzeihen würde, wenn sie auch nur ein bißchen singen könnten. Dann kehrte er noch einmal in die Sakristei zurück, um sich innerlich zu sammeln, und er war wie immer überrascht, wie leicht und aufrichtig er in diesen Augenblikken beten konnte. Als er in die Kirche zurückkam, sah er Alice Jordan, die allein und sehr aufrecht zwei Bänke hinter den Dunnes saß und starr nach vorne blickte. Anstatt mit dem Einleitungsgebet zu beginnen, ging Peter zu ihr und sagte laut und deutlich in die Stille hinein: »Wie schön, Sie zu sehen, Alice«, worauf sie »Danke« flüsterte. Dann begab er sich zum Altar, breitete die Arme aus und begann mit dem Gottesdienst.

Alice kniete, saß und stand wie alle anderen. Sie sagte sich, daß sie diese Sache durchstehen müsse. Sie sprach das Vaterunser mit, nicht aber das Confiteor, und sie stimmte auch nicht in die Hymnen ein, die alle anderen mit übertriebener Begeisterung zu schmettern schienen. Ihr kam es so vor, als herrschte in der Kirche eine ähnliche Atmosphäre wie in einem Flugzeug bei Unwetter: ungeheurer Stoizismus, gepaart mit latenter Hysterie. Sir Ralph als Kirchenvorstand ging während des Liedes »Lead me, Heavenly Father, lead me« mit dem Klingelbeutel herum, und Alice warf ihre Münzen hinein, ohne ihn anzusehen. Während der Predigt drehten sich die Jungen der Dunnes, die Alice ihr Leben lang kannten, nach ihr um und lächelten ihr strahlend zu, wurden aber von ihrem Vater sofort zur Ordnung gerufen. Erst gegen Ende verließ Alice der Mut, und während der letzten Hymne glitt sie schnell aus ihrer Bank. Als Buntie Payne, die vorgehabt hatte, sie demonstrativ vor aller Augen zu küssen, sich nach Ende des Gottesdienstes eifrig umdrehte und den leeren Platz sah, rief sie in ihrer Enttäuschung laut: »Oh, wie schade! Wie jammerschade! Sie ist weggegangen!«

15. Kapitel

»Ich wollte mit dir essen gehen«, sagte Richard, »aber dann fiel mir ein, daß ausgerechnet in dem Augenblick, wo einer von uns endlich etwas über die Lippen bringt, was uns wirklich am Herzen liegt, mit Sicherheit ein Kellner auftauchen und uns fragen wird, ob wir Pfeffer auf unseren Salat wünschen. Deshalb habe ich uns in der Selfridges Food Hall das hier geholt.«
Alice betrachtete den Kaffeetisch im kleinen Wohnzimmer von Richards Wohnung: eine Flasche Wein, eine Pakkung Räucherlachs, Grahambrot und eine Zitrone.
»Willst du mir die Leviten lesen?« fragte sie.
»Um Gottes willen, nein. Warum sollte ich?«
»Weil du Martins Vater bist.«
Er nahm die Weinflasche zur Hand und holte einen Korkenzieher.
»Ich bin aber auch ein Mensch, und ich müßte schon ein besonders unangenehmes Exemplar dieser Spezies sein, wenn ich dich den weiten Weg von Pitcombe nach London machen ließe, nur um dich abzukanzeln.«
Er verschwand für einen Augenblick in der winzigen Küche und kam mit Weingläsern zurück.
»Du brauchst bei mir nicht in die Defensive zu gehen.«
Alice warf den Kopf zurück. »Im Grunde will ich das auch gar nicht. Aber ich habe immer das Gefühl, daß ich dazu getrieben werde.«
Die Zugfahrt war herrlich gewesen – endlich anonym sein, ein Niemand. Und noch wohler hatte sie sich in der überfüllten U-Bahn gefühlt, eingezwängt zwischen fremden Menschen, die sich nicht für sie interessierten.
»Nach Pitcombe«, sagte Alice, während Richard ihr ein

Glas Wein in die Hand drückte, »ist London eine wahre Erholung.«
»Ja, das glaube ich gern.«
Er legte ihr eine Hand auf den Arm und schob sie in einen Sessel.
»Hast du Hunger?«
»Nicht viel.«
»Dann trink erst einmal. Wir haben den ganzen Tag Zeit.«
»Aber deine Arbeit...«
»Die kann warten.«
»Martin hat erzählt, daß ihr zusammen eine Mauer gebaut habt...«
»Du hast ihn *gesehen*?«
»Ja«, antwortete Alice. »Bei Juliet. Aber es hat nicht so richtig geklappt.«
»Das war wohl auch kaum möglich. Armer Junge.«
Alice schwieg.
»Armer Junge«, wiederholte Richard. »Armer Junge. Er geht von jeher mit Scheuklappen durchs Leben. Nicht einmal jetzt unternimmt er den Versuch, etwas zu verstehen. Und weil er nichts versteht, verzehrt er sich in blinder Wut.«
»Das nehme ich ihm nicht übel«, sagte Alice. »Auch ich hätte bis vor kurzem nichts verstanden. *Vor* Clodagh.«
»Erzähl«, forderte Richard sie auf. Er beugte sich vor und schenkte Wein nach. »Erzähl mir alles.«
»Nein...«
»Doch. Ich bin möglicherweise einer der wenigen Menschen, die euch helfen können. Ich liebe Martin.« Er legte eine kurze Pause ein. »Ich liebe dich. Ich glaube Martin zu verstehen, und ich möchte auch dich verstehen.«
»Ich will das nicht«, murmelte Alice. »Ich will nicht, daß ein Dritter gnädig unsere Ehe flickt.«
»Ich will sie nicht flicken.«
»Nicht?«
»Nein«, versicherte Richard. »Aber ich möchte eine Ent-

scheidung. Seinetwegen, deinetwegen, meiner Enkel wegen.« Er sah Alice an. »Erzähl mir von Clodagh.«

»Ich kann nicht...«

»Und warum nicht?«

»Weil du ein Mann bist.«

»Alice«, sagte Richard, »ich glaube, du verstehst von Männern nicht sehr viel, sonst würdest du so etwas nicht sagen. Vertraust du mir?«

Sie überlegte.

»Ich weiß nicht.«

»Erweis mir die Ehre deines Vertrauens. Ich werde glauben und höchstwahrscheinlich auch verstehen, was du mir sagst.«

Alice stand auf, ging in dem kleinen Raum umher und spielte mit verschiedenen Gegenständen, mit einem Aschenbecher auf einem Sideboard, mit einem Marmorei auf einem Holzregal, mit einem albernen Spielzeug für Erwachsene – magnetischen Papierschnitzeln auf schwarzer Glasunterlage. Dann setzte sie sich wieder hin.

»Was alles so schwierig macht, ist die Tatsache, daß Liebe zwischen Frauen niemals ernst genommen, sondern die Jahrhunderte hindurch belächelt wurde. Bestenfalls wurde sie als Torheit angesehen, wie... wie eine Art kindisches, harmloses Hobby.«

Sie stellte ihr Weinglas ab und griff nach der Zitrone, rollte sie zwischen den Händen und schnupperte daran.

»Aber ich werde vielleicht nie wieder jemanden so lieben wie Clodagh, und ich empfinde sehr stark, daß das, was sie mir gegeben hat, mich extrem bereichert hat. Es hat mich in keiner Weise ärmer gemacht, hat mir nichts *genommen*, wenn du verstehst, was ich meine. Es hat mich erwachsen werden lassen. Es hat mich befähigt, alle Menschen, die zu meinem Leben gehören, wirklich zu lieben, und soweit ich sehen kann, war nur eine andere Frau zu einer solch lehrreichen Liebe imstande, denn nur eine Frau konnte sehen, was ich brauchte, konnte den ständigen Balanceakt zwischen Mutterschaft und eigenen Bedürfnissen begreifen, die Gefahr, daß entweder die Kinder oder aber man selbst zu kurz kommt. Nur eine andere Frau konnte das verstehen und... und Abhilfe schaffen.«

Richard kniete sich neben dem niedrigen Tisch auf den Boden und machte sich fachmännisch an die Zubereitung der Sandwiches.

»Wenn du es ganz genau wissen willst«, fuhr Alice fort, immer noch mit der Zitrone herumspielend, »das Bett ist nicht der wichtigste Aspekt. Vielleicht ganz am Anfang, aber jetzt nicht mehr. Ich glaube, daß Sex für Clodagh wichtiger als für mich ist, um die Wahrheit zu sagen. Aber was ich liebe und brauche, ist die Lebenskraft, die sie mir schenkt, und ich habe wahnsinnige Angst, wieder darauf verzichten zu müssen. Es ist eine Art Lebenselixier, verstehst du?«

Er nickte, während er den Lachs von den Zellophanstreifen löste.

»Du kannst dir nicht vorstellen, wieviel Spaß wir zusammen haben. Du kannst dir nicht vorstellen, wie völlig anders ich mich selbst jetzt sehe, dank Clodagh. Es war eine Art Offenbarung.«

Richard nahm ihr die Zitrone aus der Hand, schnitt sie auf und beträufelte die Sandwiches mit Zitronensaft. »Ich war so einsam«, sagte Alice. »Ich gebe Martin nicht die Schuld daran. Er wußte nicht, was er mit mir anfangen sollte, und ich selbst wußte das auch nicht. Aber Clodagh wußte es sofort. Ich bin jetzt endlich aufgewacht. Als ich auf meine Hochzeit, auf die Flitterwochen und unsere Ehe zurückblickte, erkannte ich, daß ich die ganze Zeit über im Grunde geschlafen hatte. Es muß so gewesen sein. Zwölf Jahre meines Lebens habe ich in einer Art Halbschlaf verbracht.«

Richard legte zwei Sandwiches auf einen Teller und stellte ihn auf ihre Knie.

»Iß.«

Alice blickte von dem Teller zu ihm.

»Kannst du meinen Worten einen Sinn abgewinnen?«

»Ja.«
»Kannst du dir vorstellen, was ich meine?«
»Selbstverständlich. Ich habe etwas ganz Ähnliches erlebt. Nur war es in meinem Fall ein sehr starkes Gefühl für das andere Geschlecht, nicht für mein eigenes.«
»Und wer war das?«
»Natürlich Cecily.«
»*Cecily*!«
»Ja.«
Alice biß ohne großen Appetit von ihrem Sandwich ab.
»Jetzt bist du an der Reihe«, sagte sie. »Erzähl *du* jetzt.«
Richard ließ sich Zeit, seine Worte sorgfältig zu wählen.
»Wenn ein erfahrener, zärtlicher Mann dir im Bett seine ganze Liebe geschenkt hätte, wäre das mit Clodagh nie passiert. Du wirst jetzt vielleicht denken, das sei nur typisch männliche Arroganz, aber das stimmt nicht. Es besteht ein himmelweiter Unterschied zwischen Sex und körperlicher *Liebe*. Ich konnte Cecily meine Liebe nie so zeigen, wie ich es gern getan hätte, weil sie sich mir geistig und seelisch verschloß, weil sie mich nie an sich heranließ. Der Gipfel ihres Gefühlslebens war Wien, und nichts durfte jemals auch nur annähernd daran heranreichen, damit sich nicht alles als Illusion entpuppte, damit die große heimliche Romanze ihres Lebens nicht zu Staub zerrann.«
Er stand auf und füllte Alice' Weinglas wieder. Sie beobachtete ihn gespannt.
»Aber ich hätte sie lieben können, wenn sie es zugelassen hätte. Auf die Gefahr hin, mich inzestuös anzuhören – ich hätte auch dich lieben können, denn ich weiß wie Clodagh, wer du wirklich bist und was du brauchst.«
Er blickte Alice an.
»Ich bin nicht eifersüchtig auf Clodagh. Es tut mir nur leid, daß du wegen deiner Liebe zu ihr soviel durchmachen mußt, gesellschaftliche Ächtung und all das. Ich verstehe genau, was du über Einsamkeit gesagt hast. Ich hatte jahrelang eine Geliebte – fünfzehn Jahre lang, um genau

zu sein –, weil ich ein zärtlicher und leidenschaftlicher Mann bin, und weil Cecily es nicht über sich bringt, mir zu erlauben, beides zu sein. Sie will nicht zur Kenntnis nehmen, daß ich Frauen *mag.*«

»Martin...«

»Cecily hat die Jungen nie dazu erzogen, Frauen zu mögen. Sie hat es nicht einmal versucht. Beide haben Angst vor Frauen. Und ich habe es auch nicht versucht. Ich habe das Problem viel zu spät erkannt. In dieser Hinsicht trifft mich die gleiche Schuld wie Cecily.«

Alice griff nach Richards Hand.

»Das ist traurig«, sagte sie. »So traurig. Und dabei bist du genau der richtige Mann für sie.«

Er lächelte.

»Oh, das weiß ich. Ich weiß es seit vierzig Jahren.«

Alice senkte den Kopf.

»Vierzig Jahre! Womit Menschen leben...«

»Manchmal *muß* man damit leben, es sei denn, man will von ganzem Herzen etwas anderes...«

»Aber eine *Geliebte...*«

»Wären unzählige Callgirls besser gewesen?«

Alice schaute auf.

»Du meinst...?«

»Ja.«

»Himmel!« rief Alice in Clodaghs Tonfall.

»Cecily erlaubt mir seit fast zwanzig Jahren nicht mehr, mit ihr zu schlafen.«

»Und trotzdem...«

»Ja, trotzdem...«

»Hast du dir nie gewünscht, sie nicht mehr zu lieben?«

»Nur sehr theoretisch. Und sehr selten. Vielleicht bin ich einfach wahnsinnig stur und will mir keine Niederlage eingestehen. Vielleicht ist es die große Liebe.« Alice warf sich im Sessel zurück.

»*Liebe*«, murmelte sie.

Als er sie später nach Paddington fuhr, sagte er ganz beiläufig, daß er ihr gern eine Wohnung oder ein kleines

Haus in Salisbury kaufen würde, damit sie in der Nähe der Schulen ihrer Kinder wohnen könne. Er sagte, das würde ein Geheimnis zwischen ihnen beiden bleiben. Er knüpfe keinerlei Bedingungen daran. Sie könne dort so lange wohnen, wie sie wolle, einen Monat, ein Jahr, viele Jahre. Völlig verwirrt über dieses Angebot, fragte sie, ohne ihn anzuschauen: »Aber warum?« Er antwortete: »In erster Linie für die Kinder, in zweiter für dich und für Martin.«

»Für *Martin*?«

»Wenn du halbwegs unabhängig bist, wird er sich nicht so bedroht fühlen, nicht solchen Groll hegen. Es wird den nächsten Schritt erleichtern. Er kann den Gedanken nicht ertragen, daß das Gesetz von ihm verlangen wird, einer Frau Geld zu geben, die ihn seiner Ansicht nach betrogen hat. Wenn du weniger Geld von ihm benötigst, wird es einen Kampf weniger geben. Und jeder Kampf weniger ist gut für die Kinder.«

»Aber du kannst nicht... warum solltest du...«

»Kümmere dich um deine eigenen Angelegenheiten«, sagte Richard. »Überleg es dir und laß mich deine Entscheidung wissen.«

Im Zug wurde Alice von Müdigkeit überwältigt. Sie lehnte den Kopf an das orangefarbene Tweedpolster, mit dem die British Rail ihre Fahrgäste verwöhnte, und schloß die Augen. Vor ihrem geistigen Auge zog langsam eine ganze Prozession von Menschen vorbei: Clodagh, die Kinder, Martin, ihre Eltern, ihre Schwiegereltern, Clodaghs Eltern; alle Gesichter schienen aus einer samtigen Dunkelheit aufzutauchen und dann wieder mit ihr zu verschmelzen. Ich bin das Bindeglied, dachte Alice. Die Zukunft all dieser Menschen hängt von mir ab. Es ist eine schreckliche Macht, aber sie ist real. Und diese Macht übe *ich* aus, ob ich das nun will oder nicht. Ich kann die Dinge nicht mehr einfach auf mich zukommen lassen, denn die Entscheidung liegt allein bei mir. Ich muß wählen. Ich bin an einem Punkt angelangt, wo ich mich nirgends verstecken

kann, wo nichts und niemand mich beschirmen kann. Ich bin an einem hohen, öden, qualvollen Ort...
»Entschuldigung«, sagte eine Stimme neben ihr, »aber bin ich im richtigen Zug, um nach Didcot Parkway umsteigen zu können?«

Elizabeth Meadows öffnete die Tür des Hauses ihrer Schwester in Golchester, und da stand Richard Jordan. Sie war so perplex, daß sie ihm am liebsten die Tür vor der Nase zugeschlagen hätte. Er sagte lächelnd: »Ich war mir nicht sicher, ob Sie mich überhaupt wiedererkennen würden.«
»Ja«, stammelte sie. »Nein...«
Aus dem Wohnzimmer, wo sie die Feuerhaken aus Messing polierte, rief Elizabeths Schwester Ann: »Wer ist da? Mach doch endlich die Tür zu!«
»Kommen Sie herein«, sagte Elizabeth. Er folgte ihr in die Halle, wo eine einsame Topfpflanze genau in der Mitte eines ansonsten leeren Tisches stand, und weiter ins Wohnzimmer. Ann Barlow trug Baumwollhandschuhe, um ihre Hände vor der Messingpolitur zu schützen, und eine geblümte Schürze mit großer Vordertasche, auf die mit königsblauem Garn »Vorsicht, zerbrechlich!« gestickt war. Sie richtete sich mit gerunzelter Stirn auf. Wenn sie etwas noch mehr haßte als einen unerwarteten Besucher, so war dies ein unerwarteter *männlicher* Besucher.
»Du erinnerst dich an Richard Jordan, Alice' Schwiegervater...«
In Ann Barlows Geist waren die Jordans irgendwie mit dem Scheitern der Ehe ihrer Schwester verknüpft. Sie zog einen Handschuh aus, reichte ihm gleichgültig die Hand und murmelte vorschriftsmäßig etwas von Kaffee, worauf Richard erwiderte, er hätte sehr gern eine Tasse, obwohl es keineswegs der Wahrheit entsprach. Ihm wurde ein geblümter Lehnstuhl zugewiesen, von dem aus er einen pedantisch ordentlichen Garten, eine weiß gestrichene Bank und eine Wäscheleine sehen konnte, an der die einzelnen

Stücke streng nach Größe geordnet hingen, Elizabeth wußte nicht, was sie mit ihm anfangen sollte. Sie verübelte ihm sowohl sein Kommen als solches als auch sein zwangloses, entspanntes Auftreten. Sie nahm ihm gegenüber Platz, starrte auf seine teuren Schuhe und beschloß, dem Gespräch keine Nahrung zu geben.
Ihre Unfreundlichkeit schien ihn nicht zu stören. Er erzählte ihr, daß James in Cornwall schwimmen gelernt hatte, was sie mit unbewegter Miene zur Kenntnis nahm, da Alice es nicht einmal für notwendig erachtet hatte, sie über diesen Urlaub in Cornwall zu informieren. Er bewunderte den Rittersporn und sagte, daß Cecily sich mit Händen und Füßen gegen die neue rosa Sorte sträube. Er ließ sich über die Unannehmlichkeiten der A 12 aus, worauf Elizabeth kurz erwiderte, sie fahre nicht mehr Auto. Und dann kam Ann mit dem Kaffeegeschirr, und es gab das übliche Getue – Elizabeth verabscheute Anns Hausfrauenstolz als zutiefst provinziell – mit Beistelltischchen und Löffeln und Tellern, damit nur ja kein Krümel auf den Teppich fiel. Als endlich alle mit Kaffee versorgt waren, hörte Richard plötzlich auf, Konversation zu treiben, und berichtete statt dessen, er sei ohne Alice' Wissen und Einverständnis hier, aber sie habe im Moment so große Probleme, daß er den einsamen Entschluß gefaßt habe herzukommen, obwohl ihm das bestimmt nur Ärger einbringen werde. Dann erzählte er mit einer Gelassenheit, die Elizabeth schrecklich fand, daß Alice und Martin sich getrennt hätten, weil Alice eine Liebesaffäre mit einer Frau gehabt hätte, und daß Alice im Augenblick versuche, sich über ihre Zukunft klarzuwerden, und daß Martin versuche, sich von einem Nervenzusammenbruch zu erholen. Unklugerweise fügte er hinzu, er hoffe, die beiden Damen würden keine zu harten Urteile fällen. Daraufhin stellte Ann Barlow ihre Kaffeetasse ab und verließ demonstrativ den Raum.
»Ich hoffe«, sagte Richard, »daß ich Ihre Schwester nicht schockiert habe.«

»Natürlich haben Sie das.«
»Und Sie? Sind Sie auch schockiert?«
»Nichts«, erwiderte Elizabeth ärgerlich, »nichts kann mich wirklich schockieren.« Sie würdigte Richard erstmals eines direkten Blickes. »Sie mischen sich in fremde Angelegenheiten ein. Und ich zweifle an der Reinheit Ihrer Motive.«
Er zuckte die Achseln.
»Ich hoffte, Alice' und Martins Weg ein wenig ebnen zu können...«
Sie schnaubte.
»Ich bin doch nicht auf den Kopf gefallen. Nervenkitzel, das ist das Wort, das mir sofort in den Sinn kommt. Daß Sie hergekommen sind, ist auf eine Art Lüsternheit zurückzuführen.«
Er senkte den Kopf, und sie glaubte zu sehen, daß er sich rot verfärbte.
»Weiß der Himmel«, fuhr sie fort, »weiß der liebe Himmel, welche Motive Sie haben, von jeher gehabt haben.«
Er hob den Kopf nicht.
»Könnten es nicht«, knurrte er in seine Brust hinein, »rein altruistische Motive sein?«
»Im Prinzip – selbstverständlich. Aber in Ihrem Fall bezweifle ich das sehr. Ich nehme Ihnen Ihr Kommen übel. Ich nehme es Ihnen übel, daß Sie mir meine Tochter entfremdet haben. Ich nehme Ihnen die Einvernahme von Enkeln übel, die genauso die meinigen wie die Ihrigen sind. Ich nehme Ihre gönnerhafte Art übel. Ich nehme Ihnen und Ihrer Familie übel, daß Sie eine Spaltung meiner Familie bewirkt haben.«
Er stand abrupt auf, plötzlich ziemlich ungeschickt.
»Ich gehe wohl besser.«
Sie widersprach nicht. Er kochte vor Wut.
»Ich werde Alice davon berichten...«
»Tun Sie das, aber Sie täuschen sich, wenn Sie glauben, daß sie Sie bedauern, geschweige denn Ihnen dankbar sein wird.«

Er wollte sie anbrüllen, daß er jetzt bestens verstehe, warum Sam Meadows sie verlassen hatte und warum Alice in Cecily die Mutter gesehen hatte, die Elizabeth nie gewesen war. Er setzte zu seiner Tirade an, aber sie ging einfach an ihm vorbei und hielt ihm die Wohnzimmertür und sodann die Haustür auf, und noch bevor er auch nur ein Viertel von all dem losgeworden war, was er auf dem Herzen hatte, stand er neben einem Begonienbeet auf der stillen Straße. Ihm blieb nichts anderes übrig, als nach London zurückzufahren.

Zwei Tage später erhielt Alice zwei Briefe. Der eine war von ihrer Mutter.
»Ich hatte Besuch von Deinem Schwiegervater«, schrieb Elizabeth, »und bei dieser Gelegenheit habe ich sehr viel mehr über ihn als über Dich gelernt. Vielleicht schreibst Du einmal. Vielleicht besuchst Du mich sogar wieder einmal. Hab keine Angst herzukommen, denn ich werde Dir keine guten Ratschläge erteilen.«
Unterschrieben war der Brief mit »In Liebe, Deine Mutter Elizabeth.«
Der andere Brief enthielt nur eine Postkarte ohne Datum und ohne Unterschrift, aber Clodaghs wilde, unleserliche Schrift war unverkennbar: »Frauen brauchen Männer genauso wie Fische Fahrräder.«
Das war alles. Am nächsten Tag kamen die Kinder nach Hause, und während Alice sie erleichtert und liebevoll in ihre Arme schloß, ging ihr durch den Kopf, daß sie noch immer keinen Entschluß gefaßt hatte.

»Was machst du?« fragte James, eine Plastikwasserpistole in einer Hand, einen angebissenen Keks in der anderen.
»Ich schreibe deinem Großvater.«
»Kann ich ihm auch schreiben?«
»Ja, aber nimm dir ein eigenes Stück Papier.«
James legte seine Pistole auf Alice' Brief. Er machte so etwas jetzt ständig, legte seinen Löffel in ihren Teller, sein

Buch auf ihre Zeitung, schob seine Zahnbürste in ihren Mund.
»Jamie...«
Er legte seine Hand auf die Wasserpistole, so als warte er nur darauf, daß Alice sie wegzuschieben versuchte.
»Ich kann doch so nicht schreiben...«
Er hob die andere Hand und schob ihr den Keks zwischen die Lippen.
»Nicht, Liebling...«
»Iß ihn.«
»Nein, Jamie, du hast ihn ja schon besabbert...«
Er stieß damit gegen ihre Unterlippe, und der Keks zerbrach.
»Du hast meinen Keks kaputt gemacht!«
»Das hast du selbst gemacht, mit deinen Dummheiten. Und jetzt tu deine Pistole weg, damit ich weiterschreiben kann.«
Ohne die Hand von der Pistole zu nehmen, zertrat er das auf den Boden gefallene Keksstück zu braunem Puder.
»*So!*«
Alice nahm keine Notiz von ihm. Er warf noch ein Stück auf den Boden und zertrampelte es. Sie umklammerte die Tischkante und ihren Kugelschreiber und las das bisher Geschriebene durch:
»Ich habe lange hin und her überlegt und bin zu dem Entschluß gekommen, daß ich Dein Angebot ablehnen muß. Der Preis – mich ganz auf Dich verlassen zu müssen – wäre viel zu hoch. Du willst mich beschützen und herumdirigieren. Ich könnte nicht mehr atmen. Und ich weiß auch nicht so recht, ob ich Dir wirklich vertraue.«
Ihr ging durch den Kopf, daß sie ihm das eigentlich *sagen* und nicht schreiben müßte, aber dann würde er mit ihr argumentieren und sie umzustimmen versuchen. Und sie würde vielleicht wie beim letztenmal alles mögliche sagen, was sie nicht hätte sagen sollen.
»Pistole!« rief James laut. »Pistole, Pistole, *Pistole*!«
Er stieß mit der Pistole so heftig gegen ihre rechte Hand,

daß es weh tat. Ihren Zorn mühsam beherrschend, rieb sie die schmerzende Stelle. Er beobachtete sie.
»Pistole«, wiederholte er, aber diesmal etwas unsicher.
»Geh weg«, sagte Alice, »geh weg, bis ich den Brief fertiggeschrieben habe. Geh und spiel mit Tashie.«
Er schüttelte den Kopf, aber das rote Mal auf ihrer Hand bekümmerte ihn so, daß er unter den Tisch kroch und sich hinlegte, die Wange auf Alice' Fuß. Kurz darauf spürte sie, daß Tränen in ihre Sandale tropften. Sie bewegte die Zehen, um einen Kontakt zu ihm herzustellen, und zwang sich, den Kugelschreiber wieder zur Hand zu nehmen.
»Ich kann nicht das Allheilmittel für Deine Frustrationen sein. Ich will das nie wieder, dieses Gefängnis der Dankbarkeit. Ich *bin* dankbar, aber eine gewisse Distanz ist mir dabei lieber, und ich will als Gleichberechtigte behandelt werden.«
Sie spürte James' Hand auf ihrem anderen Fuß.
»Jamie? Du kitzelst mich ein bißchen...«
Er kicherte leise.
»Du hast mich in eine Falle gelockt«, schrieb Alice. »Du hast mich zum Reden verführt. Ich möchte lieber nicht darüber nachdenken, warum Du das getan hast, warum Du mir helfen willst. Aber was mir widerfahren ist, hat mich aus einer objektiven Lage in eine subjektive versetzt, so daß ich zur Zeit für irgendwelche Pläne anderer Menschen nicht zur Verfügung stehe.«
Sie unterschrieb den Brief: »In Liebe, Alice.« Nachdem Jamie die Gummierung des Umschlags und der Briefmarke abgeleckt hatte, setzten sie Charlie in seinen Sportwagen und suchten Natasha, die ihre unzähligen Muscheln auf allen Fensterbrettern im ersten Stock arrangierte, und sie gingen alle zusammen zur Post. Unterwegs trafen sie Lettice Deverel, die freundlich und ganz natürlich mit ihnen plauderte und sie zum Tee einlud, damit sie den Papagei kennenlernten. Als sie nach Hause kamen, machte Alice Käsesandwiches zum Mittagessen, und sie aßen im

Garten, wobei die Kinder Pläne schmiedeten, was sie alles tun wollten, wenn Daddy und Clodagh wieder hier sein würden.

»Hast du sie gesehen?« rief Clodagh.
Lettice hielt den Hörer etwas vom Ohr ab.
»Ja.«
»Und? *Und*?«
»Wir haben nicht über dich gesprochen, wenn du das meinst.«
»Wie sah sie aus?«
»Ein bißchen müde, das ist alles.«
»Lettice«, schrie Clodagh, »Lettice, wie kannst du nur so gemein zu mir sein?«
Es trat ein kurzes Schweigen ein. Der Papagei gluckste begeistert, weil er Trauben bekommen hatte.
»Ich war immer der Ansicht«, sagte Lettice schließlich, »daß du ein origineller und sehr vielversprechender Mensch bist. Und mutig. Jetzt bin ich mir nicht mehr so sicher. Diese Episode deprimiert mich mehr, als ich dir sagen kann. Du kommst mir wie eine Art Hedda Gabler vor, stilvoll und selbstsüchtig.«
Clodagh, die in London auf dem Sofa ihrer glücklichen Freundinnen saß, begann zu weinen.
»Nur daß du doch ein Herz hast«, fuhr Lettice fort. »Ich weiß das, weil ich merke, daß es angerührt worden ist. Oh, Clodagh, meine Liebe, ich bitte dich – *mach* etwas aus deinem Leben.«
»Nein«, rief der Papagei. »Nein, nein, nein. *Nicht* hübsch.«
Er warf den Traubenstiel aus seinem Käfig.
»Ich kann das nicht aufgeben«, schluchzte Clodagh. »Ich kann nicht. Ich würde sterben.«
»Im Gegenteil, du würdest viel besser leben.«
»Vermißt sie mich? Sieht sie so aus, als würde sie mich vermissen?«
»Stell mir keine idiotischen Fragen. Frag mich lieber, wie es deinen armen Eltern geht.«

»Nun?«
»Sie warten sehnlichst auf ein Lebenszeichen von dir. Du hättest *sie* anrufen sollen, nicht mich.«
»Ich könnte sie nicht nach Alice fragen.«
»Du solltest überhaupt niemanden fragen.«
»Und was ist mit den Kindern? Haben Sie von mir gesprochen?«
»Nein. Wir haben uns nur über den Papagei unterhalten.«
»Oh, *Papagei*«, krächzte der Vogel. »Lieber Papagei. Ein Schatz von Papagei.«
»Ich sehne mich so danach, nach Pitcombe zu kommen«, sagte Clodagh mit dünner Stimme.
»Ich würde sagen...«
»Aber ich krieche vor *niemandem*...«
»Wenn du dich nicht endlich aufraffst und einen selbständigen Entschluß faßt, Clodagh Unwin, wirst du höchstwahrscheinlich feststellen, daß Alice an deiner Stelle schon alles entschieden hat.«
»Was meinst du damit? Was ist los? Was hat Alice...«
»Ich meine nichts Spezielles, nur daß Alice drei Kinder und kein eigenes Geld hat und folglich nicht wie du herumtändeln und ihre Zeit mit Nichtstun vergeuden kann.«
»Ist Martin bei ihr gewesen?«
»Nein, er wohnt bei einem Freund in Salisbury.«
»Ich komme nach Hause, und es ist mir scheißegal, was die Leute denken...«
»*Du* solltest ein bißchen nachdenken«, rief Lettice. »Du könntest es zumindest versuchen.«
Der Papagei hakte sich mit dem Schnabel an den Käfigstäben ein und begann sich mit den Klauen hochzuziehen. Oben angelangt, hing er ein Weilchen mit dem Kopf nach unten da, und dann stellte er ruhig fest: »Verflixt *und* zugenäht!« Lettice mußte unwillkürlich lachen, der Papagei stimmte entzückt mit ein, und Clodagh, die diese fröhliche Atmosphäre in Pitcombe nicht ertragen konnte, legte verzweifelt den Hörer auf.

Martin wartete einfach ab. Er sprach mit niemandem mehr über Alice, am allerwenigsten mit Cecily. Er hatte ein sehr gemütliches Zimmer im Haus eines Freundes, am Rand der Innenstadt von Salisbury; er arbeitete sehr hart und besuchte seine Kinder einmal wöchentlich im Grauen Haus, während Alice ausging, und er achtete darauf, viel Tennis und ein wenig Golf zu spielen, und er hatte eine Einladung angenommen, im Oktober in Sutherland auf die Pirsch zu gehen. Insgeheim trug er sich schon mit dem Gedanken, das Graue Haus zu verkaufen, denn es schien ihm ausgeschlossen, daß sie dort bleiben könnten, wie auch immer die weitere Entwicklung aussehen würde.
Cornwall hatte ihn einigermaßen wiederhergestellt und ihm Klarheit über sein Verhältnis zu den Kindern verschafft. Er war sehr gern mit ihnen zusammen, aber er hätte nie gedacht, daß sie soviel Arbeit machten, daß sie so anspruchsvoll und hilflos waren. Abgesehen von der kurzen Zeit unmittelbar nach Charlies Geburt war er nie für sie verantwortlich gewesen, und es gefiel ihm nicht besonders, auch wenn er im Notfall durchaus dazu bereit war. Er war zu vielen Dingen bereit, hatte sich auf vieles seelisch eingestellt. Und genau das bereitete ihm nun Probleme. Ihm kam nichts mehr unerträglich vor, und es schien ihm, als lohnte es sich nicht, irgendwelche Ängste zu haben; Wenn er überlegte, was wirklich wichtig war, fiel ihm nichts ein. Folglich beschloß er, einfach in den Tag hinein zu leben, so normal und angenehm wie nur möglich, und ansonsten abzuwarten. Wenn er einfach abwartete, würde *Alice* schließlich etwas tun müssen. Und das war nur gerecht.

16. Kapitel

An Freitagabenden ging Sam Meadows immer zu Sainsbury's. Diese kleine Expedition machte ihm richtig Spaß, denn der Supermarkt war voller Menschen, die erleichtert waren, wieder eine Arbeitswoche hinter sich zu haben, und sich auf das Wochenende freuten. Mit den Jahren stellte er amüsiert fest, daß er sich die frühen Freitagabende absichtlich von Lehrveranstaltungen freihielt, um bei Sainsbury's einkaufen zu können. Und ihm entging auch nicht, daß er allmählich dazu neigte, immer die gleichen Artikel zu kaufen, Whisky und Weißbrot, Sauerkirschmarmelade, Nudeln und Tomatensauce in Flaschen, und daß er sich immer an derselben Kasse anstellte, weil dort eine so nette kleine Frau saß, die ihren Kopf duckte und ihm von unten verstohlen zulächelte.

Seit er Elizabeth verlassen hatte, hatten viele Frauen alles daran gesetzt, mit ihm zusammenzuleben. Mit zwei von ihnen hatte er den Versuch gewagt, aber beide hatten sehr ausgeprägte Vorstellungen gehabt, was die Lebensweise betraf, und bedauerlicherweise hatten sie diese Vorstellungen nicht für sich behalten können. Und die einzige Frau, für die er in diesen zehn Jahren tatsächlich bereit gewesen wäre, seine Lebensweise umzustellen, hatte es abgelehnt, mit ihm zusammenzuleben. Sie ging gern mit ihm ins Bett, wollte aber ansonsten ihr eigenes Leben führen. Aus diesem Grund liebte Sam sie um so mehr, und ihretwegen hatte er aufgehört, seine Schülerinnen wie Barbie-Puppen zu sammeln. Sie flirteten auch jetzt noch mit ihm, besonders wenn ihre Referate nicht rechtzeitig fertig waren, aber inzwischen konnte er es dabei bewenden lassen. Außerdem gab es an der Universität jetzt ein sehr engagiertes Frauenkomitee gegen sexuelle Belästigung.

Bis zur Emeritierung blieben Sam noch fünf Jahre. Er hatte die Absicht, dann nach Wales zu ziehen, am liebsten in ein Fischerdorf, und ein Buch über die Macht der Sprache zu schreiben, das zu einem unentbehrlichen Schulbuch werden würde. Anschließend wollte er Einführungen zur Bibel und zur klassischen Literatur schreiben, weil es ihn nach dreißigjähriger Lehrtätigkeit noch immer rasend machte, daß clevere moderne Studenten der Literatur weder die Bibel noch die klassische Literatur kannten und deshalb keine Zeile von Milton verstehen konnten, ohne in den Anmerkungen nachzulesen. Und danach würde er wahrscheinlich sterben und unter einem kahlen Grabhügel in Wales liegen, über dem Möwen kreisten. Ihm lag im Grunde nicht viel an einem Grabstein, aber es sollte doch irgendeinen Hinweis darauf geben, daß er danach gestrebt hatte, ein Dichter zu werden, damit die Nachwelt wußte, daß er zwar nach außen hin vielleicht ein phlegmatischer, genußsüchtiger, unproduktiver Mensch gewesen war, aber tief im Innern hehre Ideale und Ziele gehabt hatte.

Als er an einem Freitag im August in der Schlange vor der Kasse stand, bot ein freundliches Baby im Kindersitz des nächsten Einkaufswagens ihm eine sehr kleine, sehr nasse Waffel an. Er nahm das Geschenk dankbar entgegen und aß es. Die Waffel schmeckte nach parfümierter Seife und erinnerte ihn an die Süßigkeiten seiner Kindheit. Und das Baby erinnerte ihn an Charlie. Nicht dem Aussehen nach, denn Sam hatte Charlie nur ein einziges Mal gesehen, als er noch so klein war, daß er nach gar nichts aussah, aber es erinnerte ihn daran, daß es Charlie *gab*, daß er einen Enkel im Babyalter *hatte*. Im Frühling hatte Alice ihm Fotos vom Grauen Haus geschickt und geschrieben, daß bis zu seinem üblichen Sommerbesuch alles fertig sein würde. Seitdem hatte er nichts mehr von ihr gehört, sich aber nichts dabei gedacht, zum einen, weil er annahm, daß sie sehr viel um die Ohren hatte, zum anderen, weil er selbst sehr beschäftigt gewesen war. Doch während er nun in der Schlange stand und dem Baby zulächelte (es war kein hübsches Baby, denn es hatte eine hohe gewölbte Stirn und ein speichelnasses Kinn, aber daß es ihm die Waffel geschenkt hatte, war bei einem so kleinen Kind eine rührend großzügige Geste), dachte er, daß Alice' anhaltendes Schweigen doch irgendwie merkwürdig war. Die Sommerferien waren schon zur Hälfte vorüber, und sie hatte ihn nicht einmal angerufen. Er nahm ihr das nicht übel, denn auch er hatte sie ja nicht angerufen, aber plötzlich verspürte er den Wunsch, sie zu sehen, sie und seine Enkel. Und als er seine Einkäufe im Auto verstaute, war dieser Wunsch noch viel stärker geworden.

In seiner Wohnung stellte er die Kartons auf dem Küchentisch ab, neben den Relikten eines ausgezeichneten Mittagessens aus Spiegeleiern und Guinness, und ging zum Telefon. Alice meldete sich mit atemloser Freude und war offensichtlich verlegen, als sie hörte, daß ihr Vater am Apparat war.

»Was ist los?« fragte Sam.

Am anderen Ende der Leitung blieb es still.

»Nun komm schon, Alice. Ist etwas passiert?«

»Sehr viel...«

»Bist du gesund?«

»O ja.«

»Und die Kinder?«

»Auch. Es geht ihnen ausgezeichnet.«

»Mach mir nichts vor«, sagte Sam. »Ich bin dein Vater, und ich mische mich zwar nie ein, merke aber sofort, wenn etwas faul ist.«

»Martin ist nicht mehr hier...«

»Allie...«

»Ich habe mich in jemand anderen verliebt. Martin wohnt jetzt in Salisbury.«

Sam preßte den Hörer schmerzhaft fest ans Ohr und schloß die Augen.
»Ich komme zu dir...«
»Das brauchst du wirklich nicht. Ich komme allein zurecht. Natürlich muß ich alle möglichen Entscheidungen treffen, aber ich schaff's allmählich.«
»Wo ist dieser andere Mann? Bei dir?«
»Es ist kein Mann«, sagte Alice. »Es ist eine Frau.«
Sam hob langsam eine geballte Faust und schlug mit den Knöcheln an seine Stirn.
»Eine Frau...«
»Ja.«
Er stöhnte leise.
»Allie...«
»Ich kann dir das am Telefon nicht erklären. Und dich auch nicht überzeugen, daß ich wohlauf bin. Traurig, natürlich, aber ansonsten ganz wohlauf.«
»Und die Kinder? Wie geht es den Kindern?«
»Sie vermissen Martin, und sie vermissen Clodagh – so heißt sie –, aber wir kommen allmählich zurecht...«
»Du dachtest, daß Clodagh am Apparat wäre, stimmt's?«
»Ja«, gab Alice zu. »Ich habe seit drei Wochen nichts mehr von ihr gehört.«
»Ich komme morgen zu euch.«
Nach kurzem Schweigen murmelte Alice: »Das wäre schön.«
»Halt durch«, rief Sam. »Halt die Ohren steif.«
Er war den Tränen nahe.
»Ich halte bestimmt durch«, beruhigte Alice ihn. »Ich verspreche dir, mich nicht gehenzulassen.«
»Ich werde zum Tee da sein. Nein, früher, zum Mittagessen. Gegen Mittag werde ich da sein.«
Er legte den Hörer auf. Es war sehr still in seiner Küche; nur eine Fliege, die in einen der Einkaufskartons geraten war, surrte laut, während sie immer wieder gegen die Zellophanverpackung der Nudeln prallte. Sam holte seine neue Flasche Whisky heraus, preßte sie mit beiden Hän-

den an die Brust und ging damit ins Schlafzimmer. Die Flasche noch immer an sich gedrückt, legte er sich aufs Bett und begann laut zu schluchzen, wie ein Kind.

Mr. Finch packte Äpfel aus Neuseeland aus, die zwischen weichem blauem Papier lagen. Für solche Arbeiten wäre eigentlich Michelle zuständig gewesen, aber sie hatte gekündigt, weil ihr – wie sie sagte – sein Verhalten gegenüber Mrs. Jordan nicht gefiel. Etwas Ähnliches mußte sie wohl auch ihrer Mutter gesagt haben, denn sie war zu Hause ausgezogen und wohnte jetzt bei ihrer verheirateten Schwester in Poole, und Gwen kaufte doppelt soviel Silk Cut wie gewöhnlich und machte ein Gesicht wie sieben Tage Regenwetter. Eines der Crudwell-Mädchen, Heather, die so hautenge schwarze Jeans trug, daß man sich fragte, wie sie überhaupt in die Dinger hereinkam, hatte sich erboten, anstelle von Michelle zu helfen. Aber Mr. Finch hatte abgelehnt, weil ihre aufreizende Sexualität ihm nicht ganz geheuer war und er zudem an ihrer Ehrlichkeit zweifelte. Aus Rache war sie mit zwei Freundinnen in den Laden gekommen, um ihn zu verhöhnen, was er sich sehr zu Herzen genommen hatte. Sogar Mrs. Finch, deren Sympathien für ihn aufgrund seines Mangels an Stil längst verflogen waren, hatte ihn bedauert.
»An all'em ist nur Alice Jordan schuld. Ohne diesen Skandal wäre alles andere nicht passiert.«
Das sagte sie jetzt sehr oft, obwohl sie ihn zwischendurch immer wieder daran erinnerte, daß sie eine erfahrene Frau von Welt sei, die sich kein Urteil über andere anmaße. Mr. Finch glaubte allerdings, daß so gut wie jeder irgendein Urteil fällte. Ihm kam es manchmal so vor, als sei er der einzige, der darauf verzichtete, und auch das hauptsächlich, weil er total verwirrt war. Was ihn lähmte, war die Abartigkeit dieser Affäre; so etwas war ihm nie zuvor begegnet. Was ihn dabei am meisten verstörte, war die Erkenntnis, daß dieser emotionalen und sexuellen Verfehlung ein echtes, tiefes Gefühl zugrunde lag. Das war Alice

Jordans Gesicht deutlich anzusehen. Sosehr sie sich auch bemühte, gute Miene zum bösen Spiel zu machen, konnte sie doch nicht verbergen, daß sie sich ohne Clodagh verloren und einsam fühlte, daß sie wirklich *litt,* weil neue zarte Triebe genau in dem Augenblick ausgerissen worden waren, als sie Wurzeln schlugen. Mr. Finch gestand sich jetzt oft ein, daß er viel mehr von der Dichtkunst als vom Leben verstand, weil das Leben oft allzu seltsame Aspekte hatte.

Einige wenige Menschen teilten offenbar seine Gefühle, wie ihre Handlungen bewiesen. So hatte er beispielsweise gehört, daß Mrs. Macaulay im Grauen Haus gewesen war und Alice ein Hündchen angeboten hatte, *kostenlos.* Das hatte ihm Gwen erzählt, voller Verachtung für Mrs. Macaulay und sehr verärgert über Alice, die das großzügige Angebot abgelehnt und sich danach in der Waschküche die Augen ausgeweint hatte. Buntie Payne war zwar verstört, sobald Alice' Name im Laden erwähnt wurde, aber sie hatte sich wie eine wütende Glucke auf Sally Mott gestürzt, als diese zu Mrs. Finch sagte, Dörfer seien viel zu klein, um mit schlechten Einflüssen fertig werden zu können.

»Wagen Sie es ja nicht, das Wort ›schlecht‹ in Zusammenhang mit Mrs. Jordan zu verwenden!« hatte Miss Payne geschrien.

Sally Mott hatte den Laden fluchtartig verlassen, und Miss Payne hatte sich schnell hinsetzen müssen und ein Glas Wasser benötigt; weinend hatte sie immer wieder erklärt, daß sie ihre eigenen Gefühle nicht so recht verstehen könne, daß es aber sehr starke Gefühle seien.

Im Pub, wo Mr. Finch sich einmal in der Woche ein Bier genehmigte, ging man unkomplizierter mit der Sache um, vielleicht weil dort nur wenige Frauen verkehrten. An der Salonbar wurde das Thema kaum erwähnt, und an der Theke nahm man anfangs, allen voran Stuart Mott, wirklich kein Blatt vor den Mund, aber das Interesse ließ bald nach und erlosch ganz, als die Fußballsaison begann. Was nun die Kirche betraf, so war Mr. Finchs schwacher Glaube, der sich von seiner Liebe zum Ritual und seinem leidenschaftlichen Wunsch nährte, daß regelmäßiger Kirchgang eines Tages zu greifbaren Resultaten führen würde, sehr enttäuscht worden. Er hatte auf eine Predigt über Sünde gehofft, mit starken Worten wie Schlechtigkeit und Verderbtheit, nicht etwa, weil er Alice von der Kanzel herab gebrandmarkt sehen wollte, sondern weil er sich nach einer festen moralischen Leitschnur sehnte, an die er sich klammern konnte. Statt dessen hatte er eine Predigt über den hl. Barnabas und eine über die Innenstadterneuerung zu hören bekommen. Während Mr. Finch nun den Apfel in seiner Hand anstarrte, dachte er, daß eine Geschichte wie diese Liebesaffäre zwischen Alice Jordan und Clodagh Unwin seltsamerweise dazu führte, daß man selbst stundenlang Gewissensprüfungen betrieb. Der feste Boden, auf dem man zu stehen geglaubt hatte, begann plötzlich zu beben und zu schwanken und einzubrechen. Mr. Finch legte den Apfel endlich zu den anderen ins Regal, starrte ihn aber weiterhin mit düsterer Miene an.

Hinter ihm räusperte sich jemand.

»Könnten Sie mir sagen, wie ich zum Grauen Haus komme?« fragte Sam.

Mr. Finch drehte sich langsam um. Sam trug ein zerknittertes blaues Hemd und hatte ein rotgetupftes Tuch um den Hals geknotet; sein ganzes Auftreten verriet den lässigen Bohemien, was Mr. Finch mit Neid erfüllte. Er hoffte plötzlich inbrünstig, daß man nicht gleich auf den ersten Blick sehen konnte, daß seine Hose aus Polyester war.

»Es wird mir eine Freude sein…«

Er ging mit Sam auf die Straße hinaus und deutete den Hügel hinauf.

»Fahren Sie geradeaus, bis Sie zu dem Cottage mit dem Brunnen im Garten – einem reinen Zierbrunnen – kommen, und wenn Sie dann rechts abbiegen, sehen Sie schon das Tor des Grauen Hauses vor sich.«

Er wartete darauf, daß Sam ihm erzählen würde, wer er sei, aber Sam bedankte sich nur, stieg in seinen Wagen – Mr. Finch registrierte bewundernd, daß im Innern Chaos herrschte – und fuhr davon. Mr. Finch ging deprimiert in seinen Laden zurück und dachte, daß es das Schicksal der Menschen im Dienstleistungsgewerbe sei, von jenen, die sie bedienten, meist übersehen zu werden.

Alice, die nie ein gefühlsbetontes, überschwengliches Kind gewesen war, schien das Bedürfnis zu haben, von Sam umarmt zu werden, und er hielt sie in ihrer hellen Küche lange Zeit fest an sich gedrückt. Sie weinte weder, noch redete sie viel; sie sagte nur, daß sie sich freue, ihn zu sehen, und daß sie nie geglaubt hätte, daß Aufwachen so schwierig und schmerzhaft sein würde. Ansonsten stand sie einfach da, die Arme um seine kräftige Gestalt geschlungen, die Wange an seiner Brust. Er war darüber tief gerührt. Nach langen Minuten löste sie sich seufzend von ihm und sagte, sie würde eine Flasche Apfelwein aus der Speisekammer holen. Er lehnte sich währenddessen an die untere Hälfte der Küchentür und blickte in den Garten hinaus. Ein Kinderwagen schaukelte unter einem Apfelbaum heftig hin und her. Wäsche hing auf der Leine, und eine junge Katze schlief in der Sonne. Sam hatte nie aufgehört, sich darüber zu wundern, daß das Leben in den allermeisten Fällen seinen gewohnten Gang nahm, auch wenn sich gleichzeitig ein Drama ereignete. Vernichtete Existenzen, gebrochene Herzen, irreparable physische und psychische Schäden, unsagbares Leid – und trotzdem wurde die unerbittliche Maschinerie in Gang gehalten, wurde eine Mahlzeit nach der anderen gekocht, wurde gewaschen, geputzt und geschlafen. Vielleicht war es aber gerade diese Tretmühle, dachte er, während Alice ihm ein Glas Apfelwein in die Hand drückte, die einen davor bewahrte, verrückt zu werden. Vielleicht rettete nur die unvermeidliche Wäsche einen davor, den Verstand zu verlieren.

»Vielleicht hätte ich es dir sagen sollen«, sagte Alice, auf der Tischkante sitzend, »aber ich habe niemandem etwas davon erzählt. Ich wollte nicht. Ich fühlte mich so frei. Weißt du, jahrelang gab es nur ›Ich soll‹ und ›Ich muß‹, und plötzlich war ein übermächtiges *Wollen* vorhanden. Es war solch eine Erleichterung. Mir blieb einfach keine andere Wahl.«

Sie sah Sam an.

»Die Gesellschaft hat nicht immer recht mit ihrem Urteil, was gut für einen ist.«

Er trank einen Schluck.

»Was für die meisten Menschen gut ist, kann die Gesellschaft durchaus richtig beurteilen. Aber eben nicht für jeden einzelnen. Es ist die Mehrheit, die Regeln aufstellt, und das nennen wir dann Gesellschaft. Eine Kollegin von mir sagt, sie verüble es der Gesellschaft, daß Scheidungen heutzutage so leicht gemacht werden. Dieser Ärger führt im Kreis. Höchstwahrscheinlich wird sie am Ende sich selbst Vorwürfe machen.«

»Aber ist das nicht immer so? Das ist doch der entscheidende Kampf – zu lernen, irgendwie mit sich selbst zu leben...«

»Ich glaube nicht, daß man diesen Kampf jemals ein für allemal gewinnen kann«, erwiderte Sam.

»Alles tut mir weh«, gestand Alice. »Ich glaube, es gibt keinen Zentimeter an mir, der nicht weh täte, äußerlich oder innerlich. Jedes Gefühl schmerzt, sogar das kleinste, und am meisten die Liebe, und dabei ist Lieben das einzige, was ich tun will, tun muß...«

Sam stieß sich von der Tür ab, ging zu Alice hinüber und nahm ihren Zopf in die Hand. Sie lehnte ihren Kopf zunächst an seine Hand, dann an seine Brust.

»Ich werde etwas für dich zitieren.«

»Dichtung?«

»George Eliot.«

»Ich habe nur *Die Mühle am Fluß* gelesen«, sagte Alice kläglich.

»Das Zitat ist aus *Adam Bede.*«
Sie drückte ihr Gesicht in sein Hemd.
»Sag es mir.«
»Wir gewöhnen uns«, deklamierte Sam über ihrem Kopf, sowohl an seelische als auch an körperliche Schmerzen, ohne jedoch die Sensibilität dafür einzubüßen; sie werden zu einem festen Bestandteil unseres Lebens, und schließlich können wir uns einen Zustand völligen Wohlbehagens überhaupt nicht mehr vorstellen. Wünsche werden unterdrückt und verdrängt, und wir sind mit einem Tag schon zufrieden, wenn wir unser Leid schweigend ertragen und so tun konnten, als würden wir nicht leiden...«
Dann trat Stille ein, und es blieb lange still. Vater und Tochter verharrten regungslos, bis plötzlich in der Halle Geräusche zu hören waren. Gleich darauf flog die Küchentür auf, und Clodagh stand auf der Schwelle, den vor Freude quiekenden James auf dem Arm.

»Du weißt, warum ich zurückgekommen bin«, sagte Clodagh später, während sie das Abendessen zubereiteten. »Nicht wahr, du weißt es?«
»Ja.«
»Ich werde es dir trotzdem noch einmal ins Gedächtnis rufen. Ich bin zurückgekommen, um dich abzuholen. Dich und die Kinder. Ich verkaufe alles. Wir können gehen, wohin wir wollen.«
Alice schnitt weiterhin Pilze in Scheiben. Oben las Sam den Kindern *Pu der Bär* vor, wobei er Känga und Klein-Ruh mit australischem Akzent sprechen ließ. Es war ein Riesenerfolg. Begeistertes Gelächter drang immer wieder nach unten. Charlie saß im Schlafanzug auf seinem Hochsitz und aß Himbeeren mit den Fingern. Balloon schlief mit vollem Magen neben dem Herd. Draußen bot die Spätsommerlandschaft im Sonnenuntergang ein idyllisches Bild.
»Ich lasse mich nicht länger hinhalten«, sagte Clodagh. »Das hast dunämlich schon getan, bevor ich weggegan-

gen bin. Du hast gesagt, daß du nachdenken mußt. Nun, ich war fast einen Monat fort, und es war ein einziger Alptraum. Ist es auch für dich ein Alptraum gewesen?«

»Ja«, gab Alice unumwunden zu, während sie die Pilze in einen Topf schüttete. »Es war töricht von mir zu glauben, daß ich zur Ruhe kommen würde. Kein Mensch war hier, aber von Ruhe konnte gar keine Rede sein, geschweige denn von innerem Frieden. Es war zum Verrücktwerden. Ich kam mir vor wie in einer dieser kleinen Maschinen, die sich drehen und dabei Steine polieren. Nur daß ich ein Stein zu sein schien, der partout nicht glänzen wollte.«

»Du brauchtest mich«, sagte Clodagh.

»Ich *wollte* dich«, korrigierte Alice.

»*Brauchtest.*«

»Ich habe ›brauchen‹ im Wörterbuch nachgesehen«, sagte Alice. »Dort steht, es sei ein Zustand, der nach Abhilfe verlange. Das kam mir viel zu schwach vor.«

Clodagh legte ihre Hände auf Alice' Schultern und drehte sie zu sich herum.

»Ohne mich wirst du aufhören zu leben.«

»Das sagst du mir fortwährend.«

Clodaghs Augen füllten sich mit Tränen.

»Alice, o Alice, hab doch ein bißchen Mitleid...«

Sie ließ Alice wieder los.

»Du kannst dir nicht vorstellen, wie es in London war. Ruth und Eleanor waren wahnsinnig nett zu mir, aber sie haben einander. Und jetzt versuchen meine Eltern, freundlich zu sein, sogar Vater, aber sie haben keine Ahnung, was in mir vorgeht. Die Liebe zu dir hat mich heimatlos gemacht, weil ich jetzt nur noch zu dir gehöre. Du hast mich für andere Menschen ruiniert. Ich will nur noch eines – dich glücklich machen. Dich und deine Kinder. Ich würde für deine Kinder alles tun.«

Sie blickte zu Charlie hinüber, der aus einer Himbeere eine Art Fingerhut gemacht hatte und sein Werk begeistert betrachtete.

»Ich vergöttere Charlie«, sagte Clodagh.

Sie setzte sich auf einen Küchenstuhl, beugte den Oberkörper vor und schlang die Arme um ihre Knie.
»Ich hasse es, so zu jammern. Aber diese Sache ist so wahnsinnig wichtig. Ich möchte dir und deinen Kindern etwas *geben*. Ich weiß, daß ich ein besserer Mensch sein werde, wenn ich das tue. Während ich in London war, habe ich mir überlegt, daß ich gern für euch alle arbeiten würde. Dieser Gedanke hat mich so glücklich gemacht.«
Alice setzte sich neben sie und streichelte die wilde Haarmähne. Nicht zum erstenmal ging ihr dabei durch den Kopf, daß Clodagh, wenn sie verstört war, einem exotischen Vogel mit gebrochenen Flügeln und geknickten Federn glich.
»Clodagh...«
Keine Reaktion.
»Clodagh, ich wollte es dir nicht schon jetzt sagen, aber wir scheinen an einem Punkt angelangt zu sein, wo mir nichts anderes übrigbleibt, weil wir über nichts anderes sprechen können, solange das zwischen uns steht. Ich gehe nicht mit dir fort. Wenn es dich tröstet – ich gehe auch nicht zu Martin zurück. Du wirst mir bestimmt vorwerfen, ich sei hochtrabend, aber ich habe diese Entscheidungen getroffen, weil es nicht anständig wäre, mit einem von euch zu leben. Meine Wünsche spielen dabei keine Rolle. Ausschlaggebend war für mich, daß ich in beiden Beziehungen emotionale Überreste mit mir herumschleppen würde und mich nie davon befreien könnte. Es hat keinen Sinn, jemandem Vorwürfe zu machen, und noch schlimmer wäre es, wenn ich mir selbst ständig Vorwürfe machen würde.«
Nach einiger Zeit hob Clodagh den Kopf und sah Alice an. »Ich frage mich manchmal, ob du überhaupt ein Herz hast...«
Alice stand auf und hob Charlie aus seinem Stuhl heraus. Sie sagte über die Schulter hinweg: »Ich kann nicht ständig wiederholen, daß ich dich liebe. Die Worte verlieren an Wert, wenn ich sie andauernd wiederhole wie einen dummen Refrain. Aber ich liebe dich wirklich. Wenn du

so unglücklich bist, wie du sagst, müßtest du dir auch vorstellen können, wie ich mich fühle. Ich habe schreckliche Angst davor, ohne dich zu sein. Aber ich muß es lernen.« Sie versteckte ihr Gesicht kurz an Charlies Hals. »Ich sage dir das alles nicht so, wie ich es eigentlich wollte, aber wahrscheinlich läßt sich das nicht vermeiden. Wahrscheinlich werde ich genausoviel Mist verzapfen, wenn ich mit Martin spreche.«

Clodagh weinte, und als Charlie das sah, legte sich auch sein eigenes Gesicht in Falten.

»Siehst du«, sagte Alice, »wir müssen damit aufhören. Mit all dem Weinen und den schlaflosen Nächten und den Qualen, die wir einander bereiten...«

»*Dein* Entschluß!« kreischte Clodagh. »*Dein* verdammter Entschluß!«

Alice wurde plötzlich wütend.

»Für dich ist es einfach unerträglich, ausnahmsweise einmal nicht deinen eigenen Kopf durchsetzen zu können, stimmt's?«

Charlie begann zu greinen. Alice trug ihn unter beruhigenden Lauten die Treppe hinauf. Aus Natashas Zimmer war Kaninchen zu hören, das Tiger in amtlichem Ton etwas erklärte, der aber nicht zuhörte. Alice legte Charlie in sein Bettchen, und in der Geborgenheit dieses vertrauten Ortes beruhigte er sich sofort. Sie zog an der Schnur seiner Spieluhr, und das blecherne »Edelweiß« ertönte. Während sie sich über Charlie beugte, der hingebungsvoll an seinen Fingern lutschte, ging ihr durch den Kopf, was wohl gewesen wäre, wenn Clodagh – anstatt zu versuchen, die Festung im Sturm zu erobern und Alice zu entführen – ihr plötzlich eröffnet hätte, alles sei vorbei, weil sie, Clodagh, jemand anderen gefunden habe. Was dann? Wäre das leichter gewesen? Sie richtete sich auf. Leichter, aber auch schlimmer. Sobald man die Dinge nicht mehr einfach hinnahm, sondern selbst auf das Geschehen einwirkte, gab es kein Zurück mehr zur Passivität... Clodagh hatte das ihr Leben lang gewußt, und deshalb war sie jetzt, da sie erstmals machtlos war und die

Entwicklung nicht selbst steuern konnte, so verzweifelt. In einer plötzlichen Aufwallung von Mitleid rannte Alice in die Küche hinab, aber Clodagh war natürlich schon gegangen. Zuvor hatte sie in einer kindischen Geste aus Liebe und Zorn alle Messer und Gabeln auf dem Tisch über Kreuz gelegt.

»Du willst also eine Scheidung«, sagte Martin.
»Ja.«
»Das ist für mich ganz schön bitter.«
»Ich weiß.«
»Mir kann niemand einen Vorwurf machen.«
»Diese Sache geht viel zu tief, als daß von Vorwürfen die Rede sein sollte. Oder auch von Entschuldigungen.«
»Ich sehe das anders.«
»Auch das weiß ich. Du glaubst, wenn ich vor dir im Staub kriechen und dich auf Knien anflehen würde, mir zu verzeihen, würdest du dich schlagartig besser fühlen, und alles wäre wieder in Ordnung. Aber beides wäre nicht der Fall, denn *nichts* ist so einfach, schon gar nicht diese Angelegenheit.«
Martin hatte eine Wohnung mit Blick auf den Fluß gemietet, und er hatte darauf bestanden, daß das Treffen hier stattfinden sollte. Alice war sich nicht ganz im klaren darüber, ob er damit seine Unabhängigkeit demonstrieren oder aber ihr die traurige Unpersönlichkeit seines jetzigen Lebens vor Augen führen wollte. Es war eine sonnige Wohnung im ersten Stock eines ansehnlichen Regence-Hauses, das bedauerlicherweise modern möbliert war. Sie saßen in zwei Schaumstoffsesseln mit schokoladenbraunen Kordbezügen, blickten auf den Fluß hinaus und beobachteten eine Schwanenfamilie mit drei beigen, schwarzschnabeligen halbflüggen Jungen.
»Es führt nun mal kein Weg daran vorbei, daß ich das Opfer bin«, stellte Martin fest.
»Du redest so, als hätte ich dich verletzen *wollen,* um dich zu bestrafen. Als hätte ich vorsätzlich und in böser

Absicht gehandelt...«
»So war es doch auch«, sagte Martin. »Ich habe dich gelangweilt. Ich habe dich enttäuscht.«
Alice schwieg.
»Wahrscheinlich hast du zutiefst bedauert, mich geheiratet zu haben.«
Sie schwieg noch immer.
»Aber natürlich hättest du überhaupt nicht heiraten dürfen«, stichelte er. »Das mußt du jetzt doch einsehen, auch wenn du vieles andere einfach nicht sehen willst.«
Sie betrachtete die Schwäne.
»Ich glaube kaum, daß irgendein Richter dir so ohne weiteres das Sorgerecht für die Kinder zusprechen wird.«
»Warum willst du in mir unbedingt einen Feind sehen?«
»Du *bist* mein Feind. Du hast mich auf die schlimmstmögliche Art und Weise gedemütigt. Etwas Schlimmeres kann eine Frau einem Mann gar nicht antun.«
»Wäre es dir denn lieber gewesen, wenn ich mit einem anderen Mann geschlafen und dich dadurch als unfähigen Liebhaber hingestellt hätte?«
»Ja«, sagte Martin. »Nein.«
Er verbarg sein Gesicht in den Händen.
»Hör auf, ständig an Sex zu denken. Es geht im Grunde nicht um Sex. Zumindest ist das nur ein Teilaspekt.«
»Ich kann nicht...«
»Ich will die Scheidung nicht, um mit Clodagh zusammenleben zu können. Ich möchte die Scheidung, weil ich mit niemandem leben werde. Wenn du glaubst, daß du dich besser fühlen wirst, wenn du Schwierigkeiten machst, kann ich dich nicht daran hindern. Du hast scharenweise Leute auf deiner Seite. Aber ich werde nicht dazu beitragen, die Scheidung in eine Schlammschlacht zu verwandeln. Ich wäre viel lieber dein Freund als dein Feind. Ich wäre auch lieber Clodaghs Freund als ihr Feind. Aber trotz allem werde ich nicht so tun, als bereute ich, was passiert ist, denn das wäre nicht wahr.«
»Du mußt verrückt sein.«

»Wahrscheinlich ist es am einfachsten, das zu glauben.«
»Einfach!«
»Wenn du jedem erzählst, ich sei verrückt, brauchst du nicht ernsthaft darüber nachzudenken, was ich bin oder getan habe. Du brauchst nicht anzuerkennen, daß meine Verhaltensweise vielleicht genauso berechtigt ist wie deine, genauso *menschlich.*«
Sie stand auf.
»Ich gehe lieber, sonst halte ich dir nur einen Vortrag. Im Augenblick habe ich offenbar die schreckliche Neigung, Vorträge zu halten.«
Er starrte sie an. Er wollte nicht, daß sie wegging, aber er wußte nicht, wie er sie zum Bleiben bewegen könnte.
»Sehe ich die Kinder am Samstag?«
»Natürlich.«
»Wieviel wissen sie?«
»Was man in ihrem Alter verstehen kann. Sie wollen nur, daß alles wieder in Ordnung kommt.«
»Und wessen Schuld ist es, daß nichts wieder in Ordnung kommt?« rief Martin, außerstande, sich zu beherrschen. »Wessen Schuld ist das?«
Daraufhin ging Alice, und er beobachtete vom Bad auf der Rückseite der Wohnung aus, wie sie den ehemaligen Hinterhof überquerte, wo ihr Auto stand. Vielmehr, *sein* Auto; schließlich hatte er es gekauft. Sie trug einen langen, sehr weiten Jeansrock, ein rotes Hemd und eine Weste aus Ziegenleder, und ihr Zopf hing kerzengerade den Rücken hinab. Er lehnte seine Stirn an die Fensterscheibe. Sie öffnete die Wagentür, stieg ein, raffte ihren Rock und schlug die Tür zu. Martin schloß die Augen. Das Gefühl, etwas verloren zu haben, das nur ihm allein gehört hatte, stürzte ihn in abgrundtiefe Verzweiflung.

Sam saß im Garten des Grauen Hauses, las die Literaturbeilage der *Times* und behielt gleichzeitig seine Enkel im Auge. Diese Beschäftigung hatte eine gewisse Ähnlichkeit mit der Aufsicht bei Prüfungen, nur daß die Kinder ihn nicht so ängstlich oder vorwurfsvoll ansahen wie Examenskandidaten, die ungenügend vorbereitet waren. Statt dessen schienen sie unter einem zwischen Küchenstühlen aufgehängten Autoteppich irgendein geheimnisvolles Ritual zu vollziehen und kamen nur gelegentlich zum Vorschein, um ihm feierlich Gänseblümchenköpfe auf einem kleinen Teller darzubieten, die Charlie leidenschaftlich gern zu essen schien. Sam ließ ihn gewähren. Die elisabethanische Küche hatte schließlich ausgezeichneten Gebrauch von Veilchen und Ringelblumen gemacht.

Seine Anwesenheit schien die Fundamente des Hauses in den letzten Tagen neu gefestigt zu haben. Um ihn als Großvater und Mann herum hatten sich sofort Rituale herausgebildet, so als klammerten sich die Kinder in ihrem Sicherheitsbedürfnis instinktiv an ihn wie Ranken an einen Zaun. Ihm gefiel das. Es gefiel ihm viel mehr als vor vielen Jahren die Vaterschaft, für die er offenbar viel zu jung gewesen war. Seine Enkel interessierten ihn sehr, speziell die Würde von Charlies frühem Kindesalter. Rückblickend bedauerte er, daß seine eigenen Kinder ihn nicht allzusehr interessiert hatten, ein untrügliches Anzeichen für seine damalige Unreife. Er sah Natashas realistische weibliche Sicherheit und James' romantische männliche Seelenqualen, und er erkannte jetzt auch, daß seine Tochter diese beiden Komponenten in sich vereinte, was für Erwachsene, die wirklich erwachsen waren, charakteristisch war. Und zu seiner großen Freude erkannte er auch, daß ihm eine wichtige Rolle zugefallen war. Die Familie kam zu ihm. Alice hatte traurig festgestellt, daß sie zu ihm kamen, wie sie zu Martin nie gekommen waren.

»Er ist noch zu jung«, hatte Sam gesagt. »So wie ich es als Vater war. Er ist noch viel zu sehr mit sich selbst beschäftigt.«

Sie hatte sich in den Kopf gesetzt, mit Martin zu sprechen. Er hatte ihr prophezeit, daß das zu nichts führen würde, und sie hatte gesagt, *jetzt* vielleicht nicht, aber

vielleicht wird es später doch einen kleinen Unterschied machen. Sobald sie nach Hause kam, wollte Sam ihr einen Plan präsentieren. Sie könnten zusammenziehen. Sie könnten Alice' Anteil am Erlös aus dem Verkauf des Grauen Hauses und den Erlös aus dem Verkauf seiner Wohnung zusammenlegen und ein Haus für fünf Personen in der Nähe von Reading kaufen. Er stellte sich einen Haushalt vor, in dem Sicherheit und Geborgenheit mit persönlicher Freiheit gepaart war. Wenn der Staub sich erst einmal gesetzt haben würde und Clodagh sie besuchen wollte, hätte er nichts dagegen. Und Martin könnte natürlich kommen und gehen, wie er wollte.
Charlie krabbelte über das Gras und zog sich an Sams Hosenbein hoch.
»Hallo, alter Freund!«
Charlie strahlte ihn an. Sam dachte an seine Fahrten zu Sainsbury's und stellte sich vor, daß er in Zukunft Charlie in den Kindersitz des Einkaufswagens setzen würde. Er hob den Kleinen auf sein Knie.
»Was hältst du davon, mit deinem Großvater zu leben?«
Charlie beschäftigte sich intensiv mit einem Hemdknopf.
»Wir könnten auch einen Hund haben.«
Eine Hupe in der Auffahrt kündigte Alice' Rückkehr an. Mit Charlie auf dem Arm stand Sam auf, rief nach den Kindern und ging mit ihnen zur Garage, um Alice zu begrüßen.

17. Kapitel

Das Cottage war unbestreitbar häßlich. Ein gelblicher Ziegelbau mit blauem Schieferdach in einem langen Garten, der zur Straße hinabführte, einem ungepflegten Garten mit Anhäufungen von Rittersporn, Stockrosen und Zierkohl. Es gab auch einen Apfelbaum, der unter der Last seiner Früchte ächzte; offenbar war er immer so fruchtbar, denn ein langer tiefhängender Ast wurde von einem tief in den Boden getriebenen Holzpfahl gestützt.
Das Cottage war nicht nur häßlich, sondern auch ziemlich verwahrlost. Im ersten Stock gab es vier Zimmer, im Erdgeschoß zwei, und in einem schmalen Flügel auf der Rückseite war die deprimierende Küche und darüber das Bad untergebracht. Die Vorbesitzer hatten offenbar auf Hartfaserplatten geschworen. Kaminsimse, Holztüren, Treppengeländer und Balken waren damit verkleidet und dann malven- oder aprikosenfarben gestrichen worden, passend zu den jeweiligen Wänden. Im Wohnzimmer gab es einen schillernden Kachelofen, und unter jedem Wasserhahn im Haus breiteten sich zungenartige grüne und braune Flecken aus.
Zwei Meilen talaufwärts hatte ein sehr hübsches Cottage zum Verkauf gestanden, ein Steinbau mit Balkendecke, freundlich und gemütlich. Alle hatten auf Alice eingeredet, doch dort einzuziehen, denn obwohl es im Augenblick vielen Leuten egal war, wo sie wohnte, wollten sie doch, daß die Kinder es so schön wie möglich hatten. Aber Alice war hart geblieben und hatte sogar beträchtlichem Druck widerstanden. Sie war in vieler Hinsicht sehr stur gewesen, und dazu gehörte auch ihre Entscheidung für das häßliche East Cottage. Ferner hatte

sie darauf bestanden, allein leben zu wollen und wegen der Schulen ihrer Kinder in der näheren Umgebung von Salisbury zu bleiben. Sie war bereit, auf der anderen Seite der Stadt zu wohnen, aber es würde sich nicht vermeiden lassen, daß sie und Martin sich gelegentlich zufällig über den Weg liefen. Und sie bestand auch darauf, daß Martin und die Kinder sich so oft wie nur möglich sahen.

Natasha fand das Cottage einfach schrecklich. Ihr Zimmer war kaum größer als ein Schrank und roch schimmelig. Die Tapeten waren rehbraun und wellig, und an der Decke war ein großer grauer Wasserfleck. Alice sagte, daß das Zimmer bald ganz anders aussehen würde, sie müsse nur ein wenig Geduld haben, aber Natasha hatte keine Lust, darauf zu warten, und außerdem war es ihr sehr schwergefallen, Pitcombe zu verlassen. Sie sagte Alice oft, daß sie sie hasse, und es verwirrte und verstörte sie, daß sie sich hinterher auch nicht besser fühlte, und dann schrie sie ihren Haß laut heraus, in der Hoffnung, daß wenigstens das ihr helfen würde. Sogar die Schule schien nicht mehr dieselbe zu sein, seit es kein Graues Haus mehr gab, und Sophie wollte in diesem Schuljahr nicht mehr ihre Freundin sein, und deshalb schloß sich Natasha an Charlotte Chambers an, die phlegmatisch und reizlos war, deren Familie aber einen Swimmingpool und einen riesigen Salon mit weißem Teppich besaß. Im Wohnzimmer des neuen Cottages gab es überhaupt keinen Teppich, nur eine Binsenmatte. Alice versprach, daß auch dieser Raum bald wunderschön sein würde, und um sie zu bestrafen, blieb Natasha ein ganzes Wochenende bei Charlotte, aber sie bestrafte damit vor allem sich selbst, weil sie schreckliches Heimweh hatte. Als sie am Montagabend nach der Schule nach Hause kam, schrie sie: »Ich hasse dieses Haus!« Dann brach sie in Tränen aus und klammerte sich an ihre Mutter. Alice sagte: »Ich weiß, daß es kaum bemerkbar ist, aber wir kommen jeden Tag ein Stückchen voran.«

»Aber ich will *zurück*!«
»Das ist das Traurigste, was es gibt. Nichts ist je so schön, wie man es in Erinnerung hatte, weil man sich inzwischen selbst verändert hat. Man sieht die alten Dinge mit neuen Augen, und sie sind nicht mehr das, was sie einmal waren.«
Lettice Deverel kam zum Tee. Sie rumpelte in ihrem alten Wagen die steinige Auffahrt hinauf, den Papageienkäfig auf dem Rücksitz. Der Papagei war kein angenehmer Fahrgast und hatte den größten Teil des Weges laut gekreischt, war aber um so erfreuter, endlich angelangt zu sein, und nahm gnädig eine Apfelscheibe an. Lettice sagte, daß er sie um mindestens sechzig Jahre überleben würde und daß sie deshalb einen sehr netten, interessanten Menschen finden müsse, der sich nach ihrem Tod um den Vogel kümmern würde. James war fasziniert von der Selbstsicherheit und dem Temperament des Papageien und von dessen kleinen graublauen Klauen, die anmutig den Apfel hielten. Er wünschte, man könnte ihn für nett und interessant genug halten, und ließ Lettice nicht aus den Augen, um auf sich aufmerksam zu machen.
»Margot Unwin möchte Sie gern sehen«, teilte Lettice Alice mit.
»O Gott...«
»Sie hat das dringende Bedürfnis, mit Ihnen zu sprechen. Es ist sehr traurig, eine so tüchtige Frau derart verwirrt und deprimiert zu sehen. Und mit Ralph kann sie natürlich nicht sprechen, denn sie *will* verstehen, und das bringt er nicht über sich.«
»Soll das heißen, daß sie von mir eine *Erklärung* haben möchte...«
»Höchstwahrscheinlich.«
»O Gott«, wiederholte Alice.
»Sie möchte, daß Sie sie im Herrenhaus besuchen.« Lettice sah Alice an. »Clodagh hat leider die Absicht, wieder nach Amerika zu gehen.«
»Das habe ich mir fast gedacht«, sagte Alice leise.

»Ich hoffe, daß es nur ein vorübergehender Impuls ist.«
»Um getröstet und verhätschelt zu werden?«
»Sie ist nie zuvor verletzt worden, müssen Sie wissen.«
Alice betrachtete ihre Kinder. »Ich glaube, daß es besonders schlimm ist, wenn man erst als Erwachsener diese Erfahrung macht.«
»Das weiß man nie«, sagte Lettice. »Ich glaube, man weiß im Leben nie, was eine nützliche Erfahrung ist und was irreparable Schäden anrichtet.«
Nach dem Tee gingen sie zu dem langen Schuppen, in dem Alice sich ihr Atelier einrichtete. Ihre Staffelei war schon aufgestellt, und auf einem langen Holztisch standen Farben und Pinsel in Marmeladengläsern.
»Ich will für meinen Unterhalt selbst aufkommen«, berichtete Alice. »Martin bezahlt Unterhalt für die Kinder, aber ich will auf eigenen Füßen stehen. Es wurde auch höchste Zeit, finde ich.« Sie nahm eine Zeichnung zur Hand. »Peter Morris hat ein Gemälde in Auftrag gegeben. Das Innere der Kirche von Pitcombe. Folglich werde ich mich irgendwann unauffällig hineinschleichen müssen.«
»*Schleichen* wäre grundverkehrt«, sagte Lettice. Sie griff nach der Skizze und betrachtete sie aufmerksam. »Was hat es mit diesem grauenhaften Cottage auf sich? Soll es eine Art härenes Büßerhemd sein?«
»Es ist nicht grauenhaft. Es ist *real.* Warten Sie nur, bis ich damit fertig bin. Wissen Sie, seltsamerweise ist hier alles leichter zu ertragen. Ich habe das Gefühl, daß es wirklich *mir* gehört. Teilweise wahrscheinlich deshalb, weil es nicht dem entspricht, was man von mir erwartet hatte. Das ist kein Trotz, nur die beste Möglichkeit, vorwärts zu gehen...«
Sie verstummte. Lettice warf ihr einen forschenden Blick zu. »Werden Sie einsam sein?«
»Nein.« Alice nahm ihr die Zeichnung ab und stellte sie auf die Staffelei. »Sind *Sie* einsam?«
»Nein...«

»Dann müßten Sie doch...«
Lettice dachte an ihr erfülltes Leben. »Ja. Natürlich verstehe ich Sie.«

Sam verbrachte die meisten Wochenenden im East Cottage. Er war eine enorme Stütze, nicht nur in emotionaler, sondern auch in praktischer Hinsicht, denn zu seiner eigenen Verwunderung erwies er sich als äußerst geschickter Handwerker.
»Wenn du mir noch vor zehn Jahren gesagt hättest, ich solle eine Tür abschleifen und dann wieder einhängen, hätte ich mich sofort in eine Kneipe verzogen. Und jetzt schau dir das mal an. Los, stoß sie an. Siehst du, läuft wie geschmiert. Komm, Jamie, heb meinen Hammer auf. Wozu ist ein Lehrling gut, wenn er nicht mal meine Werkzeuge trägt?«
Er hatte es Alice nicht im geringsten verübelt, daß sie sein Angebot eines gemeinsamen Haushalts abgelehnt hatte, und als die Wochen ins Land zogen, gab er ihr insgeheim völlig recht. Sein Doppelleben gefiel ihm ausnehmend gut – allein in Reading, mit Familie im East Cottage. Er begann, für Clodagh zunächst Mitleid und dann Zuneigung zu empfinden. Ohne Clodagh wäre ihm diese Bereicherung seines Lebens nicht zuteil geworden. Er hängte in der Küche eine Liste mit Projekten für den Winter auf: neue Dachrinnen anbringen, Wildnis hinter dem Schuppen roden, Brennholz aufstapeln usw. Als Elizabeth überraschend für zwei Tage zu Besuch kam, fühlte sie sich von dieser Liste magisch angezogen und las sie immer wieder, so als traute sie ihren Augen kaum.
Die Kinder fanden Elizabeth etwas sonderbar, kamen aber gut mit ihr aus, weil sie gar nicht erst versuchte, zärtlich zu sein. Das Cottage schien ihr zu gefallen, und sie erklärte sich bereit, Fensterrahmen zu streichen, was sie in den nächsten 48 Stunden auch geduldig tat. Zu Alice' großer Erleichterung verzichtete sie auch auf jedes vertrauliche Gespräch und sagte nur einmal beim Geschirrspülen,

während die Kinder in der Küche lärmten: »Nun, du hast sehr lang gebraucht, um aus diesem ganzen Schlamassel herauszukommen, und du hast einen sehr seltsamen Ausweg gewählt, aber du hast es geschafft, und das ist eine große Leistung.«

Vor der Abreise verkündete sie, daß sie eine Wohnung im Zentrum von Colchester gemietet habe und bei der Bürgerberatung mitarbeiten würde.

»Das hätte ich schon vor zehn Jahren tun sollen. Ann ging mir schon immer schrecklich auf die Nerven. Aber jetzt habe ich endlich den Absprung geschafft, gerade noch rechtzeitig. Ihr braucht mich nicht zu besuchen, es ist eine schreckliche Fahrerei. Ich werde *euch* besuchen.«

Als sie fort war, fragte James: »War das wirklich eine Oma?«

»Ja.«

»Oh«, sagte er, »und ich dachte, sie wäre eine Lehrerin.«

Von Cecily und Richard hörte Alice nichts. Cecily sah die Kinder, wenn sie bei Martin waren, und sie kamen immer mit neuen Pullovern und Büchern und Schokoriegeln zurück. Das brachte Alice in Wut.

»Du solltest dich nicht darüber aufregen«, sagte Sam. »Das sind doch nur klägliche Symbole frustrierter Macht.«

»Ich habe sie so sehr geliebt«, seufzte Alice. »Und jetzt kann ich es kaum ertragen, an sie zu denken. Sie wollte mich mit Haut und Haaren auffressen.«

»Hat Clodagh das nicht auch gewollt?«

Alice sah plötzlich sehr unglücklich aus.

»Oh«, murmelte sie, »bitte nicht...«

Sam bedauerte seine Bemerkung schon.

»Ich wollte damit nicht sagen, daß sie sich in irgendeiner Hinsicht gleichen. O Allie...«

Aber sie wollte nicht darüber sprechen, und kurz darauf hörte Sam sie in ihrem Schlafzimmer weinen.

»Warum weint Mummy?« fragte Natasha.

»Weil sie Clodagh vermißt.«
Natasha nickte verständnisvoll.
»Ich weine auch manchmal, weil ich sie vermisse.«

Das East Cottage lag eine halbe Meile vom Dorf entfernt. Es war ein seltsames Dorf ohne Laden und ohne Pub, und in der Kirche fand nur einmal in drei Wochen ein Gottesdienst statt. Der Priester, ein blasser junger Mann, der immer finster dreinblickte, war zutiefst frustriert, statt der Großstadtpfarrei, die ihm vorschwebte, fünf kleine ländliche Gemeinden betreuen zu müssen. Er stattete Alice einen Besuch ab und trank einen Becher Tee nach dem anderen, während er ihr erzählte, wie nutzlos er sich hier vorkam. Er hatte einen Nervenzusammenbruch hinter sich – über die Gründe schwieg er sich aus – und betrachtete sein jetziges Leben als Sprungbrett, das ihn wieder seiner eigentlichen Berufung zuführen würde. Er hieß Mark Murphy, und Alice fand ihn sehr sympathisch. Bei seinem zweiten Besuch – er kam zum Abendessen und war beim Essen genauso maßlos wie beim Teetrinken – erzählte sie ihm, um ihn auf die Probe zu stellen, von Clodagh, und er sagte: »Es ist wahnsinnig schwer, Liebe zu finden, stimmt's? Man muß sie ergreifen, wann immer sich die Gelegenheit dazu bietet.«
Sein Pfarrhaus war ein kleiner reizloser Neubau in einem Nachbardorf, mit der Atmosphäre einer Schuhschachtel, wie er sagte. Er gewöhnte sich an, manchmal samstags zu kommen und Sam beim Roden des Gartens zu helfen, und als Sam ihn fragte, ob er denn nicht zu Hause bei seiner Familie sein müsse, erwiderte er, zu Hause warte niemand auf ihn, seine Frau habe ihn vor zwei Jahren verlassen und sei mit ihrem Baby nach Newcastle gezogen, wo sie herstamme.
»Das tut mir aber leid«, sagte Sam.
»Ja«, seufzte Mark Murphy. »Mir auch. Sie sagte, sie hätte nie gedacht, daß die zweite Frau im Leben eines Priesters Gott sein könnte.«

Manchmal traf Alice auf dem Weg, der zur Hauptstraße nach Salisbury führte, ein blondes Mädchen in einem verbeulten Citroën, den Rücksitz voller Kinder. Sie fuhren einige Male gleichgültig aneinander vorbei, und dann begannen sie einander zuzuwinken und zu lächeln. Das Mädchen hinterließ eine Nachricht in Alice' Holzbriefkasten am Tor.

»Ich bin Priscilla Mayne«, schrieb sie. »Ich lebe auf der anderen Dorfseite, etwa eine halbe Meile außerhalb, in der viktorianischen Bruchbude. Habe noch kein Telefon. Besuchen Sie mich einmal, wenn Sie Lust haben.«

Alice dachte, daß sie das bestimmt bald tun würde. Als sie außer einer Postkarte von Anthony, die sie sofort verbrannte, auch eine von John Murray-French erhielt, der schrieb: »Die neuen Bewohner des Grauen Hauses sind anständig und langweilig. Laß uns in Kontakt bleiben«, hatte sie das seltsame Gefühl, daß die Bekanntschaft mit Priscilla Mayne viel aussichtsreicher als die Vergangenheit sein könnte, obwohl diese ihr vertraut war. Sam sagte, das sei der Stoff, aus dem die Freiheit bestehe, und jetzt müsse sie unbedingt noch lernen, Whisky zu trinken.

»Warum?« fragte sie lachend.

»Robert Burns. ›Freiheit und Whisky gehören zusammen.‹ Freiheit ist zwar noch berauschender als Whisky, aber warum sollte man das eine nicht mit dem anderen feiern.«

Juliet stattete dem East Cottage erst kurz vor Weihnachten einen Besuch ab. Sie kam an einem regnerischen Tag, an dem das Cottage besonders deprimierend aussah, und Alice sah sie neben dem Auto stehen und fassungslos die Berge durchweichter Gartenabfälle anstarren, aus denen Sam Freudenfeuer machen wollte.

Alice packte sie am Arm.

»Komm schnell rein. Du brauchst wirklich nicht im Regen herumzustehen. Ich habe gerade Brot gebacken, aber es sieht nicht besonders gelungen aus.«

In der Küche brach Juliet in Tränen aus.
»Allie, alles ist so *schrecklich*...«
»Nein. Mir gefällt es hier.«
»Das meinte ich auch gar nicht. Ich meine das Leben in Pitcombe.«
»Sei nicht albern. Wir können keine so große Lücke hinterlassen haben.«
Juliet schniefte. »Ihr habt *massenweise* Lücken hinterlassen. Große schwarze Löcher, in die alle möglichen Leute ständig hineinfallen. Ich habe *monatelang* in einem gesteckt. Deshalb bin ich nicht schon früher gekommen.«
»Ist das für die Leute nicht eher ein gefundenes Fressen?«
»Natürlich ist es das. So sind Dörfer nun einmal. Martin trifft sich übrigens mit einer Frau namens Sophie. Ich kann dir gar nicht sagen, *wie* passend sie ist. Sie fährt einen Mini und hat einen Spaniel. Allie, ich hasse dich wirklich.«
»Ja.«
»Ich *hasse* dich. Wie konntest du uns alle nur so im Stich lassen? Henry plustert sich in letzter Zeit so auf, daß ich ihn demnächst bestimmt erdolchen werde. Das wäre die gerechte Strafe. Da ich ihn aber bis dahin Eustachius nenne, könnte es auch passieren, daß er *mich* erdolcht. O Allie« – Juliet brach wieder in Tränen aus –, »es tut so gut, dich zu sehen, obwohl ich dein Benehmen so schändlich finde, daß mir die Worte dafür fehlen.«
Alice schenkte Wein ein.
»Ich bin heute an der Reihe, die Kinder von der Schule abzuholen«, sagte Juliet »und da sollte ich eigentlich nicht trinken. Heulen und saufen hat bei mir immer zur Folge, daß ich nichts tun kann außer weiterheulen und weitersaufen. Freust du dich, mich zu sehen?«
»Riesig.«
»Hast du neue Freunde gefunden?«
»Einen. Und demnächst kommt wahrscheinlich noch eine Freundin hinzu.«
»Du darfst sie nicht zu gern haben...«

»Das ist aber nicht sehr nett von dir.«
»Ich will auch gar nicht nett sein«, erklärte Juliet. »Ich will dich bestrafen, hart bestrafen.«
Alice führte sie im Cottage herum und erläuterte, was sie alles damit vorhatte. Juliet meinte, daß sich dieser Aufwand kaum lohne.
»Für mich ist es nicht einfach *irgendein* Cottage«, sagte Alice.
Juliet stimmte ihr zu. Sie holten Charlie aus dem Bett und nahmen ihn mit in die Küche; er saß schlaftrunken in seinem Stuhl und gähnte sein Mittagessen an. Alice füllte die Weingläser wieder und machte Omelettes, und sie sprachen über Cecily und Martin und über die Unwins, und als Juliet sagte, daß sie nun wirklich, *wirklich* fahren müsse, legte sie ihre Arme um Alice und küßte sie, was sie so gut wie nie getan hatte, und dann fuhr sie im Wagen davon und winkte noch lange.
Alice brachte Charlie ins Wohnzimmer und setzte ihn auf den Boden, zu seinen Autos und der Garage, die sie ihm aus einer großen Schachtel gebastelt hatte. Dann holte sie Holz, Kohle und Zeitungen, um ein Feuer im Kachelofen zu entzünden, bevor die Kinder aus der Schule kommen würden. Sie kniete neben Charlie und blies kräftig, bis das Feuer hell aufloderte. Dann verlagerte sie ihr Gewicht auf die Fersen und blickte in die Flammen. Charlie krabbelte auf ihren Schoß und bot ihr sein Polizeiauto an. Sie nahm ihn in die Arme und lehnte ihre Wange an sein warmes Köpfchen. Und während sie so mit Charlie dasaß, dachte sie, daß Clodagh jetzt irgendwo dort oben, über den dikken grauen Wolken, allein nach New York flog. Alice schloß die Augen. Clodagh... Clodagh, an die sie sich stets voller Wehmut und Dankbarkeit erinnern würde.